VOYAGES

IMAGINAIRES,

ROMANESQUES, MERVEILLEUX, ALLÉGORIQUES, AMUSANS, COMIQUES ET CRITIQUES.

SUIVIS DES

SONGES ET VISIONS,

ET DES

ROMANS CABALISTIQUES.

CE VOLUME CONTIENT:

L'Histoire du PRINCE SOLY, surnommé PRENANY, & de la PRINCESSE FÊLÉE.

LE Voyage & les Aventures des trois PRINCES DE SA‑RENDIP; traduits du Persan.

VOYAGES

IMAGINAIRES,

SONGES, VISIONS,

ET

ROMANS CABALISTIQUES.

Ornés de Figures.

TOME VINGT-CINQUIÈME.

Deuxième division de la première classe, conte-
nant les Voyages Imaginaires *merveilleux.*

A AMSTERDAM,

Et se trouve à PARIS,

RUE ET HÔTEL SERPENTE.

M. DCC. LXXXVIII.

HISTOIRE

DU PRINCE SOLY,

SURNOMMÉ

PRENANY,

ET

DE LA PRINCESSE FÊLÉE.

AVERTISSEMENT

DE L'ÉDITEUR

DES VOYAGES IMAGINAIRES, &c.

CE volume termine la claſſe nombreuſe & intéreſſante des voyages merveilleux, & nous en aurions porté la col-
lection à un nombre de volumes bien
plus conſidérable , ſi nous euſſions
voulu n'offrir à nos lecteurs que des fictions ingénieuſes , dignes d'occuper
leurs loiſirs.

Les deux ouvrages qui compoſent ce
volume , approchent du genre de la
féerie, par la nature des fictions qu'ils
renferment, par le merveilleux qui y

règne ; ils appartiennent néanmoins aux voyages imaginaires.

Le premier, *l'hiſtoire du prince Soly,* contient l'hiſtoire agréable & plaiſante des deux royaumes d'Amazonie & de So- linie. Les Soliniens ſont un peuple auſ- tère , adorateurs du ſoleil , non comme donnant la vie aux animaux & aux plan- tes , mais comme produiſant dans le ſein de la terre l'or & les richeſſes , véritable objet de leur culte. On conçoit que cette triſte nation eſt ſous la domina- tion de l'avarice ; elle contraſte plaiſam- ment avec l'Amazonie , peuplée de femmes vives , légères , aimables , qui ne reſpirent que le plaiſir & la gaîté. Leur divinité eſt la lune ; elles n'agiſ- ſent que par ſes impulſions.

Ces deux peuples, vóiſins & ennemis, ſont toujours en guerre. L'armure des

Amazones eft plaifante; c'eft celle d'une coquette fous les armes : c'eft une critique ingénieufe de l'habillement des femmes de ce temps.

Le prince Soly eft né chez les Soliniens ; enlevé par les Amazones , & nourri dans leur fein , il y devient amoureux de la princeffe Fêlée ; fille de la reine des Amazones; leur amour traverfé par les inimitiés des deux nations , & la rivalité du prince Solocule, fils d'une Amazone , forment l'intrigue de cet agréable roman.

L'auteur eft M. Pajon, avocat, connu par des féeries très-ingénieufes ; entre autres l'Hiftoire des trois trois fils d'Hali, baffa de la mer , & des filles de Siroco; d'Eritzine & Parelin ; & de l'Enchanteur ou la bague de puiffance, imprimés dans le 3 3 e vol. du Cabinet des Fées (1).

_____

(1) Voy. ces trois contes , vol. 33 du Cabinet des

Le second ouvrage est le *Voyage & les aventures des trois princes de Sarendip.* Cet ouvrage, digne de figurer à côté des Mille & une Nuits & des Mille & un jours, pour la richesse de l'imagination, est une traduction du roman italien, intitulé: *Peregrinaggio di tre giovanni figlivoli del re di Sarendippo, da M. Cristoforo Armeno.* Le Traducteur est le chevalier de Mailly.

M. Gueulette en a tiré le plus grand parti dans ses Soirées bretonnes (1). Avant lui, Beroalde de Verville en avoit composé son voyage des princes fortunés. Mais l'ouvrage de M. Gueulette est une imitation plus heureuse ; cependant ce n'est qu'une imitation. M. Gueu-

---

Fées, & dans l'avertissement qui précède, une notice sur M. Pajon.

(1) Les Soirées bretonnes, tom. 31 du Cabinet des Fées.

lette s'eſt tellement rendu maître de ſa matière, qu'il en a fait un ouvrage nouveau, & qui ne préſente qu'une idée incomplète de l'ouvrage italien. Nous croyons que l'on en trouvera ici avec plaiſir une traduction exacte.

TABLE

DES VOYAGES IMAGINAIRES

CONTENUS DANS CE VOLUME.

Fin de la Table du prince Soly.

VOYAGE DES PRINCES
DE SARENDIP.

Fin de la table des trois princes de Sarendip.

HISTOIRE

D U

PRINCE SOLY,

SURNOMMÉ

PRENANY,

ET DE LA PRINCESSE

FÊLÉE.

PREMIERE PARTIE.

CHAPITRE PREMIER.

Des mœurs & du caractère des Soliniens & des Amazones, & de la guerre qui étoit entre ces deux peuples.

Dans l'Amérique méridionale est un lac, appelé encore aujourd'hui le lac de Parime, situé précisément sous la ligne.

A

Ce lac forme une espèce de mer, ayant plus de cent lieues de longueur, de l'orient au couchant, & plus de quatre-vingts lieues de largeur, du septentrion au midi.

Sur les bords de ce lac, du côté du nord, étoit autrefois une grande ville, nommée *Solinie*, dont les habitans adoroient le soleil; de l'autre côté, au midi, étoit la ville des *Amazones*, qui ne rendoient hommage qu'à la lune.

Ces deux différens peuples n'en avoient formé qu'un pendant long-temps; mais la différence des caractères & des inclinations avoient enfin donné lieu à une rupture ouverte.

Les Soliniens étoient des gens austères, avares, & de mauvaise humeur, sur-tout quand les femmes leur demandoient à partager leurs trésors. Ils adoroient le soleil, parce qu'ils se figuroient que c'étoit lui qui produisoit l'or & les pierreries qu'ils recherchoient. Ils faisoient les plus grands éloges de cet astre; ils le nommoient le père des fleurs & des fruits, & l'auteur de tous les trésors de l'univers; ils disoient que sa tête étoit de la couleur de l'or, le plus pur de tous les métaux, & dont la seule jouissance rendoit les mortels heureux.

La haîne que les Soliniens avoient conçue pour les Amazones, depuis leur rupture, s'étendoit jusqu'à la divinité qu'elles adoroient. Ils disoient qu'il falloit être fou pour adorer la lune, qui n'étoit utile à rien; que cette prétendue divinité étoit la plus capricieufe qui fe pût connoître; que dans de certains temps, elle montroit les cornes à tout le monde, & qu'alors elle avoit la bouche & les joues auffi creufes qu'une vieille de cent ans; que lorfqu'elle montroit fon vifage entier, elle avoit un nez large, & de gros yeux qui faifoient peur; ils ajoutoient, qu'en courant la nuit au milieu du ciel, elle reffembloit à un homme attaché au pilori, dont on ne voit que la tête, encore cette tête étoit-elle pelée. C'eft ainfi que quand l'efprit eft irrité, il trouve des défauts dans tout ce qui plaît à fon ennemi.

Les Soliniens avoient fait élever un temple magnifique en l'honneur du foleil qu'ils révéroient, & ce temple avoit été plus de quatre-vingts ans à bâtir, parce que le Grand Prêtre, qui s'étoit chargé du foin de cet édifice, avoit un grand goût pour l'architecture, & avoit voulu faire durer le plaifir long-temps.

On choififfoit, pour deffervir ce temple, des prêtres dont les cheveux étoient crépus & hériffés, afin qu'ils reffemblaffent mieux au Dieu qu'ils fervoient; & il falloit abfolument que le Grand-Prêtre fût roux par-deffus cela, ce qui n'étoit pas quelquefois facile à rencontrer.

La haîne des Soliniens pour toute autre lumière que celle du soleil, étoit si forte, que lorsque cet astre étoit couché, non seulement il n'étoit pas permis de marcher à la lueur de la lune, mais il étoit défendu de se servir de toute autre lumière. Ainsi, quand le jour finissoit, chacun alloit se coucher, & remettoit ses affaires au lendemain.

Ces mœurs des Soliniens, & sur-tout leur avarice, n'avoient jamais plu aux Amazones. Tandis que ces femmes ne formoient qu'un même peuple avec eux, elles se servoient de l'art qui leur est naturel, pour tirer d'eux les bijoux & les ajustemens dont le sexe est idolâtre. Mais quelles ruses ne falloit-il pas employer pour y réussir, & quelles peines ne falloit-il pas se donner pour avoir part à leurs trésors?

Il falloit dans ce temps-là qu'une physionomie douce, un ton de voix séduisant, un œil tendre & enchanteur, amolissent l'ame la plus dure, & portassent le trouble dans un cœur qui n'étoit possédé que d'idées de fortune. Mais ces charmes si touchans devoient se produire d'une façon si décente & avec tant de modestie, qu'avec l'amour ils inspirassent le respect. Il faut entendre ce respect qui meurt d'envie d'en manquer, & qui, bien loin d'étouffer l'amour, ne

fert qu'à le rendre plus ardent & plus paf-
fionné.

En effet, le Solinien, après avoir quelque
temps combattu contre la crainte d'offenfer fa
divinité, étoit forcé de venir à la déclaration.
Quoiqu'il l'eût faite dans les termes les plus.
foumis, & avec toutes les réferves fur la pureté
des fentimens employés dans les anciens romans foliniens, la rougeur qui s'élevoit fur le
vifage de la déeffe, & le dépit qui brilloit dans
fes yeux, faifoient fentir au Solenien tout l'excès
de fa témérité. Cependant il falloit s'étudier
encore, & que la vertu alarmée de l'objet
aimé n'eût rien d'abfolument défefpérant ; &
après quelques temps de foins & d'affiduités,
l'amant venoit à bout de faire accepter l'hommage de fon cœur & de fes préfens.

Quand les affaires avoient une fois été mifes
en règle, & que l'on étoit convenu de fes faits,
quel art la Solinienne n'étoit-elle pas obligée
de mettre en ufage pour conferver fa conquête ?
On affectoit un air de défintéreffement & de
probité, qui charmoit ; ce n'étoit que par complaifance pour l'amant que l'on étoit recherché
dans fa parure. Si l'intrigue étoit de nature à
paroître en public, ce n'étoit que pour lui
faire honneur que l'on vouloit porter les robes.

d'or & les brillans. Si l'on eût fuivi fon goût , on auroit vécu dans la retraite ; on auroit voulu oublier entièrement le refte du monde , pour ne s'occuper que du plaifir d'aimer & d'être aimée. Quels raffinemens ne falloit il pas employer pour tenir en haleine une fi belle paffion ? Il falloit avoir une fenfibilité & une tendreffe délicate, qu'un rien alarmoit ; on étoit obligé de faire au Solinien amoureux mille petites querelles , qui donnaffent lieu à des raccommodemens affaifonnés de larmes attendriffantes, & où l'on n'eût à fe pardonner que trop d'amour.

On étoit dans la néceffité de foutenir la converfation par d'ingénieufes differtations fur le fentiment ; le cœur & tous fes mouvemens y étoient exactement définis & anatomifés ; on y diftinguoit l'amour pur d'avec celui qui n'a pour but que le plaifir des fens, & on agitoit jufqu'à quel point ils pouvoient être mis de la partie. Plus le Solinien fe perdoit dans cette métaphyfique, & plus il fe croyoit aimé.

Il ne falloit pas que les femmes mariées fe donnaffent moins de peine pour avoir part aux tréfors d'un mari ; il falloit affecter un air de foumiffion pour toutes fes volontés ; on étoit forcé d'étudier fes goûts & fes inclinations , pour les éluder, & la femme étoit obligée de lui faire croire qu'il étoit le maître, pour agir elle-même à sa fantaisie.

Il est vrai que les unes & les autres de ces femmes se consoloient en secret avec un amant chéri, des travaux qu'elles entreprenoient, & des sacrifices qu'elles faisoient à l'intérêt. Mais enfin cette conduite leur parut trop gênante; elles s'emparèrent un jour de tous les trésors qu'elles purent emporter, s'embarquèrent sur le lac, & fondèrent sur le rivage opposé à Solinie la capitale d'un grand empire.

Lorsqu'elles eurent fondé Amazonie, elles consacrèrent cette ville à la lune, pour qui elles avoient tant de vénération, qu'elles ne se conduisoient que par ses influences; on vivoit dans cette ville avec une somptuosité excessive. Solinie, qui étoit le centre des richesses, n'avoit rien de comparable à cette ville superbe, pour la beauté des palais, la richesse des ameublemens, & l'éclat des équipages. C'étoit, à la vérité, aux dépens des Soliniens que les Amazones entretenoient cette dépense; mais ce n'étoit plus comme autrefois, par des complaisances étudiées & par des artifices qu'elles tiroient d'eux les moyens de fournir à tant de luxe. Les trésors de Solinie étoient pour elles un butin dont elles s'emparoient à force ouverte.

Les Amazones, pour attaquer leurs ennemis, s'armoient en guerre, & l'on conviendra
que rien ne se peut imaginer de plus militaire
que leur habillement. Elles se faisoient couper
les cheveux extrêmement courts, pour n'en
être point embarrassées. Un génie appelé Uttés,
leur avoit fourni des casques imperceptibles,
plus durs que l'acier & le diamant. Elles se
peignoient quelquefois le visage avec du ver-
millon le plus vif, qui les rendoit merveilleuse-
ment, terribles. Les anciennes Amazones du
Thermodon se brûloient autrefois le sein, pour
tirer de l'arc avec plus de facilité ; pour celles-
ci, elles se détruisoient la gorge intérieure-
ment, à force de vin de Champagne & de liqueurs fortes ; en sorte que presque toutes en
étoient débarrassées de bonne heure. Elles
avoient des espèces de cuirasses qui ne prenoient que depuis la ceinture jusqu'à la cheville
du pied, & qui étoient si larges, qu'on ne
pouvoit approcher d'elles sans leur permission ;
& quand elles étoient quatre de front, elles
pouvoient fermer un défilé de trente pas de
largeur.

Elles ne haïssoient pas tant le soleil que les
Soliniens haïssoient la lune ; elles disoient seulement qu'il noircissoit le plus beau teint ; qu'il
n'alloit jamais que le jour, parce qu'il étoit pol-

tron, & auroit eu peur la nuit; qu'il étoit si peu spirituel, qu'il restoit toujours seul, & n'avoit nulle compagnie avec lui ; au lieu que la lune avoit une physionomie qui marquoit sa douceur & sa bonté; qu'elle étoit accompagnée des étoiles, qui, sans doute, lioient avec elle une conversation intéressante; qu'elle passoit quelquefois devant le soleil en lui tournant le dos, ce que le soleil n'avoit jamais osé faire à son égard.

Cette déesse avoit un temple à Amazonie; aussi superbe que celui du soleil chez les Soliniens, & l'on choisissoit pour prêtresses de cette divinité, celles qui avoient le visage blafard & les joues rebondies ; les visages longs avec les joues plates étoient absolument exclus de toutes sortes d'emplois.

Depuis la révolte déclarée des Amazones, la guerre avoit toujours continuée avec la même ardeur ; mais ces guerrières, qui marchoient le jour & la nuit, ne se faisoient aucun scrupule de battre leurs ennemis au clair de la lune, ni de piller leurs maisons à la lumière des flambeaux. Ainsi, elles avoient toujours l'avantage sur les Soliniens, qui ne pouvoient plus rien entreprendre dès que le soleil étoit couché, & qui fermoient les yeux dès qu'ils voyoient une chandelle allumée.

CHAPITRE II.

Enlèvement du prince Soly par les Amazones, & du trouble que cet événement causa.

LE roi de Solinie étoit un homme respectable, gouvernant au mieux ses intérêts & ses sujets ; il avoit une femme vertueuse, parce qu'elle ne pouvoit faire autrement ; & de son hymen il avoit un fils unique âgé d'environ deux ans.

Comme on vouloit faire un grand homme du prince Soly (c'est ainsi que cet enfant s'appeloit), on l'avoit mis, dès qu'il étoit sorti de nourrice, entre les mains des prêtres du soleil, pour l'instruire de bonne heure à trouver des défauts dans la lune.

Les prêtres couchoient dans le temple, & le berceau du prince étoit au milieu d'eux sous un grand pavillon de velours garni d'or. Une nuit que les prêtres étoient couchés, & qu'il n'y avoit ni lampe ni chandelle dans toute la ville, quelques amazones firent une descente sur les rivages de Solinie, pénétrèrent jusques dans le temple, où tout le monde étoit endormi, & enlevèrent le jeune prince, sans que l'on s'en aperçût, parce que la nuit étoit fort obscure.

On entendit feulement crier l enfant : on crut qu'il lui étoit arrivé quelque petit accident ; un des prêtres fe leva pour y aller tâter (car il étoit impoffible d'y voir) ; il rencontra quelque chofe qui le fit tomber, il fe caffa le nez ; & de peur de pis, il s'alla recoucher fans rien dire.

Le lendemain, quand on ne trouva plus le petit prince dans fon berceau, la défolation fut générale par toute la ville. La reine fut fi fort irritée contre les prêtres, qui n'avoient pas bien gardé fon fils, qu'elle ordonna qu'ils fuffent tous rafés l'un après l'autre. Cet arrêt terrible fut exécuté, & ces infortunés furent plus de fix mois fans fortir, de peur d'être hués par le peuple, & ils n'eurent jamais depuis les cheveux fi beaux ni fi crépus qu'ils les avoient auparavant.

Un feul de ces malheureux coupables échappa à ce fupplice ; il avoit déjà la tête lavée, & le barbier alloit donner le premier coup de rafoir, quand il demanda à parler au roi & à la reine, & dit qu'il avoit un fecret important à leur révéler. On le conduifit dans le grand falon du palais, où le roi & la reine étoient affis au milieu des principaux officiers de l'empire. La reine avoit un grand mouchoir à la main, dont elle effuyoit de temps en temps fes larmes. Le roi étoit auffi affligé qu'elle, mais il ne pleuroit point.

Le prêtre s'étant profterné aux pieds du trône, commença par déplorer le malheur qui venoit d'arriver. L'eau de favon qùi lui tomboit dans les yeux, en faifoit fortir des pleurs véritables. Après quelques phrafes éloquentes: J'ai fait, dit-il, une remarque qui fervira à reconnoître le prince, s'il revient quelque jour. La reine lui promit fa grace, s'il la révéloit. J'ai, dit-il, obfervé, en donnant un jour le fouet au petit prince, parce qu'il avoit piffé au lit, qu'il a une tulipe violette & noire bien marquée fur la feffe gauche. La nourrice, que l'on envoya chercher auffi-tôt, confirma la chofe, & la reine elle-même dit qu'elle fe fouvenoit bien qu'é-tant groffe, un des fujets du roi, fort curieux en tulipes, lui en avoit refufé une qu'elle défi-roit, & qu'elle s'étoit gratée à cet endroit là.

On écrivit auffi-tôt cette remarque dans les regiftres publics; on deffina en marge la tulipe telle que le prêtre la dépeignit, & elle y fut foi-gneufement confervée. Celui qui rendoit un fi grand fervice à l'état, en fut quitte pour avoir eu la tête lavée; ce qui a depuis paffé en pro-verbe; & quand on fe contente de réprimander quelqu'un, on dit, par métaphore, qu'on lui a bien lavé la tête.

On délibéra enſuite dans le conſeil ſur les meſures qu'il falloit prendre pour prévenir un accident pareil, ſi la reine venoit à avoir un autre enfant. L'avis des plus éclairés fut qu'il falloit faire faire un berceau d'un bois très-fort, qui tiendroit au mur du temple, & qui ſe fermeroit avec une grille de fer. Le chancelier de l'empire fut d'avis que l'on mît tous les ſoirs le grand ſceau à l'endroit qui devoir fermer cette grille, & ſoutenoit que perſonne ne ſeroit aſſez hardi pour aller le briſer ; mais le grand tréſorier s'emporta vivement contre cet avis, & vouloit que l'on y ajoutât un bon cadenas. Le chancelier, qui ne crut pas de ſa dignité de céder, demeura ferme pour ſceller le berceau ; mais il ajouta, que l'on pourroit mettre, ſi l'on vouloit, un traquenard, pour prendre la main de ceux qui voudroient enlever le ſceau de l'empire. On alloit encore combattre cette dernière penſée ; mais le roi, qui voulut étouffer toute diſcorde entre ſes premiers officiers, ordonna que ces différens conſeils ſeroient ſuivis. Ainſi, il fut décidé que l'on mettroit au berceau le grand ſceau, le cadenas, & le traquenard, & chacun demeura content.

Mais toutes ces précautions furent inutiles, parce que la reine n'eut plus d'enfans depuis. Elle mourut deux ans après l'enlèvement du prince ; & le roi ne voulut jamais fe remarier, quoique la maifon royale dût finir avec lui. Le refus qu'il fit de paffer à un fecond hymen , venoit d'une politique très-fage ; il jugeoit bien que l'on n'avoit pas fait mourir fon fils , & qu'il pourroit revenir un jour ; il craignoit que fes autres enfans , s'il en avoit , ne s'emparaffent du trône en l'abfence de leur aîné, & qu'à fon retour ils ne s'infcriviffent en faux contre la marque qu'il avoit au derrière. Cela fera , difoit-il, une queftion d'état très épineufe, & excitera peut-être une guerre fanglante entre mes fujets. Il eft d'un roi fage & éclairé de prévenir tant de malheurs.

CHAPITRE III.

Les Amazones préfentent le prince Soly à leur reine ; à quelle occafion le nom de PRENANY *lui fut donné.*

PENDANT le trouble que caufoit à Solinie la perte du jeune prince, les Amazones étoient déjà loin du rivage. Elles firent tant de careffes au jeune Soly, qu'il ne jeta pas une larme. Ces vifages charmans , où la coquetterie brilloit avec tout fon éclat, lui parurent plus agréables

que le front févère de fes premiers précepteurs.
Le goût pour le plaifir eft de tous les âges, &
la nature juge dès l'enfance entre les objets aimables, & ceux qui ne le font pas.

Un vent favorable conduifit en peu de temps
dans le port d'Amazonie le vaiffeau qui portoit
un fi précieux tréfor. Les Amazones, dès
qu'elles eurent débarqué, portèrent à leur reine
le jeune prince. Elles trouvèrent cette princeffe
dans fon appartement, occupée avec fes plus
chères confidentes à faire un cabinet de
découpures. Les unes tailloient délicatement
les figures les plus rares ; les autres mêloient
dans du vernis des couleurs différentes, pour
faire le fond de ce bel ouvrage ; la reine, au
milieu d'elles, conduifoit tout le travail, & dé-
cidoit fur l'affortiment des figures & des ornemens.

On expliqua à la reine quel étoit cet enfant,
& la manière dont on avoit fait ce précieux
butin. La reine quitta tout pour admirer le
jeune Soly. Chacune des dames l'embraffa à fon
tour ; elles étoient charmées d'avoir en leur
puiffance le fils de leur plus grand ennemi, &
fur-tout un enfant auffi aimable qu'il étoit. Elles
fe repréfentoient avec plaifir le regret des Soliniens, & en jugeoient par la joie que leur donnoit une fi belle prife.

En effet, le petit prince, comme s'il eût été capable de fentir le prix d'une première vue, fourioit avec grace à toutes les careffes qui lui étoient faites. Il ne pouvoit parler, mais il marquoit du doigt les figures découpées qu'on lui montroit, & fembloit les admirer. Il fe mit pourtant à pleurer, quand on l'approcha du vernis; il n'avoit pas naturellement de goût pour l'odeur de la térébenthine mélée à celle de l'efprit de vin; on fut obligé de l'en éloigner, après quoi il s'appaifa.

La reine forma le deffein d'élever ce prince, mais elle réfolut de cacher à tout le monde fon rang & fon pays. S'il favoit, dit-elle à fes Amazones, quelle eft fa naiffance, il nous échapperoit bientôt; & fi d'autres en avoient connoiffance, on ne tarderoit pas à nous enlever un tréfor fi précieux. Jurez-moi donc que vous ne révélerez jamais à perfonne, pas même au roi mon époux, la qualité de cet enfant.

Toutes les Amazones furent pénétrées les raifons de la reine, & firent les fermens les plus folennels qu'elles ne révéleroient jamais un fecret fi important. Dans ce moment, le roi entra, accompagné de la fœur de la reine, nommée Acariafta; ils s'approchèrent avec précipitation, pour admirer cet enfant que la reine

tenoit

tenoit entre ſes bras. La ſœur de la reine demanda vivement qui il étoit.

Auſſi-tôt une des Amazones (qui n'avoit
pas apparemment beaucoup de préſence d'eſprit, ou qui manquoit de mémoire), répondit : C'eſt le jeune Pr.... Nenni, dit-
elle en ſe reprenant, c'eſt un enfant.....
on l'a trouvé..... je ne ſais ce que c'eſt. Et
pourquoi vous mêlez-vous donc de parler ? dit
Acariaſta en hauſſant les épaules. Qu'eſt-ce
que le jeune Prenany ? un enfant ? & tout le
galimathias que vous nous faites ? La reine voulut réparer l'imprudence de ſa confidente, &
dit tranquillement à ſa ſœur : Cela eſt bien
ſimple ; c'eſt un enfant que mes guerrières ont
trouvé expoſé ſur les rivages du lac, & ſon
nom eſt Prenany ; nous n'en ſavons pas davantage. Me voilà ſatisfaite, dit Acariaſta ; Prenany me paroît bien joli. Je ne ſuis pas tout à
fait content, dit le roi, qui vouloit toujours
tout approfondir : ſi cet enfant a été trouvé
expoſé, comme vous le dites, comment a-t-on
pu ſavoir ſon nom ? Cela eſt bien difficile, dit
la reine choquée de la queſtion ; il avoit un
billet attaché à ſa robe, dans lequel ſon nom étoit
marqué. Le roi, qui craignoit que la reine ne ſe
fachât, ne demanda point ce que le billet étoit
devenu. On ordonna que l'on eût ſoin de Pre-

nany , & il fut élevé parmi les menins de la reine,
sous ce nom que le hasard lui avoit donné.

CHAPITRE IV.

Grossesse & accouchement de la reine des Amazones ;
& comment le nom de Fêlée fut donné à la petite
princesse.

LE roi eut raison de craindre la colère de la
reine. Par une loi fondamentale de l'empire
d'Amazonie, les femmes étoient les maîtresses
absolues ; leurs maris mêmes n'étoient considé-
rés que comme leurs premiers domestiques. La
reine usoit en sage souveraine d'un si beau
privilége ; elle avoit tout l'esprit possible, &
d'un seul regard elle faisoit trembler son
époux.

Cette princesse avoit environ quarante ans ,
quand le prince Soly fut remis en sa puissance.
Elle avoit eu déjà quatre maris, dont elle n'a-
voit point eu d'enfans , & qu'elle avoit répu-
diés par cette raison. Ces quatre premiers époux
s'étoient piqués de n'être pas les maîtres , &
avoient voulu se venger des hauteurs de la reine
par l'endroit le plus sensible pour une femme ,
c'est-à-dire , par le mépris. Toutes les fois

qu'elle leur faifoit dire de venir coucher au palais, ils prenoient fi bien leurs mefures, qu'ils rendoient fes ordres inutiles.

Mais enfin, elle avoit trouvé pour cinquieme mari un homme de mérite, & qui avoit rendu de grands fervices à l'état, par l'invention des lunettes, qu'il avoit trouvée (il avoit fait cette admirable découverte en regardant au travers d'une bouteille) : il en avoit fait qui approchoient la lune, & la faifoient paroître plus grande, ce qui lui avoit gagné l'affection du peuple. Il en faifoit d'autres qui groffiffoient les objets, & qui fervoient à la reine, dont la vue s'étoit fort affoiblie à force de pleurer les mépris de fes premiers époux.

La reine devint enfin groffe, & l'on ne fauroit dépeindre la joie que cet événement caufa à Amazonie. On fit fur-tout de pompeux facrifices dans le temple de la lune, pour demander à cette divinité que la reine accouchât d'une princeffe. Toutes les Amazones demandèrent à leurs maris de les mettre en état d'imiter la reine, & plufieurs filles même voulurent fuivre la mode, tant l'efprit de flatterie pour les actions du prince a de force dans toutes les cours du monde.

Quand le temps où la reine devoit accoucher fut arrivé, on choifit les accoucheurs les plus

experts, & cette princeſſe ne quitta plus ſon
appartement. Elle donna enfin la lumière à une
fille qui avoit le plus beau petit viſage rond qui
ſe pût voir. Toute la cour étoit aſſemblée dans
cette occaſion, & le roi étoit debout au milieu
de la chambre, ſans dire mot, tant il étoit
tranſporté de joie. Quand la reine ſe fut un peu
tranquilliſée, elle demanda ſes lunettes, & ordonna qu'on lui apportât la petite princeſſe,
pour la conſidérer. Mais, en la prenant entre
ſes bras, les lunettes qu'elle avoit ſur le nez,
penſèrent tomber. La reine lâcha l'enfant pour
les retenir, & la petite princeſſe tomba à
terre.

Ah, morbleu! s'écria le roi qui ſongeoit
aux lunettes autant qu'à ſa fille, *voilà la princeſſe
Fêlée*. Mais, par bonheur, la petite étoit tombée
ſur un tapis de pied, & ne s'étoit fait aucun
mal. C'étoit la regle que les enfans tinſſent leur
nom de leur père : on prit pour un heureux
augure les premières paroles du roi, & le nom
de *Fêlée* demeura à la princeſſe.

CHAPITRE V.

Education & caractere du prince , naturel & éducation de Félée , commencement de leur amour.

Il se passa quatorze ans, sans qu'il arrivât rien de considérable à la cour d'Amazonie. Prenany, qui n'étoit point connu pour un prince, étoit élevé parmi les mignons de la reine; & à l'âge de douze ans , il étoit le plus adroit & le plus malicieux de tous. Il excelloit à grimper sur les arbres, à jouer au mail & à la paume ; & ce qui montre la force de son génie , & en même temps de sa poitrine , il avoit inventé une sarbacane avec laquelle il souffloit des pois à plus de deux cents pas.

A l'âge de seize ans , un air plus posé avoit succédé à cette trop grande vivacité; sa beauté alors s'étoit épanouie: il étoit grand , mais un peu effilé, il avoit le teint blanc & vermeil, la bouche agréable , & le nez bien tiré , sans être aquilin. Des cheveux bruns & naturellement bouclés lui descendoient jusqu'à la ceinture , & des sourcils de même couleur accompagnoient des yeux grands & bien fendus, dont la vivacité étoit tempérée par une douceur aimable.

En effet, Prenany avoit un esprit docile, qui ne regimboit point, & qui faisoit tout ce qu'il vouloit, pourvu qu'il ne lui demandât que des choses raisonnables.

Les gens qui ont trop d'esprit sont ordinairement critiques & d'un commerce difficile. Comme ils voient mieux que les autres les défauts de chaque chose, ils ne sont que rarement satisfaits, & la vivacité qui les domine, les fait exprimer leur sentiment d'une manière prompte, & quelquefois ironique, dont l'orgueil des autres est désagréablement humilié. Ceux au contraire qui n'ont qu'un esprit borné, mais qui s'aveuglent assez pour se croire un génie supérieur, sont encore plus insupportables : ils croient réparer leur insuffisance par un air caustique & imposant, qui fait mourir d'impatience, parce qu'il n'est soutenu d'aucune justesse.

Prenany n'avoit aucun de ces défauts ; il étoit doux & complaisant, & n'avoit que le génie qu'il falloit pour être avec grace du sentiment des autres. Ce caractère étoit fait exprès pour une ville telle qu'Amazonie, où le beau sexe, qui pense toujours juste, dominoit entièrement.

Aussi les Amazones les plus spirituelles avoient-elles pris plaisir à instruire le jeune Pre-

nany ; il tenoit d'elles les manières polies,
fans être gênées ; les fentimens délicats, fans
être brufques ; l'air aimable, fans être affecté :
enfin, à dix-fept ans, il étoit affez formé pour
niaifer tout un jour feul avec une femme, fans
lui caufer d'ennui & fans en recevoir.

Tant de belles qualités réunies dans la perfonne de ce prince lui avoient acquis le cœur
de la jeune Fêlée. Dans l'enfance, c'étoit Prenany qui lui dénichoit des moineaux ; c'étoit lui
qui caffoit les vîtres de l'appartement de la
reine, en foufflant des pois avec fa farbacane,
& fans que l'on pût favoir d'où cela venoit, ce
qui réjouiffoit infiniment la princeffe.

Dans un âge plus mûr, il s'étoit chargé du
foin d'apprendre à danfer au petit épagneul de
Fêlée, & réuffiffoit à lui montrer mille tours
d'adreffe, fans le faire crier. Il excelloit à travailler en tapifferie, & avoit fait préfent à la
princeffe d'une garniture de mules de point de
chien, qu'il avoit faite lui-même, & dont rien
n'égaloit la beauté.

Il n'eft pas étonnant qu'un jeune homme auffi
parfait fe foit attiré toute l'eftime d'une princeffe auffi fpirituelle que Fêlée. Cette jeune
perfonne ayant été élevée dans une cour qui
étoit le centre du bon goût & de la délicateffe,

en avoit heureufement pris l'efprit & les agrémens.

La nature avoit commencé par la douer de
toutes les beautés qui forment une perfonne
charmante ; fa taille étoit grande & déliée , &
fa gorge , d'une blancheur extrême, promettoit
beaucoup. Ses cheveux étoient d'un blond argenté, qui n'avoit pourtant rien d'équivoque : elle
avoit un petit vifage de pleine lune le plus joli
qui fe puiffe voir ; & comme elle n'étoit pas
encore en âge de s'armer comme les Amazones,
il étoit d'un blanc pâle qui lui féyoit à merveille.
Elle avoit le nez délicat, la bouche petite &
vermeille , ornée des plus belles dents du
monde ; fes yeux étoient bleus, grands, & naturellement tendres & languiffans.

A l'âge de quatorze ans , on la pouvoit dire
une perfonne accomplie pour les façons : elle
favoit fourire nonchalamment , parler d'une
voix foible & entrecoupée , comme fi elle n'eût
pas eu la force de prononcer. Elle fe plaignoit
fans ceffe, avec tout l'agrément imaginable , de
quelque indifpofition , & s'évanouiffoit fouvent
le plus joliment du monde.

A l'égard de fon humeur , on ne pouvoit connoître fi elle étoit douce ou non, parce qu'on
avoit toujours fuivi fes fantaifies, & que per-

fonne ne lui avoit jamais réfifté. Elle aimoit le plaifir, & le plaifir l'ennuyoit : quand elle étoit feule, elle vouloit compagnie ; & au milieu d'une fête, elle alloit dans les jardins, ou fe retiroit dans fon appartement. Elle aimoit naturellement à plaire, mais il n'étoit pas de fon rang de fe donner aucune peine pour y réuffir.

Prenany trouvoit tous les charmes poffibles dans cette aimable nonchalance, & fuivoit fans ceffe la Princeffe. Tantôt il chantoit avec elle, tantôt ils jouoient enfemble à des jeux différens, & quelquefois ils s'amufoient à fe regarder fans rien dire. Elle lui demandoit fon avis fur tout ce qu'elle entreprenoit, parce qu'il étoit toujours de fon fentiment. Quand Prenany quittoit la princeffe, elle défiroit de le revoir ; & lorfqu'il étoit auprès d'elle, il étoit le feul qui ne l'ennuyât point.

Le jeune prince, que les Amazones les plus raffinées avoient pris foin d'élever, apprit à la princeffe, que ce qu'il fentoit pour elle étoit de l'amour ; & en comparant leurs fentimens, Félée reconnut qu'elle l'aimoit auffi. Ils fe garderent bien de réfifter à un penchant fi flatteur : leurs cœurs, au contraire, fe livrèrent entièrement à une paffion fi douce ; & le myftère qu'ils firent de la volupté dont ils jouiffoient, marqua que leur amour étoit véritable.

Ces deux jeunes amans goûtoient tranquillement les charmes d'une premiere inclination
(& c'est la seule qui soit vraie), tandis qu'un
rival dangereux préparoit à Prenany des malheurs dont il fut long-temps la victime.

CHAPITRE VI.

*Quel étoit le rival de Prenany, & de l'explica-
tion que Prenany eut avec la princesse.*

QUOIQUE ce rival n'eût que dix-sept ans
tout au plus, suivant toutes les règles, il auroit
dû être mort il y avoit long-temps. Il étoit fils
d'Acariasta, sœur de la reine ; & c'étoit une loi
parmi les Amazones, que l'on faisoit périr,
dès l'instant de leur naissance, tous les garçons
de la maison royale, dans la crainte qu'ils n'u-
surpassent un pouvoir que les femmes s'étoient
réservé dans cet empire.

Mais Acariasta voulant conserver son fils, si
elle en avoit un, s'étoit retirée, pendant sa
grossesse, à un château qu'elle avoit sur les
bords du lac. Après être acouchée d'un fils,
elle avoit envoyé à la reine une fille nouvellement née dans les environs de son palais, en
lui mandant qu'elle étoit à elle. Son dessein

étoit d'échanger enfuite cette petite fille contre
fon fils , & d'élever ce prince fous des habits
contraires à fon véritable fexe.

Mais il arriva un grand malheur dans cette
occafion. On ne prit point garde que la petite
fille que l'on porta à la reine ne voyoit que
d'un œil; ce fut la reine qui s'en aperçut la
première. Ah ! face de lune ! s'écria-t-elle, ma
nièce eft borgne; c'eft grand dommage ; fans
cela , elle auroit les plus beaux yeux du monde.
La nourrice voulut faire croire à la reine qu'elle
fe trompoit ; mais la chofe fut avérée en préfence
de toute la cour. Ainfi, quand on reporta cet
enfant à Acariafta, & qu'elle voulut mettre fon
fils à fa place, il fallut abfolument lui crever
un œil.

La fœur de la reine eut un grand chagrin
de ce défaut d'attention ; elle gronda bien fort
toutes fes femmes ; mais il n'y avoit pas moyen
de faire autrement. On choifit un homme habile, qui creva un œil au petit prince le plus
adroitement du monde , & on donna à l'enfant
le nom de *Solocule*, qui convenoit à un garçon
auffi bien qu'à une fille.

Solocule , qui paffoit pour la nièce de la
reine, fut élevé dans le palais auprès de la princeffe Fêlée , & leurs appartemens n'étoient
pas éloignés. Il avoit une figure affez agréable ;

il étoit blond, délicat, fier de son rang, &
opiniâtre comme le sont bien des gens qui
n'ont pas le sens commun.

Quand il eut atteint l'âge de quinze ans, le
poil follet qui lui vint sur les joues, commença
à donner quelques soupçons de la tromperie
que sa mère avoit faite. La reine en parla à
sa sœur; mais cette princesse nia la conséquence
avec hauteur, & dit qu'il y avoit bien des
femmes qui avoient presque autant de barbe
que les hommes; & que si elles se la faisoient ra-
ser au lieu de se l'arracher, elle deviendroit
pour le moins aussi rude.

Acariasta, pour calmer l'esprit de la reine,
fit publier qu'elle donneroit des appointe-
mens considérables à toutes les femmes barbues qui voudroient venir à la cour. Il en arriva un si grand nombre, que la reine & la
princesse sa sœur eurent lieu d'être rassurées.
On en retint quelques-unes des plus jeunes &
des mieux fournies en barbe, dans l'espérance
qu'elle profiteroit encore, & on renvoya les
autres avec des récompenses proportionnées
à leur mérite.

Cependant le temps donnoit toujours de
nouveaux soupçons; le menton de la prétendue princesse se garnissoit de plus en plus, &
le grand barbier de l'empire soutenoit, au pé-

ril de fa tête, que cette barbe étoit mâle; le
peuple même prenoit parti dans cette affaire.
Il y eut des paris confidérables dans les cafés
d'Amazonie ; les uns gageoient que Solocule
avoit la barbe d'une fille, les autres celles d'un
garçon ; plufieurs même , qui n'avoient jamais
vu la prétendue princeffe , embraffoient l'une
ou l'autre de ces opinions , & la foutenoient
vivement, pour ne pas demeurer neutres dans
une fi grande querelle.

Malgré tout cela , l'obftination de la fœur
de la reine l'auroit emporté fur les bruits publics & fur le fentiment du grand barbier de
la couronne (qui , comme on fe le peut imaginer, n'avoit pas beaucoup de crédit à la cour),
fans un petit accident qui rendit public le fecret du prince. Ce malheur fut que deux femmes de chambre barbues que l'on avoit données
à Solocule, devinrent groffes en même temps,
quoiqu'elles ne fuffent jamais forties de fon appartement.

Alors il ne fut plus queftion que de fléchir la
reine; Solocule lui demanda la vie avec des expreffions fi touchantes , qu'elle en fut attendrie.
L'ambition peut forcer une femme à facrifier un
enfant; mais un inftinct naturel l'empêche d'immoler un garçon de dix-fept ans. Quand Solocule eut obtenu fa grace, il prit les habits qui

convenoient à un garçon ; on lui choifit un ap= partement éloigné de celui de fa coufine ; & comme l'affaire avoit bien tourné, on donna une penfion fi confidérable aux deux femmes de chambre dont la groffeffe avoit révélé le fecret, que les autres furent fâchées de n'a= voir pas contribué à une fi belle décou= verte.

Cette reconnoiffance fi intéreffante fut un coup de foudre pour Prenany ; il s'aperçut que Solocule étoit amoureux de fa coufine. Tandis que ce prince paffoit pour fille, fon apparte= ment étoit fort proche de celui de la jeune Fê= lée. La familiarité qui règne entre deux jeunes parentes, les fréquens évanouiffemens de cette princeffe, l'accident arrivé aux deux femmes de chambre, & mille autres idées qu'un amant fe met ordinairement dans la tête, l'inquié= toient à mourir.

Il trouva enfin la princeffe dans les jardins, & fes femmes s'étant écartées, il réfolut de péné= trer ce qu'elle penfoit de Solocule, & de faire tous fes efforts pour connoître s'il ne s'en étoit point fait aimer. Il aborda la princeffe d'un air rêveur, & fe promena quelque temps fans lui rien dire. La princeffe crut qu'il parleroit étant affis : elle entra dans un cabinet de chevrefeuil, où Prenany fe plaça auprès d'elle fur un lit de

gazon ; mais il ne difoit mot, & fe contentoit
de la regarder.

Fêlée lui fit des reproches de fon filence.
Quoi ! lui dit-elle, ordinairement vous avez
mille chofes à me dire ; aujourd'hui vous rêvez,
& gardez un filence qui m'étonne ? Avez-vous
quelque inquiétude, mon cher Prenany ? Dites-
moi ce qui vous attrifte. Je n'ai point de chagrin répondit le prince ; je fonge feulement que
je voudrois être fille, pour que vous m'aimaf-
fiez davantage. Vous vous moquez, dit la princeffe ; vous feriez auffi fille que ma gouvernante,
que je ne vous en aimerois pas plus pour cela.
Eft-ce que l'on aime mieux les filles que les
garçons ? Oui, fans doute, repartit le prince.
Je fuis perfuadé, par exemple, que quand Solocule paffoit pour une fille, vous l'aimiez plus
que vous ne faites à préfent. Oh ! je vous affure
du contraire, reprit la princeffe ; je le trouvois
dans ce temps-là encore moins fpirituel qu'à
préfent. Il me tenoit fans ceffe des difcours auxquels je ne comprenois rien. Et quels étoient
ces difcours ? dit Prenany alarmé. Je ne fais,
dit la princeffe, fi je les aurai retenus. Il me
difoit que j'étois belle, mais qu'il n'auroit pas
voulu être en ma place, à moins que je n'euffe
été à la fienne ; qu'il auroit voulu me confier un
fecret qu'il avoit, & qu'il auroit pourtant voulu

que je n'en suſſe rien. Vous voyez que ces entretiens n'avoient pas de raiſon. Ces énigmes-là,
dit Prenany , n'étoient pas faciles à deviner.
Mais , ajouta le prince , il étoit toujours auprès
de vous , il paſſoit pour votre compagne. Qu'il
étoit heureux ! Il vous rendoit tous les ſervices
qu'on rend à une jeune amie. Il ne m'a jamais
charmée par-là , répondit la princeſſe. Il étoit ſi
mal-adroit , qu'il ne pouvoit me lacer mon corps
ſans paſſer des œillets ; il falloit toujours recommencer deux ou trois fois. Un jour , en entrant
dans ma chambre le matin , tandis que j'étois
au lit , & toute ſeule , il fit tomber la clef en
fermant la porte ; en ſorte que ma gouvernante ,
qui revint ſur le champ , ne pouvoit plus entrer
pour m'apporter à déjeûner : il fallut qu'il lui
allât ouvrir. Mais , dit Prenany d'un air agité ,
lorſque vous vous évanouiſſiez , n'étoit-il pas
quelquefois auprès de vous , & n'aimiez-vous
pas qu'il vous fît revenir ? Oh ! dit la princeſſe ,
il ne s'eſt trouvé qu'une fois auprès de moi ,
lorſque je tombai en foibleſſe ; mais ma gouvernante y étoit , qui le pria d'aller chercher
de l'eau de méliſſe. Il vouloit qu'elle y allât
elle-même ; & tandis qu'ils diſputoient , je fus
obligée de revenir toute ſeule , & ſans que l'on
me donnât de ſecours. Depuis qu'il m'a joué ce
tour-là , je ne le ſaurois ſouffrir. On dit pourtant
qu'il

qu'il vous aime, dit Prenany un peu raſſuré.
Vraiment cela eſt vrai, reprit la princeſſe; il
me l'a dit lui-même; mais vous m'aimiez bien
auſſi. Oui, je vous le jure, dit le prince, & je
crois que vous n'en doutez pas. Eh bien, dit
la princeſſe, je n'aime que vous; & pour vous
le prouver, je demanderai à la reine qu'elle
nous marie enſemble. Ah! ne lui dites rien, repartit le prince avec vivacité; ne découvrons
notre amour à perſonne : on nous empêcheroit
peut-être de nous aimer, & j'en mourrois de
déſeſpoir. Je n'en parlerai donc, dit Félée, que
quand je ſerai plus grande; mais, juſqu'à ce
temps-là, ne m'abandonnez jamais. Je ne ſuis
contente que quand je vous vois; dès que vous
paroiſſez, une douce volupté m'anime agréablement; quand vous êtes près de moi, je voudrois m'approcher encore de vous. Une triſteſſe
affreuſe vient m'environner dès que vous vous
éloignez de moi; & pour obtenir de moi tout
ce que j'ai de plus précieux, vous n'auriez qu'à
me menacer de votre indifférence. Vous m'avez
appris que c'étoit là de l'amour; ne ſoyez plus
jaloux, mon cher Prenany, car c'eſt pour vous
ſeul que je reſſens ces mouvemens qui me char-
ment.

Prenany penſa expirer de joie en entendant
ces paroles. Il tenoit une des mains de la prin-

cesse, qu'il baisa cent fois pendant ce discours. Vous venez, dit-il, de peindre ma situation, en m'expliquant la vôtre; une langueur mortelle m'accable dès que je suis la moitié d'un jour sans vous voir. Lorsque je suis séparé de vous, je pense sans cesse à ce que vous faites; & c'est cette attention à tout ce qui vous touche, qui causoit la jalousie que je viens de vous faire voir; je me représentois Solocule admirant vos charmes, étant à chaque moment du jour à portée de jouir de la vue de tout ce que j'adore : je me représentois ma princesse prête à accorder, par erreur, à sa feinte amitié ce qu'elle ne devoit qu'à mon amour : mais vous avez pris vous - même le soin de dissiper mes soupçons. Que votre amour est tendre, ma chere princesse, & qu'il rend mon destin charmant ! Unissons nos ames pour jamais; mon cœur vole sur ma bouche, pour vous assurer d'une fidélité éternelle. Fêlée s'étant penchée pendant ce discours sur le bras de Prenany, l'ardeur qui le transportoit lui fit porter, sans qu'il y songeât, ses levres sur celles de la princesse; mais, dans cet instant, il s'aperçut qu'elle étoit évanouie.

Il chercha aussi-tôt dans la poche de la princesse son sel d'Angleterre, & fut très-alarmé de ne le point trouver. Il appuya la tête de la,

jeune Fêlée fur le lit de gazon, & fortit avec
précipitation pour appeler du fecours. Par bonheur, la fidèle gouvernante n'étoit pas éloignée, & étant accourue à fes cris, elle fit revenir fa jeune maîtreffe, à qui Prenany donna le
bras, pour la reconduire doucement au palais.

CHAPITRE VII.

*Comment on peut fe venger d'un borgne, & du
danger que Prenany courut pour y avoir
réuffi.*

CEPENDANT Solocule, amoureux de
Fêlée, s'étoit aperçu que Prenany ne lui étoit
pas indifférent, & cherchoit tous les moyens
poffibles pour le chagriner. Il louoit, d'un air
de bonne fortune, les appas de la princeffe, &
affectoit d'en parler fans ceffe en préfence de
fon rival. Il vantoit la fineffe de la jambe de
Fêlée, fa gorge naiffante, dont il paroiffoit enchanté ; & la princeffe, par une coquetterie naturelle au fexe, ne pouvoit fe fâcher de ces
louanges, quoiqu'elle n'aimât point celui qui
les lui donnoit. Prenany, en fongeant que Solocule avoit lacé la princeffe, étoit au défefpoir.

De son côté, il faisoit au prince toutes les malices qu'il pouvoit inventer. Comme Solocule étoit borgne, Prenany faisoit en sorte, quand ils se promenoient avec la princesse, qu'elle fût toujours du côté de son mauvais œil, afin qu'il ne pût la voir à son aise. Solocule se désespéroit d'être toujours obligé de tourner le cou pour la regarder.

Il voyoit pourtant toujours la princesse, quoiqu'il ne la vît que d'un œil; & Prenany en fut enfin si jaloux, qu'il résolut de l'aveugler tout à fait, quelque chose qu'il en pût arriver. Pour exécuter son projet, il choisit un jour que Solocule étoit d'une partie de chasse avec la princesse sa mère, la reine, & la princesse Félée. Il prit sa longue sarbacane avec des pois plein sa poche, & monta sur un grand arbre dans l'endroit de la forêt où l'on devoit se rassembler pour la colation.

Lorsque toute la cour fut assise sur le gazon, Prenany souffla un premier pois qui n'attrapa que le nez de Solocule. Il dit, d'un air de colère, à la princesse : Je vous prie de cesser, ma cousine, & de ne me point jeter des boules de pain au nez. Je ne vous ai rien jeté, dit la princesse; vous rêvez assurément. Je l'ai bien senti, répliqua le prince. Pendant cette dispute, Prenany avoit si grande envie de rire, qu'il ne pouvoit plus ferrer les lèvres pour fouffler. Mais enfin, ayant repris fon férièux, il lâcha un fecond pois, & fut affez heureux pour crever tout à fait le bon œil de Solocule.

Auffi-tôt ce prince jeta des cris perçans; Acariafta fa mère étoit au défefpoir; chacun s'empreffoit à fecourir le prince, dont l'œil faignoit bien fort. Prenany, fort content, fe tenoit fur l'arbre, fans faire aucun bruit, & perfonne ne l'auroit apperçu, fi, par malheur, fa poche n'eût pas été percée. Les pois qui étoient dedans, commencèrent à fortir par le trou, & à tomber fur toute la compagnie. Quelqu'un leva les yeux, & vit le pauvre Prenany perché fur l'arbre.

La reine ordonna auffi-tôt qu'on l'arrêtât, & Acariafta vouloit qu'on le fît mourir. Jugez de l'état dans lequel étoit la princeffe Fêlée, en voyant fon amant dans un fi grand péril. Elle s'étoit évanouie cent fois dans des occafions moins importantes; mais elle réfifta cette fois-là.

Les guerrières qui gardoient la reine, voulurent monter fur l'arbre pour attraper le coupable; mais elles avoient toutes de fi grands paniers, qu'elles n'en purent venir à bout. On envoya chercher les pages de la chambre, qui y grimpèrent; mais leurs efforts furent inutiles, parce que la forêt étant fort touffue, quand on croyoit tenir Prenany, il faififfoit les branches voifines, & fautant ainfi d'arbre en arbre, les pauvres pages perdoient leur peine. Le refte du jour fe paffa à cette pourfuite, & la nuit étant venue, il fallut laiffer là le criminel, qui s'étoit caché dans un gros chêne. On fit refter quelques gardes dans le bois, & toute la cour s'en retourna fort affligée, dans le deffein d'envoyer prendre Prenany dès le lendemain.

Fêlée fe retira dans fa chambre, & quand elle fut feule avec fa gouvernante, qui favoit fon amour pour Prenany, elle donna un libre cours à fes larmes. Mon cher amant va périr, difoit-elle, la mere de Solocule ne lui pardonnera jamais; &, ce qui me défefpère, c'eft pour m'avoir trop aimée, qu'il fouffrira la mort dont on le menace. Il ne vouloit pas que Solocule me regardât, c'eft moi feule qui fuis la caufe de cette entreprife téméraire.

Ne vous affligez point fi vivement, dit la fage gouvernante; Prenany n'eft point mort, puifqu'il n'eft pas encore au pouvoir d'Acariafta : empêchons qu'il ne tombe entre fes mains, & faifons-le fauver dès cette nuit: nous n'avons qu'à lui conduire un cheval, & tâcher de le trouver dans la forêt; nous le ferons partir fur le champ, & demain ce fera en vain qu'on le cherchera.

La princesse, transportée de joie, embrassa la gouvernante ; elles descendirent toutes deux par un escalier dérobé, & prirent trois chevaux dans l'écurie. Le palefrenier, à qui la princesse fit un présent, les ayant préparés, les deux Amazones partirent, la gouvernante tenant un cheval en main pour Prenany.

Fêlée, que l'amour faisoit songer à tout, avoit pris une bouteille de ratafia, & une grande galette, qu'elle avoit mise par morceaux dans un sac, pour nourrir le malheureux Prenany pendant son voyage, & elle avoit attaché cette provision à la selle du cheval qu'elle lui destinoit.

Quand la jeune princesse fut dans la forêt, elle se mit à pleurer, de peur du loup (car elle ne l'avoit jamais vu); sa gouvernante la rassura, & lui dit de ne pas faire de bruit, de peur d'être entendue des gardes qu'on avoit laissés dans le bois.

La princesse s'étant un peu remise de sa crainte, alloit au petit pas, en disant tout doucement : Prenany ! Prenany ! Par bonheur elle passa auprès de l'arbre où il étoit, & il l'entendit. Est-ce vous, dit-il, ma princesse ? Eh, oui, c'est moi, répondit-elle ; descendez. Aussi-tôt Prenany descendit si vîte, qu'il pensa se casser les jambes. Ah ! dit-il, ma chère princesse, quel est

mon bonheur de vous voir venir à mon secours !
Que je chéris mon entreprise , puisqu'elle me
donne le plaisir de connoître à quel point vous
vous intéressez pour moi !

Oui , dit la princesse d'un ton triste, vous
avez fait là une belle affaire ; il faudra ne nous
plus voir. Ne valoit-il pas mieux laisser à Solocule tous les yeux du monde, s'il les eût eus, que
de faire une chose qui causeroit votre trépas, si
vous ne quittiez ces lieux ? Quoi ! dit Prenany ,
il faudra donc m'éloigner , ma princesse ? Sans
doute , répondit assez rudement la gouvernante qui n'étoit point amoureuse , & qui
mouroit de peur que l'on découvrît la démarche
qu'elle faisoit faire à la princesse , montez sur le
cheval que nous vous amenons , & allez le plus
loin que vous pourrez.

A ces mots , Prenany & Félée se mirent à
pleurer. Allez, mon cher Prenany , dit la princesse, croyez que je ne vous oublierai jamais.
Que je sois de même toujours présente à votre
pensée , & sans doute un temps plus heureux
nous rejoindra. Je vous écrirai quand Acariasta
sera morte ; & ma mère , qui vous aime bien ,
vous pardonnera. Le malheureux Prenany
monta à cheval , baisa tendrement la main de la
princesse , & s'éloigna d'elle. La gouvernante
ramena Félée au palais , & toutes deux se

couchèrent jusqu'au lendemain, sans qu'on s'aperçût de rien.

CHAPITRE VII.

Comment Prenany se sauva dans un désert effroyable, & de la rencontre heureuse qu'il y fit.

IL n'étoit pas tout à fait dix heures du matin, que toutes les Amazones étoient sur pied. On chercha encore Prenany par toute la forêt; mais les peines que l'on se donna furent inutiles. Cela causoit autant de joie à Fêlée, que cela donnoit de chagrin à Solocule & à sa mère; ce qui montre qu'il est bien difficile de contenter tout le monde.

Pendant cette recherche, Prenany avançoit toujours, tantôt triste de quitter la princesse, tantôt gai de ce que Solocule ne la verroit plus. Au point du jour, il avoit aperçu le sac qui pendoit à l'arçon de sa selle; il l'ouvrit, & trouva le gâteau que la princesse y avoit mis, & la bouteille de ratafia. Comme il avoit grand faim, il mangea une grande part de sa galette, & dans cette part il trouva la féve. Ah! dit-il, je ne pouvois manquer d'être roi, puisque je devois manger ce gâteau-là tout seul; mais il

n'importe, cela marque toujours la bonne intention de la princeffe. Il but de l'eau d'une fontaine qu'il rencontra, & un petit coup de ratafia pour fe fortifier le cœur; mais il n'eut pas le
plaifir d'entendre crier *le roi boit*, car il n'avoit
que fon cheval pour toute compagnie.

Prenany n'étoit jamais forti d'Amazonie, &
ne connoiffoit point le pays. Il s'engagea dans
une folitude affreufe, dont il ne favoit plus par
où fortir. Il voyagea ainfi deux jours & deux
nuits dans un défert épouvantable; il ne voyoit
que des plaines d'un fable brûlant, qui s'éten-
doient à perte de vue. Cette vafte folitude n'é-
toit entrecoupée que par des rochers affreux,
qui s'élevoient jufqu'aux nues, & d'où fortoient
des torrens effroyables. Ces eaux, qui tomboient
des montagnes avec rapidité, fembloient fuir
avec autant de vîteffe un féjour fi effrayant, &
fe précipitoient avec fureur dans les plus pro-
fonds abîmes.

Enfin, le cheval de Prenany, outré de laffitude & mourant de faim, tomba; & la bouteille au ratafia, où il y en avoit encore, fut
caffée; ce qui caufa au prince un grand chagrin.
Prenany, à force de coups, fit relever fon cheval, qui le porta encore quelque temps; mais
le pauvre animal étant tombé une féconde fois,
ne put venir à bout de fe relever, malgré toute

fa bonne volonté ; en forte que Prenany fut obligé de prendre ce qui lui reftoit de gâteau, & de continuer fon chemin à pied.

Quand il eut marché quelque temps, il s'affit au pied d'un rocher pour fe repofer. Il regardoit triftement le ciel fans penfer à rien, tant il étoit accablé de fon malheur, lorfqu'il fe préfenta devant lui un vieillard dont la maigreur & la figure auroient fait peur au prince dans un autre temps ; mais alors il étoit fi trifte, qu'il ne s'apercevoit de rien. Le vieillard s'arrêta quelques inftans à confidérer le jeune Prenany avec tous les fignes de la plus grande joie, puis il lui dit, en s'approchant de lui : Que je fuis heureux de vous rencontrer, & quel bonheur pour vous de m'avoir trouvé ici ! Sans cet événement, vous feriez fans doute mort de faim dans ce défert, dont vous ne connoiffez pas les routes ; &, fans vous, j'y aurois bientôt péri de mifère ; au lieu que je vais faire votre félicité, & vous allez faire ma gloire & mon bonheur.

Prenany demanda au vieillard qu'il lui expliquât plus clairement comment ils alloient être tous deux fi fortunés. Contentez - vous pour aujourd'hui, lui répondit le vieillard, de favoir que vous êtes, auffi bien que moi, affuré d'être heureux. Venez vous repofer dans ma grotte demain je vous conduirai dans ma patrie, où vous jouirez de la plus brillante fortune, & je vous inftruirai en chemin de ce que vous voulez favoir.

Le vieillard conduifit Prenany dans un antre qu'il habitoit, & que le hafard avoit creufé dans un grand rocher. Après un léger repas, qui confifta en quelques racines qu'avoit le vieillard, & le dernier morceau de galette qu'avoit le prince, ils fe couchèrent fur des herbes feches, & la laffitude les fit dormir d'un profond fommeil.

Le lendemain, dès que l'aurore commença à paroître, le vieillard éveilla le prince, qui, croyant être encore en Amazonie (car c'étoit la première fois qu'il s'étoit couché depuis qu'il en étoit forti), fe mit à pefter contre le vieillard, & à lui dire mille injures, dans la penfée que c'étoit quelqu'un de fes camarades qui l'éveilloit par malice. Quand il fe fut un peu frotté les yeux, il reconnut fon erreur, & demanda pardon au vieillard de fa vivacité.

Le vieillard & Prenany fe mirent auffi-tôt en chemin, & le dernier, en fortant de la grotte, fe reffouvint avec regret de la bouteille au ratafia, dont ils auroient bien bu chacun un coup avant de commencer leur voyage. Prenany conta d'abord fon hiftoire au vieillard, qui lui fit plufieurs queftions, auxquelles le prince répondit de manière que le vieillard parut très-satisfait. Le jeune prince pria enfuite le vieillard de contenter à fon tour fa curiofité, & de l'inftruire, comme il lui avoit promis de le faire, de l'endroit où il le conduifoit, & du bonheur qu'il devoit efpérer.

A cette demande, le vieillard leva les yeux au ciel, & jeta un profond foupir. Vous allez entendre, dit-il, l'hiftoire la plus funefte dont on puiffe faire le récit. Je fuis fûr que vous frémirez vous-même des malheurs dont ma famille a été accablée. Jugez par-là de la peine que je fouffrirai, en vous inftruifant de mes infortunes. Mais enfin je vous l'ai promis, il faut bien vous fatisfaire.

CHAPITRE IX.

Hiftoire de Savantivane.

L'empire dans lequel j'ai pris naiffance, dit le vieillard, eft d'une fort grande étendue, & très-peuplé. La ville capitale de ce royaume, où je compte que nous arriverons aujourd'hui, s'appelle *Azinie*. La langue que l'on y parle n'eft pas la même que la vôtre ; ainfi vous n'entendrez rien d'abord aux difcours de nos citoyens.

Mais, dit Prenany, comment ferai-je donc?
Je m'ennuierai à mourir. Eſt-ce là cette félicité dont vous me flattiez? Cela ne fait rien au
bonheur de la vie, reprit le vieillard d'un air
tranquille; il y a mille gens qui n'entendent pas
ce qu'on leur dit, quoiqu'on s'exprime en leur
langue, & qui n'en ſont pas pour cela moins
ſatisfaits: d'ailleurs je vous expliquerai le ſoir
en particulier ce que l'on vous aura dit pendant la journée; & de ne rien entendre à ce
que l'on vous dira, c'eſt ce qui vous fera un
mérite auprès de mes compatriotes.

L'ignorance eſt une des plus belles qualités
de nos peuples, & il ſuffit de ſavoir quelque
choſe, pour être ſuſpect à l'état, & expoſé au
plus honteux ſupplice.

Cette loi générale de ne rien ſavoir a été in-
troduite par un de nos plus illuſtres monarques,
qui régnoit il y a environ cent ans ou mille
ans. On ne ſait pas bien au juſte cette époque;
tout ce que l'on a pu retenir eſt que ce roi aimoit fort à diſputer. Etant un jour entré en
conteſtation avec un de ſes courtiſans ſur un
point d'*hiſtoire*, il ſoutint que l'on ne pouvoit
connoître cette ſcience, ſans ſavoir parfaitement la *phyſique*. Toute la cour ſe prit à rire;
on eut beau lui proteſter que çe n'étoit pas de
lui que l'on ſe moquoit, il conçut dans ce

moment une telle haîne contre la science & les
savans, qu'il fit abattre sur le champ tous les
colléges, brûler tous les livres, & détruire toutes les inscriptions qui étoient dans son
royaume. Il fit élever, au milieu de la place
publique, un grand âne de cuivre rouge sur un
piédestal. C'est ce grand âne qui a donné le nom
d'Azinie à la capitale, & qui depuis a été révéré comme la divinité tutélaire de l'empire.

Depuis la mort de ce roi, ses successeurs, &
nos peuples, à leur exemple, se sont infiniment
perfectionnés dans l'ignorance. Mais mon père,
qui étoit demeuré veuf de bonne heure, n'ayant
de son mariage que deux fils, dont j'étois l'aîné,
nous destina, pour notre malheur, à être savans, malgré toutes les lois qui s'opposoient à
son projet.

Il me nomma *Savantivane*, & appela mon
frère *Doctis*, pour marquer l'envie qu'il avoit
de nous faire exceller en science & en doctrine.

Pour nous donner lui-même les premiers élé-
mens des belles connoissances, il apprit à lire &
à écrire d'un savant qui demeuroit caché dans
la ville ; & lorsque nous fûmes en âge de voyager, il nous envoya dans les pays étrangers,
pour nous instruire dans les écoles qui y étoient
établies. Dans le cours de nos études, nous pas-

sâmes quelque temps à Amazonie. C'eſt dans cette occaſion que j'ai appris votre langage.

Mais mon frère, pour ſon malheur, réuſſit beaucoup mieux que moi; il apprit à entendre facilement deux langues que l'on ne parloit plus depuis deux mille ans. Il ſavoit, à cent ans ou deux cents ans près, le temps auquel s'étoit donné une bataille à cinq ou ſix mille lieues de nous; il ſavoit alléguer des raiſons pour & contre ſur des choſes que perſonne ne peut ſavoir au juſte. En un mot, il auroit paſſé pour un oracle dans un pays dix fois plus éclairé que le nôtre.

Mon père, quelque temps avant de mourir, le maria avec une femme jeune & aimable, & lui donna la meilleure partie de ſes biens. Pour moi, il ne voulut jamais me donner d'établiſſement, parce qu'il me regardoit comme l'aîné & le chef de ſa famille.

Si mon père eût prévu les malheurs dans leſquels la femme de Doctis nous a plongés, il ſe feroit ſans doute bien gardé de faire entrer un pareil monſtre dans notre maiſon. Cette femme, orgueilleuſe d'être deſcendue de parens qui s'étoient diſtingués dans l'état par leur profonde ignorance, traitoit mon frère avec le dernier mépris; quelquefois elle amenoit les plus aimables de ſes compagnes, qui, par leurs railleries, le

détournoient

détournoient de l'étude; quelquefois elle faisoit des papillottes avec ses écrits; souvent elle répandoit son encre jusqu'à la dernière goutte. Mais voyant que ses efforts étoient inutiles, cette mégère eut la cruauté de dénoncer mon frère aux magistrats, comme un savant coupable de la plus haute expérience.

Par malheur pour mon frère, il avoit ramassé de toutes parts les événemens les plus considérables des siècles passés; il avoit copié des pièces de plusieurs auteurs, qu'il avoit arrangées au hasard, sans trop observer l'ordre des temps ni des lieux; il avoit cousu à cela des dissertations légères sur les différens arts & sur leur origine, & avoit donné le nom de livre à toutes ces pièces rapportées. Quoiqu'il protestât à chaque page qu'il ne savoit rien de la matière dont il alloit parler, les juges, auxquels sa perfide femme le dénonça, lui firent son procès, & il fut condamné à la mort.

Que cet arrêt me paroît injuste! dit Prenany en interrompant le vieillard. Si la chose est comme vous le dites, on fit mourir votre frère bien légèrement; mais vous le flattez peut-être, & sans doute il avoit mêlé à ces écrits des réflexions qui marquoient un profond génie, & qui montroient qu'il avoit beaucoup médité sur le cœur humain.

D

Point du tout, reprit Savantivane ; les réflexions qui se trouvoient de temps en temps dans son ouvrage, n'étoient que des lieux communs usés, sur la sagesse, le désintéressement, & la constance dans les adversités ; & cependant, un jour que l'on célébroit une fête solennelle (pardonnez aux soupirs que m'arrache encore le souvenir d'un malheur si funeste), mon pauvre frère fut pendu à la queue du grand âne de cuivre rouge.

Pour moi, continua le vieillard après avoir gardé quelques momens le silence, je fus accusé d'être son complice ; mais comme l'on ne trouva point de preuves de mon crime, on se contenta de m'exiler dans le désett où vous m'avez trouvé ; il me fut défendu de revenir, sous peine d'éprouver le même sort que mon frère, à moins que je n'eusse oublié tout ce que je pouvois savoir, & que je n'amenasse avec moi, pour remplacer le frère que l'on m'avoit ôté, un homme de l'ignorance duquel on pût être content.

J'ai demeuré environ trois ans dans mon exil, ne vivant que de racines, & j'aurois couru risque d'y périr enfin, si je n'eusse pas eu le bonheur de vous rencontrer. Votre physionomie heureuse, & la situation où je vous ai trouvé, m'a donné de vous les plus hautes espérances, & le récit que vous m'avez fait de vos aventures, joint aux réponses que vous avez faites aux queſtions que je vous ai propoſées, m'a confirmé dans mon opinion. Je vais vous préſenter à nos citoyens comme un préſent digne de faire ma paix avec eux.

Mais, dit Prenany avec une eſpèce de crainte, il me paroît que je m'expoſe en vous ſuivant à Azinie ; je ne ſuis pas ſi ignorant que vous le dites : je ſais, par exemple, jouer à la paume à merveille. Cette ſcience-là ne vous fera point de mauvaiſe affaire, reprit le vieillard. Je ſais, dit Prenany, nager comme un poiſſon, &, comme vous l'avez entendu, grimper à un arbre mieux qu'un chat. Vous ne courrez encore aucun riſque pour cela, répondit Savantivane. Enfin, dit le prince, je ſais viſer ſi droit avec la ſarbacane, que j'ai crevé l'œil de mon rival. Je ſais danſer toutes les contredanſes nouvelles, & même chanter aſſez bien pour m'amuſer tout ſeul pendant une matinée. Croyez-moi, dit Savantivane, malgré cela, vous n'avez rien à craindre, & toutes ces belles connoiſſances n'empêcheront pas que vous ne parveniez aux premières dignités de l'empire.

En achevant ces diſcours, ils aperçurent la ville, que l'on ne voyoit que lorſque l'on étoit près d'y entrer, parce qu'elle étoit dans un fond. A cet aſpect, ils reprirent un nouveau courage, & y arrivèrent bientôt.

D ij

CHAPITRE X.

Defcription de la ville d'Azinie, & de quelle
manière Prenany y fut reçu.

PRENANY fut enchanté du fpectacle qui
s'offrit à fes regards en entrant à Azinie. Les
maifons étoient à la vérité bâties fans fymétrie,
& les ornemens n'en étoient pas fort réguliers;
mais leur variété & leur grandeur ne laiffoient
pas de faire plaifir à la vue. Les rues étoient
remplies de jeunes gens qui paroiffoient animés de la plus vive joie: les uns conduifoient
dans des chars magnifiques de jeunes beautés
habillées de la manière la plus galante; les autres, fous des berceaux de feuillages, s'abandonnoient aux plaifirs du vin & de la bonne
chère; on entendoit de toutes parts des concerts où la gaîté brilloit plus que l'harmonie,
mais qui auroient fait danfer le prince, s'il n'eût
pas été fatigué de fon voyage.

Comment, dit-il à Savantivane d'un air d'admiration, vous ne m'aviez pas dit que cette
ville étoit fi brillante, ni fi peuplée; ce féjour
me paroit charmant. Que dites-vous? reprit le
vieillard, cette ville me femble aujourd'hui déferte, en comparaifon de l'état où je l'ai laiffée,

lorfque j'en fuis forti. Il faut que quelque chofe d'extraordinaire attire bien du monde d'un autre côté ; je ne vois pas ici la moitié des habitans qui fe promènent ordinairement dans les rues.

Savantivane demanda à un jeune Azinien qu'il aborda, pourquoi il ne voyoit pas autant de monde qu'à l'ordinaire. Vraiment, répondit le jeune homme, prefque tous nos citoyens font à la place publique, pour voir l'exécution d'un miférable favant que l'on a rencontré; il doit être pendu, à l'heure que je vous parle, à la queue du grand âne.

Ces paroles renouvelèrent bien défagréablement, dans le cœur de Savantivane, le fouvenir du malheureux Doctis; mais il fe garda bien d'en rien faire paroître, de peur de fe rendre fufpect; il dit au contraire à l'Azinien, avec une joie affectée : Racontez-moi, je vous prie, quel eft le crime de cet homme, afin que nous en rions enfemble.

Je ne fais pas trop de quoi on l'accufe, répondit le jeune Azinien ; j'ai feulement entendu dire qu'il copioit les écrits que nos citoyens font faire quand ils ont quelque procès entre eux, qu'il mettoit à la fin les fentences que l'on avoit rendues, & qu'il envoyoit tout cela dans les autres villes de l'empire. On a eu peur que

cela ne rendît les juges de province affez habiles pour décider les affaires femblables, quand
il s'en trouveroit de tout à fait pareilles, & on
lui a fait fon procès à caufe de cela. A ces mots,
l'Azinien quitta le prince & fon conducteur.

Savantivane répéta à Prenany ce qu'il venoit
d'apprendre, & fe déchaîna vivement contre
la cruauté de fes concitoyens, de faire périr un
homme pour fi peu de chofe. Quand ils eurent
marché quelques pas, ils trouvèrent une foule
de peuple qui revenoit de la place publique. Un
d'entre eux, que Savantivane interrogea, lui
dit que le coupable avoit eu fa grace. Le roi,
dit cet homme, s'eft fait lire quelques pages des
écrits de l'accufé, & n'ayant rien trouvé qui mé-
ritât la mort, a ordonné qu'on le renvoyât.

Savantivane & Prenany fe réjouirent de cette
nouvelle, & s'étant un peu avancés, ils trouvèrent les juges qui s'en retournoient en bon
ordre. Savantivane fe préfenta à eux, & adreffant la parole à celui qui paroiffoit le plus confidérable : J'ofe, dit-il, revenir en cette ville,
après avoir fatisfait au jugement que vous aviez
rendu contre moi ; depuis le temps que j'ai vécu
dans le défert où vous m'aviez exilé, j'ai fi parfaitement oublié tout ce que je pouvois favoir,
que je ne fais pas fi je retrouverai ma porte. Je
fuis à préfent très-digne de demeurer parmi vous.

Cela eſt excellent, répondit gravement le juge. Mais dites-moi, continua-t-il en parlant au greffier, n'y avoit-il pas une autre condition que cet homme devoit accomplir en revenant de ſon banniſſement. Je ne m'en ſouviens pas bien, dit le greffier, mais je crois qu'il y avoit quelque choſe. J'étois condamné, reprit Savantivane, à vous amener, pour remplacer mon frère, un homme excellent en ignorance : le voilà, dit-il en préſentant le jeune prince qui n'entendoit rien à tout ce diſcours, & je puis vous vanter ce jeune homme pour le meilleur ſujet que vous puiſſiez connoître ; il n'a jamais lu dans aucun livre ſérieux ; il ignore ſon véritable nom ; il ne connoît ni ſon père ni ſa mère, & ne ſait pas dans quel pays il eſt né ; il n'a nulle connoiſſance du chemin par où il eſt venu ici, ni de combien cette ville eſt éloignée de celle d'où il eſt parti ; enfin il ne ſait pas notre langue, & ainſi il n'entendra pas un mot de ce qu'on lui voudra dire.

A ces derniers mots, tous les jeunes ſénateurs ſautèrent au cou de Prenany ; chacun lui témoigna la plus ſincère amitié & la plus parfaite eſtime, & le plus apparent des jeunes ſénateurs fit monter dans ſon char Savantivane & Prenany, pour les mener à ſon palais.

Le vieillard pria ſecretement le jeune

prince de ne lui point parler Amazonien lorſqu'ils ſeroient en compagnie, ou de ne pas
trouver mauvais s'il faiſoit ſemblant de ne l'entendre pas. S'il paroiſſoit, lui dit-il, que je ſuſſe
encore la langue d'Amazonie, cela ſeroit capable de me faire retourner dans le déſert que
nous quittons.

Lorſque l'on fut arrivé au palais du jeune
ſénateur Azinien, il s'y aſſembla nombreuſe
compagnie, & le ſouper, que l'on ſervit peu
de temps après, fit voir à Prenany qu'il n'y
avoit que les cuiſiniers de ſavans impunément
dans ce pays-là. Comme ce prince n'entendoit
rien à la converſation, il s'occupoit à réparer
la diète qu'il avoit faite pendant trois jours,
& buvoit fréquemment pour s'amuſer. Il y avoit
à table trois jeunes beautés que quelques jeunes ſeigneurs Aziniens avoient amenées, qui
paroiſſoient de l'humeur la plus enjouée & la
plus vive. Une d'elles ſurpaſſoit les autres en
gaîté; elle avoit les yeux vifs, les cheveux &
les ſourcils noirs comme du geai, & le viſage
peint à l'amazonienne; ce qui lui donnoit un
petit air effronté dont tout le monde étoit
charmé.

Elle avoit remarqué que Prenany parloit
Amazonien; elle ſavoit auſſi cette langue en
perfection; elle lui fit ſigne de ne pas témoigner

qu'il l'entendoit, pour donner plus de plaifir à la compagnie, & chanta plufieurs airs amazoniens, avec des roulemens admirables, qui charmèrent tous les conviés, parce qu'ils n'entendoient rien aux paroles. Prenany chanta aufli quelques airs tendres ; & comme il les avoit faits lui-même, fa paffion lui fit prononcer le nom de Félée, dont l'idée le fuivoit par-tout; il n'y eut que Savantivane qui favoit déjà fon amour, & la jeune brune, qui l'entendirent; les autres admirèrent les chanfons, fans y rien comprendre.

Pour rendre cette fête complète, on fit venir au deffert des inftrumens qui jouèrent plufieurs airs d'un ancien muficien, qui n'étoient pas bien étendus, & qui n'alloient pas trop vîte; & après que l'on eut ainfi diverti le prince & fon conducteur, on chercha la maifon de Savantivane, & chacun s'alla coucher.

CHAPITRE XI.

Qui paroîtra peut-être aussi ennuyeux que les choses dont on y parle.

LES jours suivans, les plus considérables seigneurs d'Azinie vinrent chez Savantivane visiter le jeune étranger. Le vieillard, qui sembloit avoir abjuré la science, obtint, par le crédit de Prenany, la confiscation des biens de son frère; il se trouva, par ce moyen, en état de faire une figure brillante, & de fournir à Prenany de quoi paroître avec éclat. Le prince & Savantivane donnèrent à leur tour des fêtes aux principaux de la ville : on engageoit tous les jours le prince dans des parties de bal, où il faisoit admirer sa légèreté & sa grace : on le conduisoit à l'opéra, où la musique le divertissoit assez ; mais il n'entendoit rien aux paroles.

Etant un jour en particulier avec Savantivane, il lui expliqua combien cela le fâchoit. Je vois, lui dit-il, des acteurs qui se parlent tendrement en chantant, & qui parlent souvent en même temps, comme s'ils pensoient précisément la même chose; ils se prennent ensuite par la main, & s'asseyent régulièrement cinq fois dans chaque pièce, à l'un des côtés du théâtre, pour voir danser. J'en vois d'autres qui s'avancent, tandis que les danseurs reprennent haleine, & qui disent des choses que l'on applaudit quelquefois. Cela me fait juger que vos poëmes sont tout à fait intéressans; j'ai bien du regret de ne pouvoir en profiter.

Ah! dit Savantivane, si vous ne comprenez rien aux paroles de nos poëmes lyriques, vous n'y perdrez pas beaucoup. Quoique ce soient les principaux ignorans d'entre nous qui y travaillent, & qu'ils ne les composent qu'en s'amusant, c'est la chose du monde la plus fade. Quand on en fait un, on les fait tous; c'est presque toujours le même plan & toujours les mêmes pensées. Vous verrez dans cet ouvrage une jeune princesse amoureuse d'un jeune guerrier, une magicienne est amoureuse du jeune homme; & quelquefois, pour rendre la chose plus touchante, un enchanteur aime la princesse. Les deux deux jeunes amans sont tourmentés pendant cinq actes par ceux qui les aiment ainsi malgré eux, & s'unissent à la fin malgré leurs efforts, ou quelquefois se tuent. C'est ce que l'on connoît par le poignard que la jeune princesse porte à son côté dans le cinquième acte.

A l'égard de ceux qui chantent deux ensemble, s'ils s'expriment vivement, ils disent qu'il

faut fe venger ; qu'il faut fuivre la fureur & la
rage ; que le défefpoir eft une chofe charmante
pour eux : s'ils chantent tendrement, ils fe difent qu'il faut s'aimer, que rien n'eft fi doux
que l'amour ; ils prient ce dieu de lancer fur
eux fes traits, d'allumer fes plus belles flammes,
& de refferrer leurs chaînes.

. Mais, dit Prenany, les acteurs qui viennent
au bord du théâtre, tandis que l'on laiffe refpirer les danfeurs ? Je vais vous expliquer tout ce
qu'ils difent, reprit Savantivane. Si vous voyez
un berger, c'eft toujours qu'il faut aimer, que
l'amour eft charmant, & que fes conquêtes
font autant de fêtes pour les bergers; s'il paroît un guerrier ou une guerrière, ce qu'ils
chantent fignifie qu'il faut mêler les myrthes
aux lauriers, que l'amour eft une efpèce de
guerre, qu'il faut être un peu téméraire, &
triompher de la réfiftance d'une beauté. Lorfque vous voyez des matelots, ils difent qu'en
amour il ne faut pas craindre l'orage, qu'un fort
charmant les attend au port, & que, malgré
la crainte du naufrage, il faut s'embarquer
avec l'amour. Enfin, fi vous voyez des démons,
ils crient qu'il faut fuivre la fureur & la rage ; &
les ombres heureufes, habillées de blanc, chantent doucement que l'amour règne jufqu'aux
enfers, & que fon flambeau les éclaire jufques

dans le féjour ténébreux. Je ne vous parle point du fommeil, qui perfuade qu'il faut dormir ; on comprend tout d'un coup fa penfée. On ne met ordinairement fur le théâtre que ces cinq ou fix fortes de perfonnages : ainfi, par leur habit & le ton qu'ils prendront, vous entendrez tout ce qu'ils voudront dire.

Je fuis au fait à préfent, dit Prenany, & j'entends vos opéra à merveille. Mais je vous dirai que je ne trouve pas votre mufique affez frappante ; ce font toujours les mêmes tons qui fe fuivent, & vos airs n'ont point cette vivacité ni cette variété qui régnent dans ceux d'Amazonie. Nos concerts vont d'une telle rapidité, & montent fi haut, qu'ils vous emportent hors de vous-mêmes ; & quelquefois ils defcendent fi bas, qu'ils vous effrayent. On donne quelquefois cinquante coups d'archet dans une mefure, & l'on tombe gravement d'un *fa dieze* fur un *la bémol*. Cela fait dreffer d'horreur les cheveux à la tête. On joint à cela un accompagnement qui répète en bas ce que l'on a entendu fur les tons hauts, cela fait que tout le monde chante ; & quelquefois, au milieu d'un air, on entend fubitement un violon qui fait le même effet que fi l'on marchoit par hafard fur la queue d'un chat. Vous m'avouerez de bonne foi que cela vaut mieux que toute votre musique.

Oh ! répondit Savantivane, un homme assez savant pour inventer de pareils accords seroit écartelé dans cet empire.

Mais, dit Prenany, vous avez ici une comédie, pourquoi n'y avons-nous pas été, puisque l'on entend vos poëmes sans savoir votre langue ? cela m'auroit diverti.

Ah ! dit Savantivane, vous n'entendriez rien à nos tragédies. Les acteurs récitent les vers presque toujours sur le même ton ; en sorte que, par leur voix, on ne sauroit entendre la différence des sentimens qu'ils expriment. Je les comprendrois par leurs gestes, répondit le prince. C'est là, répondit le vieillard, où vous vous tromperiez presque toujours ; leurs gestes ne répondent point à la passion qu'il faut faire sentir. Ils étendent les bras, remuent leur chapeau, ou le tiennent sur le poing, comme on fait un oiseau de proie, sans que cela signifie rien ; ils avancent le corps, & font trembler leurs jarets, lorsqu'ils sont épouvantés, ou en colère, ou transportés d'amour. La haîne, la frayeur, le désespoir, l'amour violent, tout cela s'exprime de la même manière.

Vous ne me parlez là, dit Prenany, que des

acteurs; je fuis sûr que les actrices ont plus de goût : le beau fexe eft naturellement fenfible, & marque bien mieux la paffion qu'il reffent.

Vous auriez raifon, reprit Savantivane, fi nos actrices étoient capables de concevoir ce qu'elles récitent; mais la plupart n'en entendent rien. On connoît feulement fi elles font affligées, par un grand mouchoir qu'elles prennent au lieu de leur éventail; & alors elles font une grimace qui n'eft point amufante. Il n'y en a qu'une, entre elles, qui varie fes intonations. Elle en prend de graves, quand elle veut exprimer la colère; de douces, quand elle veut infpirer la tendreffe. Ses yeux & fon vifage marquent la joie ou la trifteffe: on connoît fi elle menace ou fi elle s'appaife; & lorfqu'elle feint quelque paffion, fon vifage montre au fpectateur que ce qu'elle dit même n'eft qu'une feinte.

Voilà une grande actrice, dit Prenany : auffi répliqua le vieux Savantivane, chacun s'eft d'abord déchaîné contre elle, & ce n'eft que par un hafard étonnant qu'elle a été reçue.

Prenany fe feroit informé des autres fpectacles d'Azinie; mais Savantivane lui avoit dit d'abord, que quand il entendroit parfaitement la langue, ils ne valoient pas trop la peine d'être vus.

CHAPITRE XII.

Comment Prenany apprit la situation de la prin-
ceffe depuis fon abfence, & de quelle manière il
quitta les Aziniens.

Il y avoit déjà fix mois que le jeune prince
étoit à Azinie ; & quoiqu'il fût toujours dans
les fêtes & dans les plaifirs, il étoit fans ceffe
occupé de fa princeffe : mais il ne pouvoit en
avoir de nouvelles, parce qu'elle ignoroit de
quel côté il avoit porté fes pas, & il ne pouvoit
lui écrire, parce qu'on ne vendoit ni encre ni
papier à Azinie.

Un jour que Prenany étoit forti feul de la
ville dès le grand matin, & qu'il avoit pris fa
longue farbacane pour s'amufer dans la campagne, il crut reconnoître un des pages de la
princeffe Fêlée. Il courut à lui avec précipitation. Eft-ce toi, mon cher Agis ? lui dit-il en
l'embraffant ; quel heureux hafard fait que je te
rencontre en ces lieux ? Viens-tu par l'ordre de
la princeffe ? Dans quelle fituation eft elle ?
Qu'eft devenu Solocule ? Fêlée m'aime-t elle
toujours ? La fœur de la reine eft-elle encore
vivante ? Ne me pardonnera-t-on point à la
cour ? Y puis-je retourner, ou fuis-je condamné

damné à un exil éternel ? Réponds-moi donc,
mon cher Agis, tu me fais mourir d'impatience.

Je ne saurois, dit Agis, répondre à tant de
queſtions à la fois. Repoſons-nous ici, & avant
qu'il ſoit deux petites heures, vous ſaurez tout
ce que vous voulez apprendre.

Le lendemain que vous eûtes crevé ſi adroitement l'œil de Solocule (dit le jeune page
après qu'ils ſe furent aſſis ſur l'herbe), on vous
cherchà encore vainement dans la forêt : on y
alluma des feux pour vous enfumer, ſi vous
étiez encore ſur quelque arbre. Mais je ſavois
bien que toutes ces peines étoient inutiles ;
car la gouvernante de la princeſſe, qui, ſans
me vanter, me veut du bien, & qui compte
m'époufer quand ma fortune ſera faite, m'avoit
inſtruit de votre fuite.

Les chirurgiens les plus experts guérirent
parfaitement l'œil de Solocule, à l'exception
qu'il n'en voyoit point du tout. Depuis cet accident, ce jeune prince ne pouvant plus s'ap-
pliquer à la chaſſe, ni aux jeux d'adreſſe, s'a-
donna aux ſciences, & ſa mère lui fit apprendre
à jouer de la vielle, comme d'un inſtrument
qui lui convenoit le mieux du monde.

Il s'y appliquoit ſi vivement, qu'il parvint,
en moins de quatre mois, à en jouer à mer-

veille. Comme il étoit toujours amoureux de
la princeſſe, il ſe faiſoit conduire chez elle, &
la faiſoit danſer en lui jouant toutes ſortes d'airs;
ce qui la réjouiſſoit ſi fort, qu'elle faiſoit au
prince mille amitiés.

La gouvernante, qui eſt entièrement dans
vos intérêts, appréhenda cette nouvelle paſſion; elle n'oſoit la combattre ouvertement,
parce qu'elle ſavoit qu'il entre beaucoup de contradiction dans les déſirs des filles. Voici le
moyen qu'elle trouva pour empêcher le progrès
de cette inclination dangereuſe.

Un jour que Solocule venoit, à ſon ordinaire,
rendre viſite à la princeſſe, elle lui dit que Félée ſeroit charmée s'il lui jouoit quelques *con-
certo*. Le prince en joua deux ou trois. La princeſſe n'oſoit pas lui dire de ceſſer, de peur de
manquer à la politeſſe; elle bâilloit ſans que le
prince s'en aperçût; elle frappoit du pied
d'impatience, il croyoit qu'elle battoit la me-
ſure; enfin elle s'évanouit tout à fait, & depuis ce temps-là elle n'a plus voulu entendre parler de la vielle, ni de celui qui en
jouoit.

Solocule s'en eſt conſolé, en diſant qu'elle
étoit de mauvais goût de ne pas aimer les *con-
certo* ſur un inſtrument ſi plein d'harmonie, &
s'eſt retiré dans un château de la princeſſe ſa

mère, où il ne s'eſt appliqué qu'avec plus d'ardeur à y exceller.

Mais à peine ce rival a-t-il été banni, qu'il s'en eſt préſenté un bien plus redoutable pour vous.

Quelques-uns de mes camarades & moi, nous promenant un jour à une demi-lieue d'Amazonie, trouvâmes trois petits hommes qui paroiſſoient avòir environ quarante ans. Ils étoient tous trois boiteux de la jambe gauche, & portoient ſur le dos une boſſe qui leur montoit juſqu'au milieu de la tête. Nous nous approchâmes d'eux pour en rire à notre aiſe, & nous commençâmes la converſation par leur donner quelques croquignoles. Il y en eut deux à qui le jeu déplut, & qui s'enfuirent en boitant. Nous ne nous souciâmes pas beaucoup de les pourſuivre; mais le troiſième tourna la choſe en raillerie, & nous dit d'un air gai, que nous lui paroiſſions de bonne humeur, & qu'il vouloit bien venir avec nous.

Nous conſentîmes à ſouffrir ſa compagnie, & nous l'emmenâmes au palais, dans le deſſein d'en faire rire la reine & la princeſſe; & en effet, nous l'introduiſîmes au ſouper dès le ſoir même.

Quand il fut dans la ſalle, il tira de ſa poche un petit manteau de taffetas jaune, qu'il mit fur fa boffe, & une couronne qu'il mit fur fa tête, & dit d'un ton grave, en s'adreffant à la reine : Madame, vos pages m'ont infulté ; mais je leur pardonne, parce qu'ils ignoroient mon rang. Je fuis le roi Dondin, dont l'empire eft à cinquante lieues d'ici, du côté du midi. Sur le bruit qui eft venu jufqu'à moi des graces de la princeffe Fêlée, je fuis devenu amoureux d'elle. La vue de cette princeffe confirme dans mon efprit l'opinion que j'en avois conçue, & augmente dans mon cœur l'amour que fa réputation y avoit fait naître. Je viens vous la demander en mariage.

Ce n'eft point mal parler pour un boffu, dit la reine. Eh! il eft boiteux, ma mère, dit la princeffe. Je ne m'étonne pas qu'il ait tant d'efprit. Dès que les dames de la cour virent que la reine vouloit fe divertir aux dépens de l'étranger, chacune le fit pirouetter dans la falle. Ah! dit le petit homme outré de colère, je jure que je me vengerai. J'ai cinquante mille hommes qui ne font pas éloignés, & je mettrai tout à feu & à fang, ou j'épouferai la princeffe.

Eh bien, dit la reine d'un air tranquille, en attendant que vos troupes foient prêtes, allez fouper à l'office, mes pages auront foin de vous. A ces mots, nous emmenâmes le petit monarque en lui donnant quelques coups de poing pour nous amufer; mais il ne voulut point fouper avec nous. Il remit fort proprement fon manteau & fa couronne dans fa poche, & fe fauva de la ville.'

On rit pendant quelque temps, à la cour, de cette aventure ; mais au bout de huit jours, les vivres commencèrent à renchérir confidérablement , & les payfans qui venoient aux marchés, difoient qu'ils trouvoient toutes les terres ravagées à dix lieues à la ronde. Il étoit fur-tout impoffible de trouver un feul petit pois dans les campagnes, & on fe fouvint que Félée avoit marqué une grande paffion pour ce mets en préfence du roi Dondin. Cela fit juger aux plus fages que c'étoit lui qui fe vengeoit.

Quelques jours après , les conjectures fe changèrent en certitude , & nous vîmes arriver au pied de nos remparts une armée nombreufe de foldats , tous femblables aux trois étrangers que nous avions trouvés.

La crainte fut générale par toute la ville, qui manquoit de vivres , parce qu'on n'avoit point prévu cette guerre. Les repas ne pouvoient plus être qu'à cinq fervices chez la reine, & à trois ou quatre chez les particuliers; on ne pouvoit plus aller montrer fes équipages dans les promenades qui font hors de la ville;

on étoit obligé de se contenter du bal & des spectacles. Cependant la princesse ne vouloit point entendre parler de la paix à condition d'épouser Dondin: ainsi, on résolut de se défendre jusqu'à la dernière extrémité.

Nos guerrières ont fait plusieurs sorties sur les ennemis; mais quoique les Dondiniens leur allassent tout au plus à la hanche, elles ont toujours été repoussées avec perte. Dans cette désolation générale, Fêlée étoit au désespoir de ne point avoir de vos nouvelles; elle a fait déguiser trois de ses pages, ainsi que moi, & nous a envoyés de différens côtés pour vous chercher. Je vous dépeignois à tous ceux que je rencontrois, & leur demandois s'ils ne vous avoient point vu. Il n'y a qu'une jeune paysanne qui me dit hier qu'elle vous connoissoit; que je n'avois qu'à aller toujours du côté de l'occident, & que je vous trouverois. Je ne puis exprimer la joie que je ressens de ce qu'elle ne m'a point trompé. Venez délivrer la princesse, & vous venger d'un rival aussi redoutable que Dondin.

Prenany avoit écouté tranquillement le récit d'Agis; mais comme chacun est ému de différens objets, une seule circonstance le frappa. Quoi! dit-il, Fêlée ne peut manger de petits pois, elle qui les aime à la folie? Tu me dis là

une chose qui me chagrine plus que tout le reste.
C'est la vérité, dit le page, & la saison s'en
passera sans qu'elle ait eu la satisfaction d'en
avoir. Je veux lui en porter, dit le prince (il
savoit l'effet que produit sur le cœur d'une
femme une petite fantaisie satisfaite), nous en
acheterons au premier village, & je trouverai
bien moyen de les lui faire tenir, malgré tous
les Dondiniens du monde. Allons, partons dès
ce moment, ajouta le prince, & courons mériter ma grace & la princesse, en délivrant Amazonie.

Cependant, dit Agis, n'avez-vous pas quelques adieux à faire dans la ville que vous quit-
tez? Ma foi non, dit le prince, cela nous re-
tarderoit. Mais, reprit le page, cela ne sera pas
trop poli. Bon, répondit Prenany, ce sont des
gens qui font gloire de ne rien savoir; faut
leur laisser le plaisir d'ignorer ce que je serai devenu. A ces mots, le prince se leva, & se mit
en marche avec Agis.

En chemin, il demanda au page s'il y avoit
bien loin du lieu où ils étoient, à Amazonie,
& s'il ne falloit point passer par un désert im-
praticable. Il y a au plus trente lieues d'ici à la
ville, répondit Agis, & si vous avez passé par
un désert, vous avez pris le mauvais chemin.
La route que j'ai suivie en venant ici, est char-

mante ; on y trouve des bois, des fontaïnes, & quelques villages où l'on peut se reposer.

J'en suis charmé, dit Prenany ; cela me faisoit de la peine de traverser ce détestable désert par où je suis venu. Ils arrivèrent peu de temps après dans un village, où ils se reposèrent, & le prince acheta un demi boisseau de pois verts, qu'il mit dans ses poches.

CHAPITRE XIII.

De la rencontre que fit Prenany en retournant à Amazonie.

A PEINE Prenany & Agis eurent-ils perdu de vue le village où ils s'étoient reposés, qu'ils entrèrent dans un grand bois, dont les arbres garantissoient du soleil le plus ardent. Les herbes, à l'abri de ces épais feuillages, conservoient toute leur fraîcheur, & les fleurs champêtres mêloient leur émail à cette tendre verdure. Le silence qui régnoit dans ce beau séjour, n'étoit interrompu que par le doux frémissement des feuilles que les zéphyrs agitoient, & par le chant de mille oiseaux animés par le printemps.

Quelle différence il y a , dit Prenany enchanté, entre ces ombrages charmans & les ro-

chers affreux que j'ai trouvés en quittant Amazonie ! que les chemins qui conduifent vers
l'objet que l'on aime, font remplis d'attraits,
& que ceux qui en éloignent font triftes !

Nos voyageurs ayant marché quelque temps,
entendirent le murmure d'un ruiffeau qui les
attira. Ils trouvèrent une eau plus claire que le
criftal, qui formoit, en tombant d'un rocher,
le bruit qu'ils avoient entendu. Ils virent un
jeune homme habillé légèrement, qui dormoit
étendu fur l'herbe ; il avoit à côté de lui un
tambourin, & tenoit une flûte dans la main
gauche. A quelques pas de lui dormoit auffi
une jeune fille charmante ; fes cheveux blonds
étoient ornés de fleurs & de pierreries, fa robe
légère marquoit une taille déliée, & laiffoit
voir tout ce qu'on pouvoit montrer d'une gorge
naiffante, & plus blanche que la neige ; fa jupe,
qui s'étoit relevée par hafard, laiffoit paroître
à moitié une jambe délicate & parfaitement
bien chauffée, & elle avoit fous fa main une
jarretière, qu'elle avoit apparemment ôtée lorfqu'elle avoit voulu s'endormir.

Le prince & fon compagnon demeurèrent
charmés de ce fpectacle. Prenany s'approcha
doucement de la nymphe ; il tira la jarretière
de deffous fa main, fans qu'elle le fentît, & la
baifa avant que de la laiffer confidérer à Agis.

Il oublia fans doute pour ce moment fa chère Félée ; & voilà comme font faits tous les amans ; quelque épris qu'ils foient d'une maîtreffe, l'objet préfent les féduit d'abord. Ils ne croient pas être infidèles pour cela, & penfent que, fans cette légereté, il faudroit renoncer au monde. Mais s'ils y faifoient réflexion, ils fentiroient que cela n'eft point pardonnable, & que quand on a fait un choix, il ne faut plus regarder qui que ce foit dans l'univers.

Le jeune page n'étoit pas moins ému que le prince à la vue de cette jeune perfonne. On ne fauroit deviner quel étoit fon deffein, & ce qu'il auroit prétendu faire ; mais il fouhaitoit de tout fon cœur que le jeune homme qui dormoit à quelque diftance d'eux, n'y eût pas été. Son cœur lui confeilloit d'éveiller la nymphe, mais il craignoit de la perdre, fi elle les apercevoit. Il falloit donc fe contenter de la regarder, & c'eft ce qu'il faifoit avec des yeux pleins de feu, lorfque Prenany & lui entendirent rire derrière eux & battre des mains. Ils tournèrent auffi-tôt la tête, & virent un fatyre qui les effraya fi fort, qu'ils firent un cri. Ne vous étonnez point, leur dit le faune d'un air railleur ; je regarde cette nymphe auffi bien que vous, cela ne diminue point votre part.

Au bruit que fit cette converfation, la

nymphe & le jeune homme s'éveillèrent. La nymphe chercha d'abord sa jarretière, & voyant Prenany qui la tenoit, elle s'approcha de lui galamment, la prit de sa main avec une grace charmante, la remit adroitement, tandis que Prenany & le jeune page se baissoient pour lui aider, & fit signe au jeune homme qui l'accompagnoit de jouer.

Il n'eut pas plutôt commencé, qu'elle se mit à danser avec toute la légereté & toute la grace imaginables. Prenany & son compagnon ne purent s'empêcher de sauter aussi en la voyant, & trois satyres, qui se joignirent au premier qui avoit paru, achevèrent de faire un ballet charmant.

Cette danse avoit déjà recommencé trois fois, & la nymphe alloit encore faire signe au tambourin de continuer, lorsque le prince lui dit, tout essoufflé: Votre danse est divine en vérité; mais il est fatigant de vous voir, si l'on est obligé de danser en même temps que vous. Il faut pourtant qu'il y ait un charme inconnu qui y contraigne; car je ne puis m'en empêcher. Donnez-nous quelque relâche, je vous prie; vous devez avoir besoin de vous reposer, aussi bien que nous.

Je le veux bien, répondit gracieusement la nymphe, mais c'est seulement pour vous faire plaifir ; car, à mon égard, j'aime fi fort la danfe, & j'y fuis fi accoutumée, que je ne puis me laffer. Cependant , dit-elle en changeant de difcours , je fens que j'ai appétit; vous mange-rez bien auffi un morceau. Allons, dit-elle aux fatyres d'un ton de maîtreffe , apportez-nous ici des rafraîchiffemens.

Les fatyres difparurent auffi-tôt , & revin-rent un moment après, avec des plats chargés des viandes les plus délicates , les pâtifferies les plus exquifes , & les plus beaux fruits : ils apportèrent auffi des flacons remplis de vins différens & de diverfes liqueurs; & après qu'ils eurent étendu un tapis fur l'herbe, la nymphe fe mit entre Prenany & le jeune page : le joueur de flûte & les fatyres fe placèrent vis-à-vis d'eux.

CHAPITRE XIV.

Qui étoit la nymphe que Prenany avoit rencontrée, & de la nouvelle manière de voyager qu'elle lui enfeigna.

PENDANT le repas, la jeune nymphe donna l'effor à tous fes charmes, & fit briller fon efprit en plufieurs langues différentes; elle parla Azinien au jeune prince , qui commençoit à

entendre ce langage, & elle rioit de ce que
les autres, qui ne l'avoient jamais appris, n'y
comprenoient rien, comme si c'eût été la plus
belle chose du monde. Elle versoit du vin &
des liqueurs au jeune Prenany & à Agis, & tâchoit, par son exemple, d'exciter tout le
monde à la joie. Elle chanta les chansons les
plus vives & les plus gaies, & fit voir que si
elle dansoit à merveille, elle s'acquittoit aussi
bien du reste, lorsqu'il le falloit.

Prenany & le jeune page étoient enchantés.
Pour le joueur de flûte, il ne disoit mot, non
plus que les satyres, qui se contentoient de regarder la nymphe avec des yeux ardens, & que
le vin & les liqueurs enflammoient encore.

Après que l'on eut passé un temps considérable dans ces plaisirs, la nymphe prit soudain
un petit air triste, qui fit évanouir toute la
joie. Elle se frotta un peu le front avec le bout
des doigts, & dit aux satyres, avec un souris
languissant: Je me sens un violent mal de tête;
je vous prie, laissez-moi un peu tranquille.
Pour vous, dit-elle au prince & à son compagnon, demeurez; j'ai affaire de vous. Les satyres, sans répliquer, se retirèrent, en faisant
chacun une grande révérence avec leur pied
de bouc.

Dès qu'ils furent partis, la nymphe reprit

toute fa gaîté. Le jeune Prenany en fut furpris. Quoi, lui dit-il, je craignois pour vous
une migraine violente. Bon, dit la nymphe,
ne voyez-vous pas que ces vieux bouquins
m'ennuyoient. On les fouffre tant qu'ils font
néceffaires; dès qu'ils ne font plus bons à rien,
on les congédie.

Outre cela, ajouta la nymphe, j'ai bien des
fecrets à vous révéler. C'eft pour vous feul que
je fuis dans ces lieux; j'ai connu votre amour
pour Fêlée dans un des premiers repas que vous
donna un jeune magiftrat d'Azinie; vous pouvez vous fouvenir d'une jeune brune qui chantoit alors avec vous. Je ne vous aurois pas af-
furément reconnue, dit Prenany; vous aviez
ce jour-là les cheveux extrêmement noirs; aujourd'hui vous êtes d'un blond argenté le plus
beau du monde. C'étoit pourtant moi-même,
reprit la nymphe, & c'eft l'agrément des cheveux blonds de pouvoir être déguifés; les
brunes n'ont point ce privilége.

Lorfque j'eus donc appris votre paffion, continua la nymphe, j'ai voulu connoître votre
maîtreffe, & l'ai trouvée fi digne de vous, que
j'ai réfolu de vous réunir. Tandis que je formois
ce projet, j'ai fu que vous aviez un rival dans
le roi Dondin*, & qu'il tenoit votre princeffe
affiégée. La témérité de ce petit monarque m'a

révoltée. Je veux délivrer votre princeſſe, & renvoyer Dondin dans ſon royaume.

Cela vous ſera facile, dit Agis avec précipitation ; vous n'avez qu'à vous offrir aux yeux de Dondin, il ſera ſi charmé de vous, qu'il abandonnera la princeſſe, & la cédera à Prenany.

Vous raiſonnez comme un page, dit la nymphe d'un air de pitié ; vous ne ſongez pas que vous me mettez au-deſſus de Fêlée, & que vous l'offenſez auſſi bien que ſon amant.

Agis rougit de la mauvaiſe réception que fit la nymphe à ſon diſcours galant. Lorſque j'ai vu, reprit-elle, que Fêlée vous faiſoit chercher, j'ai enſeigné à ce jeune homme l'endroit où vous étiez.... Quoi, dit Agis en l'interrompant, vous êtes cette jeune villageoiſe que je trouvai hier au ſoir ? Eh ! taiſez-vous, dit la nymphe en hauſſant les épaules ; je m'étois métamorphoſée en payſanne, je ne l'étois pas pour cela : j'ai bien d'autres ſecrets que vous ignorez, & je fais bien d'autres changemens.

Vous ne douterez pas de mon pouvoir, dit-elle au prince, quand vous ſaurez que je ſuis la fée Cabrioline, la plus vive & la plus adroite de toutes les fées qui aient jamais paru. Je fais changer tous les métaux en or, le criſtal & le verre en diamans & en rubis ; je rajeunis un vieillard ; je rends un jeune homme plus caduc que son aïeul, & cela sans emprunter le secours de la magie, mais par la force d'un génie supérieur qui m'anime.

Que ces talens sont adorables, dit Prenany, & que je vous ai d'obligation de les vouloir employer pour moi! Mais je meurs d'impatience de revoir ma princesse; que faut-il que je fasse pour obtenir ce bonheur?

Il faut que nous partions tout à l'heure, dit Cabrioline; mon joueur de flûte va nous exciter, par la vivacité de son tambourin, &, tout en dansant, nous arriverons à Amazonie: nous n'avons que pour cinq heures de chemin. Je ne vous dis pas les moyens que j'emploierai pour vous défaire de Dondin, mais croyez que vous serez content.

Ah! dit Agis, qui craignoit la fée, parce qu'elle l'avoit repris deux fois, pardonnez-moi la liberté que je prends, si je vous fais remarquer que nous allons nous fatiguer si fort, que nous n'en pourrons plus. Quoique nous ayons fait un bon repas, une danse de cinq heures, dont vous nous menacez, nous donnera une faim effroyable, & l'on ne trouve pas toujours des satyres en son chemin.

Eh bien, dit la fée, si vous êtes si délicat, prenez les massepains qui sont dans cette corbeille, & les emportez. Nous autres fées dan
santes

Ah! n'allons pas plus loin, je vous prie
je suis prêt à mourir de lassitude.

ſantes, avec un biſcuit & deux verres de vin,
nous danſons l'eſpace de quinze lieues.

En achevant ces paroles, elle ſe leva, tandis qu'Agis exécutoit ſon conſeil; elle fit ſigne
de la main au joueur de flûte, qui commença
une provençale, & chacun, en battant l'en-
trechat, prit le chemin d'Amazonie.

Ils avoient voyagé de cette ſorte pendant
quatre heures, & avoient fait plus de vingt
lieues, lorſque le jeune page, tout hors d'haleine, ſe laiſſa tomber ſur l'herbe. & s'écria qu'il
n'en pouvoit plus. Le tambourin ceſſa un
moment de jouer, & la fée, auſſi bien que le
Prince, s'arrêtèrent.

Ah! dit Agis d'un ton lamentable, n'allons
pas plus loin, je vous prie, je ſuis prêt à
mourir de laſſitude : je vois que Prenany ne
peut plus ſe ſoutenir ſur ſes jambes, & votre
joueur de flûte lui-même eſt tout en eau.

Il eſt vrai, dit le Prince, qu'il y a long-temps
que nous ſautons ; j'ai grande envie de rejoindre
ma princeſſe ; mais il vaut mieux arriver plus
tard, que de nous livrer aux ennemis, quand
nous n'en pourrons plus. Vous êtes en vérité
plus foibles que des femmes, dit en riant Cabrioline ; c'eſt un jeu pour nous de danſer depuis
cinq heures juſqu'à neuf, & nous nous repoſons
après cela à courir dans une promenade. Mais

F

puifque vous voulez vous arrêter, nous fommes tout proche du château d'un de mes amis; je ne crois pas qu'il y foit, mais cela n'empêchera pas que nous n'y foyons biens reçus.

Allons-y, dit Prenany; je ne crois pas que nous foyons loin d'Amazonie; & quand nous nous ferons un peu tranquillifés, nous y ferons bientôt.

Amazonie, dit la fée, eft tout au plus à quatre lieues d'ici, & nous y ferions dans une petite demie-heure, fi vous vouliez. Non, non, dit Prenany, ce n'eft pas tant à caufe que je fuis las que je défire de me repofer, que parce que j'ai des pois verts dans mes poches, pour donner à la princeffe, & que de fauter fi long-temps, cela pourroit les flétrir. Dès que cela eft ainfi, dit la fée, il faut aller au château. C'eft bien dit, répondit le page, demain nous ferons une petite journée, & cela fera dans la règle : on danfe tout au plus quatre fois par femaine de la force dont nous avons danfé aujourd'hui; s'il falloit recommencer tous les jours, il n'y a perfonne qui pût y réfifter.

Auffi-tôt la fée alloit faire figne au jeune homme de recommencer à jouer; mais le page l'arrêtant par le bras : Ah ! marchons, dit-il, de grace, à l'ordinaire jufqu'à la maifon de votre ami. Suppofez pour un moment que ce foit là la promenade à laquelle vous vous repofez, après avoir danfé toute l'après-dînée.

La fée y ayant confenti, le jeune homme mit fa flûte dans fa poche, tourna fon tambour derrière fes épaules ; & nos voyageurs, s'étant un peu détournés du chemin qu'ils fuivoient, arrivèrent bientôt à un château magnifique.

CHAPITRE XV.

Chofes intéreffantes qui fe pafsèrent au château où la nymphe conduifit Prenany, & dans lefquelles il n'eut que peu de part.

QUAND ils furent dans la cour, il fe préfenta quelques domeftiques qui connoiffoient la fée, & qui vinrent au devant d'elle. Je fais, leur dit Cabrioline, que votre maître n'eft pas ici ; mais cela n'empêchera pas que nous ne nous y repofions cette nuit : ouvrez-nous les appartemens, & faites-nous apprêter à fouper.

Nos voyageurs furent introduits dans un grand falon, où les meubles les plus précieux & les bijoux les plus rares éclatoient de toutes parts : ils fe mirent chacun fur un grand canapé : pour l'infatigable fée, elle s'amufoit devant une glace de quatre-vingt-feize pouces, à répéter un nouveau pas qu'elle avoit inventé en chemin,

La nuit ne tarda pas à venir : on alluma tous les luftres , & la lumière fit paroître dans tout leur éclat les peintures les plus rares & les dorures les plus recherchées dont le plafond étoit orné. Le fouper, que l'on fervit prefque auffitôt, fit ceffer tout - à - fait la danfe de Cabrioline, & l'on fe mit à table. Prenany , tout occupé du plaifir que l'on reffent quand on approche de l'objet qu'on aime, ne mangeoit prefque pas ; pour le page, il faifoit à merveille honneur à la fête; le joueur de flûte buvoit comme quatre ; & Cabrioline ne faifoit que ronger de petits os, de peur de fe gâter la taille.

La charmante fée auroit animé le deffert encore plus qu'elle n'avoit fait le repas du matin, fi Prenany n'avoit pas demandé la permiffion de fe retirer. La fée le congédia gracieufement jufqu'au lendemain, & on le conduifit à un appartement magnifique, où il fe mit au lit, & s'endormit en penfant à fa princeffe.

Pour Agis, il étoit, malgré fa laffitude, charmé des attraits de Cabrioline; elle recevoit mieux ce qu'il difoit, qu'elle n'avoit fait le matin. Un deffert illuminé eft un temps bien favorable auprès d'une belle. L'éclat des bougies éveille le plaisir qui ne va jamais sans la liberté ; tout s'anime, tout rit dans ces momens vifs. Il est impossible qu'un bel objet prenne alors son sérieux contre un homme aimable qu'elle a vu toute la journée ; les moindres saillies sont spirituelles, & tous les gestes sont galans. La fée ayant secoué au nez d'Agis son verre nouvellement rinsé, il lui lança, avec le bout des doigts qu'il trempa dans le sien, quelques gouttes de vin de champagne, & lui essuya la gorge, moitié avec la main, moitié avec sa serviette, tandis qu'elle s'essuyoit le visage. S'étant avisée de le chatouiller pour le punir, il voulut avoir sa revanche, & leurs visages s'étant approchés à force de rire, la fée ne fit pas semblant d'en rien sentir.

Sans le joueur de flûte, qui étoit toujours assis au bout de la table sans dire mot, le jeune page imaginoit des malices bien plus jolies ; mais enfin il falut se séparer jusqu'au lendemain. Le page se retira dans la chambre où on le conduisit, & la fée dans l'appartement qu'elle occupoit ordinairement dans le château.

Agis fut quelque temps occupé des attraits de Cabrioline ; mais enfin le sommeil l'emporta sur l'amour, & il s'endormit. S'étant éveillé d'assez bonne heure le lendemain, il résolut

de la chercher, & de connoître jufqu'à quel
point il pourroit lui être agréable. La vivacité
de la jeune fée, fa bonne humeur, les petites
libertés qu'elle lui avoit permifes la veille à
la fin du repas, le rempliffoient d'efpérance. Plein
de ces idées charmantes, il s'habilla promptement, & fortit de fa chambre, dans le deffein de vifiter tous les appartemens du château.

Dans la première chambre qu'il rencontra,
il trouva le joueur de tambourin, couché tout
habillé fur un lit de repos, & qui ronfloit de
toute fa force : il fe garda bien de l'éveiller.
Maudit fifre ! dit-il en lui-même, puiffes-tu
dormir toute la journée, & nous laiffer marcher à notre aife ! S'il n'eût pas eu peur de
fâcher Cabrioline, il lui auroit dérobé fa flûte
qui fortoit de fa poche ; mais il n'en fit rien,
parce qu'il ne favoit pas comment elle prendroit la chofe.

Ayant quitté doucement le flûteur, il entra
dans un appartement compofé d'une enfilade
de plufieurs chambres. Les rideaux des fenêtres
n'étoient qu'à moitié fermés, & n'ôtoient que
ce que le jour a de trop éblouiffant. Son cœur
fut agité à cette vuë. Ah ! dit-il en lui-même
avec une douce émotion, c'eft ici fans doute
l'appartement de la fée : je vais revoir cet
objet aimable, mais je vais peut-être m'attirer

fa colère. Il s'avança pourtant en faifant le moins de bruit qu'il lui fut poffible, & fe trouva dans une chambre toute dorée, mais qu'il ne s'amufa pas à confidérer: il vit dans un lit d'été des plus riches & des plus galans, la charmante fée endormie.

. Les rideaux du lit étoient fufpendus en l'air avec des cordons d'or & de foie, & la courte-pointe légère qui couvroit la fée, avoit pris une forme dont Agis étoit enchanté. Il confidéra quelque temps ce charmant fpectacle; mais comme il étoit feul, il fe hafarda de toucher la fée, dont l'épaule nue paroiffoit hors du lit.

Cabrioline fe réveilla à motié, & fes bras, qu'elle étendit en fe retournant, laifferent voir la gorge charmante qu'Agis avoit fi fort admirée la veille. Il marchoit fur la pointe du pied, incertain s'il devoit fe retirer, lorfque la fée demanda d'une voix foible qui étoit dans fa chambre? Le jeune Page trembla, ne fachant quel accueil elle alloit lui faire; mais il fe raffura bientôt, quand la fée, foulevant fa tête fur fon bras, lui dit avec un fouris gracieux: quoi! c'eft vous, Agis? Vous vous êtes levé de bon matin, pour un homme auffi fatigué que vous me la parûtes hier.

Charmante fée, dit Agis, ne me faites plus

la guerre : ce que vous me dites hier, pendant
la journée, m'a fait toutes les peines du monde;
mon feul défir eſt de vous plaire, & rien ne
me chagrinera plus que de n'y pas réuſſir. Ah !
dit la fée d'un air riant, je ne voulois que
badiner : toutes les femmes n'ont-elles pas leurs
petits caprices ? Mais ſi je vous ai fâché, fai-
ſons la paix, ajouta-t-elle en lui tendant la
main. Quelle condition voulez-vous y mettre ?
Si je vous demandois, dit Agis en s'approchant, la permiſſion de baiſer cette belle main
que vous me préſentez ?,... Vous l'avez tant
baiſée hier, dit la fée; je ne vous la refuſerois
pas davantage aujourd'hui. Si j'étois plus
téméraire, dit Agis, & que votre belle bouche....,. N'achevez pas, dit la fée, cela ne ſe
permet jamais; cependant, comme vous êtes
jeune, on pourroit vous le pardonner. Il faudra
donc que vous me pardonniez, dit Agis en
l'embraſſant avec tranſport. Mais, dit la fée en
lui prenant le bras; votre main ſur ma gorge
n'eſt pas de notre marché : voyons, aſſeyez-
vous ſur mon lit, & ſoyez ſage; je veux ſavoir
un peu quelle eſt votre conduite: vous êtes jeune,
vous êtes beau comme l'amour; je parie que
quelque vieille de la cour d'Amazonie eſt amoureuſe de vous. Vous avez deviné, dit Agis en
s'aſſeyant près de la fée : la gouvernante de

Fêlée eſt amoureuſe de moi; elle me fait
mille careſſes, me prend tout l'argent que je
puis avoir, pour me le ménager, & m'aſſure que
quelque jour..... Ah! vous êtes trop charmant,
mon cher Agis, dit la fée en éclatant de rire;
ne parlons plus de cet amour-là : je vois, ſans
que vous m'en diſiez davantage, que c'eſt là
votre première inclination. C'eſt la vérité, dit
le page: comme je n'ai jamais vu qu'elle, elle
eſt la première que j'aye aimée. Vous avez le
cœur naturellement tendre, dit la fée; je vous
en eſtime davantage. Mais regardez-moi,
ajouta-t-elle, n'aimeriez-vous pas mieux une
jeune perſonne, vive, enjouée, qui me reſ-
ſemblât, par exemple? Ah! répondit Agis en
prenant les mains de la fée; une perſonne
qui vous reſſembleroit me feroit plus chère que
ma vie, je ferois tout pour elle ; & ſi j'eſpérois
d'en être aimé, rien ne feroit comparable à
mon bonheur. Mais prenez garde, dit la fée
en montrant à Agis une de ſes jambes à moitié
découverte, vous ne vous apercevez pas que
vous gliſſez de deſſus mon lit, & que vous
emportez toute la couverture avec vous.
Pardonnez-moi, charmante nymphe, dit Agis;
auprès de vous, on ne ſe connoît plus ; pour
expier ma faute, il faut que je baiſe ce petit
pied qui danſe ſi bien. Mais, en vérité, vous

n'êtes pas ſage, dit la fée : je me fâcherai, ſi
vous n'y prenez garde. Puiſque vous êtes levé,
dit-elle en changeant de diſcours, voyez donc
à la pendule quelle heure il eſt. Il eſt près de
neuf heures, dit Agis après y avoir regardé.
Ah ! dit Cabrioline d'un air languiſſant, c'étoit
bien la peine de m'éveiller ſi-tôt pour des
folies ! On n'entre jamais dans mon appartement
qu'à midi ; vous m'obligerez de me lever, quoique j'aye encore envie de dormir. Allons, retirez-
vous, dit-elle foiblement, que je ſonne, afin
qu'on vienne m'habiller. Pourquoi vous lever
plutôt qu'à l'ordinaire ? dit Agis ; vous n'avez
qu'à vous rendormir ; Je me tiendrai dans votre
appartement, ſans faire de bruit, & j'aiderai
enſuite à votre toilette. Oh ! dit la Fée, ſi vous
reſtez, il faudra que vous ſortiez avant que l'on
entre ici. Je ſortirai quand vous voudrez, dit
le page. Vous avez donc envie de me voir
dormir, reprit la fée ; je ſuis preſque curieuſe
d'éprouver ſi vous ſerez tranquille. Mais cet
appartement eſt ouvert ; ſi quelqu'un venoit
par haſard, que diroit-on de vous trouver
auprès de moi ? Allons, il faut que vous vous
en alliez. Eh bien, dit Agis avec vivacité, je
m'en vais fermer la porte, perſonne ne pourra
nous ſurprendre. Tirez donc la clef, ſans faire
de bruit, dit la fée, que l'on ne s'aperçoive

pas que vous êtes entré ici. Agis, plein de joie, alloit à la porte pour la fermer, lorſque le joueur de flûte entra, toujours avec ſon tambour & ſon fifre.

Les bras en tombèrent de dépit au pauvre Agis. La fée demanda, d'un air qui marquoit qu'elle n'étoit pas trop contente, ce qu'il vouloit. Prenany demande ſon compagnon, dit le flûteur d'une voix rauque & d'une air bête, & qui le parut encore plus qu'il ne l'étoit à Agis; il a quelque choſe à lui dire, & m'a envoyé ici, tandis qu'il va d'un autre côté pour tâcher de le trouver. Et ſavez-vous ce qu'il lui veut ? dit Cabrioline d'un air impatient. Il demande, reprit le tambourin, qu'il vienne avec lui dans les jardins, pour vous cueillir un bouquet. Eh ! morbleu, dit le page, n'étiez-vous pas aſſez de deux pour cela ? Croyez-moi, mon cher, allez choiſir des fleurs avec lui : la fée ne veut que des roſes, mais qu'elles aient toutes les feuilles en nombre impair. Ayez ſoin de les bien compter, & vous les lui apporterez enſuite.

Le joueur de flûte alloit partir; la joie & l'eſpérance renaiſſoient dans le cœur du jeune page, quand Prenany ſe préſenta à ſon tour. Pardonnez-moi, dit-il, charmante fée, ſi j'entre ſans votre permiſſion; il y a une heure

que je cherche Agis : j'ai prié ce jeune homme
de l'avertir, & il ne vient point me rejoindre. Eh bien, dit la fée en riant, le voilà
enfin trouvé ; vous devez être hors d'inquiétude. En difant ces mots, elle tira le cor-
don de la fonnette fi fort, qu'elle penfa tout
rompre : deux femmes de la maifon entrèrent,
la fée congédia les trois jeunes gens, & leur
promit qu'el'e iroit les rejoindre dans le parterre,
dès qu'elle feroit habillée.

Quand ils furent dans les jardins, Prenany,
qui voyoit l'air trifte du jeune page, & qu'il
hauffoit de temps en temps les épaules, lui
demanda ce qui pouvoit caufer fon chagrin.
Ah ! dit Agis d'un air brufque, ne parlons pas
toujours de la même chofe. Mais, dit Prenany,
c'eft la première fois... Eh bien, changeons
de difcours, dit Agis en l'interrompant, &
cueillons donc un bouquet pour la fée, puifque
cela eft fi preffé.

Le dépit d'Agis fe diffipa pourtant, par le
plaifir qu'il goûtoit en fongant que la fée ne le
haïffoit point : la vue des beaux lieux où il étoit,
lui rendit bientôt toute fa gaîté. Prenany n'étoit
pas moins enchanté que lui de la beauté & de la
grandeur des jardins où ils étoient. Le parterre
feul pouvoit occuper tout un jour : la variété &
l'affortiment des fleurs étoient incroyables ; des

orangers auffi blancs que la neige répandoient
une odeur délicieufe ; les ftatues du marbre le
plus rare fembloient des perfonnes vivantes, que
l'art magique avoit rendues immobiles : enfin les
eaux, qui paroiffoient fous mille formes différentes, mêloient un continuel murmure au
chant d'un nombre infini d'oifeaux de couleurs
fi belles & fi variées, qu'il fembloit que les fleurs
fe miraffent dans leurs plumes.

Quand Prenany & fon compagnon eurent
cueilli des fleurs en fe promenant, ils virent
paroître la fée fur le perron du palais. Elle
étoit encore plus éclatante que la veille ; un
corps étroit lui marquoit la taille, & elle avoit
une jupe de couleur de rofe garnie de réfeau
vert & argent, dont les feftons étoit attachés
avec des boutons d'émeraudes entourées de
carats; elle avoit ajouté des diamans à fa coif-
fure, & l'avoit ornée d'une guirlande de fleurs
qui badinoit fur fon fein ; fa chauffure repondoit
à fon ajuftement, & n'ôtoit rien à la fineffe du
plus joli pied du monde.

Quand elle parut, le joueur de flûte s'éloigna fans rien dire, ce qui fit grand plaifir à
Agis qui ne pouvoit le fouffrir. Prenany &
le jeune page s'avancèrent au-devant de la fée,
& lui préfentèrent chacun un bouquet; elle les
prit d'un air obligeant. Elle fentit celui d'Agis;

. il crut même remarquer qu'elle le baifa ; & les ayant joints enfemble, elle les attacha à fon côté, pour finir fon ajuftement.

Prenany, impatient de délivrer fa princeffe, demanda s'ils alloient bientôt partir. Nous n'avons pas befoin de nous preffer, dit la féei nous n'aurions que pour une demi - heure de chemin, fi nous le faifions à pied; nous n'en aurons que pour deux heures dans le char du maître de ce palais. Nous n'irons donc pas comme hier? dit le page avec vivacité. Non, dit la fée, & c'eft une bonne nouvelle que j'ai à vous annoncer. Le maître de ces lieux a ici des équipages dont je puis difpofer: nous partirons tard, & il fuffira d'arriver au camp des ennemis quand le jour finira. J'en fuis ravi, dit Agis en fautant; voilà la dernière cabriole que je ferai de la journée. Prenany marqua auffi une grande joie de cette nouvelle, parce que cela devoit empêcher que le préfent qu'il portoit à Félée ne fût fi fort cahoté.

Lorfque la fée & fes compagnons furent rentrés au palais, on fervit un dîner beaucoup plus fuperbe que n'avoit été le fouper de la veille, qui n'avoit pas été prévu. On paffa la meilleure partie du jour dans les plaifirs les plus vifs ; jufques-là que l'on joua un média-.teur avec la couleur favorite, les as noirs, le petit chien, ma mie - margot, & les autres ornemens de ce jeu, fans oublier la queue. La fée gagna plus de trois cent fiches, dont Agis perdoit la plus grande partie; mais la fée refufa galamment de prendre fon argent, & lui confeilla de le garder pour la gouvernante de la princeffe.

CHAPITRE XVI.

Arrivée de la nymphe & de Prenany au camp du roi Dondin, & où l'on voit que les gueux font auffi contens que les riches.

LORSQUE le foleil eut perdu un peu de fon ardeur, la compagnie monta dans une calêche, & fur le foir elle arriva au camp du roi Dondin.

Les fentinelles avancées demandèrent le *qui vive.* La fée repondit qu'elle fouhaitoit voir le roi Dondin, & réprefenta que les étrangers qui étoient avec elle, étant en fi petit nombre & défarmés, ne devoient donner aucune crainte. On conduifit la fée & fa fuite à la tente du monarque; mais il fallut qu'il fît les premiers pas, malgré fa dignité, & qu'il en fortît; car elle étoit fi baffe qu'il n'y avoit que les Dondiniens qui y puffent entrer.

La fée lui fit un compliment fur fa valeur &

fur le motif de la guerre qu'il avoit entreprife.
Les autres monarques, lui dit elle, donnent des
batailles, affiègent des villes pour fatisfaire
leur orgueil ou leur cruauté; ces monftres
inhumains, dignes d'être étouffés dès le berceau, font l'horreur de la terre, & les foudres les
plus redoutables que les dieux irrités font tomber fur les humains. Mais pour vous, grand roi,
vous faites la gloire de votre fiècle, & vous
êtes pour les mortels le plus cher préfent des
cieux. Vous n'entreprenez que la conquête d'un
cœur, & du cœur d'une princeffe adorable.
L'amour feul arme votre bras, ce dieu feul
anime votre courage: que votre motif eft noble,
& que votre projet eft galant! C'eft pour admirer des exploits entrepris dans une vue auffi
belle, que nous venons dans ce camp du plus
fameux guerrier de l'univers, dans l'efpérance
que fa bonté pour nous égalera la grandeur de
fes actions.

　　Le roi parut flatté de ce compliment, que la
fée prononça fans rire, quoiqu'elle en eût
grande envie. Le monarque propofa aux étrangers de fouper à fa table, & ils acceptèrent cet
honneur avec grand refpect. Je ne vous ferai pas,
dit le roi, fort grande chère; mais vous favez
que, dans un camp, les traiteurs font très-rares:
au refte, comme on dit, *à la guerre comme à la*
guerre,

guerre, le vin ne nous manquera pas, & nous nous mettrons de bonne humeur.

Auffi-tôt on éleva, par ordre de Dondin, une tente plus haute que les autres, & le roi y étant entré avec fes principaux feigneurs, la fée y introduifit Prenany & le jeune page, & le joueur de flûte, qui fuivoit toujours. On fervit le fouper, qui confiftoit en un gros dindon. C'eft là mon mets favori, dit Dondin; on dit même que nous aimons cette viande de père en fils, & que c'eft de là que nous tirons notre nom. On apporta des cruches pleines de vin, & le roi s'étant mis au haut bout de la table, fit placer la fée à côté de lui, & le refte de la compagnie s'affit chacun felon fa fantaifie.

Vous voyez, dit le roi, que je vous tiens parole, & que nous ne ferons pas grande chère; mais vous m'avez furpris, & je n'ai pas eu le temps de faire des cérémonies : nous nous récompenferons fur le deffert. La fée & fes compagnons, qui fortoient d'un grand dîner, affurèrent le roi, que ce qu'il leur préfentoit, étoit fuffifant; & le joueur de flûte, qui voyoit de quoi boire, ne s'embarraffoit pas du refte.

Pendant le repas, le roi Dondin vanta fort la vie heureufe qu'il menoit, & prit à témoin fes courtifans, pour favoir s'ils n'avoient pas tous fujet de fe louer de leur fort. Je ne fuis pas riche, dit-il, ni mes fujets non plus ; mais nous fommes contens de nous-mêmes : que nous faut-il d'avantage ? Félée a le plus grand tort du monde de refufer ma main & ma cou-ronne. En prenant bien notre fyftême, elle fe-roit la plus heureufe princeffe du monde.

Elle n'a pas raifon, dit Prenany ; avec un homme aimable, les richeffes font inutiles.

Oh ! vous voulez dire, reprit Dondin, que je ne fuis pas beau ; mais l'agrément du corps ne confifte que dans l'imagination. D'être fait d'une façon ou d'une autre, cela n'eft-il pas tout-à-fait indifférent ? Les boffus ne font point à la mode dans de certains pays, les gens droits & grands ne font point de mife dans le nôtre : de favoir fi nous avons raifon ou non, c'eft ce que perfonne ne peut décider, parce qu'il fera intéreffé dans la difpute, étant infailliblement droit ou tortu. Si Félée m'époufoit, elle auroit un petit prince boffu : je fuis fûr qu'elle l'aime-roit à la folie, & qu'elle le trouveroit le plus joli du monde. Pourquoi ne veut-elle pas fe don-ner ce plaifir là ?

Ce difcours impatientoit fi fort Prenany, qu'il n'ofa répondre, de peur de dire au roi quelque brufquerie.

Je fuis de votre avis, dit Cabrioline ; fi tout le monde étoit ce que quelques gens appellent beau, il n'y auroit point de variété. On ne juge des choses que par comparaison ; sans la laideur, il n'y auroit point de beauté. Les humains forment un grand tableau, & les ombres, dans une perspective, sont aussi estimables & aussi difficiles à ménager, que les jours & les couleurs éclatantes.

La pensée est juste, dit Agis, & le roi, qui fait l'ombre du tableau que nous représentons ici, est aussi beau en son genre que cette nymphe qui en fait le coloris le plus vif.

Cela est vrai, dit le roi, & ce que l'on appelle un bel homme, qui se croiroit au dessus d'un autre par cette raison, seroit aussi ridicule que si le rouge se croyoit au dessus du noir.

Mais, dit Cabrioline, j'ai peine à être de votre avis sur la richesse. L'opulence fournit occasion de rendre service aux autres ; elle fait naître une confiance qui fait briller l'esprit ; elle donne même un air de santé qui réjouit tout le monde.

Je trouve, dit le roi, la richesse assez inutile : si nous ne rendons point de services aux autres, en récompense nous n'avons d'obligation à personne ; pour ce qui est de la confiance que donne la richesse, nous sommes aussi fiers que les autres, quoique nous ne soyons pas riches ;

à l'égard de la fanté, c'eft un préjugé ; avec du vin de mon pays, & un repas tel que celui-ci, je dors auffi bien que fi j'avois foupé comme une amazone.

Le bonheur, dit Agis, n'eft pas quand on dort. Un empereur endormi n'eft pas différent d'un miférable qui dort auffi ; mais c'eft quand on eft éveillé, & que l'on boit, que l'on fent la différence.

Parbleu, dit le roi, qui penfa fe fâcher, mon vin eft excellent, même quand on eft éveillé : demandez à ce galant qui eft affis au bout de la table. (Il parloit du flûteur, qu'il voyoit boire à coups redoublés.) N'eft-il pas vrai qu'il eft bon ? Ah ! dit Agis, au lieu du muficien qui ne répondoit point, il l'auroit trouvé hier au foir bien meilleur encore ; aujourd'hui il eft malade ; il n'a pas fait fon exercice ordinaire.

Tout ce que je puis vous dire, reprit Don- din, c'eft que nous nous trouvons aimables ; nous nous eftimons nous mêmes, & cela nous fuffit.

Il ne s'agit pas de s'eftimer foi-même, dit Agis qui vouloit difputer, cela n'eft pas dif- ficile ; il faut favoir fi les autres s'en moquent. Je trouve, dit la fée, que le roi a raifon ; que fert-il de charmer les autres, & de plaire à des gens que nous ne connoiffons point ? Chacun

n'eft-il pas à foi-même fon meilleur ami ? Et
quand on plaît à fes amis, ne doit-on pas être
content ? Voilà ma penfée dans tout fon jour,
dit le roi. Puifque cela eft ainfi, dit le page,
buvons donc, pour faire plaifir à nos bons
amis.

Pendant cette converfation, le dindon ne
laiffa pas de difparoître. Allons, dit le roi, que
l'on change de fervice. On exécuta aifément
fon ordre, & le deffert qui fuivit le premier
plat, étoit auffi bien entendu que le refte ; il
confiftoit en un grand fromage & un panier de
noix. Le jeune page tira de fa poche les maffe-
pains qu'il avoit pris en quittant les fatyres,
& en fit préfent au monarque ; ils étoient un
peu broyés ; mais on connut au vifage du roi,
que ce préfent lui faifoit plaifir : il les mangea
prefque tous, en difant, par un refte de fierté,
que cela n'étoit pas fort excellent, & qu'il s'en
feroit très-bien paffé.

Mais malgré les amufemens que la fée faifoit naître à chaque moment par fes difcours
& fes chanfons, le petit monarque laiffoit tomber fa tête fur fon eftomac, à force d'avoir envie de dormir. Cabrio line, qui avoit deffein
de paffer la nuit à table, lui en fit la guerre.
Quoi ! lui dit-elle, un guerrier, & un guerrier
amant, doit-il connoître le fommeil ? Songez

que les actions des rois ne peuvent être cachées; & si la princesse sait que vous ayez
dormi si près d'elle, sa froideur pour vous sera
bien fondée. Allons, dit-elle en prenant son
verre, à la santé de la princesse Fêlée. Chacun
fit raison à Cabrioline, & on recommença à se
mettre en joie.

Tandis que tout le monde étoit animé, Prenany, toujours occupé de la princesse, quitta
la table sous quelque prétexte, & alla au pied
du rempart, où il se mit à souffler de toute sa
force, avec sa sarbacane, les pois verts qu'il
avoit apportés. Il en tomba quelques-uns dans
le fossé, mais il en parvint plus de deux litrons
dans la ville. Il avoit presque vidé toutes ses
poches, & il n'y en avoit plus qu'une où il en
restoit quelques-uns, lorsque l'aurore commença à paroître. Prenany, craignant d'être découvert s'il demeuroit plus long-temps, alla
rejoindre le roi, & se remit à table, sans que
l'on s'aperçût de rien.

Dès que le jour parut, les Amazones allèrent visiter le rempart, pour voir si les ennemis n'avoient pas fait quelque entreprise pendant la nuit, & trouvèrent tous les petits pois
qui étoient semés. On courut sur le champ annoncer cette nouvelle à Fêlée, qui vint elle-
même voir cet événement extraordinaire : on

les ramaſſa l'un après l'autre ; & après les avoir
bien lavés , on en fit un plat pour le dîner de
la princeſſe.

Perſonne ne pouvoit deviner d'où ces pois
étoient venus : les uns attribuoient ce préſent à
quelque prodige ; les autres croyoient que c'é-
toit une galanterie du roi Dondin ; d'autres
diſoient qu'il ne faiſoit ce préſent à la princeſſe, que pour lui donner plus de regret quand
elle s'en trouveroit privée , après en avoir eu
une fois. Mais Fêlée fut la ſeule qui devina
juſte. Ah ! dit-elle à ſa gouvernante, je vois
des petits pois, Prenany ſait que je les aime ,
Prenany eſt certainement dans ces lieux.

CHAPITRE XVII.

*Manière de vaincre les ennemis ſans les battre. La
nymphe quitte Prenany après ſa victoire.*

CEPENDANT le ſoleil ayant répandu ſa
lumière juſques dans la tente où le roi Dondin
étoit encore à table, il ſe leva à moitié endormi,
& dit à la fée, qu'il vouloit abſolument s'aller
coucher. J'y conſens , dit Cabrioline ; mais je
vous demande une grace , c'eſt d'entendre un
moment un joueur de flûte excellent que j'ai

avec moi, & de me voir danfer un tambourin ;
dès que cela fera fini, nous irons nous repofer.
On ne peut rien vous refufer, dit le monarque ;
mais fongez que je fuis très-délicat. Auffi-tôt
la fée fit figne de la main au jeune homme, qui
commença à faire réfonner fon tambour & fon
fiffre.

Dès qu'Agis vit le figne que faifoit la fée,
& que ce maudit tambourin alloit commencer,
il fortit de la tente avec précipitation, & fe
fauva jufqu'à la ville, où les fentinelles l'ayant
reconnu, le laifsèrent entrer.

Cependant Cabrioline ayant d'abord danfé
feule un menuet, dont le roi fut enchanté,
commença, fans fe repofer, une provençale
très-vive avec Prenany, qu'elle prit par la main.
Cela anima le roi boiteux ; il fe mit auffi tôt à
fauter malgré lui, tous fes courtifans l'imitè-
rent ; enfin, avant qu'il fe fût paffé un quart-
d'heure, toute l'armée étoit en branle, & les
capitaines & les foldats danfoient comme des
perdus, fans favoir pourquoi. Les amazones,
voyant ce fpectacle de deffus les remparts,
étoient dans un étonnement extrême ; mais
Agis, qui furvint en fe bouchant les oreilles,
de peur d'entendre ce malheureux fifre, leur
donna une grande joie, en leur expliquant la
vertu de la flûte, qui faifoit danfer le roi & fon

armée. J'ai, leur dit-il, danfé quatre heures de
la forte, & nous avons fait plus de vingt lieues
pendant ce temps-là. J'en ai penfé crever, quoique j'aye de bonnes jambes. Comptez que fi le
monarque boiteux ne meurt pas de laffitude, il
fera fi malade, qu'il n'aura plus envie de nous
attaquer.

L'événement fingulier de cette danfe, où
cinquante mille boffus fautoient tous enfemble,
s'étant répandu dans Amazonie, le peuple accourut en foule fur les remparts, & on s'aperçut avec plaifir que l'armée s'éloignoit de la
ville. En effet, tous les Dondiniens étant boî-
teux du côté gauche, partoient toujours de
ce pied-là, qui fe trouvant plus court que l'autre, les entraînoit, malgré eux, du côté de
leur pays.

Les Amazones les eurent bientôt perdus de
vue, & Cabrioline, que le roi ne pouvoit quitter, menoit l'armée fi grand train, qu'en moins
de fept heures, ils avoient fait plus de trente
lieues. Le chemin étoit femé de foldats moins
robuftes que leurs camarades, qui étoient tombés prefque morts de laffitude. Prenany, qui
avoit pris une leçon deux jours auparavant, &
que la joie tranfportoit, en fongeant qu'il dé-
livroit fa princeffe, étoit prefque auffi infatiga-

ble que la fée ; mais enfin Dondin, n'en pouvant plus, tomba à terre de foibleffe. Ah ! charmante nymphe, dit-il d'une voix mourante,
ceffons cet exercice, je vous prie ; malgré ma
complaifance, je ne faurois vous fuivre plus
loin, & je ferai malade plus de fix femaines
d'en avoir tant fait. Je croyois vous faire plaifir, dit la fée en faifant ceffer le flûteur. Félée
aime les bons danfeurs à la folie : je voulois vous apprendre une fcience qu'elle ché-
rit ; mais vous n'êtes pas digne d'elle, puifque
vous n'avez pas de goût pour cet art charmant.
Ne revenez jamais à Amazonie, ajouta-t-elle
d'un air fier, ou bien comptez que je vous ferai danfer.

Le roi vit bien que la nymphe fe moquoit de
lui, mais il n'eut pas la force de lui répondre,
encore moins de la faire arrêter. Ainfi, Cabrioline, Prenany, & le joueur de flûte fortirent
fans obftacle d'entre ces miférables boffus, &
retournèrent du côté d'Amazonie.

Quand ils furent un peu éloignés, ils fe reposèrent fur l'herbe à l'ombre d'un petit bois
qui fe trouva dans leur chemin. Prenany remercia la fée avec les expreffions les plus vives,
du fervice qu'elle lui avoit rendu. Je fuis naturellement bienfaifante, dit la fée, & je m'in-

téreſſe ſur-tout pour les jeunes amans. Je vous
ai mis en état de fléchir la colère de la reine d'A-
mazonie. C'eſt par vous que ſa capitale eſt dé-
livrée d'un ſiége dangereux; elle ne pourra vous
refuſer le prix d'un ſi grand ſervice. Mais je ne
puis en faire davantage pour vous ; il faut que
je vous quitte, mon cher Prenany. Quoi !
vous voulez m'abandonner, dit le prince, avant
que je ſois à Amazonie ! Que deviendrai-je
ſeul & ſans votre ſecours ? Vous n'avez rien à
redouter ici, dit Cabrioline ; quand vous ren-
contreriez quelques reſtes des troupes de Dondin, perſonne ne vous connoît pour ennemi de
ce monarque. Depuis que vous êtes ſorti d'Amazonie, vous avez changé d'habit, & preſque de
langage; ainſi, vous ne courez aucun danger.
Pour moi, une affaire indiſpenſable m'appelle
en d'autres lieux. Adieu, mon cher Prenany ;
je puis vous aſſurer d'un ſort heureux avec Fêlée, & vous ne devez pas déſeſpérer de me revoir encore. En diſant ces mots, elle préſenta
la main au jeune prince, qui la baiſa tendrement. Cabrioline prit enſuite la baguette dont
le joueur de flûte battoit ſon tambour, & lui
en ayant donné un petit coup ſur l'épaule, elle
diſparut avec lui.

CHAPITRE XVIII.

Du malheur que caufa à Prenany fon défaut d'attention, & comment il fe trouva dans le pays des Vieilles.

PRENANY refta feul, & quoiqu'il fût un peu fatigué de fa victoire, mille penfées agréables fe préfentoient à fon efprit : il fe figuroit la joie qu'auroit Félée de le revoir ; il fe flattoit d'être bien reçu de la reine , & qu'elle ne pourroit lui refufer le prix qu'il lui demanderoit. Au milieu de ces charmantes idées , le fommeil s'empara de fes fens.

Mais à fon réveil, il fut effrayé de fe trouver entre dix ou douze Dondiniens, affis en rond fur l'herbe, qui mangeoient un pâté. Il fe raffura néanmoins, en fongeant que s'ils avoient voulu lui faire du mal, ils n'auroient pas attendu fon réveil. En effet, celui qui paroiffoit le plus confidérable d'entre eux, dit à Prenany, d'un air familier : Eh bien, notre ami, avez-vous fait de beaux fonges pendant votre fommeil ? Nous vous attendions toujours en buvant : voulez-vous prendre votre part de notre repas ? Prenany, qui ne manquoit point d'appétit, accepta l'offre du boiteux, & s'approcha de la compagnie. Comme il mangeoit avec vivacité, un des Dondiniens lui dit en riant : Vertuchou ! comme vous avalez ; il femble que vous ayez danfé comme nous, tant vous êtes affamé. Prenany parut ignorer ce qu'il vouloit dire, & là-deffus on lui conta l'aventure de la danfe, qu'il favoit auffi bien qu'eux. Il parut en colère contre la fée, & dit que fi le roi vouloit retourner à Amazonie pour fe venger, il s'offroit à l'accompagner. Il y reviendra tout feul, s'il veut y retourner, dit le principal de la troupe ; pour moi, fi on m'y retrouve jamais, je confens de danfer le refte de ma vie.

Après qu'on eut entièrement achevé les provifions des Dondiniens, & vidé une outre pleine de vin qu'ils avoient apportée, chacune fe leva pour continuer fa route. On demanda à Prenany de quel côté il portoit fes pas ; il dit qu'il prétendoit aller du côté d'Amazonie ; les boiteux dirent qu'ils retournoient dans leur pays. Ainfi, ils fe difoient adieu, & alloient fe féparer bons amis, quand, par malheur, Prenany, en tirant fon mouchoir, fit fortir quelques petits pois, qu'il avoit laiffés dans fa poche, en quittant les remparts d'Amazonie.

Auffi-tôt le capitaine des boffus lui demanda, d'un air brufque, ce que cela fignifioit. Prenany rougit & fe troubla ; fon embarras le perdit.

Dondin avoit défendu, dit le capitaine, qu'on portât des petits pois à Amazonie ; il faut que vous soyez d'intelligence avec nos ennemis. Allons, dit-il à ses soldats, conduisons ce jeune homme à notre roi. Tous les bossus sautèrent aussi-tôt sur le pauvre Prenany, qui faisoit tous ses efforts pour se débarrasser de leurs mains. Il donnoit à droite & à gauche avec sa longue sarbacane, & seroit venu à bout de dissiper ces avortons, si l'un d'eux ne l'eût blessé par derrière avec sa pique. Prenany tomba sans connoissance & baigné dans son sang, & les bossus, fiers de leur victoire, continuèrent leur route pour arriver à Dondinie.

L'infortuné Prenany auroit infailliblement perdu la vie, si le hasard n'eût conduit dans cet endroit quelques paysans charitables, qui le portèrent dans un hameau qui n'étoit pas éloigné. Le jeune prince, en revenant de sa foiblesse, se trouva dans un petit lit au milieu de six vieilles femmes, dont la plus jeune avoit au moins soixante ans.

Ah ! dit-il, d'une voix foible, dites-moi, je vous prie, mes bonnes mères, qui m'a transporté ici, & apprenez-moi dans quels lieux je suis. Ne vous inquiétez point, mon fils, dit une des vieilles en lui passant la main sous le menton ; vous êtes ici en sûreté, & rien ne vous

manquera. Nous avons panſé votre bleſſure,
qui n'eſt pas dangereuſe, & avant qu'il
ſoit trois mois, vous ſerez en état de marcher. Comment trois mois ! dit Prenany,
j'aimerois autant mourir. Oh! cela n'ira pas
là, dit une autre vieille ; je ſais ce que c'eſt
que les bleſſures, & ma mère même ſavoit la
recette d'un onguent qui guériſſoit une coupure
en moins de huit ou dix jours. Oh ! j'ai raiſon,
reprit la première vieille, & je ſais, par expérience, qu'une pareille plaie eſt long-temps à
guérir. J'ai vu le fils d'une de mes intimes
amies, que vous avez auſſi connue, dit-elle à
une de ſes compagnes; nous avons tant joué à
la madame enſemble dans notre enfance, à
telles enſeignes qu'elle avoit marié ſa fille à un
jeune homme dont le père avoit un bien conſidérable, mais qui ne donna pas à ſon fils ce
qu'il lui avoit promis en mariage. C'eſt ce qui
fit que ce jeune homme ſe dérangea furieuſe-
ment, & ſa femme, de ſon côté, fit beaucoup
parler d'elle; ce qui montra ce que peut le
mauvais exemple ; car, étant fille, c'étoit la perſonne monde la plus vertueuſe ; mais il ſe peut
que le monde eût tort de l'accuſer de coquetterie; car bien ſouvent on aime à gloſer ſur la
conduite d'autrui, & l'on dit toujours plutôt le
mal que le bien, & cela par envie, ce qui eſt

pourtant très-condamnable : mais le monde eſt ainſi fait , & ne changera pas ſi-tôt. C'eſt donc pour vous dire que le jeune homme dont je vous parlois fut bleſſé par un de ſes amis, je ne me ſouviens plus dans quelle rencontre ; car les jeunes gens ſont ſi écervelés, qu'il leur arrive toujours quelque accident : on a beau leur re-préſenter. .... Ah, grands dieux ! dit Prenany, je ſerai mort ou guéri avant que vous ayez fini votre hiſtoire. Eh bien , dit la vieille , puiſque vous êtes ſi impatient, ce jeune homme fut cinq ſemaines ſans pouvoir ſortir. Cela ne prouve point que je ſerai trois mois , dit le prince : mais, ajouta-t-il , n'y auroit-il pas moyen de me tranſ-porter chez un chirurgien ? J'ai peur de vous incommoder. Oh ! vous ne nous faites aucune peine , dit la vieille ; ſoyez ſeulement tranquille, & tout ira bien ; nous vous tiendrons compa-gnie , & vous n'aurez pas beſoin de parler. Accroupie , dit - elle en montrant une de ſes compagnes , fait toutes ſortes d'hiſtoires qu'elle vous racontera , & Griſonante, ajouta-t-elle en montrant une autre vieille , a eu , dans ſon temps, la plus belle voix du monde, & vous chantera toutes ſortes de chanſons.

Là nuit vint pendant ces diſcours ; les vieil-les allumèrent de la chandelle ; quelques-unes ſe mirent à jouer, & penſèrent s'arracher le peu

qui

qui leur reſtoit de cheveux, dans une querelle qui arriva ſur un coup. Accroupie s'endormit, en repaſſant les hiſtoires qu'elle ſavoit ; & Griſonante, pour amuſer le prince, lui chanta quelques chanſons ſur l'entrée d'un ambaſſadeur, qui s'étoit faite il y avoit plus de cinquante ans.

Accroupie s'éveilla à une nouvelle querelle qu'eurent les vieilles pour le payement de leur perte ; & ayant entendu la fin des chanſons de Griſonante, elle vouloit conter au prince les aventures de cet ambaſſadeur, qu'elle diſoit avoir vu à la cour ; mais la converſation fut interrompue par l'arrivée d'une jeune eſclave noire, qui ſervoit les vieilles.

La jeune moreſſe dreſſa une table, qu'elle couvrit d'une nappe & de ſix couverts, avec autant de grands gobelets à l'antique ; elle ſervit enſuite un ſouper aſſez abondant. Les femmes ſe mirent chacune à leur place ; mais Accroupie, au lieu de s'aſſeoir ſur ſa chaiſe, prit un peu trop à côté, & tomba ſur le croupion.

La jeune eſclave courut derrière elle, pour la relever pardeſſous les bras ; mais la vieille en colère lui donna un coup de coude dans l'eſtomac, qui la fit reculer cinq ou ſix pas. Vous êtes une mal-adroite, dit la furieuſe Accroupie ; vous ne mettez jamais ma chaiſe à ſa place.

H

Je fais bien d'où cela vient, ajouta-t-elle en pleurant ; j'ai promis quelque chose, après ma mort, à cette misérable fille ; elle voudroit déjà me voir bien loin : voilà ce que c'est que de faire du bien aux ingrats.

La vieille cependant vint à bout de se relever, & s'étant mise à table, elle ne cessa de gronder qu'elle n'eût chapitré toutes les vieilles qui vouloient excuser la moresse.

Sur la fin du repas, elles se mirent en belle humeur, & le vin leur ayant donné dans la tête, elles parloient toutes ensemble, & contoient chacune une histoire différente.

Accroupie, qui parloit des attraits de sa jeunesse, se fâcha de ce qu'on ne l'écoutoit pas ; elle voulut montrer à Prenany combien elle avoit eu la gorge belle étant jeune, & en seroit venue à bout, si elle n'eût été surprise par une toux violente, qui pensa la faire crever sur le champ. Ses amies se levèrent pour la secourir ; elle tenoit son gobelet plein de vin, qu'elle ne vouloit pas remettre sur la table, quoique ses compagnes lui criassent de le faire ; elle en répandit la moitié sur l'une d'elles, qui lui arracha le gobelet de colère, & lui jeta le reste au visage.

La furieuse vieille, ne pouvant parler, voulut donner un coup de poing à celle qui l'avoit insultée ; mais l'autre, en se reculant, renversa la table, & la chandelle, qui tomba, fut éteinte. La jeune moresse l'ayant ramassée, souffla dessus, & la ralluma. Chacune s'alla coucher, en disant qu'on le lui payeroit le lendemain ; & la jeune esclave, par l'ordre des vieilles, demeura auprès de Prenany, pour le veiller pendant la nuit.

Fin de la première partie.

SECONDE PARTIE.

CHAPITRE PREMIER.

Comment Prenany fut gueri de fa bleffure, de quelle manière il quitta les vieilles, & revint à Amazonie.

QUAND Prenany fe trouva feul avec la jeune efclave, il auroit ri de bon cœur du caractère de ces femmes, s'il n'eût pas été fi accablé de fa foibleffe. Voilà, lui dit-il, une des belles fociétés que j'aye vues de ma vie; c'eft grand dommage qu'elle foit fur le point d'être détruite: demain fans doute ces vieilles vont fe féparer. Point du tout, répondit l'efclave; elles fe querellent ainfi prefque tous les jours, & font le lendemain meilleures amies que jamais. Je les en aime davantage, dit Prenany; fi elles ont de la bile, en récompenfe, on peut dire qu'elles n'ont point de fiel. Mais inftruifez-moi, continua-t-il, quelle eft cette engeance de femelles? Y en a-t-il beaucoup de femblables dans ce canton? Tout ce hameau en eft peuplé, répondit la moreffe, & elles ont des do-

maines confidérables aux environs. Celles qui
viennent habiter ces lieux, ont gardé le célibat,
ou font demeurées veuves fans enfans : elles
attirent auprès d'elles leurs neveux ou leurs
autres parens, & leur promettent de leur laiffer tout leur bien après leur mort; & jufques-
là elles les font travailler à cultiver leurs terres,
& exigent d'eux toutes fortes de complaifances.
Mais depuis fix mois que je demeure parmi
elles, j'ai vu fouvent arriver qu'en mourant elles
laiffent ce qu'elles ont à leurs vieilles compagnes,
pour qu'elles foient encore fervies par ceux qui
attendoient leur fucceffion ; & ainfi ces pauvres
parens, après bien des travaux & de l'ennui,
fe trouvent avoir perdu leur temps & leur
peine.

Ils font bien dupes, dit Prenany ; pour moi,
je les abandonnerois bien vîte. C'eft ce que ces
jeunes gens font quelquefois, reprit l'efclave ;
mais dans le grand nombre elles en trouvent
toujours affez pour les fervir; & lorfqu'on a
paffé quelque temps avec elles, on a de la
peine à les quitter, parce qu'on s'imagine toujours qu'il n'y a plus que peu de temps à
attendre pour être riche. Pour moi, ajouta la
négreffe, elles me promettent de m'enrichir
après leur mort; &, en revanche, elles me font
enrager pendant leur vie; mais fi je favois

où porter mes pas en les quittant, elles ne me trouveroient pas ici demain matin.

Si je n'étois pas bleſſé, dit Prenany, je vous offrirois un aſile à Amazonie, qui n'eſt pas éloignée d'ici. J'allois dans cette ville, lorſque j'ai été attaqué en chemin, & réduit dans l'état où me voyez. S'il n'y a que votre bleſſure qui vous retienne, dit la moreſſe, je vais dans l'inſtant vous rendre auſſi vigoureux & auſſi ſain que vous étiez avant de l'avoir reçue; mais promettez-moi que nous partirons tout à l'heure, & que vous ne m'abandonnerez point.

Prenany ne pouvoit croire que l'eſclave eût le pouvoir de le guérir ſi promptement ; il n'héſita point cependant à lui jurer qu'il ne la quitteroit pas, & qu'il ne demandoit pas mieux que d'abandonner pour toujours ces miſérables vieilles. Auſſi-tôt la jeune eſclave tira de ſon ſein une petite pierre noire, qu'elle donna à Prenany, & lui dit de la mettre dans ſa bouche. Le jeune prince exécuta l'ordre de l'eſclave, & ſentit auſſi-tôt un frémiſſement inconnu, qui ſe répandit dans ſes veines ; ſa bleſſure fut refermée, & ſa main, qu'il y porta, ne trouva plus aucune douleur: enfin la force lui revint entièrement. Dans le tranſport de joie qui l'agita, il ne put s'empêcher d'embraſſer la jeune efclave, en lui rendant le tréfor qu'elle lui avoit confié. Je vous dois la vie, lui dit-il; comptez fur une éternelle reconnoiffance. Ne faites point de bruit, dit l'efclave; je vais voir fi nos vieilles font endormies: habillez-vous pendant ce temps-là, & partons.

Dès que la jeune efclave fut fortie, Prenany fauta du lit, & s'habilla fi fort à la hâte, qu'il mit fes bas à l'envers. Il eut pourtant la préfence d'efprit de retourner fes poches, & d'ôter tous ces malheureux petits pois qui avoient penfé caufer fa perte. Il y a bien des gens qui, comme lui, fongent aux accidens après qu'ils font arrivés. Il rencontra, en fortant de fa chambre la jeune efclave, qui lui dit que les vieilles ronfloient de toutes leurs forces: ils paffèrent fans faire de bruit, & fe mirent en chemin.

Quand ils furent un peu éloignés, & que Prenany ne craignit plus ces déteftables vieilles, il renouvela·fes remercimens à la jeune moreffe; il lui conta fon hiftoire, & l'inftruifit de fon amour pour la princeffe Fêlée, auprès de qu il lui promit de la placer. Il lui demanda enfuite quel étoit fon nom, & de qui elle tenoit cette pierre ineftimable dont elle s'étoit fervie pour e guérir.

Ne me demandez point lui dit l'efclave, l'hif-

H iv

toire de mes malheurs ; elle n'auroit pas pour
vous affez de charmes pour balancer la douleur
que je reffentirois en vous racontant mes infortunes. Qu'il vous fuffife de favoir que mon nom
eft *Zaïde*. Mon deftin a été d'être efclave dès
mon enfance : j'ai perdu, par un malheur funefte,
un amant de même nation que moi, qui m'aimoit, & que j'adorois. Le defefpoir que je ref-
fentis de cette perte me fit détefter la vie à tel
point, que j'empruntai le fecours du fer pour
la terminer. Mes vœux alloient être remplis;
je m'étois percé le fein, & je n'avois plus de
connoiffance, quand une fée (dois - je dire bienfaifante ou cruelle ?) me rappela des portes du
trépas en me mettant cette même pierre dans
la bouche. Elle m'en fit préfent, & m'affura
que le temps me rejoindroit à mon amant. Depuis un an qu'elle m'a fait cette promeffe, le
maître que je fervois m'a donné la liberté : j'ai
cherché pendant quelque temps cet efclave,
qui ne fortira jamais de mon cœur, mais tous
mes foins ont été inutiles : enfin, ne trouvant
point d'autre afile, je me fuis retirée chez les
femmes que nous quittons, où il femble que le
ciel m'ait placée pour vous fauver la vie.

Prenany tâcha de confoler la moreffe, en lui
rappelant la promeffe que la fée lui avoit faite
qu'elle feroit un jour réunie à fon amant. J'ai

éprouvé, dit-il, quel est le pouvoir des fées, & si j'avois eu un peu plus d'attention, je serois à présent à Amazonie. Mais je ne me repens plus de ma faute, puisqu'elle est cause que je vous ai tirée d'entre ces misérables vieilles, dont nous pouvons rire à présent que nous sommes sortis d'entre leurs mains.

Le Prince & la jeune esclave se reposèrent dans une cabane qu'ils trouvèrent sur le chemin, & dans laquelle ils furent reçus par un pauvre pêcheur qui l'habitoit. Prenany, que les accidens qu'il avoient essuyés avoient rendu prudent, ne vouloit pas y entrer. Mais il semble que le destin prenne plaisir à tromper les humains : le maître de la cabane les reçut le mieux qu'il lui fut possible ; il leur donna à coucher, & il ne leur arriva rien d'extraordinaire.

Ils se remirent en marche le lendemain, après que Prenany eut généreusement reconnu les soins de son hôte, & arrivèrent aux deux tiers du jour à Amazonie.

Prenany, qui avoit encore son habit à l'azinienne, entra dans cette ville sans être reconnu. Il n'osa se présenter d'abord à la Reine, sans savoir quels étoient ses sentimens à son égard. Ainsi, il entra avec Zaïde dans les jardins du palais, espérant d'y trouver Agis, ou la gouvernante de la princesse, qui l'intruisissent du fort qu'il devoit attendre. Dans ce deſſein, il ſe cacha dans le détour d'un petit bois, où la prin- ceſſe venoit quelquefois rêver, & Zaïde s'aſſit à quelques pas de lui.

CHAPITRE II.

Comment Prenany fut reçu par la' princeſſe & par la reine. Projet de ſon mariage avec Fêlée.

APRÈS, tant de travaux ſoufferts & tant de périls ſurmontés, qui auroient laſſé le courage du héros le plus aguerri, le jeune prince ſe voyoit enfin dans les lieux qui renfermoient l'objet de ſa tendreſſe, & s'y croyoit à l'abri des orages. Rien ne provoque mieux au ſommeil que la fatigue du corps, jointe au repos de l'eſ- prit. Ainſi Prenany ne fut pas long-temps au pied de l'arbre où il s'étoit couché, ſans goûter les charmes d'un agréable ſommeil.

Fêlée vint par haſard ſe promener auprès du bocage où il étoit avec la moreſſe : elle étoit ſeule, & ſa gouvernante s'étoit arrêtée à quelque diſtance d'elle avec Agis, dont elle étoit toujours charmée. La princeſſe, qui ba- dinoit avec ſon petit épagneul, le vit courir devant elle & l'entendit aboyer ; elle voulut le ſuivre, & détourna dans l'allée où Prenany étoit avec Zaïde.

La jeune moreſſe entendant quelqu'un, ſe leva avec précipitation, & fit ſi grande frayeur à Fêlée, qu'elle recula quelques pas, & tomba évanouie entre les bras de Prenany, qu'elle n'avoit point aperçu. Il ſe réveilla auſſi-tôt ; mais quelle fut ſa ſurpriſe & en même temps ſa joie, de retrouver ſa princeſſe ! Son évanouiſſement ne l'inquiétoit pas, parce qu'il ſavoit qu'elle y étoit fort ſujette ; il lui fit reſpirer l'odeur d'un flacon qu'il avoit dans ſa poche, & Fêlée revint aiſément. Mais elle penſa retomber en foibleſſe, quand elle vit ſon cher Prenany. Eſt-ce vous, lui dit-elle tout étonnée, & êtes-vous au nombre des vivans ? J'ai vu à l'inſtant auprès de vous une divinité infernale, qui me fait juger que vous n'êtes plus en vie.

Je ſuis vivant, reprit le prince, & je ſuis toujours fidèle ; celle qui vous a fait peur eſt une créature humaine, & à qui je dois la vie. Elle eſt à la vérité d'une couleur différente de la vôtre ; mais c'eſt la mode dans de certains pays d'avoir de ſemblables perſonnes à ſa ſuite. Il y a des femmes qui ſont folles de ces figures-là. Puiſque c'eſt la mode, dit Fêlée, je la trouverai charmante ; faites-la venir, je n'en aurai plus de peur. Prenany appela auſſi-tôt Zaïde, qui s'étoit éloignée en voyant la frayeur de la princeffe; elle s'approcha, & fe jeta aux pieds de Fêlée.

Dans ce moment furvint la gouvernante avec Agis; ils embrafsèrent Prenany avec toute la joie poffible. Quand ils eurent fatisfait leurs premiers tranfports, Agis demanda tout bas à Prenany, fi cette perfonne noire n'étoit point Cabrioline qui s'étoit déguifée pour venir à la cour. Prenany lui répondit que ce n'étoit point elle, & raconta à la compagnie comment la fée l'avoit quitté, où il avoit rencontré la jeune perfonne qu'ils voyoient, & le fervice qu'elle lui avoit rendu. Chacun baifa de bon cœur le vifage noir de la moreffe, & la princeffe elle-même l'embraffa, après avoir bien regardé fi les autres ne s'étoient point barbouillés à fa peau.

Fêlée, pour jouir de l'entretien du tendre amant qu'elle retrouvoit, voulut fe promener dans une allée du bocage où ils étoient. Ces deux jeunes amans ne pouvoient exprimer la joie quils fentoient de fe revoir; il n'y avoit pas jufqu'au petit chien de la princeffe, qui penfa faire caffer le nez à Prenany deux ou trois fois, en fe fourrant entre fes jambes pour le careffer.

Après que Prenany eut remercié la princeffe de la manière tendre avec laquelle elle le recevoit, il s'informa dans quelles difpofitions étoit la reine à fon égard. Je tremble, dit-il, d'apprendre fes fentimens. Oh vraiment, dit Félée d'un air de confiance, vous n'avez plus rien à craindre ; elle a pris une fi forte haîne contre le roi Dondin, que quand elle a appris que c'étoit vous qui le faifiez danfer, elle a témoigné qu'elle vous aimoit à la folie. Mais, ajouta Prenany, que penfe la fœur de la reine ? On lui a fait entendre raifon, reprit Félée, & je vais vous conter comme tout cela s'eft paffé.

Quand vous fûtes parti, dit la princeffe, fans que l'on fût que nous vous euffions fait échapper, je ne ceffois de pleurer. La reine me demandoit la caufe de mes larmes : tantôt je lui difois qu'un de mes ferins s'étoit envolé ; d'autres fois, que j'avois perdu quelqu'un de mes bijoux ; quelquefois que mon petit épagneul étoit malade. Mais à la fin la reine me dit : Je vois bien, princeffe, que vous pleurez la perte de Prenany ; mais il faut prendre votre parti, car il ne reviendra plus. Je me mis alors à verfer tant de larmes, que je penfai étouffer ; la reine s'attendrit, & pleura auffi. Peu de temps après, Dondin eft venu nous affiéger. Je dis alors à la reine: Eh bien, Madame, fi vous m'aviez mariée à Prenany, ce vilain roi ne voudroit pas m'époufer. Cela eft vrai, dit la reine; s'il étoit ici, je vous le donnerois. Auffi-tôt j'ai fait déguiser quatre de mes pages, que j'ai envoyés pour vous chercher. Vous savez qu'Agis vous a trouvé, & que vous avez fait retourner Dondin dans son royaume. Tandis que tout le peuple regardoit de deffus les remparts la danse des boiteux, Agis dit à la reine, que ce n'étoit qu'à vous que nous devions notre délivrance. Auffi-tôt je lui demandai votre grace; mais Acariafta, qui étoit préfente, se mit en colère, & pria la reine de vous punir. Nous fîmes tous nos efforts pour l'appaiser, & pour l'engager à confentir que vous revinffiez à la cour. Il n'y aura, lui dis-je, qu'à n'en point parler à Solocule; comme il ne le verra pas, il n'en faura rien. Cela perfuada la princeffe, qui confentit à votre retour.

La reine me dit enfuite en particulier: Je vois bien que vous aimez Prenany. Cela eft vrai, lui répondis-je, je l'aime de tout mon cœur. Mais, ajouta la reine, faurez-vous faire la maîtreffe, & l'obliger en tout à faire votre volonté, Oh! pour cela oui, dis-je auffi-tôt: s'il me contredit en quelque chofe, ou s'il ne prévient pas même mes fantaifies, je pleurerai, ou je crierai fi fort, que tout le monde prendra mon parti; enfin je ferai comme vous faites avec le

roi. Dès que cela est ainsi, répondit la reine,
aussi-tôt qu'il sera de retour, je vous marierai
avec lui. Depuis ce temps - là, j'étois dans une
impatience mortelle de vous revoir.

Prenany ne trouva point étrange que Fêlée
ne lui parlât point des plaisirs que Solocule lui
avoit procurés avec sa vielle; il savoit bien
qu'il ne faut pas tout dire aux amans; mais il
fut frappé du dessein qu'elle témoignoit avoir
d'imiter la reine sa mere. Quoi ! dit - il, quand
je serai votre mari, vous comptez donc me faire
enrager ? Ah ! répondit Fêlée, vous vous alar-
mez mal à propos; je vous aime, & je vous
aimerai toujours : mais ne falloit-il pas dire cela
à la reine, afin qu'elle me mariât bientôt ? Prenany fut plus charmé que jamais de l'esprit de
Fêlée. Et en effet, on reconnoissoit dans tout
ce qu'elle avoit raconté au prince, les traits
de cette politique sage & éclairée dont il
n'y a que les grands génies qui soient capables.

Le soir étant venu, la princesse, avec sa suite,
revint au palais, dans le dessein de présenter à
la reine Prenany & la jeune moresse, dont elle
étoit enchantée, à cause de la nouveauté. La
reine étoit occupée, avec les dames de sa cour,
à un ouvrage de broderie, où chacune tâchoit

de se surpasser. Acariasta étoit de l'assemblée, &
travailloit avec la reine.

Cette princesse, dont il faut dépeindre le
caractère, avoit alors près de cinquante ans;
elle avoit l'humeur fière, & ne la dissimuloit
point; ses regards les plus affables auroient
passé pour orgueilleux dans une autre personne. Elle étoit d'une taille avantageuse, &
se croyoit belle, parce qu'une peau d'une
blancheur extrême enveloppoit un embonpoint
extraordinaire. Elle auroit eu de l'esprit, si elle
eût su comprendre ce qu'on lui disoit; mais
sa fierté l'empêchoit d'entendre juste, parce
qu'elle appréhendoit toujours qu'on ne lui voulût manquer de respect; & cette crainte bannis-
soit toute autre attention.

Lorsque Fêlée entra, tout le monde se leva
par respect, à l'exception de la reine & d'Acariasta. Prenany fut reçu avec toutes les marques
de la plus grande joie; la reine lui commanda de
s'asseoir, & s'informa de ses aventures, qu'elle
trouva très-intéressantes. Tout le monde
admira sur-tout la vertu de cette pierre
merveilleuse que la jeune moresse avoit en sa
possession.

Acariasta, qui dissimuloit la haîne qu'elle
portoit à Prenany, lui fit un compliment
forcé

forcé fur fon heureux retour : mais comme
elle enrageoit au fond du cœur, fon impatience fit qu'elle fe piqua vivement le doigt
avec fon aiguille. Elle preffa auffi-tôt la bleffure, il en fortit une groffe goutte de
fang, & elle témoigna reffentir une grande
douleur.

Prenany s'avifa de lui confeiller d'effayer fur le champ la vertu de la pierre noire :
la jeune efclave la lui préfenta auffi-tôt, &
Acariafta la mit dans fa bouche.

Mais il arriva un grand accident en cette
occafion. Acariafta étoit malheureufe, & il lui
arrivoit toujours, auffi bien qu'à fon fils, des
chofes qui n'arrivent à perfonne. Quelque lec-
teur croira d'abord qu'elle avala la pierre, &
qu'elle fut perdue, ou qu'elle n'avoit point la
vertu de guérir les piqûres d'aiguille, mais ce
n'eft point cela.

Acariafta avoit fous chaque jarret une fontaine de beauté, pour entretenir la fraîcheur
de fon teint. La pierre ne fut pas difcerner les
bleffures faites exprès, d'avec celles qui étoient
arrivées par accident. Le doigt de la princeffe
fut à la vérité guéri fur le champ, mais les autres ouvertures furent auffi refermées en même
temps, malgré tous les obftacles que l'art y
avoit mis. Acariafta, qui s'aperçut de cet effet

I

étrange ; dès qu'elle eut rendu la pierre, en eut un chagrin qui lui fit lever les yeux au plafond, en faifant la grimace, & elle fut obligée d'entendre l'éloge de cette pierre, fans pouvoir marquer fon dépit ; car elle n'avoit garde de révéler le mauvais tour qu'elle lui avoit joué. Cependant cette princeffe en fut quitte pour fouffrir le lendemain que fon médecin, par une nouvelle opération, remît les chofes en leur premier état.

Cette fâcheufe aventure aigrit encore la haîne d'Acariafta contre Prenany. Elle la diffimula pourtant en perfonne de cour, & applaudit au deffein de la reine, qui propofa fur le champ le mariage de la princeffe avec lui.

On appela les prêtres de la lune, pour confulter, dès le foir même, cette grande divinité adorée à Amazonie. On fe fervit, pour la confidérer, de lunettes les plus excellentes que le roi eût inventées ; & enfin, après un férieux examen, les prêtreffes déclarèrent que cet hymen feroit agréable à la déeffe, mais qu'elle ne vouloit pas qu'il s'accomplît tandis qu'elle fuyoit de deffus leur hémifphère : qu'ainfi, il falloit différer d'une huitaine, après laquelle elle devoit recommencer un nouveau cours.

CHAPITRE III.

Par quel malheur Prenany fut enlevé la veille de
ses noces, & de la peine singulière à laquelle il
fut condamné par la mère de Solocule.

LES plus pompeux apprêts occupèrent toute
la cour pendant ce temps, qui paroissoit un siè-
cle à l'amoureux Prenany. Ces deux jeunes
amans ne se quittoient plus, & commençoient
à n'avoir plus rien à se dire ; leurs tendres sentimens, presque épuisés, appeloient des plaisirs plus sensibles, & plus ils voyoient approcher le doux moment qui devoit amener ces
plaisirs, plus ils sentoient redoubler leur impatience.

Mais le jour qui devoit précéder cet hymen
si désiré, Prenany se promenant avec la princesse & sa gouvernante, vit passer auprès de lui
un homme inconnu, qui tenoit sa chère sarbacane. (Il venoit de l'oublier sur l'herbe, où il
s'étoit assis avec Fêlée.) Prenany alla à lui pour
la reprendre ; mais l'homme, en s'éloignant,
prit un pois qu'il lui souffla au visage, & se mit
à s'enfuir. Prenany en colère le poursuivit ; l'autre lui souffloit des pois dès qu'il s'arrêtoit.
Enfin Prenany ayant suivi cet homme fort loin

de la ville, fut faiſi par quatre Amazones maſ-
quées. On le fit monter dans un char, & après
lui avoir bandé les yeux, on le conduiſit dans
un château qui lui étoit inconnu.

Quand il fut dans les appartemens, on lui
ôta le bandeau qu'il avoit ſur les yeux, & bientôt après il vit entrer la ſœur de la reine. Il trembla à cet aſpect, & ſe jeta à ſes genoux, pour
lui demander grace. Levez-vous, dit Acariaſta
d'une voix fière : enfin vous êtes en ma puiſ-
ſance, & je puis me venger de l'outrage que
vous avez fait à mon fils ; mais votre mort ne
répareroit point la perte qu'il a faite, & ne lui
rendroit point la vue. Je vous condamne donc
à voir pour lui ; vous le ſuivrez ſans ceſſe, & lui
direz, ſans qu'il le demande, quels ſont les objets qui ſe préſenteront. Il y aura toujours deux
perſonnes prépoſées pour vous punir, ſi vous
le trompez.

Auſſi-tôt on conduiſit le pauvre Prenany dans
l'appartement de Solocule ; qui ſe mettoit à table pour ſouper : on fit aſſeoir Prenany à côté
de lui, & on l'avertit de tourner toujours la tête
du côté vers lequel Solocule tourneroit la
ſienne. Prenany commença par lui nommer
tous ceux qui étoient dans la ſalle, & à chaque
mets que l'on ſervoit, Prenany les nommoit.
Voilà, diſoit-il, des pigeons romains ; voilà

des cailles ; voilà des perdrix. Quand le prince demandoit à boire, & qu'on lui en servoit : voilà, disoit Prenany, un verre avec de l'eau à moitié ; on vous verse du vin ; votre verre est sur la soucoupe ; voilà qu'on le remporte ; le page qui vous a servi boit avec le gouleau de la bouteille, en le reportant sur le bufet. Quand il y manquoit, deux hommes qui étoient à ses côtés, lui donnoient des coups de baguette sur les doigts.

Au dessert, Solocule demanda à Prenany des nouvelles de Félée, & si elle avoit toujours la gorge aussi belle qu'elle l'avoit six mois auparavant. Je ne vois point ici la princesse, répondit Prenany. Mais vous l'avez vue, reprit le prince ; vous pouvez me dire si elle est toujours aussi charmante. Je ne suis obligé de vous dire que ce que je vois, repartit Prenany, & non pas ce que je sais : ainsi, avec votre permission, je ne vous en apprendrai rien que quand je la verrai ici.

Après le souper, Solocule s'alla coucher. Prenany, qui l'accompagnoit, fut encore obligé de lui faire la description de tout ce qui étoit dans sa chambre ; il lui expliquoit jusqu'aux moindres mouvemens de ceux qui le déshabilloient. Mais tandis que Solocule, prêt à entrer dans son lit, tournoit le dos à une table de

marbre fur laquelle étoient des confitures ; Prenany en prit, & les mangea. Un des correcteurs
qu'il avoit, dit tout haut, en lui donnant des
coups de baguette: Prenany mange les confitures, & n'en dit rien. Prenany lui donna auſſi-tôt
un coup de pied, qui le jeta à la renverſe, en
lui diſant: Vous êtes un impertinent ; le prince
auroit eu deux yeux, qu'il n'en auroit rien vu,
car il tournoit le dos, & je ne ſuis obligé de lui
dire que ce qu'il pourroit voir. Solocule s'étant
retourné à ce bruit: voilà, dit Prenany, un
homme par terre, le voilà qui ſe relève ; voilà
qu'il vient à moi pour me battre ; mais vous
allez voir qu'il ſera roſſé comme il faut, s'il eſt
aſſez hardi pour me toucher. Allons, dit Solocule en ſe mettant dans ſon lit, ſoufflez la bougie, que je ne voye plus rien. Prenany éteignit
auſſi tôt la lumière, en diſant : vous ne voyez
plus goutte, ni moi non plus, & s'en alla ſouper avec les pages, & ſe coucher.

CHAPITRE XI.

Du glorieux projet que forma la princesse Fêlée de vaincre les Soliniens, & par quel accident elle fut surprise;

TANDIS que Prenany étoit dans cette triste occupation, sa perte causoit un chagrin extrême à la cour d'Amazonie. La princesse étoit rentrée au palais avec sa gouvernante ; & quand la nuit fut venue, sans que l'on vît paroître Prenany, la consternation fut générale. Fêlée surtout étoit désolée. Quoi ! disoit-elle, faut-il que le destin nous sépare, quand nous sommes près d'être unis pour jamais ? Ah ! misérable sarbacane, vous ferez tous les malheurs de ma vie !

Le jour qui suivit cette funeste aventure, fut aussi triste qu'il devoit être rempli de joie ; les salles préparées pour les festins & pour les spectacles, les arcs de triomphe élevés dans la ville, & qui devoient embellir cet heureux hymen, étoient devenus autant de monumens qui renouveloient la douleur, en rappelant l'idée des plaisirs dont on s'étoit flatté, & qui s'étoien évanouis.

On fit chercher Prenany par tout le royaume, mais on ne se douta point qu'il fût chez la sœur de la reine, parce qu'elle avoit paru lui pardonner sincèrement. Elle étoit même venue à la cour par politique, dans le dessein, disoit-elle, d'assister aux noces de la princesse, & elle parut très-fâchée du malheur qui étoit arrivé. Ainsi, dans toutes les recherches que l'on fit, on ne pensa point que Prenany fût captif dans son palais.

Cependant la jeune Fêlée, pour détourner son esprit des chagrins que lui causoit la perte de son amant, résolut d'entreprendre quelque exploit considérable. Je suis née princesse, dit-elle un jour à sa gouvernante; je suis destinée à régner sur un grand empire, & je ne me suis encore signalée par aucune entreprise. Le jeune Prenany a vu les pays éloignés; il a surmonté les dangers d'un désert effroyable, & où il étoit tout seul; il s'est instruit des mœurs & des coutumes des Aziniens, & a dansé pendant deux jours entiers avec Cabrioline; il a reçu des blessures de la main de nos ennemis; & enfin il nous a délivrées du redoutable roi Dondin. Mais moi, qu'ai-je entrepris qui me distingue? J'ai vécu, dès mon enfance, dans une cour voluptueuse, au milieu des jeux & dans le sein de la mollesse. Que je suis peu digne de

lui ! Sans doute les dieux qui me féparent de
ce jeune héros, témoignent qu'il faut que je
mérite d'être à lui. Entreprenons donc quelque
chofe de confidérable ; remportons une victoire
fignalée fur quelques-uns de nos ennemis ; mais
choififfons les plus redoutables , pour faire
mieux éclater notre courage. Armons un vaiffeau , & allons attaquer les Soliniens. Triom-
phons de ces ennemis qui ofent méprifer la
lune. Notre victoire me rendra cette divinité
propice, & me fera retrouver le jeune guerrier
que nous avons perdu.

La fage gouvernante voulut en vain détourner la princeffe de fon deffein. Félée prit avec
elle les guerrières les plus braves ; & , fans en
avertir la reine, elle monta fur un vaiffeau qui
étoit au port, & arriva bientôt aux rivages de
Solinie , accompagnée de fa gouvernante,
qu'elle avoit enfin perfuadée.

La princeffe avoit laiffé ordre d'avertir fa
mère de fon projet après qu'elle feroit partie.
La reine parut d'abord inquiète de ce départ :
mais des gens fages lui perfuadèrent qu'elle ne
devoit point s'alarmer ; qu'il étoit glorieux
pour elle d'avoir donné la naiffance à une héroïne dont la valeur furpafferoit celle des reines
fes aïeules ; en forte que la reine calma fes inquiétudes.

Quand on eut publié dans Amazonie que la princeffe étoit partie pour la guerre, on fit des facrifices dans tous les temples. Toute la ville retentiffoit des louanges de Fêlée, & des vœux que l'on faifoit pour fa victoire. Triomphez, difoit-on, jeune guerrière, des ennemis les plus redoutables ; vengez une déeffe qui vous comble de fes bienfaits ; que les eaux qui vous conduifent à la victoire, s'appaifent devant vous, & vous portent où tendent vos défirs; que les ennemis que vous attaquez tombent fous vos coups, ou gémiffent dans vos chaînes. L'encens fumoit de toutes parts, & les chiens même aboyoient à la lune, pour lui demander le retour de Fêlée.

Tandis que chacun marquoit ainfi fon zèle pour la princeffe, cette jeune guerrière avoit déjà débarqué ; & ayant fait déployer fes tentes, elle avoit placé fon camp auprès de Solinie. En guerrière prudente, elle attendoit la nuit, pour furprendre les Soliniens ; mais ces peuples ayant aperçu les Amazones, avoient tenu confeil, pour prévenir le danger qui les menaçoit. Un efpion leur avoit rapporté qu'il y avoit une jeune guerrière qui paroiffoit commander les troupes ennemies. On réfolut de fe fervir de rufe pour la vaincre & la prendre captive, au lieu d'employer le fer & de répandre du fang.

On choisit les plus belles femmes des Soliniens, qui se parèrent d'un air modeste, & en
même temps des habits les plus superbes. Elles
allèrent au camp de la princesse, chargées des
plus beaux présens, & elles étoient accompa-
gnées de femmes esclaves, qui portoient les
liqueurs les plus précieuses dans des vases d'or
ornés de pierreries. La jeune princesse les
voyant s'approcher, fut aussi enchantée de leur
modestie & de leur beauté, qu'elle fut touchée
des présens qu'elles lui apportoient. Pourquoi,
jeune héroïne, dit une Solinienne en s'adressant à Félée, venir avec des guerrières aussi
courageuses que celles qui vous suivent, pour
soumettre les Soliniens? Vos charmes seuls en
ont triomphé. Recevez avec bonté l'hommage
qu'ils vous rendent, & le tribut qu'ils s'enga-
gent de payer à la plus aimable guerrière de
l'univers.

La princesse répondit qu'elle n'avoit entrepris cette guerre que pour se signaler, & que
c'étoit un exploit assez glorieux pour elle que
d'avoir gagné l'estime de femmes aussi aimables qu'étoient celles qui lui présentoient le
tribut de leurs peuples.

Quelques Amazones portèrent dans le vaisseau les présens que les Soliniens venoient d'offrir, & la princesse tetint les dames de Solinie,

pour les régaler. Elles ne-pouvoient se lasser d'admirer les graces & l'esprit de Fêlée. Le jeune cœur de cette princesse, accoutumé aux flatteries des Amazones, s'épanouissoit à ces louanges nouvelles. Mais pendant ce temps-là, les Soliniens, qui se couloient dans le camp, sans qu'on s'en aperçût, crièrent: *Aux armes!* Les dames de Solinie arrêterent la princesse alarmée; les Amazones regagnèrent leur vaisseau, & partirent avec précipitation, en abandonnant la princesse, qui fut conduite, avec sa gouvernante, dans la citadelle de Solinie.

Ces fameuses guerrières, qui avoient suivi la princesse, revinrent heureusement à Amazonie, & chacun courut sur le rivage pour les recevoir. La reine, qui y vint elle-même, tira un heureux augure du murmure qu'elle entendit dans le vaisseau (comme si les femmes ne faisoient pas autant de bruit dans la tristesse que dans la joie). Les plus considérables guerrières descendirent sur le rivage; elles offrirent à la reine les présens que l'on avoit faits à la princesse, comme un tribut que l'on rendoit à sa puissance. Les pierreries les plus brillantes éclatoient sur des vases d'or, & ne surpassoient point en beauté les précieuses étoffes dont on admiroit encore plus le travail que la richesse. Que j'embrasse donc, dit la reine, cette char-

mante héroïne; que je voye celle qui a vaincu
avec tant de gloire! Ah! dit une des Amazones, vous ne pouvez la voir; elle est victo-
rieuse, mais elle est demeurée avec les vaincus,
aussi bien que sa gouvernante. A ces mots, le
visage de la reine changea tout d'un coup. Au
reste, ajouta l'Amazone, elle ne court aucun
danger; car elle est avec les plus aimables
femmes du monde, & qui paroissent d'une douceur & d'une modestie charmantes.

Quoi! dit la reine d'un air étonné, vous ap-
pelez cela une victoire? Ah! grande lune, ma
fille est captive! Et vous, lâches sujettes, dit-
elle en s'adressant aux Amazones, vous avez
abandonné votre maîtresse! Ne falloit-il pas
mourir cent fois, plutôt que de la laisser entre
nos ennemis? Vraiment, répondit une Amazone, s'il n'eût fallu que périr pour la dégager,
nous n'aurions pas ménagé notre vie; mais on
ne nous auroit pas tuées, on nous auroit seulement emmenées avec elle. Ne vaut - il pas
mieux qu'elle soit restée toute seule, & que
nous soyons venues vous dire de ses nouvelles,
& vous apporter le tribut qui lui a été offert?

Pendant ce discours, la reine regardoit ces
malheureuses guerrières avec des yeux pleins de
fureur. Vous périrez toutes, dit-elle, si vous
ne me ramenez la princesse. Partez, & que je

ne vous revoye point fans elle : mais plutôt, ajouta la reine en fe calmant un peu, allons nous-mêmes avec toutes nos forces pour la délivrer. Pourrois-je me fier à ces ames lâches qui m'ont trahie?

La reine retourna au palais ; &, malgré fa triftefle, elle fit ferrer avec foin les préfens des Soliniens. Elle donna en même temps les ordres néceffaires pour équiper une flotte confidérable, dans le deffein d'aller elle-même délivrer la princeffe.

CHAPITRE V.

De quelle manière Acariafta voulut faire voir le monde à Solocule, quoiqu'il fût aveugle, & du quiproquo qu'elle fit.

TANDIS que cette funefte aventure occupoit tous les efprits à Amazonie, la mère de Solocule étoit enfermée avec fon fi's dans fon château. La reine étoit fi occupée des préparatifs de la guerre, qu'elle ne fongea pas à la faire avertir de la perte de Fêlée. Acariafta fe livroit tout entière aux douceurs de la vengeance, & au plaifir de voir l'embarras du jeune Prenany.

Il y avoit près d'un mois qu'il fuivoit tou-

jours le prince Solocule, qui se sentoit presque
consolé de n'avoir plus l'œil qu'il avoit eu en
propriété, en ayant deux d'emprunt dont il se
servoit. Rien ne paroissoit devant lui qu'il ne le
connût, comme s'il l'avoit vu lui-même. Sa vielle
l'amusoit infiniment; & quand Prenany lui chantoit un air en le solfiant, il jouoit sur la musique;
il excelloit aussi au trictrac; Prenany lui nommoit les dez, lui disoit combien il gagnoit de
points, & quelle case il falloit faire : avec cela,
il plaçoit ses dames à merveille.

Mais comme personne n'est borné dans ses
désirs, il vint un jour un regret à Solocule, ce
fut de ne pouvoir voyager. Je sais, dit-il à la
princesse sa mere, tout ce qui est dans ce palais
& dans ces jardins; je connois tous les objets
qui s'y présentent, & tout ce que l'on y apporte, mais je n'ai nulle connoissance des pays
étrangers : je voudrois y aller, & Prenany m'expliqueroit ce qui y est. Acariasta tâcha de lui
faire comprendre les dangers d'une pareille
entreprise; mais il insista si fort, & parut si triste
de ce que la princesse ne vouloit pas qu'il satis-
fît son envie, qu'elle fut prête à lui accorder
sa demande.

Une des confidentes d'Acariasta, qui avoit
élevé Solocule, trouva un moyen pour satisfaire ce prince sans danger. Quand vous iriez

vous-même courir le monde (lui dit-elle un jour qu'il preffoit fa mère de confentir à fon départ), cela feroit abfolument inutile. Envoyez-y Prenany tout feul, il verra tout auffi bien que fi vous étiez avec lui ; & quand il reviendra, il vous en rendra un compte fi exaĉt, que ce fera comme fi vous y aviez été vous-même. Un homme ne feroit-il pas charmé d'envoyer fes yeux dans un pays qu'il voudroit voir, & de pouvoir demeurer tranquille chez lui, fans expofer fa perfonne aux fatigues du voyage, ni aux périls que l'on peut courir?

Le prince goûta très-fort ce raifonnement, & il fut réfolu que Prenany voyageroit pour lui, accompagné des deux hommes qui le corrigeroient, pour lui faire écrire exaĉtement ce qu'il verroit. Mais, dit Prenany, je ne ferai obligé de vous rapporter que ce que j'aurai vu, & non pas ce que j'aurai appris; car je ne vous ai pas rendu fourd : je ne fuis pas obligé d'entendre pour vous. J'y confens, dit Solocule ; il y a mille gens qui ne font que voir dans leurs voyages, & qui ne laiffent pas d'être très-contens.

Cependant on demanda à Solocule par quel pays il vouloit commencer fes voyages. Je n'ai, dit-il, jamais vu Solinie ; c'eft un pays très-beau, à ce que l'on dit ; je ferois curieux de le connoître.

connoître. Vous n'y penfez pas, dit Acariafta ; voulez-vous vous livrer entre les mains de ces barbares, avec qui nous fommes en guerre depuis l'origine de cet empire ? Si j'y allois moi-même, répondit Solocule, j'y courrois rifque de la vie. Les Soliniens, je le fais, font nos mortels ennemis ; mais je ne cours aucun danger d'y envoyer mes yeux : fi l'on tue celui qui les porte, j'en ferai quitte pour en prendre d'autres : je ne rifque rien de commencer par ce pays-là.

La mère de Solocule fe rendit à cette réponfe, & fit monter Prenany dès le lendemain fur un vaiffeau qu'elle avoit au bord du lac. Solocule le fuivoit, & Prenany lui expliquoit encore tout ce qui fe préfentoit. Enfin le vaiffeau partit, tandis que Prenany crioit encore au prince : *On tire la rame , on hauffe la grande voile ; nous fommes à cent pas du bord.* Jufqu'à ce que Solocule ne l'entendant plus, les deux correcteurs firent prendre la plume à Prenany , pour écrire tout ce qu'il voyoit.

Quelques jours après que Prenany fut parti, la mère de Solocule voyant fon fils fort content de fon voyage, & qui croyoit voir fur le lac & dans les lieux où Prenany étoit, les plus belles chofes du monde, le quitta pour aller à la cour.

K

Elle fut dans une furprife extrême, en arrivant, de voir les préparatifs que la reine faifoit
faire pour fon expédition. Quand la reine l'eut
nftruite de la captivité de Félée chez les Soliniens, Acariafta ne put s'empêcher de s'écrier:
Ah, que je viens de faire une grande fottife! Et
quelle eft-elle, je vous prie, dit la reine d'un
air obligeant? Apprenez, dit la princeffe, que
j'avois en ma puiffance le jeune Prenany, que
vous cherchiez : je le puniffois du crime qu'il a
commis d'ôter la vue à mon fils; je me vengeois
de ce qu'il étoit fon rival, & je viens de l'envoyer à Solinie où eft fa maîtreffe. Vous croyez
n'avoir fait qu'une fottife (pardonnez-moi ce
mot, dit la reine, c'eft l'expreffion dont vous
vous fervez), & vous en avez fait deux. Et
quelle eft l'autre? dit Acariafta. Sachez, dit la
reine, que Prenany eft le fils du roi des Soliniens; il y a feize ans que nos guerrières fe font
expofées au dernier péril, pour l'enlever, &
vous le leur rendez. Oh! pour celui-là, dit la
fœur de la reine, il ne doit pas être compté. Que
ne m'inftruifiez-vous qui étoit Prenany? Et qui
pouvoit prévoir, dit la reine, que vous feriez
enlever ce jeune homme, & que vous l'enver-
riez dans un pays où vous ne connoiffez perfonne? Il n'y a là que du mal-entendu, répondit
Acariafta, & c'eft çe qui fait le dénouement

des plus belles tragédies. Voilà un beau raifonnement, dit la reine en hauffant les épaules;
vous voulez que l'hiftoire de votre vie foit
auffi ridicule que les poëmes d'à-préfent? Enfin,
dit Acariafta d'un air impatient, c'eft une chofe
faite; la première fois que cela arrivera, je ne
tomberai plus dans une faute pareille. La reine
ne goûta point toutes ces raifons (qui ne laiffoient pourtant pas d'être bonnes), & quitta fa
fœur avec dépit, de peur d'en venir à une querelle véritable.

CHAPITRE VI.

Qui vaut bien la defcente d'Enée aux enfers.
Comment Prenany arriva fur les bords de So-
linie.

CEPENDANT le jeune Prenany avoit déjà
fait les trois quarts du chemin, & voyoit déjà
les rivages de Solinie, lorfqu'il s'éleva une
tempête furieufe. Les vagues portoient le vaiffeau jufqu'aux nues, & le replongeoient enfuite dans des abîmes épouvantables. Les mâts
s'étoient rompus, & le gouvernail, qui s'étoit
brifé, laiffoit les matelots fans guide. Les correcteurs de Prenany vouloient qu'il décrivît
cette tempête, mais la plume lui tomba des

mains. Solocule , dit-il, est assez heureux de n'être pas ici ; quand il ignorera comment une tempête est faite, il n'y perdra pas beaucoup; au reste, si j'en échappe, je m'en souviendrai assez bien, sans l'écrire, pour lui en faire la description.

Pendant ce discours, le vaisseau se brisa sur un écueil, & tout l'équipage fut submergé, Prenany seul nagea quelque temps, & ne trouva point d'autre asile contre les flots en fureur, que le rocher même qui avoit causé son naufrage.

La crainte le fit monter jusqu'au sommet de ce roc escarpé. Quand il y fut arrivé, il trouva un homme d'une taille médiocre, & dont l'habillement & la figure le surprirent. Il avoit pour chaussure des brodequins ornés de galons & de pierres fausses, qui paroissoient beaucoup trop grands pour lui, parce qu'apparemment il étoit beaucoup diminué depuis qu'il les avoit. Il portoit un haut de chausse à l'espagnole, & avoit pardessus un habit à la françoise, d'un drap brun, avec des boutons d'or, & doublé d'un taffetas bleu ; sa tête étoit ornée d'un turban, & son visage étoit transparent, aussi bien que ses mains ; ce qui faisoit juger que l'on voyoit le jour au travers du reste de son corps, lorsqu'il n'étoit pas habillé.

Prenany lui demanda d'abord s'il entendoit son langage. J'entends & je parle toutes les langues du monde , lui répondit l'inconnu ; je m'applique même à les perfectionner , & à inventer de nouveaux mots & de nouvelles phrases , pour embellir les penfées, & les mettre dans tout leur éclat.

Le jeune Prenany lui demanda enfuite fi ce rocher étoit fa demeure ordinaire. Non , reprit l'inconnu , je n'ai nulle demeure affurée ; je me tranfporte en un moment dans tous les lieux de l'univers ; je vois non feulement tout ce qui y arrive , mais encore tout ce qui peut y arriver. Lorfque je le veux , je mets fur pied un armée d'un million d'hommes , & je les fais exterminer par un feul guerrier. Je fonde un grand empire , & je le détruis felon ma fantaifie. Je forme un roi avec toutes les vertus dignes de briller fur le trône , & quelquefois je fais un tyran capable d'infpirer l'horreur. Je fais quelquefois des princeffes plus belles que toutes les créatures qui aient jamais exifté , & je fuis fi fort le maître de leur perfonne & même de leurs fentimens , que je les fais aimer ou haïr, felon que je le défire. Vous-même , qui me parlez , vous êtes foumis à ma puiffance ; c'eft moi qui vous ai infpiré tout ce que vous avez penfé depuis que je vous ai fait naître ; c'eſt moi qui ai conduit toutes vos actions; en un mot, vous me devez tout ce que vous êtes : ne m'avez-vous pas bien de l'obligation ?

Pas beaucoup, répondit Prenany. Je ne dirois pas à d'autres ce que je vais vous avouer; car il ne faut ſe plaindre de ſes défauts qu'à ceux qui nous les ont donnés, ou qui peuvent y remédier. Mais il me paroît que vous ne m'avez pas donné beaucoup d'eſprit, & que vous n'avez pas mêlé un grand intérêt dans mes aventures.

Comment, ingrat, dit l'inconnu, je ne vous ai pas donné un génie ſupérieur ! Et en aviez-vous beſoin ? Ne vous êtes-vous pas tiré à merveille de toutes les occaſions où vous vous êtes rencontré ? Vous n'avez pas voyagé bien loin; mais ſi vous aviez vu les autres héros à qui j'ai donné la naiſſance, vous les trouveriez auſſi fades que vous. Les plus diſtingués n'ont que des penſées communes, & qu'ils répètent ſans ceſſe; qu'il faut préférer l'honneur à l'amour ; qu'il faut affronter le trépas d'un œil ſerein, & que c'eſt un bonheur de mourir pour la gloire ou pour ſa maîtreſſe. Si je leur ai donné plus de courage qu'à vous, cela ne me coûte rien; ſi vous m'euſſiez dit cela, je vous aurois fait vain-

cre dix ou douze rois en bataille rangée , &
plus encore , fi vous. euffiez voulu.

Je ne parle pas du courage, reprit le prince ;
je me plains de l'efprit. Il y a de petits bourgeois qui penfent mieux que moi, & qui parlent beaucoup plus joliment.

Oh ! dit l'inconnu, fi vous approfondiffiez
leurs penfées, vous n'y trouveriez rien du tout.
Il eft vrai que quand je veux, je leur fais dire
une chofe bien fimple d'une manière fi étendue
& fi fort embarraffée, qu'on leur trouve de
l'efprit, parce qu'il a fallu en avoir pour deviner ce qu'ils ont voulu dire.

Ecoutez, par exemple, un de ces héros ; il
parle ainfi à une dame : « Ne voilà-t-il pas
» comme vous êtes ? On ne fait avec vous à
» quoi s'en tenir ; on eft comme l'oifeau fur la
» branche ; or ne fait fur quel pied danfer. L'a-
» mour, auprès de vous, rit toujours à bon
» compte du mal qu'il m'a fait ; fes regards n'ont
» pourtant rien d'infultant ; il prend un air qu'on
» ne fauroit trouver mauvais ; je vois que je
» fympatiferois avec lui. Le défir eft à côté,
» qui me fait figne d'avancer ; il voudroit m'ap-
» privoifer ; il femble qu'il y aille du fien, tant
» il s'empreffe à m'appeler ; mais il faudroit que
» l'efpérance le fecondât ; elle eft là comme une
» grande indolente, qui ne fait ni bon ni mau-

K iv

» vais vifage; elle a un air d'indifférence qui
» défole; fon maintien ne dit pas le moindre
» petit mot : fi elle ne finit, elle mettra l'em-
» barras de la partie, la crainte paroîtra, &
» elle n'a qu'a dire une parole, qu'à prononcer
» une fyllabe, qu'à faire un figne de tête, voilà
» l'efpérance qui s'affoiblit; elle tombe , elle
» s'évanouit , elle difparoît. Le défir à beau
» faire, tous fes geftes font inutiles ; ils ne fi-
» gnifient plus rien; c'eft autant d'argent per-
» du ». Devinez, dit l'inconnu, ce que cela
fignifie. Il faudroit, dit Prenany, que cela fût
écrit, & avoir le livre à la main pour l'entendre; mais avec un quart-d'heure d'application,
je parie que j'en viendrois à bout.

Cela fignifie, dit l'habitant du rocher : *Je
vous aime, mais je n'ofe vous le dire.* Cela eft
vrai, dit Prenany : *Je fens de l'amour pour vous,
mais votre air févère m'intimide, & m'empêche de
le déclarer.*

Eh bien, continua l'inconnu (qui avoit encore un refte de ces expreffions dans la cervelle),
que votre raifon entre dans fon tribunal, qu'elle
mette un moment devant foi fon attention, la
féance ne fera pas longue. L'impatience a beau
être à la porte, elle n'aura pas le temps de la
furprendre. Dites-moi, cela a-t-il plus d'efprit que fi l'on s'exprimoit tout fimplement ?

Oui, fans doute, dit Prenany, cela eft bien plus long & bien plus joli que tout ce que l'on peut dire au monde. Avec ce langage-là, on eft trois heures à lire une aventure qui n'en aura duré que deux ; on a plus de plaifir par confé-quent que fi on l'avoit vue foi-même.

Je veux bien vous céder, dit l'inconnu ; puif-que vous le voulez, je conviens que cela eft plus fpirituel ; mais vous n'étiez pas né pour ces fortes de phrafes ; vous tenez un peu du cothurne dont je fuis chauffé, & ce langage mi-gnon, figuré, étendu, eft fait pour ceux qui portent l'habit que vous me voyez.

Et comment appelez-vous ceux qui font vêtus de cette manière, répliqua le prince. Cela s'appelle des *bourgeois*, dit l'habitant du roc : j'en ai engendré depuis peu qui font les délices de tout le monde ; comme ils font fimples en eux-mêmes, qu'il leur arrive des aventures fort communes, & qu'ils difent des chofes très-or-dinaires, s'ils n'étoient pas recherchés dans leurs expreffions, s'ils n'embarraffoient pas un peu l'efprit, s'ils ne l'amufoient pas par le défir de les entendre, on les laifferoit là. Mais leurs dif-cours font autant de petites énigmes, dont le mot eft familier à tout le monde, & qu'il y a feu-lement plaifir à deviner.

Il faut avoüer, dit Prenany, que vous êtes

un homme extraordinaire, & je fuis curieux d'appprendre qui vous êtes. Je veux bien contenter votre curiofité, dit l'inconnu. Je fuis le père des dieux & des demi-dieux ; je fuis le frere de l'hiftoire, & cependant fouvent je me marie avec elle, comme faifoit Jupiter avec fa fœur Junon ; prefque tous fes enfans ont quelque chofe de moi ; en un mot, je fuis le génie des romans.

Ah, génie adorable ! reprit Prenany, je reconnois que je vous dois la vie, & que c'eft à vous à décider de mon fort. C'eft la vérité, dit le génie ; je puis vous faire dévorer tout à l'heure par un monftre qui fortira du lac ; je puis faire tranfporter ici votre princeffe dans un char traîné par des dragons volans, & vous faire conduire tous deux dans une ifle déferte. Si je me mets en colère, je puis vous faire tuer tout à l'heure d'un coup de poignard ; mais je vous aime, & peut-être ferez-vous heureux avec Fêlée : c'eft ce que je ne veux pas encore approfondir.

Vous me feriez pourtant grand plaifir, dit Prenany, de me dire précifément fi j'épouferai ma princeffe ou non, cela me feroit fupporter avec plus de patience les malheurs auxquels je ferai fans doute expofé. Il doit naturellement arriver que vous l'épouferez, dit le génie ; mais je fuis un peu bizarre ; il fe pourroit faire que vous ne la retrouvaffiez jamais. Cela feroit pourtant trifte , car elle eft bien aimable, & vous aime plus que tout autre. Mais, reprit le prince, dites-moi feulement fi elle m'aimera toujours. Vous en demandez trop, dit le génie; je ne veux pas favoir moi-même ce qui arrivera. Il faut que je vous quitte, j'ai une grande tragédie à laquelle je veux donner la naiffance : je vais me retirer dans ma grotte pour y travailler ; avec votre amour tranfi , je vous défends de venir me détourner. Quoi ! dit Prenany, vous êtes auffi le père des tragédies ? J'avois entendu dire qu'elles devoient le jour à l'hiftoire, votre fœur. Cela étoit vrai autrefois, dit le génie ; mais elle a eu tant d'enfans, qu'elle eft devenue ftérile. C'eft de moi qu'elles naiffent à préfent ; & fans me vanter, elles font bien plus belles que leurs fœurs aînées. Je leur donne l'air, les manières , & l'efprit que je veux; je fuis le maître de les faire au gré du fpectateur. Si je prétends , par exemple, infpirer la pitié par une mort tragique, je fais nommer à une princeffe, pendant la nuit, fon frère par fon propre nom. *Eft-ce vous, un tel ?* Sur le champ un amant jaloux la poignarde. Si elle eût dit : *mon frère, eft-ce vous ?* comme cela fe doit faire naturellement, parce qu'elle l'a appelé ainfi toute la journée, &

qu'outre cela c'eſt la règle que, dans l'obſcurité,
on ne nomme pas les maſques), on ne la tue
point, & le ſpectateur eſt p ivé de la plus belle
cataſtrophe du monde. Dans une autre, c'eſt
un ſauvage bazanné, & même un peu de couleur de maron ; qui prend l'habit d'un des gardes du roi, lequel n'a jamais été fait pour lui.
Il le quitte en effet dès qu'il a fait ſon coup,
parce qu'une culotte ne peut aller à un homme
que l'on a vu habillé de plumes. Cependant il
entre ſous ce déguiſement juſques dans la chambre du prince, ſans qu'aucun garde arrête un
étranger ainſi accommodé, & le pauvre monarque reçoit un coup d'épée au travers du
corps, ſans avoir ſeulement le temps de ſe mettre en garde contre une figure auſſi extraordinaire que celle qui tire l'épée contre lui. Cet
incident, qui vient de mon imagination, produit les quatre plus beaux vers du monde; &
pour donner lieu à la belle & ſage penſée qu'ils
renferment, j'aurois inventé des choſes bien
plus bizarres encore. Quelquefois au contraire
je veux ſauver un bon empereur que l'on veut
tuer dans ſon lit ; pour cela, j'y fais mettre un
eſclave condamné à la mort, qui ſe laiſſe conduire du cachot dans le lit de ſon prince, qui
s'y laiſſe coucher, ſans demander pourquoi l'on
fait cet honneur à un miſérable tel que lui, &

qui y refte tranquillement, afin qu'on l'y tue.
Sans cette imagination, auroit-on le plaifir de
revoir l'empereur tout armé fortir du même appartement où on croit l'avoir tué, & venir montrer à ceux qui le vouloient affaffiner , qu'ils ne
font que des dupes ?

Ce que vous m'expliquez là , dit Prenany,
me paroît de fort bon fens. L'hiftoire eft trop
dure, & ne fléchit pas ainfi au gré du fpectateur.
Quand, par exemple, un empereur amoureux,
mais féroce , coupe la tête à fa maîtreffe,
quoiqu'il l'adore, cela révolte tout le monde.
Des gens difent: Mais c'eft l'hiftoire qui le veut
ainfi. Eh bien , que n'avoit-on recours à vous ?
vous auriez tourné cela à merveille.

Je vous en réponds bien , dit le génie ; mais,
ajoute-t-il , je ne fonge pas que vous êtes ici à
perdre votre temps. Vous voyez les eaux du
lac , qui battent le pied du rocher où nous
fommes, & vous apercevez de loin le rivage
où vous vouliez aborder ; il faut vous y faire
arriver. Et comment m'y tranfporterez-vous ?
dit le prince. J'ai envie, dit le génie ; que vous
y alliez à la nage. Ah ! je vous prie, dit Prenany , épargnez-moi cette corvée. Non, dit le
génie, un héros inconnu, tel que vous êtes,
qui eft jeté feul fur les bords de la mer par une
tempête, touche & intéreffe le fpectateur. C'eft

ainſi qu'Oreſte arrive en Tauride; le fils d'Ido-
ménée, dans l'Iſle de Crète; Médus, dans
l'Iſle de Paros; & bien d'autres guerriers, qui
valent mieux que vous, font leur entrée de
cette manière.

Prenany vouloit faire encore quelques inſ-
tances pour fléchir le génie; mais ce maître des
héros & des dieux ne lui laiſſa pas le temps de
parler, & lui donna un coup de coude qui le fit
ſauter dans le lac. Par bonheur, le jeune prince
ſavoit parfaitement nager; il prit ſon parti de
bonne grace, quand il ſe trouva dans l'eau, &
tâcha de gagner le rivage de Solinie. Au bout
de quelque temps, il vit la terre; mais ſes forces épuiſées l'abandonnoient, & il auroit bientôt ſuccombé, s'il ne ſe fût ſenti prendre par
le bras, & tirer ſur le rivage.

Dès que ſes ſens furent un peu calmés, il
recommença à ſonger à ſes malheurs. Que deviendrai-je, s'écria-t-il, dans cette terre étran-
gère? A peine échappé de la fureur des ondes,
je vais être la victime des habitans de ces rivages, ou la proie des animaux cruels qui habitent ces rochers & ces forêts. Si ces lieux ſont
déſerts, je péris par la faim : je ne vois de
toutes parts qu'une mort aſſurée.

A peine Prenany eut-il achevé ces paroles,
qu'il entendit auprès de lui une voix, ſans

voir d'où elle pouvoit partir, qui lui dit : Pourquoi vous imaginer des périls où il n'y en a point ? Bien loin d'être maltraité dans les lieux où vous êtes, vous y recevrez tous les secours nécessaires : n'a-t-on pas commencé par vous tirer du lac, lorsque vous alliez y périr ? Ce lieu est l'asile des étrangers, & chacun s'empressera à faire votre bonheur : commencez par vous reposer, & par rétablir vos forces.

Aussi-tôt Prenany vit un feu s'allumer à côté de lui pour le sécher, & quelques mets se placèrent de l'autre côté, pour appaiser la faim qui le pressoit.

Ah ! s'écria Prenany étonné, quelle divinité habite ces rivages ? Qui que vous soyez, achevez de me protéger. Je ne suis point un dieu ni un genie, répondit la voix, je suis un mortel plus malheureux encore que vous : il est vrai que l'on ne me voit point ; mais si l'on pouvoit me prendre, je n'éviterois pas la mort, ou du moins une punition cruelle. Vous me surprenez, dit Prenany, les autres habitans de ces lieux sont-ils invisibles comme vous ? Je voyage pour un prince aveugle, à qui je dois rapporter tout ce que j'aurai vu ; si l'on ne voit ici personne, il auroit bien fait d'y venir lui-même, il auroit été aussi avancé que moi. Les autres habitans de ces lieux sont femblables aux autres hommes, reprit la voix; c'eft par un événement particulier que je me cache quand je veux, & je n'ai même ce fecret que depuis peu de jours. Montrez-vous donc, dit Prenany; vous ne devez rien craindre de moi; que j'aye le plaifir de connoître celui qui m'a fauvé la vie. Il faut examiner d'abord, dit la voix, fi perfonne ne peut nous furprendre.

Auffi-tôt Prenany vit remuer les branches d'un arbre qui étoit auprès de lui, comme fi quelqu'un montoit deffus, & entendit enfuite le même bruit que feroit un homme qui en feroit defcendu. La voix lui dit à l'inftant : J'ai bien regardé aux environs; je ne rifque rien de me montrer à vous. Prenany vit paroître dans ce moment un maure de bonne mine, qui paroiffoit avoir environ trente ans. Le nègre s'affit auprès du jeune prince, & tous deux commencèrent à manger de grand appétit.

Après le repas, Prenany demanda au nègre, qui il étoit, & par quelle merveille il fe rendoit invifible quand il vouloit. L'homme noir contenta fa curiofité par le récit que l'on verra dans le chapitre fuivant.

CHAPITRE VII.

CHAPITRE VII.

Histoire de l'esclave noir.

JE me nomme Bengib, dit le more, & j'ai pris naissance dans une île de la grande mer, située à l'orient de l'Amérique, & qui n'en est pas éloignée. Je suis l'aîné de trois frères à qui la nature n'avoit pas donné la même force de corps, ni la même vivacité d'esprit que j'ai eue en partage ; mais ces dons, au lieu de me profiter, ne servoient qu'à faire tomber tout le travail sur moi, tandis que mes parens épargnoient mes frères. Ainsi, la nature, en me donnant des qualités préférables à celles des autres, n'avoit travaillé qu'à me rendre plus malheureux.

Cependant, soit par fermeté d'ame, soit par légèreté d'esprit, je ne me suis jamais révolté contre l'injustice de ma destinée, & j'ai toujours regardé sans dépit les malheurs qui me sont arrivés.

Lorsque mes parens furent trop affoiblis par l'âge, pour que mon travail seul pût fournir à leurs besoins & à ceux de mes frères, ils résolurent de me vendre, pour avoir tout d'un coup de quoi subsister le reste de leur vie. Il vint dans

L

notre île quelques Arrouaques (ce font des peuples qui habitent fur les bords de ce lac du côté de l'orient). Mon père leur propofa de m'échanger contre quelques marchandifes ; le marché fut conclu entre eux, fans que j'en fuffe rien, & je me trouvai, dans le temps que j'y penfois le moins, avec les fers aux pieds, entre les mains de mes nouveaux maîtres.

La nature arracha quelques larmes des yeux de ma mère, quand elle me vit emmener par des gens inconnus; mais mon père lui montra les marchandifes qu'il avoit reçues en échange de moi ; cela la confola. Va, me dit-elle, mon cher fils, tes maîtres me paroiffent des gens humains, tu n'auras pas plus de peine avec eux que tu en avois parmi nous. Je ne lui fis aucun reproche, non plus qu'à mon père, fur fon peu d'humanité ; je leur dis au contraire, en riant, que je fouhaitois que mes frères devinffent plus ro-buftes, & de meilleure défaite encore que moi, afin qu'ils en tiraffent plus de profit, & je fou-haitai à mes frères qu'ils ne fuffent jamais bons à rien, afin de refter tranquilles & fans tra-vail.

Nous nous embarquâmes pour gagner l'Amé-rique, & pendant le voyage, j'appliquai tous mes foins à me faire aimer de mon nouveau maître. Mon caractère lui plut, & il m'affura

que je ne ferois point malheureux. Quand nous
fûmes arrivés, il me conduifit à fon habitation,
que je trouvai des plus riches. Il avoit une
femme âgée d'environ quarante ans, qui paroiffoit douce & bonne maîtreffe. On me donna
pour occupation le foin de labourer le jardin &
de cultiver les fleurs. Je paffois des jours tranquilles, & mon bonheur auroit duré long-
temps, fi l'amour ne fût venu le traverfer.

Notre patrone avoit une jeune efclave de
même pays que moi, & qu'elle chériffoit extrêmement. Cette jeune moreffe s'appeloit *Zaïde.*
(Prenany fit répéter ce nom à l'efclave, qui lui
demanda avec vivacité s'il avoit connu cette
malheureufe fille ; car, ajouta l'efclave, fans
doute elle ne vit plus, & je l'ai perduҽ pour jamais. Prenany, curieux d'entendre le refte de
l'hiftoire de l'efclave, ne voulut point lui dire
qu'il connoiffoit une jeune perfonne de ce nom,
& le pria d'achever.)

Zaïde, continua l'efclave, conçut pour moi
l'amitié la plus tendre. Les fentimens de cette
aimable fille étoient bien au deffus de fon état
& de fa naiffance ; rien n'égaloit fa douceur &
fa générofité : fon défaut étoit trop de délicateffe dans fon amour ; elle en troubloit quelquefois les douceurs par fes foupçons & par fa ja-

L ij

loufie ; mais ces défauts font bien pardonnables dans une maîtreffe.

Un jour fa jaloufie voulut m'éprouver : elle me fit rendre une lettre qui paroiffoit venir de notre patrone, par laquelle on me donnoit un rendez-vous pour le foir dans un endroit écarté des jardins. Lorfque j'eus reçu ce billet, j'y fis fi peu d'attention, que je m'appliquai, pendant toute la journée, à mon travail ordinaire, & le foir je rentrai avec les autres efclaves, fans me fouvenir même du rendez-vous.

Le lendemain, en revoyant notre patrone, cette lettre me revint à la mémoire. Je craignis fa colère, pour avoir manqué aux ordres que je croyois venir d'elle ; mais je me raffurai, quand je la vis auffi tranquille qu'à l'ordinaire. Lorfque je l'eus quittée, Zaïde m'embraffa avec tranfport : Que je vous aime, me dit-elle, mon cher Bengib ! Vous n'avez point été au rendez-vous que l'on vous avoit donné ; mais fachez que la lettre qui vous a été rendue, étoit fuppofée, & qu'au lieu de notre maîtreffe, vous n'auriez rencontré que moi, prête à punir votre infidélité.

Cette épreuve augmenta encore notre amour. Zaïde, perfuadée que rien ne pouvoit ébranler ma fidélité, ne cherchoit qu'à me donner de nouvelles marques de sa tendresse ; elle me consoloit, avec des graces charmantes, des malheurs qui suivent toujours la servitude, & les disgraces qui m'arrivoient étoient trop récompensées par les larmes de cette aimable fille. De mon côté, je n'avois d'autre objet que celui de lui plaire. Cette aventure me prouvoit son amour : on ne cherche pas à s'éclaircir de la fidélité d'un homme qui ne nous est pas cher. Ainsi, cette épreuve à laquelle elle avoit voulu mettre ma tendresse, me rendoit assuré de la sienne.

Nous vivions donc dans l'union la plus parfaite, & l'état dans lequel nous étions lui donnoit encore de nouvelles forces. Les gens heureux ne goûtent point si parfaitement les voluptés du véritable amour, que ceux qui sont dans l'infortune ; ils sont distraits par d'autres idées & par d'autres plaisirs. Mais ceux qui n'ont que leur cœur pour toute ressource, connoissent bien mieux le plaisir de ces mouvemens tendres qui l'occupent ; l'objet qui les aime est le seul bien qui leur reste ; ils ne sont attirés que par lui, & s'y livrent entièrement : la tristesse même attendrit l'ame, & la rend plus propre à goûter les charmes d'une passion si douce.

Dans le temps que je jouissois de cette félicité, Zaïde m'aborda un jour que je travaillois.

dans les jardins : elle me parut agitée de divers
mouvemens ; quelquefois elle paroissoit enseve-
lie dans une rêverie profonde , & bientôt après
la joie triomphoit de sa tristesse. Je m'informai
de la cause de l'état où je la voyois. Elle me dit
enfin : Il faut, mon cher Bengib, que je vous
instruise d'une chose qui nous intéresse plus que
tout ce qui peut jamais nous arriver. Apprenez
que le maître des esclaves est votre rival ; il m'a
déclaré sa passion , & m'a sollicitée déjà plusieurs
fois de répondre à sa tendresse. Il m'a dit qu'il
n'ignoroit pas que je vous aimois , & m'a assuré
que votre mort étoit certaine , si je persistois à
le rebuter. J'ai formé le dessein de flatter son
amour ; il y va de vos jours de ne pas aigrir sa
colère, mais j'ai conçu en même temps l'espérance de profiter de sa passion , pour nous procurer la liberté. Je lui ai avoué que vous m'aimiez , & je lui ai même fait sentir que vous ne
m'étiez pas indifférent. Je lui ai fait envisager
que , tant que vous seriez près de moi , mon
cœur ne pourroit se détacher de vous ; mais je
l'ai assuré en même temps que votre mort lui
attireroit toute ma haîne , & qu'il ne la vain-
croit jamais. Le moyen que je lui ai proposé
est de vous procurer la liberté : par-là, lui ai-je
dit, vous vous assurez mon cœur ; je serai extrêmement sensible au bonheur que vous aurez

procuré à cet efclave malheureux, & vous devez en efpérer de ma part une vive reconnoif-
fence: d'un autre côté, vous ferez affuré que je
ne le reverrai plus ; ainfi, vous ferez délivré
d'un rival que j'aime malgré moi, & que l'abfence & votre générofité me feront bientôt oublier.

Le maître des efclaves s'eft laiffé perfuader,
ajouta Zaïde; il doit laiffer ouverte, pendant
cette nuit, la porte des jardins qui donne du
côté des montagnes: mais mon deffein n'eft pas
que vous partiez feul; dès que la nuit fera venue, je me trouverai à cette porte, & nous
fortirons enfemble d'efclavage. L'amour nous
conduira dans des lieux plus fortunés, où nous
jouirons fans crainte de fes douceurs.

Je fus charmé, continua Bengib, de la propofition de Zaïde ; aucun preffentiment ne
m'annonça le malheur qui devoit nous arriver.
Je témoignai à cette charmante fille toute la
reconnoiffance poffible de fes foins, & j'attendis la nuit avec impatience.

Lorfque le jour finit, je me laiffai enfermer
dans les jardins; & quand la nuit fut plus obfcure, je cherchai la porte que Zaïde m'avoit
indiquée: je la trouvai ouverte comme elle me
l'avoit promis ; mais je ne trouvai point cette
chère efclave. Je l'attendis fort long-temps; je

la cherchai vainement dans les jardins ; je fortis pour voir fi elle ne m'avoit pas prévenu, & je l'appelai plufieurs fois : je rentrai pour la rechercher encore, mais toutes mes peines furent vaines.

J'étois agité pendant ce temps-là de mille tranfports différens : la liberté fe préfentoit devant moi avec tous fes charmes, & me tentoit vivement. Il ne tient qu'à moi, difois-je, de quitter mes fers, rien ne me retient plus dans ces lieux ; & fi j'y demeure, ma mort eft prefque certaine. Mais, quoi ! ajoutai-je, pourrois-je abandonner Zaïde ? pourrois-je me réfoudre à ne la revoir jamais ? fortirai-je de ce féjour, fans favoir ce qu'elle va devenir ? Dans quelle triffeffe ne fera-t-elle pas plongée, quand elle verra que je l'abandonne ? La laifferai-je au pouvoir d'un rival, qui, fans doute, profitera du jufte dépit que mon ingratitude aura fait naître? Mais peut-être, ajoutois-je, Zaïde elle-même m'eft infidèle? Elle ne cherche qu'à fe débarraffer d'un amant qui l'importune ; elle ne facilite ma fuite que pour demeurer auprès de mon rival. Toutes ces idées différentes qui fe fuccédoient l'une à l'autre, me faifoient éprouver le plus cruel fupplice.

L'aurore qui parut, me trouva dans cette agitation. Je fortis des jardins, dans le deffein

d'attendre Zaïde, & de revenir la chercher encore, si-elle ne venoit point. Je marchai quelque temps ; & quand le jour parut tout-à-fait,
je me retirai dans une grotte que je trouvai
entre les montagnes.

Lorsque je commençois à m'y reposer, je vis
paroître une jeune nymphe qui sortit du fond
de l'antre où j'étois. Je fus étonné de cette vue.
Ne craignez rien, me dit-elle; je suis une fée
puissante qui règne sous cette longue chaîne de
montagnes, dont une partie du lac de Parime
est environnée. Sans moi, vous péririez ; les gens
de votre ancien maître vous suivent, & vous
rameneroient chez lui pour vous faire mourir.
Le maître des esclaves a fait arrêter Zaïde, qui
vouloit vous suivre. Il a découvert qu'elle vouloit le tromper ; il veut se venger, en vous im-
molant à ses yeux : mais j'ai résolu de prendre
votre défense ; ainsi, vous n'avez rien à redouter.

Après avoir achevé ces paroles, la fée me fit
retirer dans une caverne obscure, d'où je voyois
ce qui se passoit, sans pouvoir être aperçu, à
cause de l'obscurité qui m'environnoit. Je vis
aussi-tôt arriver plusieurs domestiques de mon
ancien maître, conduits par le chef des esclaves, & qui tenoient au milieu d'eux ma chère
Zaïde. Ils parurent étonnés à l'aspect de la fée.

Téméraires, leur dit-elle, arrêtez, & ne fuivez pas plus loin un mortel à qui je veux donner un afile.

Ne plaife au ciel, répondit le maître des ef- claves, que nous réfiftions à vos ordres ; quoi- que cet efclave foit coupable, nous le refpec- tons, dès que vous vous déclarez fon appui. En achevant ces mots, il fe préparoit à fe retirer ; mais la jeune Zaïde, ne me voyant point pa- roître, me chercha quelque temps des yeux, & fe mit enfuite à répandre un torrent de lar- mes. Je t'ai donc perdu pour jamais, s'écria- t-elle, ô mon cher Bengib ! & je t'ai perdu par ma faute ! Si je m'étois contentée du bonheur dont nous jouiffions ; fi j'avois fu mieux cacher ma tendreffe, nous ferions encore unis. Je ne te reverrai donc plus, & je fuis moi-même la caufe de ta perte & de mes regrets.

Ne vous accufez point vous-même de vos malheurs, répondit la fée, il eft un deftin fu- prême auquel les mortels ne peuvent refifter ; les actions qui leur paroiffent les plus indiffé- rentes, fervent à remplir fes deffeins éternels ; c'eft lui qui vous force de procurer à Bengib la liberté, pour qu'il puiffe fervir aux plus grands événemens.

Puifque Bengib doit vivre heureux, dit Zaïde, puifqu'il doit jouir d'un deftin illuftre,

je fens diminuer ma peine ; mais dès que je fuis
féparée de lui pour toujours, il n'y a plus rien
qui me faffe chérir la vie. Il faut mourir quand
je te perds, mon cher Bengib! fois le témoin
de ma mort, fi tu me vois encore ; elle me paroîtra moins affreufe, fi mon dernier foupir
peut te marquer ma fidélité. A ces mots, elle
fe frappa d'un poignard qu'elle avoit caché fous
fa robe, & tomba à la renverfe. Jugez de ma
fituation à ce trifte fpectacle ; l'amour, la pitié,
la reconnoiffance touchèrent en ce moment
mon cœur de leurs mouvemens les plus vifs &
les plus tendres. Je voulus fortir de l'endroit
où j'étois, pour fecourir ma chère maîtreffe,
pour l'embraffer encore, & mourir avec elle ;
mais la fée me retint, & m'en empêcha. Les
gens de mon ancien maître relevèrent l'infortunée Zaïde, & l'emportèrent mourante.

Dès qu'ils furent partis, mes pleurs coulè-
rent en abondance ; je me répandis en plaintes
& en reproches contre la fée. Vous pouviez,
lui dis-je, empêcher la mort de cette malheureufe fille : quand on fouffre qu'un malheur arrive, & que l'on peut le prévenir, on en eft
prefque coupable. Je ne veux plus de vos funeftes fecours, laiffez-moi fuivre ma généreufe
maîtreffe ; je ne veux plus d'une liberté qui me
coûte la vie de celle que j'adore.

Confolez-vous, me dit la fée, le deftin fauvera peut-être les jours de cette efclave infortunée, & vous rejoindra dans un temps plus
heureux. Elle me donna auffi tôt une liqueur
qu'elle m'affura devoir calmer tous mes chagrins. Dès que j'en eus pris quelques gouttes,
je m'affoupis, & à mon réveil, je me trouvai
dans un palais magnifique, où les richeffes les
plus brillantes éclatoient de toutes parts. C'eft
ici ma demeure, dit la fée, tu n'as plus rien à
craindre de ton ancien maître ; un long intervalle
te fépare de lui.

CHAPITRE VIII.

Suite de l'hiftoire de l'efclave noir.

J'AVOIS demeuré quelque temps dans ce
palais, continua l'efclave, fans que les plaifirs
qui régnoient dans ce beau féjour, puffent me
confoler de la perte que j'avois faite, quand un
matin, à mon réveil, la fée m'ordonna de la
fuivre. Elle me conduifit par un fouterrein affez
long, au bout duquel je revis la lumière. Nous
trouvâmes, dans le lieu où nous fommes préfentement, un vieillard ayant les cheveux roux
& crépus, qui vint avec un grand refpect au-

devant de la fée. Approchez, Abdumnella, lui
dit-elle ; voilà votre esclave ; vous n'avez qu'à
l'emmener avec vous. Le vieillard ne lui répondit rien ; il me prit avec douceur par la main,
pour me conduire avec lui.

Je me trouvai très-étonné de cette aventure, & je ne pus m'empêcher de dire à la fée :
Il n'étoit pas nécessaire de m'ôter des mains de
mon premier maître, pour m'en donner un autre ;
l'esclavage où j'étois n'étoit pas plus rude que
celui dans lequel vous me faites rentrer. Ne
t'alarme point, me répondit la nymphe, & suis
ta destinée ; il n'est pas en ton pouvoir d'y ré-
sister : aussi-tôt elle rentra dans le souterrein, &
le rocher se referma de lui-même.

Le vieillard me conduisit dans une grande
ville qui n'est pas éloignée d'ici, & qu'il me
dit se nommer Solinie. Il me dit qu'il étoit
grand-prêtre du soleil, qui est la seule divinité
adorée par les habitans de ces rivages. Il me
promit de me traiter avec douceur, & de me
regarder moins comme un esclave, que comme
un homme destiné, suivant ce que lui avoit
dit la fée, à remplir les projets les plus importans.

En effet, j'ai demeuré près d'un an chez Abdumnella dans des occupations assez douces.
J'ai appris, pendant ce temps, que le roi qui

gouvernoit ces peuples, avoit perdu, depuis plufieurs années, fon fils unique à l'âge de deux ans. Ce jeune prince fut enlevé, fans que l'on ait jamais pu découvrir les auteurs de ce crime, qui met fin à la maifon royale.

Le roi des Soliniens eft mort depuis deux mois, fans laiffer aucun héritier de fa couronne. Pendant que le trône eft ainfi vacant, le fénat & les prêtres du foleil ont pris l'adminiftration du gouvernement, jufqu'à ce qu'on élife un roi, ou que le ciel leur ait renvoyé l'héritier légitime du fceptre.

La perte du jeune prince des Soliniens a donné lieu à un ufage parmi ces peuples, c'eft de recevoir avec de grands honneurs tous les jeunes gens qui arrivent dans ces lieux. Comme ils efpèrent tous les jours voir revenir leur prince, ils traitent le mieux qui leur eft poffible les étrangers qui abordent fur ces rivages.

Mais fi les Soliniens ont tous les égards poffibles pour les hommes, ils ont au contraire une haîne mortelle pour les femmes, qu'ils croyent avoir caufé la perte de leur jeune prince. Celles qui ont le malheur d'arriver dans ces lieux, font immolées au foleil, lorfqu'il finit fon cours. Nos prêtres croyent fe rendre par-là ce dieu plus favorable, & l'engager à leur donner de plus grands biens pendant le nouveau cours qu'ils le prient de recommencer.

Il y a quelques jours qu'une troupe de femmes parut fur ce rivage ; nos peuples les furprirent, en leur offrant les plus riches préfens, & ont emmené captives deux d'entre elles. Demain, qui eft le dernier jour de l'année, elles doivent être facrifiées au coucher du foleil.

Depuis que ces malheureufes victimes font au pouvoir des Soliniens, mon maître Abdumnella m'a paru plongé dans une triftefse affreufe. Enfin il y a deux jours qu'il me prit en particulier : J'ai pitié, me dit-il, de la plus jeune des deux victimes que l'on doit immoler. En me difant ces mots, il me préfenta une bague avec un billet cacheté : Porte cela, me dit-il, à la jeune perfonne que l'on garde au fort ; lorfque tu viendras de ma part, les portes de la prifon te feront ouvertes : je marque à la jeune captive l'ufage qu'elle doit faire de cet anneau. Mais, ajouta Abdumnella, garde-toi de le mettre à ton doigt. Il me donna en même-temps cette lettre & cette bague fatale, & je pris la route du fort où la jeune prifonnière étoit gardée.

Je trouvai en chemin une vieille femme qui m'aborda d'un air obligeant. Je vous fouhaite, me dit-elle, toutes fortes de profpérités ; j'ai de grands fecrets à vous révéler ; entrez un moment dans ma maison , elle n'eſt qu'à deux pas d'ici ; je vous entretiendrai de choſes qui vous intéreſſent infiniment. Je m'excuſai ſur ce que j'avois une commiſſion preſſée de la part de mon maître. Je ſais , me dit la vieille , quel eſt l'ordre qu'il vous a donné ; mais vous pouvez différer de quelques momens à l'exécuter, & vous ne refuſerez pas de me ſuivre , quand vous ſaurez que j'ai à vous entfetenir de la part de la fée des montagnes , qui vous a donné à Abdumnella.

Je me laiſſai engager par ces paroles , & je ſuivis la vieille femme. Elle me conduiſit dans un appartement aſſez propre ; elle fit apporter de quoi déjeûner, & me raçonta, pendant le repas, des choſes ſi particulières , qu'il ſembloit qu'elle m'eût toujours ſuivi. Je fus ſurpris de ſes diſcours, & lui demandai avec tranſport des nouvelles de Zaïde. Qu'eſt devenue , lui dis-je , cette malheureuſe fille ? Eſt-elle morte du coup qu'elle s'eſt donné , ou puis-je eſpérer de la revoir encore ? Si vous voulez être éclairci de ſon ſort , me répliqua la vieille, vous n'en avez qu'un ſeul moyen , mais qui vous fera bien facile ; mettez à votre doigt la bague qu'Abdumnella vous a donnée , & vous ſerez bientôt inſtruit du deſtin de Zaïde.

Quoique j'euſſe un violent déſir de ſavoir ce que

que ma chère maîtreſſe étoit devenue , je n'oſai obéir à la vieille. Mon maître, lui dis-je , m'a expreſſément défendu de mettre à mon doigt cet anneau. Eh bien , prêtez-le moi , dit cette femme , & donnez-moi votre main; vous ſerez inſtruit du ſort de Zaïde , ſans déſobéir à votre maître. J'eus la facilité , continua Bengib , de ſuivre le conſeil de la vieille; mais dès qu'elle m'eut mis au doigt cette bague fatale , elle ſe leva , en faiſant un grand éclat de rire , & dit: J'ai plus d'eſprit que la fée des montagnes; quand la jeune captive ſeroit ſortie du ſort , que ſeroit-elle devenue ? Allez , me dit-elle , ſuivez votre fortune ; elle vous conduira bien.

Pendant qu'elle diſoit ces paroles, ſon viſage changea entièrement , ſes rides diſparurent , en-fin cette vieille devint une jeune perſonne charmante. Elle me quitta auſſi-tôt , en me di-ſant d'un air ironique: Adieu , Bengib , ne vous fiez pas aux vieilles; elles ſont auſſi trompeuſes que les jeunes.

Dès qu'elle fut partie , je cherchai la lettre que mon maître m'avoit donnée , & ne la trouvai point. Je vis bien que la traîtreſſe me l'avoit priſe; je ſortis de cette maiſon , agité d'un cruel remords , & au déſeſpoir d'avoir été trompé; mais ma douleur augmenta encore, quand je

M

voulus ôter cette funeste bague; tous les efforts
que je fis pour la tirer furent inutiles.

Jugez de ma situation dans cette malheureuse
conjoncture. J'avois compris, par les discours
de mon maître, que cet anneau étoit un moyen
de délivrer la jeune captive qui devoit être immolée dans peu de temps. Je voyois qu'elle
alloit périr, & que j'étois la cause de son
trépas; je n'osois retourner chez Abdumnella,
après avoir si mal obéi à ses ordres. Enfin, dans
mon désespoir, je résolus de me faire couper le
doigt, pour dégager cet anneau funeste, & le
porter à la jeune prisonnière.

Dans cette résolution, j'entrai chez le premier chirurgien que je trouvai, & étant passé
dans une salle derrière sa boutique: Il faudroit,
lui dis je, faire une opération qui vous sera facile, c'est de me couper le doigt où vous voyez
cette bague. Le chirurgien voulut me faire quelques remontrances. Ces discours, lui dis-je,
sont inutiles; j'ai pensé à tout ce que vous pouviez me dire; faites ce que je désire de vous.

Le chirurgien, avant de me satisfaire, voulut essayer d'ôter cet anneau de mon doigt; &
pour cet effet, il tourna avec violence la pierre
de la bague en dedans de ma main. La douleur me fit retirer le bras, & pousser un cri.

auffi-tôt je vis cet homme étonné, qui fembloit me chercher des yeux ; il fortit en même temps de la falle où nous étions, & entra dans fa boutique, où plufieurs perfonnes étoient affemblées. L'avez-vous vu fuir, leur dit-il en riant, cet homme qui veut que l'on lui coupe un doigt, & qui fe fauve fi vîte au moindre mal, qu'un éclair n'eft pas plus prompt à difparoître ? Chacun l'affura que j'avois couru fi légèrement, que perfonne ne m'avoit aperçu.

J'avois pourtant fuivi le maître dans fa boutique, & je voyois ceux qui rioient de mon aventure, fans qu'il parût qu'ils m'aperçuffent. Je jugeai que cette bague rendoit invifible, lorfque la pierre étoit en deffous. Je fortis dans cette idée, & reconnus qu'en effet je n'étois vu de perfonne.

Depuis que cette aventure m'eft arrivée, je n'ai pas ofé retourner chez Abdumnella. Je vis de ce que je prends dans la ville fans être aperçu ; enfin je venois aujourd'hui au pied de ces rochers implorer le fecours de la fée qui m'a donné au grand-prêtre, & lui demander quels font les grands événemens auxquels elle m'a dit que j'étois deftiné.

L'efclave finit de cette forte fon récit, & Prenany n'eut pas lieu de s'imaginer que la jeune captive qui devoit être immolée le lendemain, fût la princesse Félée ; il ne croyoit pas possible que Solocule l'eût envoyé à Solinie, tandis que la princesse y seroit : outre cela, il n'avoit point entendu parler, dans le palais d'Acariasta, que la princesse eût quitté la cour de sa mère. Ainsi, il ne prit d'intérêt au malheur de la jeune prisonnière, qu'autant que l'on en prend naturellement pour une inconnue.

Après que Bengib eut achevé son histoire, le prince lui dit que la vieille femme qu'il avoit trouvée ne l'avoit pas trompé. Je puis, dit-il, vous instruire de l'état auquel est votre chère Zaïde ; elle n'est pas morte, & elle vous aime toujours tendrement ; elle est auprès de la reine des Amazones, dont elle est chérie. Je viens de cette cour, où j'ai été élevé, & où j'ai laissé ce que j'ai de plus cher au monde. J'espère y retourner, & je ferai tous mes efforts pour revoir au plutôt l'objet que j'aime. Nous quitterons ensemble ces lieux, & il ne sera pas difficile de vous réunir à votre maîtresse.

Bengib fut transporté de joie à ces paroles. Je suis trop payé, dit-il au prince, du secours que je vous ai donné. Quoi ! Zaïde est vivante, & m'est fidèle : comment puis-je m'acquitter envers vous de cette nouvelle charmante ? Après

que l'esclave eut témoigné à Prenany sa joie &
sa reconnoissance, il l'engagea à venir à Solinie.
Je vous suivrai, dit-il, sans être vu, par le
moyen de ma bague, & dès que vous paroî-
trez, chacun s'empressera à vous bien recevoir;
mais gardez-vous, continua l'esclave, de dire
que vous venez d'Amazonie; la haîne que l'on
porte aux Amazones pourroit vous mettre en
danger.

CHAPITRE IX.

*L'esclave conduit Prenany à Solinie. De quelle ma-
nière il y fut reçu, & du conseil qui se tint à son
sujet.*

PRENANY se leva aussi-tôt pour se mettre
en chemin; & Bengib, après s'être rendu invisible en tournant sa bague, le guida vers Solinie. Ils y arrivèrent bientôt; & quand ils entrèrent dans cette ville, le prince s'entretenoit
encore avec l'esclave, qu'on ne voyoit point.

Les jeunes gens croyent tout facile, & Prenany parloit tout haut à Bengib de son projet,
comme d'une chose où il se croyoit sûr de réussir. Je gagnerai, disoit-il, l'amitié des principaux de cet empire; je demanderai un vaisseau,
sans dire dans quel pays je veux aller, de peur

d'exciter la défiance, & nous irons dans les lieux où nous devons retrouver notre maîtreſſe.

Quelques habitans s'arrêtèrent pour conſidé-rer Prenany, & le prirent pour un fou, croyant qu'il parloit tout ſeul. L'eſclave le pria tout bas de ne plus rien dire, de peur de le faire dé-couvrir.

Quand ils furent un peu avancés, ils trouvè-rent un homme grave, qui enviſagea Prenany avec attention, & lui dit enſuite, en l'abordant civilement : Je crois reconnoître, à votre air & à vos habits, que vous êtes étranger ; dites-moi, je vous prie, ſi je ne me ſuis point trompé. Prenany lui répondit qu'en effet il étoit un mal-heureux qui s'étoit ſauvé ſeul du naufrage, & qu'il n'avoit nulle connoiſſance dans ces lieux. Soyez en aſſurance, dit le vieillard, vous ne manquerez ici de rien ; acceptez ma maiſon, c'eſt le plus grand plaiſir que vous puiſſiez me faire.

Prenany ne refuſa pas cette offre, & le vieil-lard, qui étoit un des premiers ſénateurs de Solinie, le conduiſit à ſa maiſon. Bengib dit tout bas au prince, qu'il n'oſoit entrer avec lui, de peur de reſter enfermé dans quelque chambre ; mais il lui promit de l'attendre à la porte le len-demain, lorſqu'il ſortiroit.

Le ſénateur conduiſit Prenany dans une ſalle,

où il le laiſſa ſe repoſer, & le quitra, en lui
promettant qu'il le rejoindroit bientôt. Le vieillard courut avec empreſſement chez quelques-
uns des ſénateurs de ſes meilleurs amis, pour
leur faire part de la découverte qu'il venoit de
faire. Il étoit ſi charmé du bonheur qu'il avoit
eu, qu'il les amena chez lui, pour leur donner
à ſouper avec le jeune étranger.

Pendant le repas, on demanda à Prenany
quel étoit le lieu de ſa naiſſance. Il ſe ſouvint
du conſeil de Bengib, & ſe garda bien de dire
qu'il venoit d'Amazonie. Il répondit qu'il avoit
été élevé chez les Aziniens, & qu'il ignoroit
qui étoient ſes parens. C'eſt lui, s'écria auſſi-
tôt le vieux ſénateur d'un air de contentement;
voyez ſi je n'avois pas raiſon. Il ne faut pas,
dit un des convives, précipiter ſon jugement
dans une affaire de cette importance; nous
ſommes ravis de la rencontre que vous avez
faite; il faudra demain examiner mûrement la
choſe. Mais remarquez, dit l'un, qu'il reſſemble au défunt roi. Oh! pour cela, dit un autre,
c'eſt à la reine défunte; je me ſouviens de l'a-
voir vue; c'eſt ſon vivant portrait. Je ne vous
dirai pas, ajouta un troiſième, auquel des deux
il reſſemble, mais il a un air de famille qui
frappe.

Prenany ne ſavoit que dire, & ne compre-

noît rien à tous ces difcours. La nuit vint finir
fon embarras ; le foleil ne paroiffant plus, on
quitta la table, & on conduifit le prince dans
une chambre, où il fe coucha fans chandelle, à
la mode du pays.

Le lendemain, le vieux fénateur, avant de
fortir, enferma Prenany à double tour dans la
chambre où il avoit couché, & fortit pour aller
au confeil. Sur le rapport qui avoit été fait par
ceux qui avoient foupé la veille avec l'étranger, tous les prêtres du foleil & tous les fénateurs s'y trouvèrent. Le vieux fénateur, en
arrivant, montra, d'un air fatisfait, la clef de
la chambre où Prenany étoit enfermé. J'ai, dit-
il, fous cette clef le tréfor de cet empire ; le
jeune étranger que j'ai reçu chez moi eft le
prince Soly, ou je ne fuis pas fénateur. Demandez à ceux qui l'ont vu, s'il n'a pas un air de famille auquel on le connoît d'abord. Il reffemble
parfaitement au roi ou à la reine: je vous dis
que c'eft lui fûrement.

Nous avons, dit un prêtre du foleil, un
moyen fûr de le connoître. Ne vous fouvient-il
plus de la marque qu'il a fur fa perfonne, & dont
la defcription eft faite dans nos annales. Nous
n'avons qu'à l'examiner, & nous connoîtrons
aifément fi vous ne vous êtes point trompé.

Chacun approuva cet avis : on fit apporter

les regiſtres publics, & on examina avec attention la deſcription qui y étoit faite de la tulipe
que le prince devoit avoir à la feſſe. Mais l'embarras fut d'aller regarder en cet endroit. Ce
n'étoit pas un compliment à faire à un homme,
que de lui demander à voir une choſe pareille ;
d'un autre côté, chacun trouvoit qu'il étoit
contre les droits de l'hoſpitalité d'uſer de violence pour découvrir le derrière d'un étranger.
En lui demandant, dit quelqu'un de l'aſſemblée,
s'il porte cette glorieuſe marque, ajoutera-t-on
foi à ce qu'il en dira lui-même ? D'ailleurs il
pourra nous répondre qu'il n'a jamais eu la cu-
rioſité d'y regarder.

Que votre embarras ceſſe, dit gravement un
des ſénateurs ; j'imagine un moyen de connoître
ce ſigne reſpectable. Oui, ajouta-t-il après un
moment de réflexion, je promets de vous
faire voir le derrière de ce jeune étranger,
comme on voit le ſoleil en plein midi. Doucement, dit un des prêtres, peſez un peu
vos paroles, & prenez garde à vos compa-
raiſons. Paſſons, dit le ſénateur, c'eſt mon
zèle pour l'état qui m'emporte. Oui, je m'en-
gage à vous le faire voir comme..... comme
vous voudrez. Allons tous dîner chez un trai-
teur, & que ce jeune homme ſoit invité à ce
repas ; nous propoſerons pour l'après-dînée une

partie de chaſſe dans la plaine ; je lui ferai mettre au deſſert dans ſon verre d'une poudre dont je connois la vertu. Si, pendant la promenade, il n'offre point à vos regards le ciel où brille ce ſigne favorable, je conſens à payer le repas tout ſeul.

Chacun applaudit à cette invention ; mais les prêtres du ſoleil refusèrent d'aſſiſter à cette fête. Il ne convient pas, dit l'un d'eux avec un air d'autorité, que nos yeux, deſtinés à regarder le dieu brillant que nous adorons, & qui n'oſent enviſager la lune, s'occupent à faire une pareille découverte. Nous nous en repoſons ſur les ſénateurs deſtinés à veiller aux intérêts temporels des peuples. Parbleu ! dit un des ſénateurs, vous êtes devenus bien délicats. N'eſt ce pas un de vos prédéceſſeurs qui a fait cette remarque ſi utile à la patrie? Sans lui, aurions-nous jamais ſu comment le derrière du prince étoit fait ? Il peut avoir manqué, répondit le prêtre du ſoleil, mais ſon action a été heureuſe, & une faute n'en eſt plus une, ſi-tôt qu'elle réuſſit. A notre égard, nous pourrions être trompés dans notre attente, gardons-nous de commettre une irrégularité ſans aucun fruit.

Nous avons, dit un autre prêtre, une raiſon encore qui nous diſpenſe d'aſſiſter à cette obſervation : c'eſt ce ſoir que l'on doit immoler les

deux captives qui font dans ces lieux; tandis
que nous ferons occupés au facrifice, faites cette
découverte heureufe ; nous prierons le foleil de
vous être propice, & de vous prêter fa plus vive
lumière. A ces mots, l'affemblée fe fépara; les
prêtres allèrent tout préparer pour leur facrifice, & les fénateurs pour leur dîner.

CHAPITRE X.

*De quelle façon Prenany fut reconnu pour roi
de Solinie.*

LES fénateurs, en fortant du confeil, ache-
tèrent à frais communs, chez un fameux Apo-
ticaire, la poudre laxative deftinée pour le prince,
& l'on prit bien garde qu'il ne fe fît point de
quiproquo. On alla enfuite tirer Prenany de la
chambre où il étoit enfermé ; on le conduifit
avec grand refpect dans l'endroit où l'on devoit dîner ; & Bengib, qui l'attendoit depuis
long-temps, le fuivit fans être vu de perfonne.

Avant que de fe mettre à table, on propofa
à Prenany la partie de chaffe que l'on avoit pro-
jeté de faire dans la plaine : il l'accepta volontiers. Chacun des fénateurs envoya auffi-tôt
chercher fon habit de campagne, & emprunter

un arc & des flèches à ses amis. Le dîner fut
très-férieux, parce que chacun étoit entièrement occupé de la grande affaire qui intéressoit
si fort tout l'empire. Prenany s'ennuyoit beau-
conp, malgré les honneurs que l'on lui rendoit.
Les respects satisfont la vanité, mais ne diver-
tissent point : il auroit mieux aimé être encore à
Azinie qu'avec ces graves personnages. Cependant tout se termina au gré des convives ; & à la
dernière rasade que l'on but à la santé du jeune
étranger, on lui donna en même temps de quoi
le purger, s'il eût été malade.

Dès que l'on fut sorti de table, les sénateurs,
à pied avec Prenany, gagnèrent la plaine. Le
jeune prince étoit étonné de l'habillement &
de la manière de chasser de ses compagnons. Ils
avoient chacun un habit de couleur brune,
pour montrer qu'ils conservoient leur gravité
jusques dans leurs plaisirs ; des cheveux majes-
tueusement répandus leur offusquoient le visage ;
enfin leur figure auroit été capable de faire enfuir tout le gibier du monde, & ils étoient tous
attroupés autour de lui, sans songer à tenir leurs
flèches prêtes.

Prenany leur en dit son sentiment, & les
assura que s'ils continuoient à marcher ainsi,
certainement ils ne prendroient rien. Oh ! dit
un des sénateurs, homme très-subtil, si nous

trouvons ce que nous cherchons, nous aurons fait une affez bonne chaffe. Prenany n'entendoit pas ce qu'il vouloit dire, & ne s'en fouciant guère, il avançoit toujours avec eux.

Chacun des chaffeurs confidéroit avec attention le vifage du jeune étranger, pour connoître fi la poudre alloit bientôt opérer. On .vit avec joie qu'il fit une petite grimace, en difant : Je voudrois bien qu'il y eût ici quelque arbre ou quelque buiffon. Pourquoi cela ? dit quelqu'un qui vouloit favoir fi la mine qu'avoit faite le prince n'étoit pas trompeufe. Pour peu de chofe, dit le prince. Cependant fa colique s'étant un peu paffée, il continua fon chemin ; mais peu de temps après, une tranchée plus forte l'obligea de s'arrêter. Je vous prie, dit-il, de m'excufer ; allez toujours devant, je vous rejoindrai. Ne vous gênez point, lui répondirent les chaffeurs, nous vous attendrons. Sans plus long compliment, Prenany jeta fon arc à terre, & fe prépara à foulager le mal qui le preffoit. Avant qu'il eût eu le temps de fe baiffer, deux des fénateurs les plus recommandables pafsèrent derrière lui, fans faire femblant de rien, jetèrent un coup-d'œil fur ce qu'il leur montroit, & ce que Brunel, avant lui, avoit montré à la reine Marphife. Ils reconnurent cette tulipe défirée, & s'écrièrent auffi-tôt de toutes leurs forces : C'est lui-même ; revenez, sénateurs, & rendez-lui vos premiers hommages. Aussi-tôt tous les chasseurs s'étant retournés, coururent se jeter aux pieds du prince étonné. Vous êtes notre roi, lui dirent-ils, protégez vos fidèles sujets, & ceux qui vous ont rendu leurs premiers respects. O jour heureux ! qui nous rend une tête si chère. Venez au palais de vos aïeux prendre la couronne & le sceptre que vous donne votre naissance.

Le jeune prince fut si surpris de cet événement imprévu, que sa colique se passa : on dit même qu'il en fut constipé pendant plus de vingt-quatre heures. Les sénateurs expliquèrent à Prenany la manière dont ils s'étoient assurés qu'il étoit le fils de leur roi, & la ruse qu'ils avoient employée pour le découvrir. Le prince approuva leur prudence, loua leur esprit, & les assura qu'il remettroit entre les mains de gens d'une capacité aussi profonde la meilleure partie du gouvernement.

CHAPITRE XI.

Comment le nouveau roi retrouva sa chère princesse Fêlée.

LE nouveau roi & son sénat étoient près de retourner à *Solinie*, lorsqu'ils virent paroître les prêtres du soleil, qui marchoient vers la montagne où se devoit faire le sacrifice des deux captives. Ils étoient au nombre de quarante, avec leurs cheveux accommodés par les perruquiers les plus habiles à les hériffer; ils avoient chacun un habit de moire jaune & argent; au milieu d'eux étoit un char bleu & or, attelé de huit chevaux plus blancs que la neige. Dans ce char étoient les deux femmes deftinées au sacrifice, couvertes d'un grand voile de gaze d'or.

Tandis que ce cortége s'avançoit lentement, le roi s'informe plus particulièrement quelles étoient les victimes, & parut attendri de leur fort. Vous ne devez pas, dit un des sénateurs, les plaindre jufqu'à préfent; on leur a procuré dans leur prifon toutes les commodités & tous les agrémens poffibles; ce n'eft que l'attente du

trépas qui en fait toute l'horreur, & elles ne
favent pas encore qu'elles doivent mourir.
On leur fait croire que l'on les conduit fur
une montagne peu éloignée d'ici, pour une
cérémonie après laquelle on doit leur donner la liberté, & on leur donne la mort fans
qu'elles s'y attendent. Il n'importe, dit le prince,
je veux leur parler ; c'eft bien la moindre chofe,
puifque je fuis roi, que je voye les filles que
l'on tue dans mon royaume.

Auffi-tôt le prince s'approcha du chariot. Les
fénateurs inftruifirent les prêtres que l'étranger
étoit véritablement leur roi. Ils fe jetèrent tous
à fes genoux, & fe préparoient à lui faire une
belle harangue ; mais le prince, pouffé par un
fecret preffentiment, ne les écouta pas, & leva
avec précipitation le voile qui couvroit les victimes.

Quels furent les mouvemens de fon cœur,
quand il reconnut fa chère Fêlée ! Ah, dieux !
s'écria t-il, ma chère princeffe, dans quels périls je vous retrouve ! Que je fuis heureux de
vous conferver une vie qui m'eft plus chère
que la mienne ! Un jour plus tard, je vous
perdois pour jamais, & vous étiez immolée au
foleil.

A la vue du prince, Fêlée s'étoit évanouie à
fon

fon ordinaire, Quoi! dit la gouvernante, on alloit nous immoler ? Oui vraiment, dit le prince; mais je fuis roi, & je l'empêcherai bien. Auffi-tôt la gouvenante, en pouffant fa jeune maîtreffe avec le coude : Revenez donc à vous, lui dit-elle. Savez-vous où l'on nous conduifoit ? On alloit nous tuer; mais Prenany eft le roi de cet empire, & nous fauvera la vie.

Félée revint à cette agitation, & tournant tendrement les yeux vers le prince: Que je fuis heureufe! lui dit-elle; en apprenant que j'allois perdre la vie, je retrouve celui qui doit en faire tout le bonheur. Que les périls font char-mans, quand on ne les connoît que par une iffue auffi agréable ! Le roi ordonna aux prêtres de ne plus fonger à faire ce facrifice. Le grand prêtre Abdumnella affura le monarque que c'é-toit malgré lui que l'on faifoit cette cérémonie; & pour lui rendre compte de fes fentimens, il lui parla de cette manière.

Peu de temps après la mort du roi votre père, nous entendîmes fa voix dans le temple, pen-dant une nuit fort obfcure. Mon fils n'eft point mort, nous dit-il; je n'ai point trouvé fon om-bre aux enfers; ainfi vous devez efpérer de re-voir ce prince: mais il faut fléchir le foleil, afin qu'il vous le rende. S'il vient des femmes fur ce

N

rivage, immolez en deux à ce dieu sur la montagne qui lui est consacrée ; mais prenez une
jeune & une vieille , afin qu'il ait de quoi
choisir.

Le lendemain que cette voix se fut fait entendre , il aborda dans ces lieux une troupe de
femmes armées. Nos citoyens ont employé
l'artifice pour se saisir des deux victimes destinées au soleil ; nous les avons choisies, suivant
l'ordre que le roi nous avoit donné... Vous
avez fort mal rencontré, dit la gouvernante
en interrompant brusquement le grand-prêtre:
la princesse est jeune , à la vérité ; mais apprenez que je ne suis point vieille , & qu'il ne faut
point donner aux gens cette qualité, pour les
immoler. Laissez achever le grand-prêtre , dit le
roi ; c'est parce que vous êtes encore jeune
que le soleil n'a point voulu que vous fussiez sa
victime : vous pouvez vous vanter à présent de
n'être point vieille au gré du soleil.

Nous prîmes donc ces deux victimes , continua le grand-prêtre , & elles furent destinées à
la mort, lorsque le grand dieu qui nous éclaire
termineroit son cours : mais il y a quelques
jours que je vis entrer dans ma chambre , pendant l'obscurité & tandis que j'étois dans mon
lit , une jeune personne dont je ne pus distinguer les traits ; elle me donna une bague mysté-

rieufe, & me dit de la faire tenir à la jeune captive qu'on deftinoit au facrifice. Qu'elle forte,
me dit l'inconnue, & qu'elle évite la mort qui
lui eft préparée. En tournant la pierre de cette
bague en dedans de fa main, perfonne ne pourra
la voir ; mais ne mets pas cet anneau à ton
doigt, il n'en pourroit plus fortir.

Je pris cette bague, continua Abdumnella ;
je la ferrai foigneufement fous mon chevet, &
la jeune perfonne qui me l'avoit donnée difparut. Mais apparemment qu'elle laiffa la porte de
ma chambre entr'ouverte, & qu'il vint quelque
vent coulis ; le lendemain je me trouvai avec
un petit rhume qui m'empêcha d'aller porter
moi-même cette bague à la jeune prifonnière.
Je lui écrivis un billet, par lequel je lui mar-
quois l'ufage qu'elle devoit en faire, & je lui
envoyai cette lettre avec l'anneau par un de
mes efclaves. Depuis ce temps, je n'ai pas revu
ce domeftique, & je n'ai pu favoir ce qu'il étoit
devenu. Cependant, par un bonheur inefpéré,
tout a réuffi au gré de mes défirs, & cette jeune
héroïne, dont nous ignorions le rang & la naiffance, a été heureufement préfervée du tré-
as.

Le jeune roi loua fort la prudence du grand-
prêtre de ne point fortir quand il étoit enrhu-
mé, & la princeffe le félicita fur ce que fon indif-

pofition avoit cefle. En fût-il crevé, dit à moitié haut la gouvernante, il garde la chambre
quand il faut nous fecourir, & fe porte bien,
quand il s'agit de nous conduire fur cette funefte montagne où nous devions périr.

On entendit alors la voix de Bengib, qui
avoit toujours fuivi le prince fans être vu. Puifque cette affaire a fi bien tourné, dit-il, il faut
me pardonner la faute que j'ai faite de mettre à
mon doigt cette bague. Sans cela, le roi que
vous venez de reconnoître, auroit péri dans
les eaux du lac; c'eft moi qui l'en ai tiré. Le roi
confirma aux prêtres & aux fénateurs la vérité
de ce que difoit l'efclave, & Abdumnella l'ayant
affuré qu'il lui pardonnoit, il alloit fe montrer,
lorfque l'on vit fortir d'entre les rochers qui
terminoient la plaine, une nombreufe armée
d'Amazones qui s'avançoient. C'étoit la reine
d'Amazonie, dont la flotte avoit pris terre
entre ces montagnes, qui venoit à la tête de
fes meilleures troupes délivrer la princeffe Félée. A cette vue, les prêtres & les fénateurs
laiffèrent là le char & les victimes; &, fans
s'embarraffer de leur nouveau roi, s'enfuirent
de toute leur force vers la ville, en criant qu'ils
alloient chercher du fecours.

CHAPITRE XII.

Comment la reine d'Amazonie rejoignit sa fille &
son futur gendre.

Le jeune roi fut très-étonné de se voir ainsi
abandonnné de ses nouveaux sujets ; il ne savoit quel traitemeut il alloit éprouver de la
part de la reine. Il avoit lieu de penser que c'é-
toit elle qui l'avoit fait conduire au château
d'Acariasta , pour servir le ressentiment de cette
princesse; mais il se résolut à périr plutôt mille
fois , que de quitter sa chère Fêlée.

Bengib, qui ne s'étoit point encore montré,
lui dit de n'avoir aucune inquiétude , & qu'il
lui livreroit bientôt la reine. En effet; il courut
à elle, sans qu'elle pût le voir, & lui ôta son
arc & son carquois. La reine fut très-étonnée de
se sentir désarmer , sans voir personne. Bengib
la prit sous le bras, pour la conduire vers le
char où étoit le jeune roi & la princesse. La
reine s'étant écriée à cette violence , ses guerrières vinrent à elles. Mais Bengib lançoit contre
les Amazones les flèches même de la reine, &
en blessa plusieurs , sans qu'elles pussent connoître d'où partoient ces traits. *Mettez bas les armes,*
leur cria-t-il, *& ne suivez plus votre reine, ou*

vous allez toutes périr. Ces paroles qu'elles entendirent, sans savoir qui les prononçoit, achevèrent d'étonner les guerrières, & elles s'arrêtèrent. Mais une flèche décochée par hasard
dans ce désordre, atteignit Bengib, quoiqu'il
fût invisible, & le blessa assez dangereusement.
Sa blessure n'empêcha pas qu'il n'emmenât la
reine jusqu'au char où étoit le jeune roi, & qu'il
ne la forçât d'y monter. Le prince fut sensiblement touché de la blessure de l'esclave, & le
fit monter sur le devant du chariot, tandis que
la reine embrassoit sa fille avec des larmes de
joie. On lui dit en deux mots quel étoit le destin
de Prenany ; elle répondit qu'elle en étoit ins-
truite depuis long-temps, & qu'elle confirme-
roit au peuple de Solinie que le prince étoit
vraiment fils de leur roi.

On se prépara aussi-tôt à prendre le chemin
de la ville. Le roi pria la reine d'Amazonie de
faire rester en cet endroit ses troupes qui s'é-
toient approchées. De l'humeur, dit-il, dont
me paroissent mes sujets, ils ne m'ouvriront jamais les portes, s'ils voient tant de monde ; il
faut attendre que nous les ayons rassurés. La
reine ordonna donc à ses Amazones de placer
leur camp dans la plaine ; il n'y eut que le jeune
Agis, qui, voyant sa chère gouvernante, demanda permission de suivre la reine. Après l'a-

voir obtenue, ce fut lui qui conduifit le char vers Solinie.

La compagnie arriva au pied des remparts, lorfque le foleil baiffoit pour fe coucher. On ouvrit les portes au roi & à fa fuite; & le peuple, que les fénateurs & les prêtres avoient inftruit qu'ils avoient retrouvé leur monarque, fuivit le char jufqu'au palais avec des acclamations de joie. Les fénateurs fe préfentèrent, & affurèrent le roi que s'il n'eût pas été fi tard, plus de vingt mille hommes feroient allés à fon fecours; mais que l'on comptoit fe mettre en campagne le lendemain de grand matin, s'il ne fût pas revenu. Le roi les remercia de leur zèle & de leur diligence, & les envoya fe repofer de leurs fatigues.

CHAPITRE XIII.

Le nouveau roi étant dans fon palais, revoit la fée Cabrioline.

LE nouveau roi trouva un palais fort antique, mais dont la grandeur & la richeffe le charmèrent. Les principaux officiers de la couronne vinrent lui préfenter leurs hommages. Un des premiers foins du prince fut de faire porter Ben-

N iv

gib dans un appartement, & de recommander que l'on en eût un foin particulier.

Quand le roi fut dans les appartemens, il s'informa qu'els étoient les plaifirs que les rois prenoient dans cet empire. La reine & la princeffe applaudirent à cette queftion. Le grand tréforier répondit que l'occupation du défunt roi étoit la lecture & la promenade pendant la journée ; & fi vous voulez favoir, ajouta-t-il, quel étoit fon plaifir quand il ne voyoit plus le foleil, il faut entrer dans l'appartement du tréfor.

Il conduifit auffi-tôt le prince & fa fuite dans un appartement magnifique, où étoient de grands coffres remplis de pieces d'or. Le plaifir de votre augufte père, reprit le tréforier, étoit de compter ces richeffes, lorfque la nuit étoit venue ; il fe plaifoit à remuer ces pièces d'un endroit à un autre, & à les ranger à tâtons. Cet amufement eft affez bizarre, dit la princeffe ; il faudra l'enfeigner à Solocule, qui ne voit goutte : pour moi, j'aime mieux voir ce que produit l'or, que l'or en lui-même. Laiffez-moi faire, ma princeffe, lui dit tout bas le roi, nous ferons produire à celui-ci des objets agréables.

Voilà bien des richeffes, dit la reine d'Ama-zonie ; mais n'y en avoit-il pas encore davantage ? & n'en a-t-on pas enlevé après la mort du roi ? Je puis vous affurer, répondit le grand tréforier, qu'on n'a rien pris. Lorfque le roi eft mort, il étoit veuf ; fi fa femme lui eût furvécu, peut-être ne trouveroit-on rien aujourd'hui. Mais quoique nous ignoraffions que Sa Majefté dût revenir, on n'a rien emporté. Vous êtes d'une grande probité, dit le jeune monarque ; il y a bien des héritiers qui écrivent qu'ils vont venir promptement, & qui trouvent les coffres vides quand ils arrivent.

Après cette converfation, on preffa le roi de venir fe mettre à table avant que le jour finît. Mais la princeffe étoit curieufe, & voulut voir les jardins avant le fouper. Le roi, qui n'avoit d'autre volonté que la fienne, la fuivit, accompagné de toute fa cour. Il faifoit la plus belle foirée du monde ; le foleil, qui fe couchoit, laiffoit répandre aux fleurs toute leur odeur, & les oifeaux, qui finiffoient leurs concerts de cette journée, les rendoient plus vifs & plus touchans.

Tous les objets qui fe préfentoient étoient charmans en eux-mêmes ; mais ils paroiffoient encore plus beaux à des cœurs contens. La reine des Amazones avoit retrouvé fa chère fille, après un danger effroyable. La princeffe & fon amant fe voyoient réunis pour toujours ; la gouver-

nante de Félée étoit auprès de son fidèle Agis.
Ainsi, chacun goûtoit le plus parfait plaisir. Il
n'y avoit que les officiers du roi, accoutumés
à souper à cinq heures, qui s'ennuyoient un peu.
Le grand rôtisseur de l'empire accourut tout en
nage dire au roi que les viandes se séchoient
trop, & le grand-maître du palais fit observer
à la compagnie qu'il falloit absolument souper
pendant qu'il restoit encore du jour, parce
qu'ils seroient obligés de manger à tâtons, la
loi défendant de se servir d'autre lumière que
de celle du soleil. Ce discours détermina la
compagnie à rentrer.

Mais quand on fut près du perron, le roi &
Agis aperçurent la charmante Cabrioline. Le
roi courut à elle, tandis qu'Agis expliquoit à la
reine & à la princesse qui elle étoit. La fée s'a-
vança d'un air théâtral, dont les princesses furent enchantées. Elle étoit ce jour-là habillée plus
galamment que jamais, & sa beauté avoit encore un nouvel éclat. Il n'y eut que la gouvernante qui la vit avec chagrin. Agis lui avoit
quelquefois parlé avec feu de la jeune fée. L'a-
mour est pénétrant, & toujours suivi de soupçons; elle expliqua tendrement sa crainte à son
amant. Agis assura cette amante que la fée auroit tous les attraits du monde, qu'elle ne le
toucheroit point, à cause d'un malheureux

joueur de flûte qui la fuivoit toujours, & qui le fatiguoit trop.

Quand toute la cour fut rentrée au palais, l'obfcurité étoit prefque venue entièrement. Mais Cabrioline tira un petit fifflet de fa poche; au premier coup qu'elle en donna, tous les appartemens fe trouvèrent illuminés.

Ce coup de fifflet caufa au jeune page un frémiffement dont la fée s'aperçut. Ne craignez rien, lui dit-elle en riant, le tambourin n'eft pas ici. J'en fuis ravi pour la compagnie, dit Agis; il n'eft bon que pour les Dondiniens. Cet homme-là, dit Félée, n'eft pas des amis d'Agis, il m'a pourtant rendu un fi grand fervice, que je ne puis me difpenfer de vous demander de fes nouvelles. Je gagerois, dit Agis, qu'il eft mort de laffitude au pied de quelque buiffon; il ne pouvoit pas réfifter long-temps au métier qu'il faifoit. Il ne m'a point quitté, dit Cabrioline, & il ne tient qu'à moi de le faire paroître tout à l'heure. Mais comme nous devons aujourd'hui faire autre chofe que voyager ou faire fuir les ennemis, j'ai amené une fymphonie plus douce, & dont vous ferez content.

C H A P I T R E X I V.

Du repas & du bal dont Cabrioline régala toute la cour.

Toute la cour paffa dans un grand falon, où l'on trouva une table de trente-fix couverts, fervie des mets les plus délicieux, ordonnés par la fée. Elle pria le roi de faire mettre à table Agis & la gouvernante, & les officiers les plus diftingués. Le roi le leur ayant ordonné, il fe trouva encore plufieurs places vides. Il demanda aux plus confidérables de l'empire d'envoyer chercher leurs femmes & leurs filles, & l'affemblée fe trouva complète.

Mais les Soliniens, par un refte de préjugé, n'ofoient prefque ouvrir les yeux. La fée s'en étant aperçue, leur en fit des reproches, & leur demanda s'ils avoient quelque peine à imiter leur roi. Il eft le maître, dit le plus âgé de ces officiers ; mais nous fommes foumis aux lois. Ils ont raifon, dit le prince; mais dans un moment perfonne n'aura plus d'inquiétude. Je fais une loi qui fera demain publiée dans tout mon empire. Je veux que l'on adore le foleil pendant le jour, & la lune pendant la nuit.

Tous les courtifans applaudirent à une penfée

fi fage, & les fcrupules étant ceffés, la joie qui accompagnoit toujours l'aimable fée, fe répandit fur toute la compagnie. La jeune Fêlée parut charmante, même aux dames, c'eft beaucoup dire ; fes yeux brilloient d'un feu vif & tendre ; fa bouche charmante fourioit le plus agréablement du monde : mais comme les prêtres du foleil l'avoient défarmée avant de la conduire au facrifice, elle paroiffoit un peu pâle. Cabrioline, qui s'en aperçut, s'approcha d'elle, lui tint un moment fa ferviette devant le vifage, & lui ayant un peu frotté les joues avec le bout des doigts, fema les plus belles rofes fur fon teint de lys. Dès que la fée eut fini cet enchantement, l'admiration éclata de toutes parts, & ranima encore le plaifir.

Lorfque l'on fut au deffert, on fut furpris de voir entrer Bengib, parfaitement guéri de fa bleffure. Il vint fe jeter aux genoux du roi, & lui montra une pierre qn'il tenoit dans fa main. Seigneur, lui dit-il, n'eft-ce pas là la pierre merveilleufe qui vous a guéri ? Elle a fait le même effet fur moi, mais elle m'a été donnée par un autre que Zaïde. Sans doute ma chère Zaïde eft morte, & un autre poffède le tréfor qui lui appartenoit. Non, non, dit la reine d'Amazonie, qui prit la parole, Zaïde m'a fuivie dans ces lieux, & je reconnois cette pierre pour être à elle. Ordonnez donc que je la voye, répliqua le more, & ne souffrez pas, je vous en conjure, que je languisse plus long-temps.

Le roi demanda aussi-tôt celui qui avoit guéri l'esclave : il vint, & dit qu'il avoit trouvé aux portes du palais une jeune moresse fort alarmée; qu'elle l'avoit prié, en pleurant, de mettre cette pierre qu'elle lui confioit, dans la bouche de celui qui avoit été blessé auprès du roi. J'ai, dit-il, exécuté sa commission, sans savoir la vertu de ce précieux trésor.

Bengib courut aussi-tôt aux portes du palais, & rentra un moment après, tenant sa chère Zaïde par la main. Elle raconta qu'ayant appris des Amazones que la reine avoit laissées hors de la ville, qu'un esclave noir avoit reçu un coup de flèche, elle avoit eu un secret pressentiment que cet esclave étoit son cher Bengib. J'ai, dit-elle, guéri d'abord les blessures des Amazones, & j'ai trouvé moyen d'entrer dans la ville; mais ayant été refusée aux portes du palais, j'ai confié cette pierre à un des officiers du roi, dans l'espérance que je sauverois mon amant. Chacun prit part à la tendresse & au bonheur de ces deux personnes. Le roi sur-tout & la princesse leur promirent de les rendre heureux.

Lorsque l'on quitta la table, on entendit une symphonie douce dans une salle voisine du lieu

où l'on étoit. Voilà , dit Agis, une musique qui
me plaît, & non pas ce détestable tambourin.
Je vous félicite de ce goût, dit la fée: on voit,
ajouta-t-elle en regardant la gouvernante, que
dans vos amours & dans vos plaisirs vous cher-
chez la tranquillité. Agis n'osa répondre à cette
raillerie, qui n'augmenta pas l'amitié que la
gouvernante avoit pour Cabrioline.

On trouva dans la salle où étoit le bal une
nombreuse assemblée des plus jeunes dames de
Solinie; elles avoient vu grande lumière au palais; elles s'étoient levées tout doucement d'auprès de leurs maris, & étoient venues voir
quelle étoit cette nouveauté; elles avoient pris
leurs plus beaux ornemens , & paroissoient
charmantes , quoiqu'elles se fussent habillées
sans chandelle (tant il est vrai que les femmes
viennent à bout de réussir à tout ce qu'elles en-
treprennent). Plusieurs jeunes gens s'étoient
masqués, & les avoient suivies; en sorte que
l'assemblée étoit des plus brillantes & des plus
nombreuses. Mais les bourgeoises de Solinie,
qui savoient vivre, avoient laissé les premières
places vides pour le roi & toute sa cour.

Le roi ouvrit le bal avec la princesse, & après
que l'on eut dansé plusieurs ménuets, on en
vint aux contredanses. Cabrioline en enseigna
de nouvelles, qui charmèrent tout le monde,

parce que c'étoit toujours les mêmes figures, & qu'il n'y avoit que les airs qui fuffent différens. Les dames de Solinie, qui n'avoient jamais vu un pareil fpectacle, étoient enchantées. L'amour, qui feul anime les plaifirs, triomphoit dans cette affemblée, & fe plaifoit à confondre les fcrupules des charmantes Soliniennes.

Le bal avoit déjà duré cinq heures, fans que perfonne s'en ennuyât ; car la reine d'Amazonie ronfloit dans un coin, & la gouvernante de la princeffe dormoit dans un autre, quoiqu'elle fût auprès d'Agis. Mais le jeune page, qui n'aimoit pas la danfe, fe laffa à la fin ; & pour la faire ceffer, il fortit un moment, & revint dire d'un air empreffé, que les maris étoient dans une des cours, & qu'ils vouloient abfolument entrer. Auffi-tôt toutes les dames, en prenant chacune un jeune homme fous le bras, fe fauvèrent comme des oifeaux effarouchés, & rentrèrent chez elles. Elles furent fort contentes de trouver leurs époux endormis, & que le page les eût trompées.

Le roi penfa fe mettre en colère, quand il fut qu'Agis n'avoit pas dit vrai ; mais la reine d'Amazonie, qui fe réveilla, prit le parti du page, & remontra au roi que les fénateurs viendroient le prendre à la pointe du jour, &
qu'il

qu'il avoit befoin de repos, auffi bien que la princeffe. Allons, mon fils, lui dit-elle, allons nous coucher. Le roi fut fi enchanté de cette expreffion, qu'il lui baifa la main, & demanda à la fée de faire ceffer les violons. Toute la peine que Cabrioline impofa à Agis, fut de danfer la dernière entrée avec elle. Il fallut bien obéir; mais au milieu de la danfe, il fe fauva dans une chambre, dont il eut foin de bien fermer la porte, & tout le monde fe retira.

CHAPITRE XV.

Le jeune monarque retrouve à la cour le vieux Savantivane.

Le lendemain, au lever de l'aurore, les prêtres du foleil ouvrirent les fenêtres du temple, & le parèrent des ornemens deftinés àux plus grandes fêtes; ils allèrent enfuite au palais avec les fénateurs, pour accompagner le roi au temple, & le couronner en préfence de tout le peuple. On éveilla le jeune monarque; & quoique la princeffe fût un peu fatiguée du bal, elle fut habillée la première. Cabrioline avoit préfidé à fa toilette; ainfi il ne manquoit rien à fon ajuftement. La reine d'Amazonie fit un

peu attendre , parce qu'on ne lui avoit pas
encore apporté son premier bouillon. La fée
& le roi lui demandèrent pardon d'avoir oublié
cette cérémonie.

Quand le roi fut dans le vestibule du palais , il se présenta une jeune Solinienne
charmante, qui vint se jeter à ses pieds , fort
alarmée. Ses pleurs l'empêchèrent d'abord de
parler. Le roi la releva poliment , & lui demanda
ce qu'elle désiroit , & quel étoit le sujet de ses
larmes. Protégez-moi, dit-elle, seigneur, contre
un mari barbare qui me poursuit , & qui veut
me punir d'être venue cette nuit au bal dans ce
palais. Quand je suis rentrée, je m'attendois à
le trouver endormi , comme les autres citoyens; mais je l'ai trouvé éveillé, & lisant à
la lumière d'une bougie. Il m'a accablé des plus
violens reproches , & m'a fait de si terribles me-
naces , que je crains pour ma vie même.

Le roi alloit assurer cette aimable femme
qu'il la défendroit , lorsqu'on vit entrer ce
mari furieux. Mais quelle fut la surprise du roi,
quand il reconnut dans ce mari jaloux le vieux
Savantivane, qui l'avoit conduit à Azinie ! &
quel fut l'étonnement de Savantivane , quand
il vit que celui qu'il avoit reçu chez lui , étoit
le roi des Soliniens !

Dans cette situation, ce fut le roi qui parla

le premier. Approchez-vous , dit-il en riant ;
venez , mon cher Savantivane, que je vous em-
braſſe. Quoi ! vous ferez-vous toujours de mauvaiſes affaires dans tous les lieux que vous habite-
rez? Vous ſavez que, dans votre patrie, vous
avez penſé ſervir d'ornement à la queue du grand
âne, pour trop aimer les ſciences : ici vous allu-
mez de la bougie, contre toutes les lois, pour
épier votre femme. Si vous euſſiez imité les
autres Soliniens, vous ne vous ſeriez aperçu de
rien, & vous ſeriez tranquille comme eux.
Mais je veux bien vous pardonnner , à condition que vous pardonnerez à cette aimable
femme ; que vous la remercierez , en ma préſence, de la grace que je vous accorde ; que
vous ne parlerez point de cette aventure à vos
voiſins, & que vous m'inſtruirez par quelle
conjonƈture vous êtes devenu un de mes
ſujets.

Seigneur, répondit Savantivane, dès que
vous me rendez témoignage que mon épouſe
n'a fait que venir au bal dans ce palais, je lui
pardonne volontiers, & je la remercie d'avoir
été cauſe que j'ai reconnu pour mon roi, plutôt
que je n'aurois fait , un prince tel que vous. Je
vous proteſte que, ſi les Soliniens ſavent jamais ce que leurs femmes & la mienne ont
fait cette nuit, ce ne ſera point de moi qu'ils

l'apprendront. A l'égard de l'aventure qui m'a conduit ici, vous saurez qu'aussi-tôt votre départ d'Azinie, on vous chercha par-tout, & je fis moi-même tous les efforts imaginables pour vous trouver; mais n'en pouvant venir à bout, on dit que je savois où vous étiez, & que je feignois de l'ignorer. Je vis que l'on vouloit me chercher querelle sur ce que j'avois laissé échapper l'ignorant que j'avois amené à la place de mon frère Doctis. Dans la crainte d'un sort funeste, je ramassai mes trésors, & je m'embarquai sur un vaisseau qui m'a conduit dans cette ville, que je ne connoissois point. Un vieux Solinien, à qui je contai mon histoire, & à qui je montrai mes richesses, me proposa sa fille en mariage: c'est cette jeune femme que j'ai épousée il y a quinze jours. Tant que j'ai dormi toute la nuit, & que je n'ai vu goutte, j'ai été content de sa conduite; mais cette nuit m'étant éveillé, je ne l'ai plus trouvée dans mon appartement. J'ai vu, par ma fenêtre, une grande lumière au palais; j'ai cru qu'il m'étoit permis d'allumer une vieille bougie que j'avois apportée d'Azinie, & d'étudier en l'attendant. C'est la seule faute que j'aye faite; car si je me fusse rendormi tranquillement, il n'auroit été question de rien, & elle m'auroit fait accroire ce qu'elle auroit voulu. Mais puisque vous me pardonnez ma faute, & qu'elle veut bien recevoir mes remercîmens de la grace qu'elle me procure, il n'y faut plus penser.

Agis, qui étoit survenu pendant cet entretien, admira cette aventure, & dit au roi: Voilà, seigneur, la chose du monde la plus heureuse. Tous nos amis sont rassemblés; vous retrouvez votre empire & votre princesse; Bengib se réunit à Zaïde; j'ai rencontré ma fidèle gouvernante, & votre ancien hôte d'Azinie est ici par hasard. Dans toutes nos aventures, il n'y a eu qu'un œil de perdu; c'est le pauvre prince Solocule qui sera la victime de tout ceci. Son œil est recouvré, dit Cabrioline, & même au double. Chacun demanda à la fée comment cela s'étoit fait, & d'où elle savoit cette nouvelle. Apprenez, dit-elle, qu'après avoir quitté le prince, en sortant de vaincre les Dondiniens, je me transportai au château où nous avions passé la nuit deux jours auparavant; j'y restai quelques jours, & allai ensuite à Amazonie, pour savoir si le prince avoit épousé la princesse Fêlée. Je sus, par mes intelligences, qu'il étoit au palais de la sœur de la reine. Je m'y fis conduire aussi-tôt, & j'y appris qu'il étoit parti, par ordre de Solocule, pour venir en ces lieux. Je vis ce prince privé de la vue, qui me joua quelques airs de vielle: cela me fit plaisir. Je danſai même devant lui, & j'eus pitié du regret qu'il me témoigna de ne me point voir. J'ai, entre autres ſecrets, celui d'éclaircir la vue; je m'en ſervis en faveur de ce prince; depuis ce temps-là, il voit plus clair qu'un lynx. Il m'a tant marqué de reconnoiſſance, qu'il a danſé tout un jour avec moi. Il avoit même préparé un grand ſpectacle, où je devois briller; mais, ſans avertir perſonne, je le quittai, & j'étois déjà ſur ce rivage, qu'on me cherchoit dans les appartemens (car nous autres fées danſantes traverſons la mer, comme un autre paſſe une rivière). Quand je ſuis venue en ces lieux, continua la fée en adreſſant la parole au roi, vous n'y étiez pas encore arrivé. C'eſt moi qui me ſuis déguiſée en vieille, & qui ai engagé Bengib à mettre à ſon doigt la bague myſtérieuſe qui rend inviſible, afin qu'il vînt ſur le rivage où vous deviez aborder. Vous ſavez de quelle manière il vous a ſauvé des flots, & ce qui s'eſt paſſé depuis. Avouez que j'ai bien conduit toute cette affaire.

Toute la compagnie avoua que rien n'étoit mieux entendu, & prit part au bonheur de Solocule.

CHAPITRE XVI.

Couronnement du roi ; son mariage avec Félée ;
• conclusion de cette histoire.

TANDIS qu'il se passoit des choses si inté-
ressantes dans le palais, les prêtres attendoient
le roi pour le conduire au temple, & commençoient à s'impatienter : enfin le roi sortit, & les
trouva dans la cour qui regardoient le soleil,
pour voir s'il seroit serein pendant un jour si cé-
lèbre. Le roi avec la reine d'Amazonie, la princesse & la fée montèrent dans un char qui les
attendoit. Le roi ordonna en sortant, qu'on
ouvrît les portes de la ville, & qu'on laissât entrer les Amazones, qu'il vouloit que l'on regardât désormais comme amies. Cet ordre ne
plut pas trop aux vieux bourgeois de Solinie ;
mais la curiosité de voir de nouvelles femmes,
fit voler les jeunes gens vers les remparts, & ils
eurent bientôt exécuté les commandemens du
prince.

Quand on fut arrivé au temple, on fit placer le nouveau roi sur un trône élevé ; mais
avant de le couronner, on lui dit que la coutume étoit de faire un discours au peuple. Cette
proposition embarrassa très-fort le jeune mo-

narque. Si vous m'aviez, dit-il, prévenu de la
veille, j'en aurois acheté un tout fait, que je
vous débiterois. Il y a bien des gens plus habiles que moi, qui ne font pas autrement ; pour
à préfent, cela m'eft impoffible. Mais faut-il,
ajouta le prince, que le difcours foit long?
Il doit durer environ trois quarts d'heure, répondit le grand-prêtre. Trois quarts d'heure,
s'écria le roi ; c'eft de quoi faire mourir l'ora-
reur & les auditeurs. Point du tout, dit un
des prêtres ; nous aimons les harangues à la
folie; c'eft un plaifir qui ne coute rien. Mais,
reprit le roi, ne peut-on pas faire faire ce difcours par un autre ? J'ai peu de mémoire, & je
n'ai jamais exercé mes poumons qu'à une chofe
qui ne fait point partie de l'éloquence (il vouloit dire à fouffler des pois dans fa farbacane) ; je voudrois qu'un autre haranguât pour
moi.

Cela fe peut, dit un des fénateurs ; pourvu que
nous entendions un beau difcours pendant près
d'une heure, nous ferons contens. Auffi-tôt Savantivane, qui avoit des difcours tout prêts fur
toutes fortes de fujets, demanda permiffion au
roi d'entretenir la compagnie. Je vous en prie
inftamment, répondit auffi-tôt le prince; vous
ne fauriez me faire un plus grand plaifir. Dans
le moment, Savantivane étant monté fur les

marches du trône, loua les vertus du défunt roi, dont il n'avoit jamais entendu parler, exagéra le bonheur des Soliniens, de voir son trône rempli par un prince auſſi parfait qu'étoit le jeune roi, quoiqu'il ne l'eût connu qu'à Azinie; & il employa le dernier quart d'heure à les aſſurer du fort le plus heureux ſous ſon règne, ſans ſavoir ce qui devoit arriver.

La harangue de Savantivane fut généralement applaudie; mais on ne la rapportera point, parce qu'elle fit bâiller la princeſſe. Quand ce diſcours fut fini, on mit la couronne ſur la tête du jeune roi, & on lui préſenta le ſceptre : auſſitôt chacun ſe proſterna, & le temple retentit des cris de joie des Soliniens & des Amazones, qui étoient entrés en grand nombre.

Le roi fit ceſſer le tumulte, pour propoſer deux choſes importantes; la première étoit la loi qu'il avoit imaginée la veille, d'adorer le ſoleil pendant le jour, & la lune pendant la nuit. Cette propoſition penſa cauſer une ſédition. Les anciens s'élevèrent contre cette nouveauté, & ſe jetèrent aux pieds du roi les larmes aux yeux, pour lui demander de ne les pas obliger à cette loi nouvelle. Mais les courtiſans qui avoient été du repas de la veille, les jeunes gens qui avoient été au bal, & ſur-tout les femmes, crioient au contraire que cette loi étoit très-fage.

Le roi étoit d'une extrême bonté ; il dit aux anciens avec douceur , qu'ils voyoient bien eux-mêmes qu'il n'étoit plus le maître ; & qu'il falloit obferver cette loi , puifque tout le monde le vouloit.

La feconde propofition du jeune monarque fut d'époufer à l'inftant la princeffe , & de la faire déclarer reine de Solinie. Il croyoit ne trouver aucune contradiction à un fi beau deffein ; mais les prêtres & les fénateurs , piqués, à ce que l'on croit, de la première loi que le roi avoit établie , s'y opposèrent de toutes leurs forces , & déclarèrent que cela étoit abfolument impôffible. Et quelle eft , dit le roi irrité , la caufe de cette impoffibilité ? Elle eft bien grande & bien jufte , dit le grand-prêtre d'un air éloquent ; & , depuis la fondation de notre monarchie , aucun de vos auguftes ancêtres n'a manqué à un ufage qui , par fon obfervation , eft devenu une loi fondamentale de cet empire. Mais quel eft cet ufage ? dit le roi qui perdoit patience. Sire , répondit le grand-prêtre, il eft fondé fur la majefté de nos rois & fur le rang des princeffes à qui ils veulent s'allier. Mais , s'écria Agis , qui auroit volontiers battu

le grand-prêtre, quand il feroit fondé fur le foleil, qui te brûle la cervelle, quel eft cet ufage
qui fait une loi?

Le grand prêtre rêva un moment, & dit enfuite: Il eft, Sire, d'envoyer des ambaffadeurs
chercher la princeffe à qui le roi veut·s'allier ; &
ainfi, il vous eft impoffible d'époufer cette princeffe, que vous trouvez comme par hafard dans
votre empire.

Les prêtres & les fénateurs, qui s'imagi-
noient que le grand-prêtre avoit trouvé un bon
moyen pour fâcher un peu le nouveau légifla-
teur, huèrent le pauvre Abdumnella de n'avoir
inventé que cette difficulté, & le roi & fa fuite
éclatèrent de rire de fon air embarraffé.

Pendant ces difcours, Cabrioline, dans un
coin du temple, s'amufoit comme une franche
petite coquette qu'elle étoit, à caufer avec de
jeunes Soliniens qu'elle avoit trouvés au bal la
nuit précédente. Quand elle entendit les ris
que l'on faifoit, elle s'approcha, & ayant appris
ce qui les caufoit, elle dit aux prêtres & aux
fénateurs: Graves perfonnages, écoutez-moi.
Je loue votre zèle pour la majefté royale, j'ap-
prouve votre amour pour les anciens ufages.
Lorfque vos rois voudront époufer des princeffes étrangères, envoyez-les chercher par les
miniftres les plus diftingués; mais vous ne de-

vez pas craindre aujourd'hui de manquer ni à
la dignité de l'empire, ni à vos coutumes. Apprenez que c'eft moi qui ai conduit ici la princeffe, & fachez que Cabrioline vaut bien un
ambaffadeur. Cela eft vrai, dit Agis, quoiqu'il
y ait bien des gens qui en doutent. Au refte,
ajouta la fée, fi mes raifons ne vous perfuadent
pas, je fais le moyen de vous faire obéir. Je
vais appeler mon joueur de flûte ; demandez à
Agis fi je vous ferai danfer. Ah ! de grace,
Meffieurs, dit le page, mariez au plutôt le roi,
par pitié pour moi & pour vous-mêmes ; ne
vous expofez pas à voir votre temple détruit,
& votre ville démolie de fond en comble, à
force de fauter.

Le grand-prêtre feignit de fe rendre plutôt
à la raifon de Cabrioline qu'à la crainte, & la
jeune Fêlée fut unie pour jamais à fon cher
prince.

Dès qu'Abdumnella eut achevé la cérémonie, on entendit un bruit fouterrain, qui fit
trembler tout le monde. Le roi fur-tout & la
jeune reine furent confternés, par la crainte que
quelque nouveau malheur ne vînt troubler leur
union. Mais on fe raffura, quand on vit fortir
du fond du temple une nymphe, que le grand
prêtre & Bengib reconnurent pour la fée des
montagnes.

Raffurez-vous , dit-elle au roi, je n'emploie pas mon pouvoir à caufer des malheurs. Je viens vous annoncer le deftin qui vous eft réfervé ; vos jours feront déformais fortunés & tranquilles. Pendant le cours d'un règne long & floriffant ; vous réunirez fous votre puiffance l'empire des Soliniens & celui des Amazones. Mais comme il n'eft rien qui ne change dans la nature, cet empire fi puiffant fera détruit quelque jour ; & de ces villes célèbres , il n'en reftera non plus de traces que du fameux Illion dans la Phrigie. Cette nation fi glorieufe ne fera pourtant pas anéantie ; vos defcendans, dignes héritiers de vos vertus , régneront fur les bords d'un fleuve fameux, dont les eaux augmentent la grande mer qui nous environne. On trouvera parmi eux des avares & des prudes dignes de l'illuftre Solinie ; on y verra briller de fières héroïnes , dignes defcendantes des Amazones. Savantivane, malgré fon grand âge, aura une poftérité nombreufe, qui s'établira dans les mêmes climats, & dont la vertu , bien loin d'être opprimée , comme dans l'ingrate Azinie, fera l'objet de la vénération de tous les humains. Que rien déformais ne vous alarme , cette brillante deftinée eft le fruit de mes foins & de ma puiffance.

Après ce difcours , la fée frappa la terre avec

le pied, le temple trembla une feconde fois,&
la nymphe difparut.

On croit fa prédiction vraie, parce qu'en
effet on ne voit plus aucun veftige de ces fa-
meufes villes fur les bords du lac de Parime. Il
ne refte aujourd'hui qu'un fleuve, appelé *la rivière des Amazones ;* mais il eft difficile de deviner dans quels lieux les defcendans de ces
peuples habitent aujourd'hui, & quel eft le
fleuve fur les bords duquel la fée prédit qu'ils
devoient demeurer.

Fin de l'hiftoire du prince Soly.

VOYAGES

ET

AVENTURES

DES TROIS PRINCES

DE SARENDIP.

Traduits du Persan;

Par le Chevalier DE MAILLI.

VOYAGES

VOYAGES

ET

AVENTURES

DES TROIS PRINCES

DE SARENDIP.

Dans les temps heureux où les rois étoient philosophes, & s'envoyoient les uns aux autres des questions importantes pour les résoudre, il y avoit en Orient un puissant monarque, nommé Giafer, qui régnoit au pays de Sarendip. Ce prince avoit trois enfans mâles, également beaux & bien faits, qui promettoient beaucoup. Comme il les aimoit avec une extrême tendresse, il voulut leur faire apprendre toutes les sciences nécessaires, afin de les rendre dignes de lui succéder à ses états. Dans ce dessein, il fit chercher les plus habiles gens de

P

ſon ſiècle, pour leur ſervir de précepteurs.
Quand on les eut trouvés, il les fit venir dans
ſon palais, & leur dit qu'il les avoit choiſis
parmi les plus célèbres de ſon empire, pour leur
confier l'éducation de ſes enfans ; qu'ils ne pouvoient lui faire un plus grand plaiſir que de
les bien inſtruire, & qu'il en auroit toute la
reconnoiſſance poſſible ; enſuite il leur aſſigna
de groſſes penſions, & donna à chacun d'eux
un fort bel appartement près de celui des
princes ſes fils. Perſonne n'oſoit y entrer pour
leur rendre viſite, de crainte de les détourner
de leurs occupations. Ces hommes illuſtres,
ſenſibles à l'honneur que cet auguſte roi leur
faiſoit, n'oublièrent rien pour bien exécuter ſes
ordres, & pour répondre à la haute eſtime
qu'il avoit conçue de leur mérite. Les trois
jeunes princes qui avoient beaucoup d'eſprit,
& autant d'envie d'apprendre, que leurs maîtres
en avoient de les enſeigner, ſe rendirent, en
peu de temps, très-ſavans dans la morale, dans
la politique, & généralement dans toutes les
plus belles connoiſſances. Ces ſages précepteurs, charmés des progrès de leurs diſciples,
allèrent en rendre compte au roi. Il en fut ſi
ſurpris, que s'imaginant que c'étoit une fiction
plutôt qu'une vérité, il voulut lui-même en
faire l'épreuve. Il en étoit capable, car il n'i-

gnoroit rien de tout ce qu'un grand homme doit savoir. Il fit d'abord venir l'aîné ; & après l'avoir interrogé sur les sciences qu'on lui avoit apprises, il lui tint ce discours.

Mon fils, comme je me sens chargé du poids de mes années, & du pénible fardeau de l'empire, je veux me retirer dans quelque solitude, pour ne plus songer qu'à mon repos. Dans cette résolution, je laisse à votre conduite le gouvernement de mes états, & j'espère que vous en userez toujours bien. Cependant avant que de vous quitter, j'ai plusieurs choses de conséquence à vous recommander : la première, & la plus considèrable, est d'avoir toujours la crainte des dieux dans le cœur; la seconde, de regarder vos frères comme vos enfans ; la troisième, de secourir les pauvres; la quatrième, d'honorer les vieillards; la cinquième, de protéger l'innocence persecutée; la sixième, de punir les coupables; & la dèrniere, de procurer à vos peuples la paix & l'abondance. Par ce moyen, vous deviendrez l'objet de leurs vœux & de leurs prières, & le ciel les exaucera, autant pour leur felicité, que pour votre gloire. Voilà, mon fils, les conseils que je vous donne; je vous exhorte à les suivre, & si vous le faites, votre règne sera toujours heureux.

Ces paroles ayant extrêmement furpris ce jeune prince : Seigneur , lui dit - il, je fuis très-obligé à votre bonté paternelle de l'offre qu'elle me fait , & des conſeils qu'elle me donne : mais que diroit-on , & quel blâme ne meriterois-je pas, ſi j'acceptois le gouvernement de votre empire pendant que vous vivez; d'ailleurs comme je fais qu'il n'y a point de météore qui fur-paſſe l'éclat des aſtres, ni de chaleur qui égale celle du ſoleil, je fuis perſuadé qu'il n'y a perſonne plus capable de gouverner vos états que vous-même, puiſque vous en êtes la force & l'ornement tout enſemble. Je ſerai toujours prêt à vous faire connoître, par mes ſoins & par mon obéiſ-fance, la ſoumiſſion que j'aurai toute ma vie pour vos ordres ; mais dans cette occaſion, je ſupplie très-humblement votre majeſté de vouloir bien m'en diſpenſer. Si votre décès précédoit le mien, ce que je ne ſouhaite pas, j'accepterois pour lors votre empire, pourvu que vous m'en jugeaſſiez digne, & je le gou-vernerois ſuivant les bons avis que vous venez de me donner; je ferois tout mon poſſible pour n'en rien omettre, & pour faire voir à tous vos peuples que je n'ai point de plus forte paſſion que celle de vous imiter.

La réponſe judicieuſe de cet aimable prince donna beaucoup de fatisfaction au roi, qui

ayant reconnu , par cette prémiere épreuve , la
capacité & le bon naturel de fon fils , ne douta
point qu'il n'eût un jour toutes les qualités
néceffaires pour lui fuccéder glorieufement.
Cependant il diffimula fa joie, & lui dit , d'un
air férieux , de fe retirer , à deffein de faire la
même expérience fur les deux aùtres princes
fes fils. Il commença par faire venir fon puîné,
& s'étant fervi du même difcours qu'il venoit
de faire , ce jeune prince lui répondit de cette
manière.

Seigneur , fi le ciel exaucoit mes défirs,
vous feriez immortel. Vous devriez l'être , non
feulement pour le bonheur de vos peuples,
mais encore pour celui de vos enfans, puifque
jamais prince n'a été plus grand, plus généreux,
& plus magnanime que vous; ainfi, jouiffez toujours d'une fanté parfaite, & d'un empire que
vous gouvernez avec tant de fageffe , de
prudence, & de bonté. A mon égard, feigneur,
je n'en fuis nullement capable, cela ne fer-
viroit qu'à faire voir ma foibleffe, & à me
combler de confufion plutôt que d'honneur.
Si une petite fourmi fortoit préfentement de
fa demeure, feroit-elle digne de gouverner
vos états? Que fuis-je autre chofe qu'une petite
fourmi fans force & fans adreffe ? Il faut infiniment plus de mérite & de génie que je n'en

ai, pour régir & adminiſtrer votre empire;
d'ailleurs mon frere aîné eſt plein de vie & de
ſanté; c'eſt à lui qu'appartiennent vos états
après vous, & mon cadet & moi, nous n'avons
d'autre droit à eſpérer, que les apanages que
votre juſtice & votre bonté voudront bien nous
accorder.

Cette ſage réponſe ne cauſa pas moins de
plaiſir au roi que la précédente; il remercia
les dieux de lui avoir donné deux enfans d'un
caractère ſi doux & ſi raiſonnable. Il fit retirer
celui-ci, pour faire venir ſon cadet, & lui tint
le même diſcours qu'il avoit fait à ſes deux
autres fils. Ce jeune prince, ſurpris, & comme
interdit de cette propoſition, garda un moment
le ſilence, & enſuite il répondit en ces termes:
Comment, ſeigneur, pourrois-je, dans un
âge ſi peu avancé, accepter une dignité ſi
importante & ſi difficile à remplir? Je connois
trop mon inſuffiſance, pour ne me pas faire
juſtice : je reſſemble à une petite goutte d'eau,
& votre empire à une grande & vaſte mer;
il faudroit avoir un eſprit auſſi étendu que le
vôtre, pour le gouverner dignement : je vois
bien, ſeigneur, que vous voulez m'éprouver;
mais je me donnerai bien de garde de monter
ſi haut, de crainte d'un ſort ſemblable à celui
du malheureux Icare; ſa punition vint de ſa

témerité, & ma peine naîtroit de l'injuſtice & du mauvais naturel que j'aurois de vouloir être preféré à mes frères : aux dieux ne plaiſe, ſeigneur, que cela m'arrive jamais.

Cette prudente réponſe étonna le roi, & ayant trouvé dans ce jeune prince autant d'eſprit & de ſageſſe qu'il en avoit remarqué dans ſes frères, il fut convaincu des progrès qu'ils avoient faits dans les ſciences. Cependant il ne voulut pas s'en tenir là, il réſolut de les rendre encore plus accomplis ; & pour cet effet, de les envoyer voyager par - tout le monde, afin d'apprendre les mœurs & les coutumes de chaque nation. Dans ce deſſein ; il les fit venir le jour ſuivant, & feignant d'être en colère contre eux de ce qu'ils avoient réfuſé l'adminiſtration de ſes états, il leur adreſſa ces paroles.

Après les ſoins que j'ai eus de vous, & de vous donner les plus habiles gens du monde pour vous inſtruire parfaitement, j'avois lieu d'eſpérer de votre part une entière obéiſſance ; mais comme il me paroît que vous n'êtes pas encore aſſez inſtruits de vos devoirs, il faut que vous alliez achever de les apprendre dans les pays étrangers. Je vous prie donc de ſortir dans quatre jours de ma cour, & dans quinze de mon empire, avec defenſe d'y revenir ſans ma permiſſion.

Les princes, qui ne s'attendoient pas à un pareil ordre, en furent très - surpris : ce n'eſt pas que le plaiſir de voyager n'eût pour eux beaucoup de charmes, & qu'ils ne le ſouhaitaſſent de tout leur cœur ; mais aimant le roi au point qu'ils faiſoient, ils ne pouvoient s'en éloigner de cette manière, ſans un extrême chagrin. Ils firent donc tout leur poſſible pour ne le pas quitter ſi - tôt ; cependant , voyant qu'il vouloit abſolument être obéi , ils partirent dans le temps preſcrit, avec un équipage fort modeſte , & ſous des noms déguiſés. Quand ils furent hors de leurs états, ils entrèrent dans ceux d'un grand & puiſſant empereur, nommé Behram. Comme ils continuoient leur route pour ſe rendre à la ville impériale , ils rencontrèrent un conducteur de chameaux, qui en avoit perdu un ; il leur demanda s'ils ne l'avoient pas vu par haſard. Ces jeunes princes, qui avoient remarqué dans le chemin les pas d'un ſemblable animal, lui dirent qu'ils l'avoient rencontré ; & afin qu'il n'en doutât point, l'aîné des trois princes lui demanda ſi le chameau n'étoit pas borgne ; le ſecond , interrompant, lui dit, ne lui manque - t'il pas une dent ? & le cadet ajouta, ne ſeroit - il pas boiteux ? Le conducteur aſſura que tout cela étoit véritable. C'eſt donc votre chameau,

continuèrent-ils, que nous avons trouvé, &
que nous avons laissé bien loin derrière nous.

Le chamelier, charmé de cette nouvelle,
les remercia bien humblement, & prit la route
qu'ils lui montrèrent, pour chercher son chameau : il marcha environ vingt - milles, sans le
pouvoir trouver ; en sorte que, revenant fort
chagrin sur ses pas, il rencontra le jour suivant
les trois princes assis à l'ombre d'un plane, sur
le bord d'une belle fontaine, où ils prenoient
le frais. Il se plaignit à eux d'avoir marché si
long-temps sans trouver son chameau ; &
bien que vous m'ayez donné, leur dit-il, des
marques certaines que vous l'avez vu, je ne
puis m'empêcher de croire que vous n'ayez
voulu rire à mes dépens. Sur quoi le frère
aîné prenant la parole : Vous pouvez bien juger,
lui répondit-il, si, par les signes que nous vous
avons donnés, nous avons eu dessein de nous
moquer de vous ; & afin d'effacer de votre
esprit la mauvaise opinion que vous avez, n'est-
il pas vrai que votre chameau portoit d'un
côté du beurre, & de l'autre du miel ; & moi,
ajouta le second, je vous dis qu'il y avoit sur
votre chameau une dame ; & cette dame,
interrompit le troisième, étoit enceinte : jugez,
après cela, si nous vous avons dit la vérité ?

Le chamelier, entendant toutes ces chofes,
crut de bonne foi que ces princes lui avoient
dérobé fon chameau : il réfolut d'avoir recours
à la juftice ; & lorfqu'ils furent arrivés à la
ville impériale, il les accufa de ce pretendu
larcin. Le juge les fit arrêter comme des vo-
leurs, & commença à faire leur procès.

La nouvelle de cette capture étant arrivée
aux oreilles de l'empereur, le furprit, il en fut
même très-fâché, parce que, comme il appor-
toit tous les foins poffibles pour la fûreté des
chemins, il vouloit qu'il n'y, arrivât aucun
défordre. Cependant ayant appris que ces prifonniers étoient de jeunes gens fort bien faits,
& qui avoient l'air de qualité, il voulut qu'on
les lui amenât. Il fit venir auffi le chamelier,
afin d'apprendre de lui, en leur préfence,
comment l'affaire s'étoit paffée. Le chamelier
la lui dit ; & l'empereur jugeant que ces
prifonniers étoient coupables, il fe tourna vers
eux en leur difant : vous meritez la mort,
néanmoins comme mon inclination me porte à
la clémence plutôt qu'à la févérité, je vous
pardonnerai fi vous rendez le chameau que
vous avez derobé ; mais fi vous ne le faites
pas, je vous ferai mourir honteufement. Quoique ces paroles duffent étonner ces illuftres

prifonniers, ils n'en témoignèrent aucune triftefle, & répondirent de cette manière.

Seigneur, nous fommes trois jeunes gens qui allons parcourir le monde pour favoir les mœurs & les coutumes de chaque nation ; dans cette vue, nous avons commencé par vos états, & en chemin faifant nous avons trouvé ce cha-melier qui nous a demandé fi nous n'avions pas rencontré par hafard un chameau qu'il prétend avoir perdu dans la route ; quoique nous ne l'ayons pas vu , nous lui avons répondu en riant, que nous l'avions rencontré, & afin qu'il ajoutât plus de foi à ces paroles, nous lui avons dit toutes les circonftances qu'il vous a rapportées : c'eft pourquoi , n'ayant pu trou-ver fon chameau , il a cru que nous l'avions dé-robé; &, fur cette chimère, il nous a fait met-tre en prifon. Voilà, feigneur, comme la chofe s'eft paffée ; & fi elle ne fe trouve pas vérita-ble, nous fommes prêts à fubir avec plaifir tel genre de fupplice qu'il plaira à votre ma-jefté d'ordonner.

L'empereur ne pouvant fe perfuader que les indices qu'ils avoient donnés au chamelier fe trouvaffent fi juftes par hafard, je ne crois pas, leur dit-il, que vous foyez forciers ; mais je vois bien que vous avez volé le chameau , &

que c'eſt pour cela que vous ne vous êtes pas
trompés dans les ſix marques que vous en avez
données au chamelier : ainſi, il faut ou le rendre
ou mourir. En achevant ces mots, il ordonna
qu'on les remît en priſon, & qu'on achevât leur
procès.

Les choſes étoient en cet état, lorſqu'un
voiſin du chamelier, revenant de la campagne,
trouva dans ſon chemin le chameau perdu ; il le
prit, & l'ayant reconnu, il le rendit, d'abord
qu'il fut de retour, à ſon maître. Le chamelier,
ravi d'avoir retrouvé ſon chameau, & chagrin
en même temps d'avoir accuſé des innocens,
alla vers l'empereur pour le lui dire, & pour le
ſupplier de les faire mettre en liberté. L'empereur l'ordonna auſſi-tôt ; il les fit venir, & leur
témoigna la joie qu'il avoit de leur innocence,
& combien il étoit fâché de les avoir traités ſi
rigoureuſement ; enſuite il déſira ſavoir comment ils avoient pu donner des indices ſi juſtes
d'un animal qu'ils n'avoient pas vu. Ces princes voulant le ſatisfaire, l'aîné prit la parole,
& lui dit : J'ai cru, ſeigneur, que le chameau
étoit borgne, en ce que, comme nous allions
dans le chemin par où il étoit paſſé, j'ai remarqué d'un côté que l'herbe étoit toute rongée,
& beaucoup plus mauvaiſe que celle de l'autre, où il n'avoit pas touché ; ce qui m'a fait

croire qu'il n'avoit qu'un œil, parce que, fans cela, il n'auroit jamais laiffé la bonne pour manger la mauvaife. Le puîné interrompant le difcours; Seigneur, dit-il, j'ai connu qu'il manquoit une dent au chameau, en ce que j'ai trouvé dans le chemin, prefque à chaque pas que je faifois, des bouchées d'herbe à demi-mâchées, de la largeur d'une dent d'un femblable animal; & moi, dit le troifième, j'ai jugé que ce chameau étoit boiteux, parce qu'en regardant les veftiges de fes pieds, j'ai conclu qu'il falloit qu'il en traînât un, par les traces qu'il en laiffoit.

L'empereur fut très-fatisfait de toutes ces réponfes; & curieux de favoir encore comment ils avoient pu deviner les autres marques, il les pria inftamment de le lui dire; fur quoi l'un des trois, pour fatisfaire à fa demande, lui dit: je me fuis aperçu, fire, que le chameau étoit d'un côté chargé de beurre, & de l'autre de miel, en ce que, pendant l'efpace d'un quart de lieue, j'ai vu fur la droite de fa route une grande multitude de fourmis, qui cherchent le gras; & fur la gauche, une grande quantité de mouches, qui aiment le miel. Le fecond dit: Et moi, feigneur, j'ai jugé qu'il y avoit une femme deffus cet animal, en ce qu'ayant vu un endroit où ce chameau s'étoit agenouillé, j'ai remarqué la figure d'un foulier de femme, auprès duquel il y avoit un peu d'eau, dont l'odeur fade & aigre m'a fait connoître que c'é-toit de l'urine d'une femme. Et moi, dit le troifième, j'ai conjecturé que cette femme étoit enceinte, par les marques de fes mains impri-mées fur la terre, parce que, pour fe lever plus commodément, après avoir achevé d'uri-ner, elle s'étoit fans doute appuyée fur fes mains, afin de mieux foulager le poids de fon corps.

Les obfervations de ces trois jeunes princes donnèrent tant de plaifir à l'empereur, qu'il leur témoigna mille amitiés, & les pria de fé-journer quelque temps chez lui. Il leur donna un fort bel appartement dans fon palais, où ils étoient fervis comme des rois, & l'empereur les voyoit tous les jours. Il en étoit fi charmé, qu'il préféroit leur converfation à celle des plus grands feigneurs de fon empire. Il fe déroboit fouvent à fes propres affaires, & fe cachoit quelquefois pour les entendre parler fans en être vu.

Un jour que ces princes étoient à table, & qu'on leur avoit fervi, entre autres mets, un quar-tier d'agneau de la table de l'empereur, & du vin très-exquis, ce prince qui étoit dans un lieu re-tiré, où il pouvoit ouïr tout ce qu'ils difoient, entendit qu'en mangeant de l'agneau & en buvant de ce vin, l'aîné de ces princes dit : Je crois que la vigne qui a donné ce vin eſt crue ſur un ſépulcre ; & moi, dit le ſecond, je ſuis aſſuré que cet agneau a été nourri du lait d'une chienne. Ma foi, vous avez raiſon, mes frères, dit le troiſième ; mais cela n'eſt pas d'une ſi grande conſéquence que ce que j'ai à vous dire préſentement. Vous ſaurez donc que j'ai connu ce matin, par quelques ſignes, que l'empereur a fait mourir pour crime le fils de ſon viſir, & que le père ne ſonge à autre choſe qu'à venger cette mort par celle de ſon maître. L'empereur ayant entendu ces paroles, entra dans la chambre, & diſſimulant ſa ſurpriſe : Eh bien, Meſſieurs, leur dit-il, de quoi vous entretenez-vous ? Ces jeunes princes feignirent de ne le pas entendre, & lui dirent : Seigneur, nous ſortons de table, & nous avons parfaitement bien dîné. L'empereur, qui ne ſouhaitoit pas de ſavoir cela, les preſſa de lui faire part des choſes qu'ils avoient dites pendant leur repas, en les aſſurant qu'il avoit entendu leurs diſcours. Alors ils ne purent lui cacher la vérité, & lui racontèrent la converſation qu'ils avoient eue à table.

L'empereur demeura quelque temps à s'entretenir avec eux, & enſuite il ſe retira dans fon appartement. Quand il y fut, il fit venir celui qui lui fournissoit le vin, pour favoir de quel endroit il étoit ; mais ne le pouvant dire, il lui commanda d'aller querir le vigneron ; ce qu'il fit. Lorfqu'il fut arrivé, l'empereur lui demanda fi la vigne dont il avoit foin étoit anciennement ou nouvellement plantée fur les ruines de quelque bâtiment, ou dans quelque défert. Le vigneron lui dit que le terroir où croissoit cette vigne avoit été autrefois un cimetière. L'empereur fachant la vérité de ce fait, voulut favoir le fecond ; car, pour le troifième, il fe fouvenoit bien qu'il avoit fait mourir le fils de fon vifir. Il ordonna qu'on lui fît venir le berger qui avoit foin de fon troupeau ; & lorfqu'il fut devant lui, il lui demanda avec quoi il avoit engraiffé l'agneau qu'il avoit fait tuer ce jour-là pour fa table. Cet homme, tout tremblant, répondit que l'agneau n'avoit eu d'autre nourriture que le lait de fa mère ; mais l'empereur, voyant que la crainte avoit faifi le berger, & qu'elle pouvoit l'empêcher de dire la vérité : Je connois, lui dit-il, que tu ne dis pas la chofe comme elle s'eft paffée ; je t'affure que fi tu ne me la découvres préfentement, je te ferai mourir. Eh bien, feigneur, repartit-il, fi vous voulez m'accorder ma grace, je vous déclarerai

clarerai la vérité. L'empereur la lui promit, &
le berger lui parla de la forte.

Seigneur, comme l'agneau dont il s'agit étoit
encore tout petit, & que la mère paiffoit à la
campagne aux environs d'un bois, un grand
loup affamé la prit, & la dévora, malgré
tous mes cris ; car ma chienne n'étoit pas pour
lors auprès de moi, ayant fait ce jour-là fes petits. J'étois affez embarraffé comment je ferois
pour nourrir cet agneau, lorfqu'il me vint à
l'efprit de l'attacher aux mamelles de ma
chienne ; elle l'a élevé fi délicatement, que
l'ayant jugé digne de vous être préfenté, je
l'ai fait tuer, & l'ai envoyé ce matin à votre
maître d'hôtel. L'empereur, qui avoit écouté
ce récit avec attention, crut que ces jeunes
princes étoient des prophètes, pour deviner fi
bien les chofes ; de forte qu'après avoir congédié le berger, il les vint trouver, & leur tint
ce difcours.

Tout ce que vous m'avez dit, Meffieurs, fe
trouve véritable, & je fuis perfuadé qu'ayant
autant de mérite & de fi belles qualités que
vous avez, il n'y a perfonne au monde qui
vous reffemble. Mais dites-moi, je vous prie,
quels indices avez-vous eu aujourd'hui à table, pour toutes les chofes que vous m'avez
racontées ? L'aîné des princes, prenant la

Q

parole: Seigneur, lui dit-il, j'ai cru que la vigne qui a produit le vin que vous avez eu la bonté de nous envoyer étoit plantée dans un cimetière, parce qu'auffi-tôt que j'en ai bu, au lieu que le vin réjouit ordinairement le cœur, le mien s'eft trouvé accablé de trifteffe; & moi, ajouta le fecond, après avoir mangé un morceau de l'agneau, j'ai fenti que ma bouche étoit falée & pleine d'écume, ce qui m'a fait croire que cet agneau avoit été nourri du lait d'une chienne. Comme je vois, feigneur, interrompit le troifième, que vous êtes dans une impatience d'apprendre comment j'ai pu connoître la mauvaife intention de votre vifir contre votre majefté impériale, c'eft qu'ayant eu l'honneur de vous entendre raifonner en fa préfence fur le châtiment qu'on doit faire aux méchans, j'ai reconnu que votre vifir changeoit de couleur, & vous regardoit d'un œil noir & plein d'indignation; j'ai même remarqué qu'il demanda de l'eau à boire: c'étoit fans doute pour cacher le feu dévorant dont fon cœur étoit enflammé. Toutes ces chofes, feigneur, m'ont fait connoître la haîne & la colère qu'il a contre votre augufte majefté, de ce que vous avez condamné vous-même fon fils à la mort.

L'empereur voyant que ces jeunes gens avoient fort bien prouvé tout ce qu'ils avoient avancé, s'adreſſa à celui qui venoit de parler, & lui dit : Je ne ſuis que trop perſuadé de la mauvaiſe intention que mon viſir a de ſe venger de la mort de ſon fils que j'ai condamné, à cauſe des crimes qu'il avoit commis. Mais comment pourrois-je trouver le moyen de prouver le deſſein funeſte qu'il a contre moi ; car, quelque menace que je lui faſſe, il ne me le découvrira jamais : c'eſt pourquoi, comme vous avez infiniment d'eſprit, je vous prie de me donner quelque expédient pour l'en convaincre. Le moyen le plus ſûr que je puis vous propoſer, ſeigneur, lui dit il, eſt de gagner une fort belle eſclave qu'il aime, & à laquelle il fait part de tous ſes ſecrets. Pour la gagner, il faut que vous tâchiez de lui faire connoître que vous êtes ſi fort épris de ſes charmes, qu'il n'y a rien au monde que vous ne faſſiez pour elle. Comme les femmes ſouhaitent toujours d'être plus qu'elles ne ſont, je ſuis ſûr que cette eſclave vous donnera ſon cœur d'abord qu'elle croira que vous lui aurez donné le vôtre. Par ce moyen, vous pourrez avoir des preuves convaincantes de la mauvaiſe intention de votre viſir, & le punir ſuivant la rigueur des lois.

L'empereur Behram approuva ce conſeil, & ayant trouvé une femme fort propre à l'exécution de ſon deſſein, il lui promit une ſomme

Q ij

considérable, si elle pouvoit lui ménager un rendez-vous avec la maîtresse de son visir. Il la chargea de lui découvrir l'extrême passion qu'il avoit pour elle, & de l'assurer qu'il la feroit une des premières dames de son empire. Cette messagère d'amour, charmée d'une pareille commission, ne manqua point de l'exécuter avec toute la diligence & l'exactitude possibles. Elle parla à cette belle esclave, & excita son ambition, en lui disant les sentimens d'amour & de tendresse que l'empereur avoit pour elle. Elle ajouta, que si ce prince vouloit se servir de son autorité, il ne lui seroit pas difficile de l'avoir en sa possession, soit en la faisant enlever, ou en ordonnant à ses officiers d'étrangler son visir; mais qu'il n'en vouloit pas venir à ces extrémités, & qu'elle la prioit, par la part qu'elle prenoit à ses intérêts, d'être sensible à la passion de l'empereur, & à la fortune qu'il lui offroit.

La maîtresse du visir ayant fait attention aux paroles de cette adroite messagère, la pria instamment de témoigner à l'empereur qu'elle lui étoit fort obligée des sentimens favorables qu'il avoit pour elle; mais qu'étant gardée à vue, il n'y avoit qu'un seul moyen pour la posséder; qu'elle le lui diroit volontiers, pourvu qu'elle l'assurât de garder le secret, & de ne le découvrir qu'à l'empereur. La messagère le lui promit, & aussi-tôt l'esclave lui parla de la sorte.

Tu sauras que le visir a un dessein également perfide & cruel contre la vie de l'empereur. Il ne songe jour & nuit qu'à l'exécuter. Il a préparé un poison qu'il prétend lui faire boire dans un festin qu'il veut lui donner au premier jour ; &, après sa mort, s'emparer de l'empire. Comme mon intention a toujours été de le faire savoir à l'empereur, je te prie de ne pas manquer de le lui dire ; & que s'il se trouve au festin du visir, lorsqu'on lui présentera à la fin du repas, sur une soucoupe d'or, enrichie de pierreries, une tasse de cristal de roche, où sera le poison ; qu'il n'y touche pas, & qu'il oblige le visir de boire ce breuvage ; s'il le fait, l'empereur donnera la mort à celui qui la lui préparoit ; s'il le refuse, ce sera une conviction de son crime, & un moyen de le faire mourir avec ignominie. Ainsi, par l'une ou par l'autre de ces deux voies, l'empereur se vengera de cet insigne traître, & m'aura en sa possession. La messagère ayant bien retenu tout ce que la maîtresse du visir lui avoit dit, prit congé d'elle, & alla aussi-tôt en rendre compte à l'empereur, qui la récompensa du service important qu'elle lui avoit rendu.

Comme quelques jours auparavant, ce prince

avoit gagné une grande bataille contre un puis-
fant roi qui lui faifoit une guerre injufte, il
crut être obligé de gratifier les principaux officiers de fon armée par des penfions confidérables, & de nouvelles dignités qu'il leur accorda.
Il commença par fon vifir, à qui il fit un préfent de grand prix ; ce qui donna occafion à ce
fcélérat de le convier à un fameux repas qu'il
vouloit lui donner. L'empereur ne manqua pas
de s'y rendre, & fut reçu au bruit des trompettes, des timbales, & des hauts-bois, qui
faifoient une harmonie charmante. Le vifir,
pour mieux couvrir fa perfidie, lui fit, à fon
tour, de beaux préfens, & enfuite l'empereur
fe mit à table, qui fut fervie avec toute la délicateffe & toute la magnificence poffibles. Une
mufique, pendant le feftin, enlevoit tous les
cœurs, & l'attention de tous les courtifans. Sur
la fin du repas, le vifir préfenta lui-même à
l'empereur la foucoupe d'or & la taffe de criftal
dont nous avons parlé, laquelle étoit remplie
d'un poifon très-odoriférant ; & pour obliger
ce prince à le prendre : Seigneur, lui dit-il,
voici un breuvage, le plus exquis & le plus précieux qui foit au monde ; entre plufieurs vertus
admirables qu'il a, il rafraîchit le foie, & chaffe
du cœur toute la bile qu'on pourroit avoir.
L'empereur connoiffant, aux marques de la

foucoupe & de la taffe, que c'étoit le breuvage
dont la meffagère lui avoit parlé, le refufa, en
lui difant : Tu en as plus befoin que moi; car
comme tu fais que j'ai fait mourir ton fils, à
caufe des crimes qu'il avoit commis, je ne
doute pas que ton cœur & ton foie n'en foient
échauffés, & remplis de beaucoup de bile :
c'eft pourquoi je te prie de le prendre en ma
préfence, & de croire que je t'en ferai auffi
obligé que fi je l'avois pris moi-même. Le vifir
fut un peu troublé de cette réponfe; & revenant à la charge : Aux dieux ne plaifent, feigneur, lui dit-il, que je vous obéiffe en cette
rencontre; il n'appartient pas à un fimple mortel comme moi de boire le nectar des dieux;
cette boiffon eft fi rare & fi précieufe, qu'elle
ne peut convenir qu'à un grand monarque
comme vous, qui êtes l'amour & les délices de
l'empire.

Ce prince lui repartit, que quelque agréable
que fût cette boiffon, elle l'étoit encore davantage, étant préfentée de fi bonne grace, &
par une perfonne dont il connoiffoit le zèle &
l'affection pour fon fervice. Ainfi, fachant le
befoin qu'il en avoit, il étoit trop de fes amis
pour le priver d'une chofe qui lui étoit fi falu-
taire, & qu'à fon égard elle lui feroit fort inutile.

Le vifir, voyant que l'empereur le preffoit de boire ce poifon, fe douta que fa trahifon étoit découverte. En cet état, tout rempli de crainte & de confufion : Seigneur, lui dit-il, je fuis tombé dans le malheur que je voulois préparer aux autres. Mais comme je vous ai toujours connu d'un naturel porté à la clémence plutôt qu'à la rigueur, j'efpère que, quand je vous aurai donné un avertiffement pour la confervation de votre augufte perfonne, vous voudrez bien avoir la bonté de me pardonner. S'il vous arrive de condamner à mort le fils de quelqu'un de vos officiers, ne permettez jamais que le père refte à votre cour. Vous avez condamné le mien pour fes crimes ; cependant quoique vous ayez eu raifon, & que vous m'ayez témoigné mille amitiés, en me comblant de bienfaits, je n'ai pu oublier la douleur que m'a caufée la mort de mon fils. Toutes les fois que je vous voyois, votre préfence excitoit ma haîne, & me portoit à la vengeance ; c'eft ce qui m'a obligé de vous préfenter ce poifon, afin d'honorer les mânes de mon fils, & de venger fa mort par la vôtre.

Quoique l'empereur fût très-convaincu par ces paroles du funefte deffein de fon vifir, & qu'il avoit droit de le faire mourir de la mort la plus cruelle ; cependant il n'en ufa pas avec tant de rigueur ; il se contenta seulement de confisquer ses biens & de le chasser de ses états. C'étoit là une punition bien douce pour un crime si énorme ; mais il est quelquefois bon de pardonner, ou du moins d'adoucir le châtiment. Quant à la maîtresse de ce perfide, l'empereur la maria à un grand seigneur de sa cour, & lui fit des présens considérables, pour reconnoître le service qu'elle lui avoit rendu.

Après que l'empereur eut ainsi banni de son empire cet indigne visir, il vint trouver les jeunes princes, pour leur apprendre tout ce qui s'étoit passé au repas que ce perfide lui avoit donné ; & les remerciant de l'avoir, par leur conseil, délivré d'un si méchant homme ; il leur dit : Je ne doute pas, Messieurs, qu'ayant autant d'esprit & de prudence que vous en avez, vous ne trouviez un prompt remède pour m'ôter un chagrin qui me fait bien de la peine ; j'espère que vous ne me refuserez pas ce secours, m'ayant donné des preuves de votre savoir, & de votre affection dans une affaire où il s'agissoit de ma vie. Ces jeunes princes lui répondirent qu'il pouvoit compter sur eux, & qu'il n'y avoit rien au monde qu'ils ne fissent pour lui marquer le zèle qu'ils avoient pour son service. L'empereur, charmé de ces paroles, les remercia de tout fon cœur, & enfuite leur fit ce difcours.

Les anciens philofophes de cet empire, dont mes ancêtres faifoient beaucoup de cas, avoient trouvé une forme de miroir qu'ils nommoient le miroir de juftice; il avoit la vertu de faire le juge, lorfqu'il y avoit deux perfonnes qui, plaidoient l'une contre l'autre, on les obligeoit de regarder dedans, pour favoir celle qui avoit tort ou raifon. La partie qui faifoit d'injuftes demandes, avoit auffi-tôt le vifage noir, & celle qui avoit raifon, confervoit toujours fa première couleur, & gagnoit fa caufe. Celui dont le vifage étoit devenu noir, ne pouvoit revenir en fon premier état, à moins qu'il ne defcendît dans un puits très-profond, pour y paffer quarante jours au pain & à l'eau. Cette pénitence étant faite, on le tiroit du puits, & on l'expofoit à la vue de tout le peuple; là, après avoir publiquement confeffé fa faute, & demandé pardon aux dieux & à la juftice, il reprenoit fa première couleur. Comme l'on vivoit toujours dans la crainte de ce miroir, qui tenoit lieu de juge, chacun fe contenoit dans le devoir, & s'appliquoit à fon métier, le pays étant abondant en toute chofe; & quelque pauvre que fût un étranger qui venoit s'y refugier, il faifoit aifément fa fortune.

Dans ces temps heureux où l'empire jouissoit d'une félicité parfaite, régnoit mon aïeul, qui n'avoit que deux enfans, mon père & mon oncle. Après la mort de mon aïeul, ils eurent quelques différens au sujet de sa succession : mais comme mon père avoit raison, il eut le dessus. Mon oncle, chagrin de cet avantage, déroba ce précieux miroir, & le porta aux Indes, où règne une grande & puissante reine, qui a donné le soin des affaires de son royaume à un de ses ministres. Mon oncle, qui vouloit s'acquérir les bonnes graces de cette princesse, lui fit présent de ce miroir, en lui disant néanmoins que ce miroir n'avoit de vertu que dans mon empire. L'on voyoit tous les jours au dessus de la ville capitale de cette reine, qui étoit située sur le bord de la mer, une main droite ouverte, qui paroissoit en l'air au lever du soleil, laquelle, sans sortir de sa place, restoit au même état jusqu'à la nuit ; & alors, s'approchant du rivage, elle prenoit un homme, & le jetoit dans la mer. Le peuple, affligé de cette désolation, porta ce miroir sur le rivage de la mer, s'imaginant qu'il pourroit détourner le malheur dont il étoit accablé. En effet, l'ayant opposé à cette main fatale, il en reçut cet avantage, qu'au lieu qu'elle prenoit un homme chaque jour, elle ne prit qu'un cheval ou un bœuf.

Cependant, par la perte de ce miroir, cet empire ayant perdu fon ancien bonheur, & mon père fouhaitant ardemment de le ravoir, envoya un ambaffadeur à cette reine, avec une lettre fort obligeante, pour la prier de le lui rendre, & même lui offrit une fomme confidérable, fi elle le défiroit ; & afin de l'engager encore mieux à faire la chofe, il lui repréfentoit, par fa lettre, que ce miroir ne pouvoit pas être pour elle d'une fort grande utilité ; mais que pour lui, il n'en étoit pas de même, vu qu'il pouvoit remettre cet empire dans fon premier état, & lui rendre fon ancienne tranquillité. Cependant la lettre, & les paroles de l'ambaffadeur ne firent pas de grands progrès fur l'efprit de cette reine ; en forte qu'il fut obligé de retourner à la cour de mon père, & lui dit, qu'à caufe que le royaume de cette princeffe avoit eu l'avantage, par la vertu de ce miroir, de changer la perte de l'homme en celle d'un cheval ou d'un bœuf, qu'une main en l'air emportoit tous les jours dans la mer, cette reine ne vouloit pas rendre le miroir, à moins que mon père n'eût trouvé quelque remède à la ruine que cette main lui caufoit ; & que fi, par fon moyen, ce royaume étoit délivré d'une fi grande mifère, elle lui rendroit de bon cœur le miroir, fes ancêtres ayant toujours été en bonne

intelligençe avec les nôtres. Comme mon père
n'avoit aucun fecret pour contenter cette princeffe, les chofes font toujours demeurées dans
le même état. Ainfi, meffieurs, jugeant de votre
mérite par tout ce que vous ayez fait jufqu'à
préfent, & que rien n'eft au deffus de votre efprit, je me perfuade que fi vous entreprenez
d'exécuter ce que mon père n'a pu faire, vous
en viendrez facilement à bout. Quelle gloire
pour vous, & quel plaifir ne ferez-vous point à
cette princeffe, fi vous délivrez fon royaume
de cette cruelle main qui l'accable ! Elle vous en
fera très-redevable, & ne pourra refufer à votre
prière la reftitution du miroir qui rétablira le
repos & la félicité dans mon empire. Je vous
prie donc, Meffieurs, de m'accorder cette
grace, & de croire que je vous en aurai une
obligation qui m'engagera à une reconnoiffance éternelle.

Ces jeunes princes, plus fenfibles aux honnêtetés qu'ils avoient reçues de l'empereur,
qu'aux offres obligeantes qu'il leur faifoit, lui
promirent d'aller aux Indes au plutôt, & de
faire tout leur poffible pour lui rendre le fervice
qu'il leur demandoit. L'empereur, ravi de ces
paroles, les embraffa de tout fon cœur; & le
lendemain, les jeunes princes étant venus de
bon matin prendre congé de lui, il leur donna

de beaux préfens pour cette reine , & enfuite il les accompagna , avec plufieurs grands feigneurs de fa cour , jufqu'à deux lieues au delà de la ville capitale. Après leur départ, il fit plufieurs facrifices aux dieux , pour les prier de lui être favorables , & de rendre le voyage & le retour de ces jeunes princes également prompt & heureux. Comme il ne doutoit point que les dieux ne favorifaffent un deffein fi jufte, il demeuroit tranquille , & paffoit les jours tantôt à la chaffe , & tantôt à entendre la mufique, qu'il aimoit paffionnément.

Dans ce temps , il arriva un marchand, qui ayant appris que l'empereur faifoit grand cas des belles voix & des inftrumens harmonieux, & qu'il récompenfoit généreufement ceux qui lui en indiquoient, lui dit qu'il avoit une efclave d'une beauté charmante, qui chantoit divinement, & qui favoit la mufique en perfection. L'empereur lui ordonna de la lui amener au plutôt. Cette fille, qui fe nommoit Diliram , parut le lendemain dans un habit magnifique , en préfence de l'empereur. Il fut fi furpris de voir une beauté fi rare, qu'il lui fit connoître qu'elle n'étoit pas du nombre de celles qui ont befoin d'ornemens pour paroître, mais que les ornemens avoient befoin d'elle, pour avoir plus de brillant & d'éclat. Cette galanterie ne fit pas moins de plaifir au marchand qu'à la belle efclave. L'empereur, prévenu en faveur de cette fille, la pria de chanter, & d'accompagner fa voix de quelque inftrument. Elle le fit, mais avec tant d'art & de délicateffe, que ce prince lui dit cent chofes obligeantes, &, entre autres, qu'elle charmoit également les yeux & les oreilles ; enfuite il en donna une fomme confidérable au marchand, & fit préparer à cette fille un appartement magnifique, où rien ne manquoit. Comme il avoit pour elle une extrême paffion, il ne pouvoit vivre fans la voir, & préféroit fon entretien à celui des plus belles de fa cour.

Un jour, ce prince étant allé avec Diliram à la chaffe, & ayant rencontré un cerf, il lui dit : En quel endroit voulez-vous que je perce cet animal de mon dard ? Je ne doute pas, feigneur, de votre adreffe, répondit-elle, & je fuis perfuadée que vous le frapperez où il vous plaira ; mais puifque vous fouhaitez que je vous le dife, je ferois bien aife que, d'un feul coup, vous lui perçaffiez le pied & l'oreille tout enfemble. L'empereur voyant que la chofe étoit impoffible, ne put s'empêcher de rire de cette propofition. Cependant comme il étoit doué de beaucoup d'efprit & d'une adreffe admirable, il prit fon arbalête, & tira droit à l'oreille,

qu'il atteignit. Cet animal fentant la douleur
du coup, la gratta auffi-tôt avec le pied, comme
font ordinairement tous les animaux. Alors
l'empereur prenant fon arc, lui décocha une
flèche armée d'un fer pointu, qui lui perça en
même temps le pied & l'oreille. Plufieurs
grands feigneurs, qui avoient vu le coup, féli-
citèrent l'empereur, non feulement fur fon
adreffe, mais encore fur fa précaution. Ce prince,
tout joyeux d'avoir fi bien réufli, fe tournant
du côté de Diliram: Eh bien, Madame, lui dit-
il, que vous femble de ce coup ? Ai-je fatisfait à
votre curiofité? Il n'y a rien en cela, feigneur,
de fort extraordinaire, répondit-elle. Je fuis
sûre que vous n'auriez jamais pu faire ce coup,
fi vous n'aviez trompé le cerf & moi, lorfque
vous avez tiré l'arbalête ; & il n'y a perfonne
qui n'en fît autant, en fe fervant de l'artifice dont
vous vous êtes fervi. Ces paroles, trop libres,
déplurent d'autant plus à l'empereur, qu'elles
furent dites en préfence de tous ceux qui l'a-
voient félicité. Il crut que fon honneur étoit
offenfé en cette rencontre, & qu'il falloit punir rigoureufement cette efclave; de forte que,
malgré l'inclination qu'il avoit pour elle, il ordonna qn'on la dépouillât, & qu'après lui avoir
lié les mains derrière le dos, on l'emmenât
dans un bois qui étoit à un quart de lieue de là,

afin

afin d'être dévorée par les bêtes féroces. Cela fut exécuté fur le champ.

Cependant, deux heures après, l'empereur fe repréfentant les charmes de cette jeune efclave, fon cœur fut agité de divers mouvemens; l'amour & la colère y difputoient l'un contre l'autre. Quoi, feigneur, difoit l'amour, faut il, pour une indifcrétion, pour une bagatelle, traiter fi cruellement le plus bel objet du monde? Souvenez-vous des fentimens de tendreffe que vous lui avez témoignés, & des proteftations que vous lui avez faites d'une amitié éternelle. Il eft de votre honneur de lui tenir parole, & de ne point paffer pour un parjure, ni pour un inconftant : ce font deux crimes qui font horreur, & qui terniroient votre gloire. Ménagez-la donc mieux, feigneur, en rappelant cette aimable perfonne ; envoyez-la chercher au plutôt ; & fi vous êtes affez heureux pour la revoir, n'ayez plus pour elle que des yeux, un cœur, & des vœux paffionnés : par-là, vous réparerez la faute que vous avez faite, & les jours que vous paferez avec cet incomparable objet, feront pour vous des jours pleins de douceurs.

La colère, plus furieufe que jamais d'un difcours fi tendre : Non, feigneur, difoit-elle, c'eft une ingrate qui s'eft rendue indigne de vos

R

bontés. Vous ne pouvez être accufé d'inconf.
tance & de rigueur à fon égard , puifqu'elle a
manqué non feulement de refpect, de reconnoif.
fance , & d'amitié pour vous, mais même qu'elle
a flétri votre gloire en préfence de tant de gens
de qualité. Vous ne pouvez en avoir trop de
reffentiment. Je fais bien que c'eft une vertu de pardonner, mais je fais bien auffi que
ce n'eft pas un crime de punir , quand la punition eft légitime. Il n'y a perfonne qui ne condamne cette malheureufe efclave ; les plus pa-
cifiques en font indignés , & fon procédé dé-
plaît à tout le monde. Si , après cela , vous la
rappelez, pour qui pafferez - vous ? Pour un
homme foible , femblable à une girouette qui
tourne à tous vents. Il faut avoir plus de pouvoir fur vous, & ne jamais révoquer des ordres
auffi juftes que les vôtres. Par ce moyen, vous
vous rendrez redoutable, & la crainte de vous
déplaire retiendra chacun dans le devoir.

L'amour, peu content de cette cruelle politique, revint à la charge avec plus d'ardeur que
jamais. Il attaqua le cœur de ce prince par toute
forte d'endroits , & y mit des fentimens fi tendres, que n'y pouvant plus réfifter , l'amour
triompha de la colère. L'empereur auffi-tôt
commanda à ceux qui avoient mené Diliram
dans le bois, de l'aller chercher pour lui rendre

ſes habits, & de la ramener dans ſon palais.
Pendant qu'on s'empreſſoit à exécuter ſes ordres, cette aimable fille pleuroit amèrement, &
attendoit à toute heure le funeſte moment
d'être dévorée par des lions, ou par quelque autre bête féroce. Comme elle avoit la liberté de
marcher, elle doubla tellement le pas, qu'a-
vant le ſoleil couché, elle ſe trouva heureuſe-
ment dans le grand chemin. Elle étoit fort en
peine quelle route elle devoit prendre, lorſqu'une compagnie de marchands qui paſſoient,
l'aperçut. Le plus vieux l'aborda, & étant ſurpris de ſa beauté & de l'état miſérable où
elle étoit, il en eut pitié; il lui délia les mains,
& l'ayant couvert de quelques vêtemens,
il l'emmena au lieu où il alloit loger.
Quand ils furent arrivés, il lui demanda de
quelle profeſſion elle étoit, quels gens l'avoient
réduite en cet état, & enfin quel étoit le
ſujet de ſon malheur. Elle ne répondit autre
choſe, ſinon qu'elle étoit muſicienne, & qu'elle
ſavoit toucher de la guitare. Le marchand en
ayant fait venir une, la lui préſenta, & elle en
joua avec tant de délicateſſe, mariant ſa voix au
ſon de cet inſtrument, que le marchand en fut
charmé. Comme il n'avoit point d'enfant, il
l'adopta pour ſa fille, & l'emmena en ſon
pays.

L'empereur, qui étoit de retour de la chaffe, attendoit avec beaucoup d'impatience ceux qu'il avoit envoyés dans le bois pour lui ramener Diliram. Enfin ils arrivèrent, & lui dirent qu'ils l'avoient cherchée par-tout, fans l'avoir pu trouver. Ce prince croyant auffi-tôt qu'elle avoit été dévorée par quelque bête cruelle, en fut dans un chagrin terrible ; il en tomba malade, & fon mal, qui augmentoit de jour en jour, faifoit perdre aux médecins l'efpérance de fa guérifon. Dans cette fâcheufe conjoncture, tous les grands de fa cour s'affemblèrent, & après avoir tenu confeil, on fut d'avis que, puifque les remèdes ne pouvoient le guérir, il falloit ne s'en plus fervir, & lui donner feulement des nourritures convenables à fon mal, en attendant le retour des trois princes qui étoient allés aux Indes pour tâcher de ravoir le miroir de juftice.

Quand ces jeunes princes furent arrivés avec leur fuite dans les états de cette reine, où la main fatale faifoit tant de ravages, le gouverneur de la province où ils étoient en donna auffi-tôt avis à cette princeffe ; elle leur envoya une belle & nombreufe efcorte, pour les accompagner jufques dans fa ville capitale. Le lendemain ils eurent audience de fon premier miniftre, auquel ils dirent qu'ils étoient venus de la part de l'empereur Behram, pour délivrer la reine de la main terrible qui défoloit fon royaume; & qu'auffi-tôt que cela feroit fait, ils la prieroient d'avoir la bonté de leur remettre le miroir, pour le reporter à l'empereur leur maître. Ce miniftre ayant entendu cette propofition, alla en rendre compte à la reine, qui en eut une joie extrême. Le jour fuivant, on les alla chercher dans des chars fuperbes, pour leur donner audience. Et ant arrivés au palais, on les fit paffer au travers de quatre chambres, toutes plus belles les unes que les autres: la première eft faite de fonte artiftement travaillée, avec un grand nombre de figures qui imitent parfaitement le naturel ; la feconde a le plancher & le lambris faits d'argent d'une riche valeur; la troifième eft d'or maffif excellemment bien émaillé; mais le luftre, l'éclat, & le grand prix de la quatrième furpaffe de beaucoup les trois autres ; elle eft remplie de joyaux d'un prix ineftimable, où l'on voit reluire un trône royal, tout couvert de diamans & d'efcarboucles, qui rendent, avec quantité d'autres pierres précieufes , une telle lumière, que la chambre eft auffi claire dans la plus fombre nuit, que s'il y avoit plufieurs flambeaux allumés. Ce fut dans cette fuperbe chambre où cette augufte reine donna audience

à ces illuſtres ambaſſadeurs. Je ne parlerai point
ici des beaux préſens qu'ils lui firent au nom de
l'empereur Behram, parce qu'outre que le détail en feroit inutile, il m'éloigneroit trop de
mon ſujet : je dirai ſeulement que la reine les
reçut fort honorablement, & qu'elle promit de
leur remettre le miroir d'abord que la main ne
paroîtroit plus; enſuite on les conduiſit dans
une ſalle toute bâtie de marbre, de jaſpe, & de
porphyre, où on leur fit un feſtin magnifique,
accompagné d'inſtrumens mélodieux & de
voix charmantes. Pluſieurs ſeigneurs de la cour
étoient de ce repas. L'on y but à la ſanté de la
reine & de l'empereur Behram, au bruit de
l'artillerie & au ſon des trompettes; ce qui
dura juſqu'à la nuit : enſuite les ambaſſadeurs
ſe retirèrent; & comme il n'y avoit point de
temps à perdre, ils ſe levèrent de grand matin,
& allèrent avec les principaux officiers de la
reine ſur le bord de la mer avant le lever du
ſoleil. Un moment après il parut, & auſſi-tôt la
main droite ouverte ſe fit voir ſur la mer.
L'aîné de ces princes, la regardant fixement, leva la ſienne, & lui montra le ſecond & le troiſième doigts étendus, tenant les trois autres pliés.
Cette main, qui cauſoit tant de maux, s'enfonça tout d'un coup dans la mer, & ne parut
plus. Le peuple, qui avoit été préſent à ce

fpeЯacle, ne pouvoit croire ce que fes yeux
avoient vu. La reine ayant été informée de ce
fuccès, en fut dans une joie & un étonnement
qu'on ne peut exprimer. Son peuple & elle s'i-
maginant que cela ne fe pouvoit faire naturellement, crurent que ces princes étoient quelques divinités. Ils voulurent leur faire des facrifices, & élever des flatues à leur gloire, afin
d'immortalifer leur reconnoiffance ; mais la mo-
deftie & la fageffe de ces jeunes princes s'y opposèrent. La reine fut curieufe de favoir le fecret dont ils s'étoient fervis pour faire un fi
grand miracle: alors l'aîné de ces princes, pour
ne pas être entendu de tous ceux qui étoient
dans la chambre, tira la reine à part, & lui expliqua la chofe de cette manière.

Vous faurez, madame, lui dit-il, qu'à peine
ai-je vu ce matin la main ouverte fur la mer,
que j'ai jugé que cela ne fignifioit autre chofe,
finon que, dans un royaume, cinq hommes
bien unis & de même fentiment étoient capables de prendre tout le monde ; & comme
cette main vouloit être ainfi entendue, & qu'il
ne s'eft trouvé perfonne qui ait pu deviner ce qu'elle vouloit dire, elle a caufé tous les
défordres qui font arrivés dans vos états ; c'eft
ce qui a fait qu'avec l'aide des dieux je m'en
fuis aperçu, & qu'étant vis-à-vis d'elle, j'ai

R iv

levé la main, tenant le fecond & le troifième
doigts étendus & les autres étant pliés; je l'ai
fait cacher de honte & de confufion dans le
fond de la mer; en forte que je vous affure,
madame, qu'elle ne paroîtra jamais. Elle vouloit faire entendre, comme j'ai eu l'honneur de
vous dire, que cinq hommes bien unis étoient
capables de fe rendre maîtres de l'univers, & je
lui ai montré que feulement deux bien d'accord
pouvoient faire cette entreprife.

Ces paroles donnèrent de l'admiration à la
reine; elle vit bien que ces princes, qu'elle ne
connoiffoit pas pour tels, étoient d'une haute
naiffance & d'un efprit fublime. Elle leur fit rendre tous les honneurs poffibles, & leur témoigna
qu'elle n'oublieroit jamais le fervice important
qu'ils lui avoient rendu; enfuite ils fe retirèrent dans un des plus beaux endroits du palais,
où on leur avoit préparé, par l'ordre de la reine,
un dîné des plus magnifiques.

Pendant qu'ils étoient à table avec plufieurs
grands feigneurs qui les avoient accompagnés
le matin, les miniftres d'état étant dans le confeil avec cette princeffe, parlèrent de renvoyer
à l'empereur Behram fon miroir, en confidération du fervice fignalé qu'il leur avoit procuré. Le plus vieux d'entre eux prit la parole;
& s'adreffant à la reine: Je ne doute pas, ma-

dame, lui dit-il, que, par le miracle que nous avons vu ce matin, ces jeunes ambaſſadeurs n'ayent délivré le royaume d'un grand malheur ; mais qui peut nous aſſurer que, dans quelque temps, la main ne revienne encore, & ne nous jette dans de nouveaux malheurs, pires que les premiers; c'eſt pourquoi, avant que de rendre le miroir, il faut y ſonger plus d'une fois, vu l'importance de cette affaire. J'avoue, répondit la reine, qu'elle eſt de conſéquence ; mais après les bons offices que nous venons de recevoir de la part de l'empereur Behram, nous ſommes obligés de le ſatisfaire. A l'égard de la ſûreté que nous devons prendre pour que la main ne paroiſſe plus dans ce royaume, j'ai un remède infaillible pour cela. Le feu roi mon père, avant que de mourir, me parla en ces termes. Ma fille, comme vous devez, après ma mort, hériter de mes états, pluſieurs princes ſe préſenteront pour vous épouſer, afin de s'en rendre les maîtres ; & comme les états ſe conſervent & s'augmentent ordinairement par la prudence autant que par la force, je vous ordonne de ne prendre pour époux que celui qui ſaura deviner une des deux choſes que je vais vous dire. Après me les avoir bien expliquées, il répéta ces mots: Quand vous aurez trouvé un homme qui devinera l'une de ces deux chofes, ne manquez pas de le prendre pour votre époux : c'eft pour- quoi, meffieurs, à voir l'air & la mine de ces trois jeunes ambaffadeurs, on peut juger de leur mérite, & qu'ils font nés de quelque grand prince. Comme je fuis perfuadée de cette pre- mière circonftance par tout ce qu'ils ont fait, & que je n'ai que des conjectures de la dernière, un de vous ira les prier de ma part de vouloir bien l'éclaircir fur ce fujet; car fi-tôt que je faurai qu'ils font fortis d'une race illuftre, je tâcherai d'avoir pour mari celui qui m'expliquera l'une des deux chofes que mon père m'a dites. Ainfi, comme il reftera avec moi, & qu'il aura part au gouvernement de mon royaume, nous n'ap- préhenderons pas que la main revienne & nous caufe aucun dommage. Ce raifonnement fut approuvé par tous les miniftres d'état, & un d'eux alla le lendemain trouver ces illuftres am- baffadeurs. Après s'être entretenu quelque temps enfemble, il leur dit que le pays ayant été délivré, par leur fecours, des maux que la main leur faifoit, ce qui ne devoit être attribué qu'à la grandeur de leur génie & de leur pru- dence, la reine, qui avoit infiniment d'eftime pour eux, fouhaitoit favoir de qui ils étoient fils, & qu'elle les prioit de ne lui rien cacher là- deffus. Ces jeunes princes, qui, jufqu'alors, n'avoient point déclaré à perfonne qui étoit leur père, répondirent qu'ils étoient nés d'une pauvre famille, & que la fortune les ayant conduits à la cour de l'empereur Behram, ce prince avoit bien voulu fe fervir d'eux dans cette occafion. La reine, ni perfonne au monde, repartit le miniftre, ne croira ce que vous dites : votre air, vos regards, & vos manières font voir que vous êtes d'un fang illuftre. Cependant, Meffieurs, afin que vous ne foyez plus importunés fur ce fujet, je vous prie de confirmer par ferment, que ce que vous venez de me dire eft véritable ; car alors que j'aurai rapporté à la reine que vous me l'avez affuré de la forte, je fais qu'elle ajoutera foi à vos paroles.

Les princes, fe voyant preffés de cette manière, tinrent confeil entre eux pour voir quel parti ils prendroient ; enfin, après avoir délibéré, ils jugèrent qu'il valoit mieux dire la vérité, que de faire un faux ferment. Ainfi, s'étant approchés de ce miniftre, ils lui découvrirent qu'ils étoient fils de Giafer, roi de Sarendip, & le confirmèrent par leur ferment. La reine l'ayant appris, en eut une joie incroyable, fe perfuadant que, par le mariage qu'elle pourroit faire avec l'un de ces trois princes, fon royaume feroit pour toujours délivré du malheur de la main. Dans cette penfée, elle les fit venir le jour fuivant, & après leur avoir fait plufieurs honnêtetés, elle leur parla en ces termes.

Je vous donnerai, quand il vous plaira, Meffieurs, le miroir que fouhaite l'empereur Behram ; il ne pouvoit envoyer pour me le demander des perfonnes qui me fuffent plus agréables que vous, & je ne faurois le remettre entre des mains qui foient plus précieufes que les vôtres. L'eftime particulière que j'ai conçue de votre mérite & des fervices importans que vous nous avez rendus, s'eft encore beaucoup augmentée par la connoiffance que nous avons que vous êtes du plus augufte fang du monde. Cette eftime, que je ne puis affez vous exprimer, me porte, par des raifons effentielles, à vous demander une grace, que j'ofe efpérer de la générofité de votre cœur & de l'étendue de votre génie. Mais avant que de m'expliquer, je vous prie de me donner parole de ne me la point refufer.

Ces jeunes princes, très-polis, & inftruits que les dames font plus fenfibles aux refus qu'aux préfens, ayant affuré la reine qu'elle pouvoit fe promettre tout de ce qui dépendoit d'eux, elle reprit le fil de fon difcours, & leur dit : Je me fouviens d'avoir ouï dire au feu roi mon père, que bien qu'il ne fût pas impof-

sible à un homme de manger en un jour un magasin de sel, que cependant il n'avoit jamais
trouvé personne qui osât l'entreprendre.
Comme je sais que vous avez autant d'esprit
que de prudence, je vous prie de m'en faire
voir la possibilité ; car je ne saurois m'imaginer
qu'un homme puisse manger en si peu de temps
un magasin de sel. La chose, madame, répondit le puiné de ces princes, n'est pas difficile
à croire, & j'offre de le faire toutes les fois
qu'il plaira à votre majesté.

La reine, surprise de cette réponse, voulut
le lendemain qu'il en fît l'épreuve. Le jour venu,
il l'alla trouver, & lui dit : Je viens, madame,
pour exécuter vos ordres. En achevant ces
mots, il tira de sa poche une petite boule d'or
de la grosseur d'un pois, pleine de sel, & l'ayant
ouverte, il mangea tout ce qui y étoit. La
reine se mit à rire de cette épreuve, & dit,
que ce n'étoit pas ainsi qu'elle l'entendoit,
que c'étoit d'un de ses magasins à sel, dont elle
vouloit parler. Le jeune prince, sans s'étonner,
répondit que cela n'étoit pas plus difficile que
ce qu'il venoit de faire, & demanda à aller à ce
magasin. La reine y consentit, & ce prince y
étant entré avec plusieurs personnes qui devoient être témoins de ce qu'il feroit, il mouilla

le bout de fon doigt de fa falive, le pofa fur le fel ; & après en avoir pris quelques grains qu'il mangea, il dit aux fpectateurs de fermer la porte du magafin , puifqu'il avoit exécuté tout ce qu'il avoit promis. Cette conduite furprit les affiflans, qui ne pouvoient croire qu'il eût fatis- fait à fa parole. Alors il les pria de rendre compte à la reine de ce qu'ils avoient vu, ajoutant qu'il lui expliqueroit la raifon pour laquelle il en avoit ufé de la forte. Cette princeffe ayant été infor- mée de ce qui s'étoit paffé, défira de parler à ce jeune prince ; & comme elle voulut favoir comment il pouvoit avoir accompli la promeffe qu'il avoit faite, en ne mangeant que trois ou quatre grains de fel , il lui répondit , que qui- conque auroit mangé avec fon ami trois grains de fel, & ne connoîtroit pas ce qu'il doit à fon ami, ne feroit jamais en état de le favoir, quand même il mangeroit avec lui tout le fel des magafins du monde ; mais qu'à fon égard il avoit affez mangé de celui de fa majefté, pour avoir toujours pour elle tous les fentimens d'eftime , d'amour, & de refpect. La reine trouva cette réponfe d'autant plus agréa- ble, que c'étoit celle que le feu roi fon père lui avoit faite, lorfqu'il lui avoit propofé cette queftion. L'applaudiffement de cette princeffe fut suivi de celui de la compagnie, qui admiroit l'adresse de cette réponse, & la galanterie de celui qui l'avoit faite.

La reine voulant pousser plus loin sa curiosité : J'ai encore, ajouta-t-elle, une autre chose à vous demander, Messieurs ; si vous m'en donnez l'explication, vous me ferez le plus grand plaisir du monde. Le plus jeune des trois princes prenant la parole : Madame, lui dit-il, je me flatte de vous satisfaire, si vous me faites l'honneur de me dire de quoi il s'agit. La reine ordonna à tous ceux qui étoient dans sa chambre de se retirer, & il ne resta auprès d'elle que le jeune prince & son premier ministre : alors elle ouvrit une petite cassette où il y avoit cinq œufs, & s'adressant à ce prince : Je voudrois bien, lui dit-elle, que vous partageassiez également ces cinq œufs entre nous trois, sans en casser aucun. Si vous le faites, je dirai hardiment qu'il n'y a personne au monde qui soit comparable à vous & aux deux princes vos frères. Cet éloge, madame, est trop grand, répondit-il, pour un si petit sujet, & je vais exécuter vos ordres. En achevant ces mots, il prit les cinq œufs, en mit trois devant la reine, donna le quatrième au ministre, & garda l'autre pour lui : Voilà, madame, ajouta-t-il, le partage égal, sans aucune fraction. La reine, ne comprenant

pas d'abord cette réponfe, le pria de lui en
donner une moins énigmatique. Le prince en
même temps lui dit : Les parts font égales,
madame, votre miniftre en ayant naturellement
deux autour de fa perfonne, & moi deux de
la même manière, & non pas vous ; de cinq que
vous m'avez donnés, j'ai eu l'honneur d'en préfenter trois à votre majefté ; j'en ai donné un à
votre miniftre, & j'ai gardé l'autre pour moi.
Ainfi, par ce moyen, toutes les parts font
égales ; il n'y a rien de plus jufte. Cette réponfe,
qui fut faite d'un air enjoué, fit rire le miniftre ;
& quelque pudeur que la reine affeftât de faire
paroître, néanmoins, dans le fond de l'ame,
elle en fut bon gré à ce jeune prince, qui, peu
après, fe retira fort content d'une fcène fi
agréable.

La reine fe voyant feule avec fon miniftre,
lui dit, que puifque ces jeunes princes étoient
fils d'un grand roi, & qu'ils avoient fi bien expliqué les difficultés qu'elle leur avoit faites,
elle étoit réfolue, fuivant le confeil du feu roi
fon père, d'en prendre un pour mari, & qu'elle
fouhaitoit paffionnément que ce fût celui qui
avoit éclairci la queftion du fel avec tant de fageffe & d'agrément. La reine, voyant que fon
miniftre approuvoit ce choix, lui commanda
d'aller le lendemain trouver les trois jeunes
princes,

princes, & de leur dire de fa part, que pour
fatisfaire au confeil que le roi fon père lui avoit
donné avant fon décès, elle défiroit avoir pour
époux celui qui avoit expliqué la queftion du
fel. Le miniftre ne manqua pas, le jour venu,
d'aller chez ces jeunes princes; & après leur
avoir témoigné l'eftime que la reine avoit
pour leur mérite, il leur déclara qu'elle vouloit
avoir pour mari celui qui avoit fi bien expliqué la
queftion du fel. Cette propofition les furprit;
& après avoir conféré enfemble s'ils l'accepte-
roient, celui qu'on demandoit pour époux dit à
ce miniftre, que les princes fes frères & lui étoient
fort obligés à la reine des honneurs qu'elle leur
avoit fait rendre depuis le temps qu'ils étoient à fa
cour, & qu'il acceptoit avec beaucoup de plaifir l'offre qu'elle lui faifoit; mais qu'il étoit jufte,
avant que de rien conclure, de le faire favoir au
roi fon père, & pour cela de retourner auprès
de lui, afin de lui faire mieux entendre toutes
chofes, & de revenir au plutôt, avec fa permiffion, pour conclure le mariage. Le miniftre
ayant rapporté cette réponfe à la reine, elle fit
venir les trois princes, & après s'être engagés
fecrètement de part & d'autre, elle ordonna de
remettre entre leurs mains le miroir, pour le
rendre à l'empereur Behram, & de là aller chez
eux, pour obtenir la permiffion de leur père,

& s'en revenir auffi-tôt, afin d'affifter à la célébration du mariage.

Ces princes ayant le miroir, ne fongèrent
plus qu'à leur départ : ils vinrent le lendemain
prendre congé de la reine, qui leur fit
mille amitiés, & même les chargea de plufieurs
beaux préfens, tant pour eux que pour le roi
leur père & l'empereur Behram. Je n'en ferai
point ici le détail, mais je dirai feulement qu'elle
donna au prince qu'elle vouloit époufer fon
portrait fur une agathe d'orient, qui, d'un côté,
repréfentoit au naturel tous les traits & linéa-
mens de fon vifage, & de l'autre le triomphe de
l'amour : il étoit garni de diamans, de rubis, &
d'émeraudes d'une beauté admirable. Ce préfent étoit accompagné d'un bracelet de fes cheveux, entrelaffés de cœurs d'or émaillés fur lefquels on voyoit plufieurs devifes ingénieufement
inventées. Les princes partirent fort fatisfaits de
la reine, & furent efcortés par un grand nombre de feigneurs jufqu'aux extrémités de fon
royaume. Quand ils furent fur les états de l'empereur Behram, ils lui dépêchèrent un cour-
rier, pour lui donner avis de leur arrivée, &
qu'ils apportoient ce fameux miroir qu'il fouhaitoit depuis long-temps. Quoiqu'il fût toujours malade, cette nouvelle lui caufa beaucoup
de joie, non feulement par rapport au miroir,

mais encore par l'efpérance qu'il avoit que ces
princes, ayant infiniment d'efprit, pourroient
trouver quelque remède à fon mal. Auffi-tôt
qu'ils furent dans la ville impériale, ils allèrent
voir le premier miniftre de l'empereur, auquel,
après lui avoir rendu compte de leur ambaf-
fade, ils déclarèrent qu'ils étoient les fils du roi
Giafer, & le mariage qui avoit été réfolu avec
cette reine des Indes. L'empereur ayant fu toutes ces chofes, ordonna au miniftre de lui faire
venir ces princes. Il leur témoigna la joie qu'il
avoit de leur heureux retour, & d'apprendre
de qui ils étoient fils, auffi bien que le mariage
qu'on leur avoit propofé. Cependant, malgré
le fenfible plaifir que tout cela me donne, je
crois, leur dit-il, que je mourrai bientôt, fi,
par votre efprit, vous ne trouvez quelque
moyen pour me guérir.

Les princes, après l'avoir affuré qu'ils y feroient tout leur poffible, lui demandèrent d'où
procédoit fon mal ; il leur apprit qu'il venoit
de la part de Diliram, & leur en raconta l'a-
venture. S'il n'y a que cela, feigneur, répondit
l'aîné des princes, il ne nous fera pas difficile de trouver un remède, ou du moins quelque foulagement à vos maux. Vous avez ici
proche de la ville une belle & vafte campagne,
ornée de plufieurs payfages, dont les différentes

vues forment autant de perſpectives agréables.
Il faut, pour recouvrer votre ſanté, que vous
y faſſiez bâtir ſept beaux palais de diverſes couleurs, dans leſquels vous paſſiez une ſemaine,
& que daus chacun vous y demeuriez un jour
& une nuit, à commencer du lundi ; outre cela,
interrompit le puíné, vous enverrez ſept ambaſſadeurs dans les ſept plus beaux climats du
monde, d'où ils vous ameneront ſept princeſſes, filles des plus grands rois qu'ils y trouve-
ront. Vous en logerez une dans chaque palais,
& vous vous amuſerez tout le long de la ſemaine à goûter avec elles les plaiſirs de la converſation. Vous ordonnerez, ajouta le troiſième,
de publier dans les ſept plus grandes villes de
vos états, que le plus fameux nouvelliſte qui ſe
trouvera dans chacune de ces villes, ait à ſe
rendre à votre cour, afin qu'après vous avoir
conté quelque agréable nouvelle, les humeurs
cacochimes qui nourriſſent votre chagrin, ſe
diſſipent.

L'empereur ordonna d'exécuter les trois choſes propoſées par les jeunes princes. On commença par la conſtruction des palais : on y travailla avec tant de diligence, qu'ils furent faits
promptement, & preſque en même temps.
Comme ils étoient bâtis de différentes manières, on les avoit auſſi ornés de différens ameu-

blemens. Chacun , dans son espèce , étoit très-beau , & pouvoit passer pour un chef-d'œuvre. A peine le tout fut achevé, que les princesses & les nouvellistes arrivèrent. On les mit deux à deux dans chaque palais , c'est-à-dire , une princesse & un nouvelliste , ayant l'un & l'autre un appartement séparé,, & des officiers pour les servir. Alors l'empereur se fit porter dans une litière, au premier palais, dont les ameublemens étoient de toile d'argent ; sa suite & lui étoient habillés de la même étoffe. Aussi-tôt qu'il y fut arrivé, il se coucha sur un sopha , parce que sa maladie l'avoit tellement abattu, qu'il n'avoit pas la force de se tenir assis. Il fit venir la princesse qui y étoit logée , & après les complimens de part & d'autre, elle lui dit cent choses les plus agréables du monde. Elle resta tout le jour avec l'empereur ; le soir étant venu, elle se retira dans son appartement, & le prince fit venir le nouvelliste, qui lui raconta l'histoire suivante.

PREMIERE NOUVELLE.

Il y avoit dans le pays de Béker un roi, nommé Oziam, qui avoit quatre femmes, l'une fille de son oncle , & les autres de trois grands princes ses voisins. Comme il étoit savant, il aimoit les gens de lettres ; & lorsqu'il apprenoit qu'il y en avoit quelqu'un dans ses états, soit qu'il fût étranger ou de ses sujets, il le faisoit venir à sa cour, & l'engageoit à y demeurer, par de grosses pensions qu'il lui donnoit. Cette générosité lui attiroit toujours de beaux génies, avec lesquels il s'entretenoit souvent de matières très-curieuses. Un jour, comme il causoit avec un philosophe qui passoit pour fort habile, en parlant des secrets de la nature, ils tombèrent insensiblement sur les merveilles de la métempsycose. Le roi, qui doutoit fort de cette transmigration des ames, lui commanda de lui en dire son sentiment. Le philosophe, qui ne cherchoit qu'à lui plaire, lui répondit: Seigneur, puisque vous m'ordonnez de vous déclarer là-dessus ce que je pense, je vais vous rapporter un exemple, qui est plus fort que tous les raisonnemens du monde, & vous demeurerez d'accord que vous n'avez jamais rien vu de plus grand, ni de plus surprenant.

La passion de voyager, dit-il, m'ayant inspiré le dessein d'aller dans les régions occidentales ; je partis avec un jeune homme très-savant & très-poli. Pendant le chemin, pour rendre notre voyage plus agréable, nous nous entretenions de diverses matières, & principalement des choses

les plus remarquables de la nature. Dans le
temps que nous caufions ainfi, il me dit qu'il
favoit un phénomène qui furpaffoit tout ce
qu'on voyoit de plus extraordinaire. Ces paroles me furprirent ; & comme je le priois de
m'apprendre ce que c'étoit. Je tuerai, reprit-il,
tel animal qui me plaira ; & alors, m'approchant
de fon corps, après avoir proféré quelques
mots, mon efprit y entrera, & je lui redonne-
rai la vie : j'y refterai autant que je voudrai ; &,
retournant à mon corps, il reffufcitera, & celui de cet animal tombera mort fur la place,
fans jamais revenir en fon premier état. Cela
me parut impoffible ; & le jeune homme
voyant que je doutois de ce qu'il venoit de me
dire, en fit l'épreuve auffi-tôt. Je vous avoue,
feigneur, que je n'ai jamais rien vu de plus fur-
prenant. Je lui ai fait mille careffes, pour tâcher d'avoir fon fecret ; enfin, après m'avoir
bien fait languir, il me l'a enfeigné.

Le roi Oziam ne pouvant croire ce que ce
philofophe lui racontoit, l'interrompit, en lui
difant que cette hiftoire lui paroiffoit bien fabu-
leufe, & qu'il craignoit fort que fon efprit
n'eût été la dupe de fes yeux. Cependant,
ajouta-t-il, fi vous voulez me faire connoître
que vous n'avez pas été trompé, faites-en l'é-

preuve en ma préfence , & fi vous réuffiffez , je
dirai que vous avez raifon.

Le philofophe , qui ne voulut point paffer
pour vifionnaire , & qui étoit affuré de fon fait,
demanda un animal : on lui apporta un moineau , & l'ayant entre les mains , il l'étrangla,
le jeta à terre , & après avoir dit tout bas quelques paroles fur le moineau , il tomba mort , &
le moineau reprenant vie , vola par la chambre où ils étoient. Quelque temps après , le
moineau s'étant repofé fur le corps du philofophe , & y ayant chanté agréablement , le philofophe reffufcita , & le moineau demeura mort
pour toujours.

Le roi Oziam , furpris & charmé tout enfemble d'une fi grande merveille , voulut en favoir le fecret. Le philofophe , ne pouvant rien
refufer à un prince qui étoit fon bienfaiteur , le
lui apprit. Il s'en fervoit très-fouvent ; car fe
faifant apporter prefque tous les jours quelque
oifeau qu'il tuoit , il paffoit avec fon efprit dan'
le corps de l'oifeau , en laiffant mort le fien fur
la place ; & lorfque fon efprit vouloit retou-
ner dans fon propre corps , il reffufcitoit , &
laiffoit mort celui de l'oifeau. Par cet art magique , le roi s'affuroit de l'efprit de fes fujets ; il
châtioit les méchans , récompenfoit les bons , &

tenoit son royaume dans une douce & agréable tranquillité.

Le visir étant informé de toutes ces choses, & sachant l'amitié que ce prince lui portoit, le pria, avec beaucoup d'instance, de vouloir bien lui enseigner ce secret. Le roi qui l'aimoit, en considération des services qu'il en avoit reçus, ne fit point de difficulté de le lui découvrir. Cet homme en fit l'expérience, & voyant qu'elle avoit réussi, il forma de grands desseins contre ce prince. Un jour, étant à la chasse avec lui, & s'étant tous deux écartés de leur compagnie, ils firent rencontre de deux biches, qu'ils tuèrent. Le visir voyant l'occasion favorable pour exécuter le dessein qu'il avoit formé contre le roi : Eh bien, seigneur, lui dit-il, voulez-vous que nous entrions pour un moment, avec notre esprit, dans le corps de ces deux biches ; nous irons nous promener sur ces belles collines, où nous aurons sans doute du plaisir. Oui-dà, répondit ce prince, c'est fort bien penser, & je vais commencer. En achevant ces mots, il descendit de son cheval, qu'il lia à un arbre, & alla sur une des bêtes mortes, où ayant dit les paroles du secret, il passa avec son esprit dans la biche, & laissa son corps mort. Le visir ayant vu cela, mit aussi-tôt pied à terre, & sans se mettre en

peine de lier fon cheval, alla fur le corps mort
du roi. Après y avoit dit les paroles du fecret,
il laiffa fon corps mort étendu à terre, &
paffa dans celui du roi. Alors il monta fur le
cheval de ce prince, & s'en alla chercher fa
fuite; mais ne la trouvant point, il s'en retourna dans la ville avec le corps & la forme de
ce prince. Quand il fut arrivé au palais, il demanda à ceux de fa chaffe des nouvelles du vifir;
& comme on lui répondit qu'on ne l'avoit pas
vu, il feignit de croire que s'étant écarté dans
la forêt, quelque lion l'avoit dévoré, & affecta
d'en être fort touché. Cette action étoit bien
lâche; & comme un crime ouvre fouvent le pas
à un autre, il arriva que ce miférable étant en
particulier avec trois femmes de fon maître, il
eut encore l'infolence de vouloir connoître celle
qui étoit la fille de fon oncle ; mais voyant
qu'elle n'étoit pas careffée à la manière du roi,
& fachant qu'il avoit le fecret de faire paffer fon
efprit dans le corps mort de quelque animal,
joint que, depuis la chaffe, le vifir ne paroiffoit
plus, elle fe douta de la tromperie, & du malheur qui étoit arrivé au roi fon mari. C'eft pourquoi, bien que le vifir eût le corps & la figure
de ce prince, elle ne voulut plus lui permettre la moindre privauté, & feignant de ne
s'être point aperçue de cette tromperie : Sei-

gneur, lui dit-elle , j'ai eu la nuit paffée un
fonge fi terrible, que le fouvenir feul m'en fait
horreur: tout ce que je puis vous dire , c'eft que
je veux vivre dans la continence : ainfi , je vous
fupplie de ne me point approcher ; & fi vous le
faites, je me donnerai plutôt la mort, que de
confentir à vos défirs.

Le faux roi eut un fenfible chagrin de ces
paroles, parce qu'il aimoit paffionnément cette
princeffe , qui étoit d'une beauté charmante.
Comme il ne vouloit point lui déplaire, il réfolut de ne plus la voir qu'en compagnie, & de
lui marquer toujours beaucoup de confidération. Il efpéroit, par ce moyen, de fléchir fa rigueur, ou du moins de lui donner des bornes,
pour qu'elle n'allât pas plus loin. Les coupables,
quelque autorité qu'ils aient , font toujours
dans la crainte. Le crime pourfuit par-tout le
criminel, & fa confcience en eft le bourreau.
C'eft pourquoi ce prétendu roi tâchoit non feulement de fe faire aimer de cette princeffe, mais
encore de tout le monde ; & , par un aveuglement extrême, tout le monde s'efforçoit à lui donner des marques de fon zèle & de fon amour; c'é-
toient tous les jours de nouveaux plaifirs qu'on
lui offroit, & des hommages qu'on lui rendoit,
dont il témoignoit beaucoup de reconnoiffance,

par les gratifications qu'il faifoit, fuivant le mérite & la qualité de chacun.

Pendant qu'il goûtoit ainfi les douceurs de fon ufurpation, le véritable roi, qui étoit métamorphofé en biche, fouffroit tous les maux imaginables. Il étoit continuellement perfécuté par les daims, par les cerfs, & par tous les animaux les plus cruels, qui le mordoient & le battoient toujours. Las & rebuté d'un état fi malheureux, & fi indigne de fon mérite, il fuyoit fans cesse la compagnie des autres animaux. Un jour, fe promenant feul dans une plaine, il trouva un perroquet qui étoit mort, & s'imaginant de mener une vie plus tranquille, s'il entroit avec fon efprit dans le corps de cet animal, il prononça les paroles du fecret, & aussi-tôt laissant le corps de la biche mort par terre, il devint perroquet. Cette transformation lui fit plaifir; & comme il voltigeoit d'un côté & d'autre, il apperçut un oifeleur de fa ville capitale, qui tendoit des filets pour prendre des oifeaux. Cette vue lui donna de la joie, & fe figurant que s'il fe laiffoit prendre, cet homme pourrroit le rétablir dans fon premier état, il donna aussi-tôt dans les filets, & fut pris avec plufieurs autres oifeaux. A peine l'oifeleur eut fait cette capture, qu'il la mit dans une grande cage, & retourna derechef tendre sesfilets. Le perroquet, qui avoit assurément plus d'esprit que tous les autres oiseaux du monde, fit en sorte, avec son bec, de tirer une petite cheville qui fermoit la porte de la cage, & l'ayant ouverte, il donna la liberté aux prisonniers, qui s'envolèrent promptement. Quant à lui, il resta seul dans la cage, s'abandonnant entièrement à sa destinée. Quelque temps après, l'oiseleur étant retourné à sa cage, fut fort surpris de la fuite de ses oiseaux, & voulant refermer la cage, de crainte que le perroquet ne s'envolât, celui-ci l'assura de sa fidélité, par le langage agréable qu'il lui tint. Cet homme en fut fort étonné, ne pouvant s'imaginer qu'un perroquet nouvellement pris fût si bien raisonner. Cela le consola de la perte de ses autres oiseaux, & il se flatta de l'espérance de faire sa fortune par le moyen de ce perroquet. C'est pourquoi il borna là toute sa chasse, & reprit ses filets, pour s'en retourner chez lui à la ville.

Pendant le chemin, il s'entretenoit avec son perroquet, qui lui répondoit toujours fort spirituellement. Lorsqu'il fut arrivé dans la ville, il passa dans une grande place, où il rencontra plusieurs de ses amis, avec lesquels il s'arrêta, pour leur faire voir l'aimable capture qu'il avoit

faite. Dans ce temps , il s'éleva un grand bruit
à quelques pas de là. Le perroquet en voulut
favoir la caufe. L'oifeleur s'en étant informé,
lui dit que c'étoit une courtifane , qui ayant
fongé la nuit précédente , qu'elle l'avoit paffée
avec un jeune cavalier de la ville, lui demandoit cent écus , difant qu'elle n'a jamais eu de
commerce avec perfonne pour un fi bas prix;
mais le cavalier, qui n'eft pas dupe , fe moque
de la courtifane & de fa demande. Cependant,
malgré tout cela , elle le retient par fes habits,
& veut abfolument être payée : voilà le fujet de
ce vacarme. Le perroquet ayant entendu ce rapport, dit à fon maître, que fi on vouloit les
lui faire venir, il les mettroit bientôt d'accord.
L'oifeleur , connoiffant l'efprit de fon perroquet, laiffa pour un moment fa cage entre les
mains d'un de fes amis, & courut vers les perfonnes qui difputoient. Il les aborda avec des
paroles fort honnêtes , & ayant pris le cavalier
& la courtifane par la main, il les mena devant fon perroquet. Alors cet homme leur dit,
que s'ils vouloient s'en rapporter à cet animal,
il rendroit un jugement dont ils n'auroient pas
lieu de fe plaindre. Cette propofition fit rire la
compagnie, qui ne pouvoit croire que ce perroquet pût faire ce que fon maître avoit avancé.
Cependant le cavalier , curieux de voir ce mi-

racle, se tourna du côté de la courtisane, &
lui dit: Si vous voulez vous en rapporter à ce
que cet animal ordonnera, j'y soufcrirai volontiers. La courtisane, qui n'étoit pas moins curieufe que le cavalier, y confentit. Ils s'approchèrent du perroquet, lequel, après avoir entendu toutes leurs raifons, demanda une table
& un grand miroir: on les lui apporta, & ayant
fait pofer devant fa cage le miroir fur la table,
il dit au cavalier de compter fur cette table les
cent écus que la courtifane lui demandoit. Si
ces paroles donnèrent de la joie à cette créature, dans l'efpérance d'avoir cette fomme,
elles ne causèrent pas moins de chagrin au cavalier, dans la crainte de perdre fon argent.
Mais il arriva tout le contraire; car le perroquet adreffant la parole à la courtifane: Ne tou-
chez pas, madame, lui dit-il, aux cent écus qui
font fur la table; prenez feulement ceux que
l'on voit dans le miroir. Comme vous n'avez eu
affaire avec ce cavalier qu'en fonge, il eft jufte
que la récompenfe que vous en demandez foit
femblable à un fonge.

La compagnie, qui avoit été témoin de ce
jugement, en fut extrêmement furprife; elle ne
pouvoit croire qu'un animal dépourvu de raifon
eût prononcé une fentence fi judicieufe. Cela
s'étant répandu par toute la ville, parvint juf-

qu'aux oreilles de la reine , qui s'imaginant
que l'efprit du roi fon mari avoit paffé dans le
corps de cet animal, fit venir auffi-tôt l'oifeleur avec le perroquet. Quand l'un & l'autre
furent en fa préfence , elle interrogea cet
homme fur la capture & la vertu de cet animal ; il lui en rendit un compte fidèle , & elle
lui dit , que s'il vouloit le lui vendre, elle le
mettroit en état de n'avoir plus befoin d'aller
chercher des oifeaux pour gagner fa vie, &
qu'enfin elle lui feroit fa fortune. L'oifeleur lui
répondit que le maître & le perroquet étoient
à fon fervice ; qu'il ne demandoit point d'autre récompenfe que de lui en faire le don , &
qu'il préféreroit cet avantage à toutes les richeffes du monde. La reine , furprife de voir
tant de nobleffe & de générofité dans un homme
d'une fi baffe extraction , accepta fon préfent,
& lui donna une penfion confidérable pour vivre
honorablement le refte de fes jours.

Comme la cage du perroquet étoit des plus
communes, cette princeffe lui en fit faire une
des plus belles. Elle étoit d'écaille de tortue, &
fa garniture & fes auges étoient d'or. Elle la fit
couvrir d'un pavillon de drap d'or, doublé de
velours, afin de le tenir plus chaudement la
nuit. Et pour empêcher qu'il ne s'ennuyât, elle
le fit mettre dans un grand cabinet, dont la
muraille

muraille étoit revêtue de miroirs ; en forte qu'il ne pouvoit s'y regarder, fans voir qu'il n'étoit pas feul. Le plancher & le plafond de ce cabinet repréfentoient des arbres, des fleurs, & des fruits, qui étoient autant d'objets capables de réjouir la vue du perroquet. Elle prit elle-même le foin de le fervir, & de lui donner les chofes les plus exquifes, pour le faire vivre avec plus d'agrément. Non contente de tous les plaifirs qu'elle lui procuroit, elle y joignit encore celui de la mufique. Elle faifoit venir, toutes les après-dinées, des voix plus douces que celles des fyrênes, qui, mariant leur chant au fon de plufieurs inftrumens harmonieux, formoient un concert qui enlevoit les cœurs, & qui à peine permettoit de refpirer, de crainte de troubler une fi charmante mélodie. O trop aimable perroquet, que vous êtes heureux dans votre malheur, & que l'état où vous êtes préfentement eft bien différent de celui où votre efprit étoit dans le corps d'une biche ! Réjouiffez-vous, votre bonheur augmentera, & les dieux, fenfibles à votre mérite, vous rendront bientôt votre liberté & votre royaume. Si le fouvenir des maux eft agréable, quand on en eft délivré, quelle joie n'aurez-vous point, quand, au milieu de votre triomphe, vous repafférez dans votre mémoire les peines & les outrages que vous avez foufferts. Les maux ne font plus rien, quand le plaifir leur fuccède, & le plaifir n'eft jamais plus grand que lorfqu'il fuccède aux maux. Voilà ce que produifent les maux & les plaifirs.

Mais c'eft affez moralifer fur ce fujet ; retournons à la reine, & difons que l'attachement qu'elle avoit pour fon perroquet ne fe peut exprimer. Elle n'étoit occupée que du foin de lui plaire, & de lui donner à tous momens des marques de fa tendreffe. Le perroquet en étoit d'autant plus ravi, qu'il voyoit que, depuis près de deux ans qu'il étoit avec cette princeffe, le faux roi n'avoit eu aucun commerce particulier avec elle. Il jugeoit de là qu'il falloit que ce perfide n'en fût pas bien reçu, & qu'elle confervoit toujours dans fon cœur le feu facré qu'elle avoit promis à fon mari. Comme il raifonnoit un matin avec elle, & qu'il lui difoit des chofes toutes pleines d'efprit : En vérité, perroquet mignon, lui dit-elle, vous parlez tous les jours avec tant de jugement & de prudence, que je ne puis m'imaginer que vous foyez un animal irraifonnable ; je croirois plutôt que vous avez l'efprit de quelque grand perfonnage, & que, par l'art nigromantique, on vous a métamorphofé en perroquet. C'eft pourquoi je vous prie inftamment de vouloir bien m'éclaircir là-deſſus.

Le perroquet ne pouvant plus ſe cacher à l'amour que la reine avoit pour lui, ni diſſimuler celui qu'il avoit pour elle, fit un grand ſoupir, & lui conta la perfidie de ſon indigne viſir. Cette princeſſe, les larmes aux yeux, lui répondit qu'elle en avoit déjà eu quelques ſoupçons, par les manières groſſières dont il s'étoit ſervi auprès d'elle pour s'en faire aimer; mais qu'elle l'avoit toujours rebuté, & même qu'elle lui avoit dit qu'elle aimeroit mieux ſe donner la mort, que de ſouffrir qu'il la touchât. J'en ſuis très-perſuadé, madame, répondit le perroquet; je connois la bonté de votre cœur, & la délicateſſe de votre eſprit. Je ſais que rien au monde ne ſeroit capable de faire la moindre brèche à votre vertu, & que l'amour que vous m'avez toujours témoigné eſt inviolable. Mais ce n'eſt pas aſſez; il faut tâcher de retourner à mon premier état, & par ce moyen nous pourrons tirer vengeance de ce traître, qui en a ſi mal uſé à mon égard. La princeſſe, ravie de ce deſſein, lui demanda ce qu'il falloit faire; c'eſt, répondit-il, de flatter la paſſion de ce miſérable de l'eſpérance de vous poſſéder. Comme il a bonne opinion de lui, il vous croira facilement; il voudra même prendre quelque privauté avec vous, & alors vous lui direz que

T ij

vous êtes la plus malheureuse du monde; qu'il est vrai que vous l'aimez tendrement, mais que le soupçon qu'on vous a donné que son esprit avoit passé dans le corps de votre mari, & le sien dans celui d'un animal, étoit la cause que vous n'aviez pas répondu à ses caresses. Comme il souhaite ardemment de se faire aimer de vous, & de vous faire connoître qu'il est le véritable roi, il ne manquera pas de faire passer son esprit dans le corps de quelque animal mort, & par-là il nous donnera occasion de nous venger de lui; car aussi-tôt qu'il aura fait cette transformation, vous m'ouvrirez la porte de la cage, & volant sur mon corps, mon esprit y rentrera : je recouvrerai par ce moyen mon premier état, & ensuite nous menerons une vie aussi douce & aussi tranquille qu'elle a été traversée.

La reine, charmée d'une espérance aussi flatteuse, ne souhaitoit plus que de la voir accomplie. Les dieux-lui en fournirent bientôt une occasion favorable. Le faux roi étant entré le soir dans la chambre de cette princesse, où elle étoit seule, & lui disant plusieurs choses agréables, elle feignit de les écouter avec plaisir; & ensuite, prenant un air sérieux, elle lui fit connoître que, sans le doute où elle étoit qu'il fût son mari, elle n'auroit pas été si long-temps

La Reine ayant vû cela ouvrit aussitôt
la porte de la Cage.

fans lui donner des marques de fon amour;
qu'ainfi elle le prioit de la tirer de peine, & de
croire qu'elle lui en feroit obligée toute fa vie.
Comme ce fourbe ne défiroit rien tant que de
posféder les bonnes graces de la reine: En vérité, madame, lui dit-il, vous avez grand tort
d'avoir gardé fi long-temps un foupçon fi injufte,
& fi injurieux à ma gloire. Si vous m'en aviez
témoigné la moindre chofe, je vous aurois fur
le champ tiré d'erreur; & pour vous montrer
que je ne dis rien que je ne faffe, faites-moi apporter une poule, & vous verrez que votre
foupçon eft très-mal fondé. On apporte la poule
dans la chambre, & après avoir fait retirer celui qui l'avoit apportée; ils s'enfermèrent dans
le cabinet du perroquet, qui étoit près de cette
chambre. Alors le faux roi prit la poule, l'é-
trangla, & ayant dit, avec un air affuré, les
paroles nigromantiques fur elle, il fit paffer
fon efprit dans le corps de cette poule. La
reine voyant cela, ouvrit la porte de la cage,
& le perroquet volant fur le corps du roi,
y paffa avec fon efprit, par la vertu des
paroles du fecret, & le perroquet refta mort fur
la place. Cette princeffe répandit des larmes
de joie de voir fon mari dans fon état naturel;
ils s'embrafsèrent avec beaucoup de tendreffe,
& enfuite le roi ayant pris la poule, qui voyoit

bien son malheur, lui coupa la tête, & la jeta
dans le feu. Personne ne s'aperçut de toutes
ces choses, & on dit que le perroquet étoit
mort. Le lendemain on fit de grandes réjouissances pour les dames & les seigneurs de la cour;
ce ne fut, pendant huit jours, que bals, que
festins, que tournois, que courses de bagues &
de têtes, que combats de barrières & de chariots. Après toutes ces fêtes, le roi congédia
ses trois autres femmes, qui avoient eu trop
de complaisance pour l'usurpateur, & garda
seulement celle-ci, qui étoit la fille de son oncle, laquelle avoit toujours conservé pour son
mari beaucoup d'amour & de respect.

Dans ce temps, ce prince rendit un jugement
fort juste & fort remarquable, touchant une
affaire plaisante qui fut portée devant lui.
Un jeune homme, amoureux d'une courtisane nommée Thonis, fut long-temps à la
marchander inutilement. La belle se mettoit à
un si haut prix, que l'amant n'y pouvant
atteindre, n'en sut obtenir les bonnes graces.
Une rigueur semblable, & dont il n'y avoit
peut-être point encore d'exemple, devoit
l'obliger à fuir. La violence néanmoins de son
amour ne lui permit pas de s'éloigner, & il
resta quelque temps auprès d'elle, pour avoir
du moins le plaisir de la voir. L'idée de cette

femme occupoit tellement son imagination,
qu'une nuit il en réva; mais si heureusement,
qu'à son réveil, il se trouva délivré de ses peines
& de ses désirs. Il ne put taire le songe qui
lui avoit rendu un si bon office, ni retenir la
joie qu'il avoit ressentie de se trouver libre &
satisfait. Dès qu'il vit la belle, il lui conta la
bonne fortune que le dieu du sommeil lui avoit
procurée, & lui protesta en même temps de ne
la plus importuner. Thonis, surprise & chagrine
de ce procédé, résolut d'en avoir raison. Elle
n'avoit pas accoutumé de laisser échapper un
amant, sans en tirer quelque avantage proportionné à ce qu'elle se croyoit de mérite. L'avan-
ture secrète du jeune homme lui donna encore
meilleure opinion d'elle - même. Dans la pensée
que des attraits aussi agissans que les siens méri-
toient une reconnoissance, elle crut que tout
le monde lui feroit justice là - dessus. Ce fut au
roi même à qui elle s'adressa, & se plaignit qu'un
homme qui avoit eu à son sujet quelque heureux moment, refusoit de payer à ses charmes
le tribut qui leur étoit dû. Ce prince écouta
la belle avec gravité, & se souvenant du jugement qu'il avoit rendu dans le temps qu'il étoit
perroquet, il fit venir l'amant, & lui ordonna
d'apporter dans un vase la somme que Thonis
demandoit. L'ordre ayant été executé, le roi dit

à la belle de repaître son imagination de l'argent qu'on remuoit devant elle, & de s'en contenter, comme le jeune homme l'avoit été de ses appas par la même voie.

Le nouvelliste ayant conté toutes ces histoires, l'empereur Behram en fut très-satisfait, & lui en témoigna sa reconnoissance par plusieurs beaux présens qu'il lui fit. Ce prince se trouvant un peu soulagé par le récit agréable de ces aventures, & jugeant, par le conseil que les jeunes princes lui avoient donné, qu'il seroit d'un grand secours pour le recouvrement de sa santé, se fit conduire le mardi, de bon matin, dans le second palais, qui étoit meublé de velours couleur de pourpre. Lui & sa suite étoient vêtus de la même étoffe, & rien n'étoit plus beau à voir. A peine fut-il arrivé dans son appartement, que la princesse du second palais le vint trouver; elle l'aborda d'une manière fort enjouée, & après une conversation de plus d'une heure, elle se retira, & le second nouvelliste prit sa place. L'empereur lui ayant commandé de lui rapporter quelque histoire divertissante, voici celle qu'il lui dit.

SECONDE NOUVELLE.

DANS l'ancienne ville de Memphis régnoit un grand monarque qui avoit plufieurs riches provinces fous fa domination. Il fit bâtir dans cette ville un palais magnifique, qui étoit peut-être le plus beau qu'on eût jamais vu. Je ne parlerai point des meubles précieux, ni des peintures des plus grand maîtres dont le dedans étoit orné, mais je dirai feulement qu'il étoit gardé par cent chiens des plus furieux, qui fervoient à devorer les criminels qui étoient condamnés à mort. Ce roi n'avoit pour tout enfant qu'un fils, lequel, entre autres belles qualités qu'il poffedoit, favoit parfaitement tirer de l'arc, & perfonne de la cour n'avoit autant d'adreffe que lui. Comme ce jeune prince étoit en âge de fe marier, le roi refolut de lui donner une femme, afin d'avoir des héritiers. Il en parla à fon fils, lui dit qu'on lui avoit propofé plufieurs belles princeffes, & qu'il falloit qu'il en époufât une. Son fils lui répondit qu'il étoit prêt à lui obéir; mais que comme il s'agiffoit de prendre une femme pour toute fa vie, il le fupplioit de trouver bon

qu'il la choisît. Le roi y confentit. Cependant
ce jeune prince n'en trouvant pas une à fon
gré, la chofe demeura indécife, & le roi n'en
fut pas content. Il arriva pour lors que fon
vifir avoit une fille qui étoit très-belle &
très-fage, & que fa gouvernante fachant que
de tous les partis qu'on avoit propofés à ce
prince, aucun ne lui avoit plu, elle s'imagina
que, s'il voyoit cette fille, il en deviendroit
amoureux. Dans cette penfée, elle lui en parla,
& le portrait qu'elle lui en fit fut fi beau,
que ce prince la pria de la lui faire voir. Elle
lui répondit que la chofe ne feroit pas fort
difficile; que le vifir envoyoit toutes les femaines
fa fille à la chaffe, afin qu'ayant été occupée
tous les jours à des ouvrages en broderies,
elle allât fe divertir à la campagne; ainfi, qu'il
n'avoit qu'à la fuivre lorfqu'elle iroit à la
chaffe, & qu'il la verroit facilement. Le jeune
prince remercia la gouvernante de l'avis qu'elle
lui donnoit, & ne découvrit fon deffein qu'à
un de fes favoris, avec lequel étant monté à
cheval, ils fuivirent le demoifelle d'affez loin,
pour qu'elle n'en prît aucun ombrage. Il y
avoit hors de la ville un temple fort ancien,
dedié à Jupiter, où la demoifelle étant arrivée
avec fa compagnie, vit au haut d'une des tours
de ce temple deux tourterelles. Quoique le

prince en fût plus éloigné, voyant qu'elle se
mettoit en état de les tuer avec son arbalête,
prit son arc, & les ayant tirées, il en tua une ;
l'autre épouvantée de ce coup s'éleva ; mais
auſſi-tôt la demoiſelle l'ayant couchée en joue,
la tua en volant. Ce coup ſurprit le prince ;
& pour lui faire voir qu'elle en avoit fait un
plus beau que le ſien, il lui envoya ſa proie,
qui étoit un mâle. La demoiſelle, qui ne vouloit point qu'on la ſurpaſſât en généroſité,
lui envoya auſſi la ſienne, qui étoit une femelle;
& chargea le porteur de dire au prince, qu'elle
lui étoit bien obligée de ſon préſent. Ces
honnêtetés de part & d'autre pronoſtiquoient
quelque choſe de favorable. En effet, ce
prince, pénétré du mérite & de l'adreſſe de la
demoiſelle, quoiqu'il ne l'eût pas vue au viſage,
en devint épris. Cependant, voulant connoître
ſi elle étoit auſſi belle qu'elle lui paroiſſoit
bien faite, il deſcendit de cheval, & alla ſe
cacher derrière un gros buiſſon qui étoit près
de la compagnie des dames avec qui elle étoit.
Il y avoit dans cet endroit une fontaine d'eau
claire ; & comme la demoiſelle avoit ſoif, &
qu'elle s'en fit apporter dans un gobelet pour
boire, elle fut obligée de découvrir ſon viſage.
Le prince en fut charmé, & trouva qu'elle
étoit plus belle que le portrait que la gouver-

nante lui en avoit fait; de sorte qu'aussi-tôt
qu'il fut de retour de la chasse, il alla trouver
le roi, & lui dit, qu'il avoit resolu, sous son
bon plaisir, d'épouser la fille du visir. Le roi
en fut ravi, avec d'autant plus de raison, qu'il
avoit perdu l'esperance que son fils trouvât
jamais une femme qui lui plût. Il fit venir son
visir, & lui ayant déclaré l'amour que ce prince
avoit pour sa fille, ils conclurent entre eux
secrètement le mariage; mais, pour des raisons
particulières, la célébration en fut différée à un
autre temps.

Cependant le jeune prince, qui étoit toujours
fort amoureux de la demoiselle, souhaitoit de
tout son cœur l'heureux moment de la posséder.
Il avoit la permission de lui rendre visite, &
cette vue ne servoit qu'à redoubler sa passion,
& à lui faire souffrir toutes les peines que
ressent un amant qui ne possède pas encore
l'objet qu'il aime. Les choses étoient en cet
état, lorsque le roi tomba malade, & mourut
en quinze jours de temps. Ce malheur dérangea
un peu nos amans. Il fallut songer aux funerailles
de ce prince, & à faire couronner son fils.
Quand tout cela fut fait, le nouveau roi fit
la célébration de son mariage avec toute la
pompe & la magnificence possibles. La joie de
posséder cette aimable personne avoit fort

adouci le chagrin qu'il avoit eu de la perte du feu roi. Il espéroit de goûter avec elle toutes les douceurs qu'un amour légitime permet à de nouveaux mariés ; & voulant se servir du privilège que cette qualité lui donnoit : Seigneur, lui dit la reine, bien que j'aye l'honneur d'être votre femme, & qu'il soit juste que je consente à ce que vous souhaitez de moi ; néanmoins, avant que de vous rien accorder, je vous supplie d'avoir la bonté de faire mettre mon nom auprès du vôtre sur la monnoie que l'on frappe dans vos états.

Le roi jugeant qu'il ne pouvoit pas, avec honneur, lui octroyer sa demande : Madame, lui dit-il, s'il y a quelque exemple qui justifie que mes prédécesseurs l'ayent fait, vous pouvez compter que, vous aimant au point que je vous aime, je vous accorderai ce que vous me demandez ; mais comme cela ne s'est jamais pratiqué dans mon royaume, ni dans aucun état du monde, je vous prie de m'en dispenser. Je n'aurois jamais cru, seigneur, répondit-elle, que vous m'eussiez refusé la première grace que je vous demande ; & puisque je reconnois que vous n'avez guère d'amour pour moi, je ne dois pas en avoir davantage pour vous, étant juste qu'ayant autant d'égard que vous en avez pour votre honneur,

j'en aye aussi autant pour la conversation du
mien. Cette réponse, qui étoit un peu trop
forte, donna d'abord quelque chagrin au roi ;
mais peu après, faisant réflexion au sujet qui
l'avoit causé, il espéra de ramener cette princesse à son devoir, en usant de quelque ruse
envers elle. C'est pourquoi étant un jour à
causer ensemble, & lui parlant de l'amour qu'il
avoit pour elle : En verité, madame, lui dit-il,
vous ne songez guères que vous êtes ma femme, de ne vouloir pas me permettre de vous
approcher, à moins que je ne fasse mettre sur
la monnoie votre nom auprès du mien. Cependant, quoique cela ne se soit jamais vu, comme
je n'ai pas de plus forte passion que de vous
plaire, je vous accorderai votre demande, si
vous faites, avec votre arc & vos flèches, ce
que je ferai avec les miennes. La reine y consentit, & le soir venu, le roi la mena dans une
grande salle, où ayant fait poser un petit bassin
au bout de cette salle, après l'avoir fait remarquer à la reine, & éteindre toutes les lumiè-
res, ils se mirent à l'autre bout ; alors ce
prince prenant son arc, tira trois flèches dans
le bassin, dont on entendit le bruit à mesure
qu'elles y frappoient ; ensuite, la reine tira
les siennes d'une manière hardie : on entendit
le son que causa la première ; mais les deux

autres ne firent aucun bruit. Le roi s'imaginant que la feconde & la troifième flèches n'avoient pas donné dans le baflin, dit en lui-même : Je fuis préfentement exempt de faire ce que ma femme me demande, & elle ne pourra plus me refufer le droit de mari. Il fit auffi-tôt allumer des flambeaux ; il vit que les trois flèches qu'il avoit tirées, avoient percé en trois endroits le baflin, & que la première que la reine avoit tirée, avoit aufli frappé dans le milieu ; mais que la feconde & la troifième étoient attachées au bout l'une de l'autre ; ce qui le furprit & le chagrina tout enfemble, de voir qu'il falloit accorder à la reine ce qu'elle lui demandoit. Cependant comme ce n'étoit pas là fon deflein, pour éluder la chofe, il feignit le lendemain d'être malade. Cette Princeffe, qui étoit fage & prudente, ne voulant point l'importuner, ne fongea qu'à lui faire recouvrer la fanté.

Dans ce temps, on eut avis à la cour, qu'il y avoit une grande quantité de licornes aux environs de quelques villes de ce royaume, qui faifoient de terribles ravages dans la campagne. Cette nouvelle fournit au roi un pretexte d'éluder l'éxécution de la parole qu'il avoit donnée à la reine ; & feignant d'être toujours malade, il lui dit qu'auffi-tôt qu'il feroit guéri, il vouloir aller avec elle donner la chasse à ces animaux. Elle approuva ce dessein, & quelques jours après, témoignant qu'il étoit en parfaite santé, il fit dire à tous les officiers de sa cour qu'ils eussent à se tenir prêts pour partir dans trois jours, afin d'aller vers les villes qui étoient inquiétées par les licornes. Chacun s'étant mis en état pour le jour marqué, il partit avec la reine & toute sa cour.

Pendant toute la route, les courtisans, avoient grand soin de conter au roi & à la reine des histoires agréables pour les désennuyer de la longeur & de l'incommodité du chemin, qui étoit des plus fâcheux. Quand on fut arrivé au lieu où étoient les licornes, on se reposa quelque temps dans une de ces villes, pour se remettre des fatigues du voyage. Le roi commanda à toute sa suite de dresser des tentes dans la campagne, afin d'être plus à portée de donner la chasse à ces animaux. Cet ordre ayant été executé, on campa dans un lieu fort commode, & l'on en tua quantité à coups de flèches, de frondes & d'arbalètes. Dans le temps qu'on étoit le plus occupé à la defaite de ces animaux, le roi & la reine virent un mâle & une femelle proche l'un de l'autre; le prince, qui étoit rusé, se souvenant de la parole qu'il avoit donnée à la reine de

faire

faire mettre fon nom avec le fien fur la mo-
noie qu'on faifoit dans fes états, & confiderant
qu'il pourroit s'en exempter: Madame , lui dit-
il, fi vous pouvez changer le mâle d'un de
ces animaux que vous voyez, en femelle, &
la femelle en mâle , je vous promets qu'auffi-
tôt que nous ferons de retour , je ferai mettre
votre nom avec le mien fur la monnoie que
l'on fait dans mon royaume. La reine lui
répondit, que bien qu'elle l'eût mérité parce
qu'elle avoit fait au baffin , que néanmoins s'il
pouvoit faire ce qu'il lui propofoit , il ne
devoit pas douter qu'elle ne le fît auffi;
& en cas qu'elle ne le fît pas, elle le dé-
gageoit de la parole qu'il lui avoit donnée.
Ce prince, ravi de cette réponfe, la prit au mot;
& auffi-tôt il tira une flèche à l'animal qui
étoit femelle. L'excès de la douleur lui faifant faire plufieurs ruades , le prince, fans perdre de temps, lui donna un coup de flèche
dans le nombril, qui lui pérça le corps par le
milieu: le refte, qu'on voyoit au dehors, réffem-
bloit à un membre d'animal ; & auffi - tôt,
tirant une flèche au derrière de la licorne qui
étoit mâle, il lui fit une fi grande ouverture,
qu'il reffembloit à une femelle. Le roi, tout
joyeux de ce qu'il venoit de faire, fe tournant
du côté de la reine: C'eft à vous maintenant,

V

madame, lui dit-il, d'effayer à faire un plus beau coup que le mien. A peine eut-il achevé ces mots, qu'elle tira une flèche à la corne de l'animal, qu'elle jeta par terre, & planta la feconde flèche dans le front de la femelle; enforte qu'elle reffembloit au mâle, & le mâle à la femelle, qui naturellement n'a point de corne.

Le roi confidérant qu'après tant de fuccès de la part de la reine, il ne pouvoit plus lui refufer ce qu'elle demandoit, en fut très-chagrin, non feulement parce qu'il jugeoit qu'elle avoit plus d'efprit & d'adreffe que lui, mais encore parce qu'elle en tiroit vanité, & qu'il s'imagina qu'elle le méprifoit; il refolut de s'en défaire à quelque prix que ce fût. Il ne lui en témoigna rien d'abord; au contraire, il l'accabla de louange, afin de mieux cacher fon deffein; & étant retourné fous fes pavillons, il ordonna fecrètement à un de fes officiers d'entrer la nuit dans celui de la reine, & après s'en être faifi, de la mener en diligence dans fon palais, & de la donner en proie aux cent chiens qui le gardoient la nuit. Cet officier mena cette infortunée princeffe dans la cour du palais, & l'ayant donnée aux chiens pour la dévorer, il s'en retourna auffi-tôt rendre compte au roi de ce qu'il venoit de faire. Mais le ciel protégea fi bien cette princeffe, que ces animaux, loin de lui faire du mal, lui firent mille caresses. Ce bonheur fut suivi d'un autre qui n'étoit pas moins considérable ; car ayant levé une pierre qui bouchoit un trou qui donnoit dans le fossé du palais, elle s'enfuit par cet endroit, & marchant toute la nuit jusqu'au lever du soleil, elle arriva dans la maison d'un paysan qui gagnoit sa vie par le moyen d'un singe. Cet homme lui ayant demandé qui elle étoit, elle lui répondit qu'elle étoit une pauvre étrangere qui cherchoit un maître pour le servir : le paysan, la voyant presque toute nue, en eut compassion, & la prit à son service. Comme il découvroit de jour en jour beaucoup de mérite en elle, il l'adopta pour sa fille, & en eut fort grand soin.

Cependant le roi étant de retour dans sa ville capitale, & ne voyant plus dans son palais celle qui avoit fait le plaisir & le charme de son cœur, fut très-fâché d'avoir été la cause de sa perte. Son chagrin augmentoit sans cesse, & il en tomba si dangereusement malade, qu'on voyoit en lui tous les signes d'une veritable mort. Le bruit de sa maladie s'étant répandu par-tout, vint jusqu'aux oreilles de l'infortunée princesse, qui, sachant que son mal ne venoit que du regret de la cruauté qu'il avoit eue pour elle, dit au paysan, qu'elle

favoit le moyen de guérir ce prince, & de lui
procurer une groſſe fortune. Vous irez, ajouta-
t-elle, à la cour; & vous ferez entendre à
ceux que vous y verrez, qu'encore qu'on n'ait
pu juſqu'à preſent trouver aucun remède au
mal du roi, vous en ſavez un qui le guérira
abſolument. Cet homme lui ayant demandé quel
étoit ce remède; il n'eſt autre, répondit-elle,
que comme ſa maladie ne vient que de mélancolie & de triſteſſe, il ne faut que lui donner
de la joie & du plaiſir. Le payſan partit auſſi-
tôt, & s'étant fait préſenter au roi: Seigneur,
lui dit-il, j'eſpère avec l'aide du ciel de pouvoir bientot rétablir votre ſanté. Trois choſes
ſont d'abord néceſſaires pour cela; le repos,
la ſobriété, & la gaîté. Pour le repos, ſuſpen-
dez toute ſorte d'affaires; pour l'abſtinence,
mangez très-peu, de crainte que la quantité des alimens n'augmente les mauvaiſes
humeurs; & pour avoir de la joie, faites
bâtir une maiſon agréable, dans le plus
beau de vos jardins, où vous demeurerez juſqu'à ce que votre mal ſoit guéri, & j'aurai
l'honneur d'y aller, en cas d'accident. Le roi
fut fort content de toutes ces choſes; il ordonna
à ſon intendaut des bâtimens de faire conſtruire
au plutôt une maiſon dans un de ſes jardins,
pour y loger quelque temps. Cet intendant
ayant exécuté les ordres qu'il avoit reçus avec

toute la diligence possible, & le prince sachant
que cette maison étoit fort jolie, s'y fit trans-
porter dans une litière. A peine y fut-il arrivé,
qu'il entendit le chant de mille oiseaux qui le
divertirent extrêmement ; de sorte qu'au bout
de quelques jours il se trouva beaucoup mieux
qu'il n'étoit. Le paysan, de son côté, ne manqua pas d'y mener son singe, qui fit cent gam-
bades devant le roi, qui le firent rire plusieurs
fois. Après que ce prince s'en fut bien diverti,
le paysan mena son singe à la cuisine, où il étoit
seul ; il le lia à un banc, & retourna trouver le
roi, pour tâcher de l'entretenir dans sa belle
humeur. Comme il entroit dans la chambre,
le roi entendit quelque bruit dans la cuisine ;
& s'étant approché de la fenêtre, il vit que le
singe s'étoit délié, & campé à côté d'une marmite, où cuisoient, entre autres viandes, deux bons
chapons pour la table de ce prince. Cet animal,
après avoir fait plusieurs manèges autour de la
marmite, leva le couvercle, & tira un chapon ;
ensuite s'étant mis en disposition de le manger,
un milan qui passoit, voyant cette proie, fit
un rapide vol en descendant, & l'enleva de la
patte du singe, en reprenant son vol. Jamais
singe ne fut plus surpris, ni plus affligé en même
temps ; car il n'avoit rien mangé de la journée,
& comptoit beaucoup sur la capture qu'il avoit

faite. S'en voyant donc privé, il réfolut de fo
venger du milan ; & ne doutant pas qu'il ne
vînt encore chercher quelque nouvelle proie,
il fe mit en embufcade dans un coin de la cuifine. Après y avoir été quelque temps , il aperçut le milan qui voloit autour de la cuifine ;
alors le finge s'étant approché , tira l'autre chapon , & feignant de s'affeoir pour le manger,
le milan fondit auffi-tôt fur le finge , dans l'efpérance de lui enlever le fecond chapon ; mais
il fut pris pour dupe; car le finge, qui l'attendoit, fe jeta tout d'un coup fur lui , & l'ayant
tué , il le pluma comme il put , & le mit dans
la marmite avec le chapon. Peu de temps après,
le cuifinier étant retourné à fa cuifine , pour
voir en quel état étoit le dîner du roi, trouva
la marmite toute découverte , ce qui l'étonna,
& ayant pris une fourchette pour en tirer les
chapons, fa furprife devint bien plus grande,
lorfqu'il y trouva le milan. Il ne pouvoit comprendre comment cette métamorphofe étoit arrivée. Il eut beau en faire la recherche, il n'y
put réuffir; il étoit fort embarraffé pour imaginer quel mets il préfenteroit au roi pour fon
dîner ; car bien qu'il y eût d'autres viandes dans
la marmite , elles ne fervoient qu'à faire le
bouillon , & il ne mangeoit que du chapon,
à caufe de fon mal. Ce prince , fachant l'aventure

du finge, la cataftrophe du milan , & l'embarras du cuifinier, rioit de bon cœur ; en forte que
la mélancolie faifant place à la joie , il recouvra
tout d'un coup fa fanté , & ne pouvant fouffrir
que fon cuifinier fe chagrinât davantage pour
le défordre arrivé à fa marmite, il lui raconta
lui-même l'adreffe du finge , & la difgrace du
milan ; après quoi il fe fit préparer un autre
mets, & mena ainfi une vie douce & agréable
pendant le peu de temps qu'il refta dans cette
nouvelle maifon, parmi le ramage des oifeaux,
les tours de foupleffe du finge , & les contes
plaifans que le payfan lui faifoit ; car , avec fon
patois, il ne laiffoit pas d'avoir de l'efprit, &
même plus qu'il n'en falloit pour un homme
comme lui.

Le roi, fentant que fes forces étoient entièrement rétablies, réfolut de s'en retourner dans
fon palais ; mais avant que de partir, il fit venir
le payfan, & lui demanda qui lui avoit appris
le régime qu'il lui avoit donné pour fa guérifon;
il lui répondit qu'il y avoit long-temps qu'il le
favoit. Ce prince , non content de cette réponfe, le preffa de lui découvrir le nom de celui qui l'avoit rendu fi favant : alors le payfan
lui avoua la vérité , & lui dit qu'il avoit appris
cela d'une jeune fille qui demeuroit chez
lui depuis peu, & qui, fachant la maladie du

roi, l'avoit envoyé vers lui pour tâcher de le guérir. Ce prince lui commanda de la lui amener. Le payfan partit auffi-tôt; il raconta le tout à cette fille, & l'ayant fait habiller le plus proprement qu'il put, la mena au roi. D'abord qu'il la vit, il la regarda attentivement, & trouvant qu'elle reffembloit à la reine fa femme, il étoit comme en extafe. Après être revenu de fon admiration, il la pria de lui dire qui elle étoit. Seigneur, lui répondit-elle, je fuis votre infortunée femme, que vous avez condamnée à être dévorée par vos chiens; mais au lieu de me faire aucun mal, ils m'ont fait mille careffes, refpectant en moi l'honneur que j'ai de vous appartenir. L'amitié de ces animaux me fut d'un augure favorable, & ayant trouvé un trou dans la muraille qui donne fur le foffé, je m'échappai par cet endroit. Je courus toute la nuit, fans favoir où j'allois, & j'arrivai heureufement dans la maifon de ce bon homme, qui a exercé l'hofpitalité envers moi jufqu à préfent. A peine y ai - je été quelques jours, que j'appris la nouvelle de votre maladie; & en fachant toutes les particularités, j'ai jugé qu'elle venoit fans doute du regret que vous aviez de la cruelle fentence que vous aviez donnée contre moi : c'eft pourquoi, connoiffant la caufe de votre mal, j'ai penfé qu'il n'y avoit point d'autre remède pour vous guérir, que de vous procurer de la joie, & c'est ce qui m'a porté à vous envoyer cet homme. Le roi ayant entendu toutes ces paroles, ne put retenir ses larmes; il embrassa la jeune reine, & lui demanda mille fois pardon; il lui avoua qu'il lui étoit redevable de la vie; il l'assura même qu'il n'en perdroit jamais le souvenir; & pour lui marquer sa reconnoissance, il voulut que son nom fût mis non seulement avec le sien sur toutes les monnoies qu'on battoit dans ses états, mais encore qu'elle eût part à toutes les affaires qu'on résoudroit dans son conseil; il ordonna ensuite des réjouissances publiques pour avoir retrouvé sa femme & rétabli sa santé : quant au paysan, il le récompensa magnifiquement; il lui fit plusieurs présens, & lui donna en pur don le village où il habitoit, qui étoit un des plus considérables du pays.

L'empereur Behram fut très-content de cette histoire; mais lorsqu'il entendit l'aventure du singe & du milan, il ne put s'empêcher d'en rire. Le nouvelliste, pour augmenter le plaisir de ce prince, continua de cette manière: Il y a, dit-il, des singes de tout poil & de toute grandeur; les uns petits comme des chiens de manchon, & d'autres grands comme des levriers, les uns plus doux, les autres plus sauvages,

mais tous également rufés & mal-faifans; ils
femblent faire entre eux une efpèce de républi-
que; les vieux fe font refpecter & fervir par les
jeunes. Quand ils vont au pillage des jardins,
une partie fait fentinelle, une autre eft occupée à faire le butin, & une troifième à défendre
les fourrageurs à coups de pierre, contre ceux
qui viennent pour leur donner la chaffe. C'eft
un divertiffement aux Indes, lorfqu'on paffe le
long des forêts, de voir des troupes de finges
fur les branches des arbres. Les plus gros finges en tiennent trois ou quatre petits embraffés
& preffés fur leur fein. Si on leur tire un coup
de fufil, on les voit de toutes parts fe précipiter du haut des arbres avec ces petits, qu'ils
entraînent avec eux; mais pour ne point les
bleffer, ils fe tiennent d'une patte à la dernière
branche, & de l'autre ils laiffent tomber doucement les petits fur leurs pieds à terre, qui
s'écartent & difparoiffent dans la forêt. Cet animal a entre autres trois inclinations violentes,
qui ne font pas indignes de la curiofité de
votre majefté; ces inclinations font l'avidité, la
curiofité, & le défir de contrefaire tout ce qu'il
voit. Son avidité paroît dans la manière dont
on le prend; elle eft fort fingulière. Le finge eft
fi avide, que lorfqu'il rencontre quelque chofe
qui eft à fon goût, il s'en remplit auffi-tôt les

deux pattes, & ne quitte jamais ce qu'il tient,
à moins qu'on ne le lui arrache de force.
Les gens du pays, qui connoiffent l'inclination de cet animal, mettent fous les arbres
où il fait fa retraire, des cocos gros comme les
deux poings, remplis de riz ou de fruits; avec
un trou affez grand pour paffer la patte du
finge : le finge, curieux & avide, n'aperçoit
pas plutôt ces cocos, qu'il y court, & y porte
les deux pattes, & les remplit du riz qui eft
dedans; mais il eft fort furpris que le trou, qui
étoit affez grand pour des pattes vides, eft devenu trop petit pour des pattes remplies ; il s'a-
gite, il fecoue la patte, il crie, il emporte avec
lui les deux cocos, fe roule avec eux en frappant la terre & les arbres, pour les caffer; mais
jamais il ne peut fe réfoudre à quitter prife pour
fe mettre en liberté. Le chaffeur, qui le voit engagé, court à lui: en vain l'animal veut gagner
l'arbre, fon afile ordinaire ; il ne peut grimper
avec fes pattes embarraffées, & facrifie ainfi fa
liberté à fon avidité.

Sa curiofité n'eft pas moins grande. Un finge
de la forêt, récemment apporté fur un vaiffeau
où j'étois, n'avoit jamais vu de chandelle
allumée : quand il fut nuit, & qu'il en vit
une, pour la première fois, fa curiofité le fit

approcher, il voulut favoir ce que c'étoit ; mais il ne fut pas dans un petit embarras de chercher par quel fens il en prendroit connoiffance. Il y porta d'abord fa patte, fe brûla, & la retira en la fecouant, & criant bien fort ; il revint, & fe mettant plus près de la chandelle, il prêta l'oreille pour écouter le bruit qu'elle faifoit ; & quand elle pétilloit, il treffailloit comme s'il avoit eu peur. Mais rien ne fut plus plaifant que lorfqu'il vit que fes yeux, fa patte & fon oreille ne pouvant le fatisfaire, & lui faire connoître fi ce qu'il voyoit étoit bon à manger, il fe hafarda à avancer la langue pour le goûter. Dix fois il fe brûla le bout de la langue & du mufeau, & autant de fois, fans fe rebuter, il revint à la charge, en criant, & fe mettant plus en colère de ne rien trouver à manger dans cette chandelle, que de fe brûler à fa lumière.

Mais parmi toutes fes inclinations, celle de contrefaire eft fa première propriété. On n'eft finge que par-là. Un matelot ouvroit fouvent fon coffre, & y prenoit de l'argent dans un fac, le comptoit, le faifoit fonner, & l'examinoit à la vue d'un finge qui étoit à l'attache près de-là. Un jour, par malheur, le coffre ayant été laiffé ouvert, il prit au finge une violente envie de

mettre aussi la main au sac; il se mit à ronger sa
corde pour se mettre en liberté d'exécuter son
dessein, & en vint à bout; il se jette sur le coffre,
prend le sac, l'ouvre; & comme le matelot
s'en aperçut, & qu'il vouloit accourir pour
le lui ôter, le singe s'enfuit : le matelot court
après; mais l'animal, plus léger, gagne le haut
banc, & se va percher sur le bout d'une vergue qui avançoit bien loin dans la mer. Le bon
homme, tremblant pour sa bourse, n'osoit
effrayer le singe, de crainte qu'il ne la laissât
tomber dans l'eau. Il fallut donc le laisser faire.
Le singe, à loisir & en toute liberté, tenant
d'une main le sac, tiroit avec l'autre une pièce
d'argent, la portoit devant ses yeux, puis vers
son oreille, & enfin au bout de la langue, pour
la goûter; & après l'avoir bien tournée & re-
tournée, il la faisoit sonner sur le bout de la
vergue, d'où elle tomboit dans la mer. Le jeu
lui plut; il reprit une seconde pièce & une troisième, & continua le même manège jusqu'à la
dernière, pendant que son maître se désespéroit ; après quoi il referma le sac comme il
avoit vu faire, & le rapporta dans le coffre, en
criant de toutes ses forces pour les coups qu'il
pressentoit déjà ; car cet animal voit fort bien
quand il a manqué; mais il est indisciplinable

fur ce point. Sa malignité eſt telle, qu'apıès avoir été battu mille fois, s'il y a quelque choſe à rompre dans un lieu, elle ne lui échappe point.

L'empereur ne prit pas moins de plaiſir à ces hiſtoires, qu'à celles que le nouvelliſte lui avoit dites. Cette joie qu'il fit paroître en préſence de pluſieurs grands ſeigneurs, leur en cauſa beaucoup, & les flatta de le voir bientôt dans une ſanté parfaite. Ce prince ordonna que chacun ſe rendît le lendemain au troiſième palais, qui étoit peint de diverſes couleurs. Toute la cour ne manqua pas de s'y trouver, avec des habits ſemblables aux ornemens de ce palais. L'empereur y arriva ſur les onze heures; il vit d'abord la princeſſe, qui l'attendoit avec impatience, & avec laquelle il eut une converſation des plus enjouées; enſuite il ſe mit à table, & après avoir dîné, il fit venir le troiſième nouvelliſte, auquel il commanda de lui raconter quelque hiſtoire. Cet homme obéit auſſi-tôt, & commença de cette manière.

TROISIEME NOUVELLE.

IL y avoit aux Indes un riche & puissant roi, qui demeuroit dans une ville maritime appe-lée Zeheb. Il ne connoissoit d'autre divinité que le lion qu'il adoroit, il aimoit les arts libéraux & les mécaniques, & se faisoit un plai-sir d'avoir toujours d'habiles artisans. Parmi ces gens-là, il y avoit un orfèvre qui se faisoit distinguer par la beauté de ses ouvrages. Ce prince en étoit charmé; & un jour, l'ayant fait venir, il lui donna une grande quan-tité d'or, avec ordre de lui en faire un très-beau lion. L'orfèvre ayant reçu cet or, ne songea qu'à satisfaire le roi, & à faire un ouvrage qui pût passer pour un chef-d'œuvre. Il se mit donc à y travailler, & s'y appliqua avec tant d'ardeur & d'exactitude, qu'en moins de six mois, il fit un lion si par-fait, qu'il n'y manquoit que le souffle, pour faire croire qu'il étoit plein de vie. Comme il étoit d'une masse fort pesante, il lui fit des roues sous les pieds; en sorte que dix hommes le pouvoient mener facilement en quelque lieu que ce fût. Le roi fut fort content de cet ouvrage, & tous ceux qui le voyoient en étoient tellement charmés, qu'on ne pouvoit croire qu'il eût été fait par la main d'un homme. Ce prince, voulant en quelque façon récompenser le mérite & le travail de l'ouvrier, lui donna dix mille écus de pension avec des privilèges considérables.

Cette libéralité excita une si grande envie parmi les orfèvres de la ville, qu'ils alloient en foule examiner ce lion, pour tâcher d'y trouver quelque chose à dire. Entre ces gens-là, il y en avoit un qui étoit fort rusé, & qui, ne voyant aucun défaut dans cet ouvrage, dit qu'il ne pouvoit y être entré le poids de dix mille pesant d'or, & qu'il y avoit sans doute de la friponnerie de la part de l'ouvrier. Comme il croyoit que c'étoit une occasion favorable pour faire retrancher la pension de son confrère, & de s'acquérir la confiance du roi, il publioit hautement qu'il y avoit de la mauvaise foi dans cet ouvrage. Mais cela ne suffisoit pas, il falloit le prouver; & pour le faire, il ne voyoit que deux partis à prendre, ou de rompre le lion par morceaux, ce qu'on n'auroit jamais fait, vu l'excellence de l'ouvrage, ou de le faire peser, ce qui auroit été bien difficile, attendu le poids d'une masse si pesante. Toutes ces choses lui
paroissoient

paroiffoient prefque impoffibles, lui donnoient beaucoup de chagrin, & le faifoient paffer pour un calomniateur. Un jour qu'il en parloit à fa femme, il lui dit, que celui qui pourroit trouver le moyen de pefer le lion, & de faire voir au roi le larcin que l'orfèvre lui avoit fait, auroit indubitablement fa penfion. Sa femme, fenfible au gain, l'affura qu'elle en fauroit bientôt le fecret, pourvu qu'il la laifsât faire. Son mari lui repartit qu'elle pouvoit faire ce qu'elle voudroit, & que fi elle réuffiffoit, ils feroient heureux le refte de leurs jours. Pour exécuter fon deffein, elle réfolut de lier une amitié étroite avec la femme de l'orfévre, qu'elle connoiffoit: c'eft pourquoi l'ayant rencontrée un jour faifant fa prière devant le lion, elle lui dit qu'elle étoit la plus heureufe femme du monde d'être l'époufe d'un homme qui étoit agréable au roi pour fon rare mérite; & enfuite, lui faifant confidérer la beauté du lion: Je ne vois, dit-elle, qu'une feule chofe qu'on puiffe oppofer à un fi excellent ouvrage, qui, étant parfait dans toutes fes parties, femble renfermer en foi quelque défaut, parce qu'on ne le peut pefer. Ces paroles ayant un peu inquiété la femme de l'orfèvre, qui ne pouvoit entendre dire que ce lion eût quelque défaut: Quoique l'on puiffe faire cette critique, répondit-elle, je fuis affurée

X

que mon mari trouvera bien le fecret de le
pefer ; & la première fois que nous nous trou-
verons enfemble , j'efpère de vous tirer d'erreur. En achevant ces mots , elle prit congé de
fon amie, & s'en retourna chez elle. Lorfqu'elle y fut arrivée, elle attendit avec impatience la nuit, parce qu'elle favoit qu'il n'y a
point de temps plus favorable que celui - là
pour favoir le fecret de fon mari. Etant au lit,
elle commença à lui faire bien des amitiés; &
enfuite elle lui dit, en parlant du lion , qu'elle
n'y connoiffoit point d'autre défaut, fi ce n'é-
toit que, comme il étoit d'or & d'un prix très-
confidérable, on n'en pouvoit point favoir la
pefanteur, & par conféquent la valeur; que
cette chofe étant un reproche qu'on feroit à l'ouvrage & à l'ouvrier, il falloit abfolument y remédier, &trouver le moyen de le pefer.

Ces paroles ayant donné quelque chagrin à
l'orfèvre, tant parce que , découvrant le fecret
à fa femme, il appréhendoit qu'on ne fût un
jour fon larcin, que parce qu'en le lui cachant,
il fembloit la méprifer : J'avois réfolu , lui dit-
il, de ne jamais dire ce fecret à perfonne ; mais
comme vous êtes ma femme, & que je vous
aime de tout mon cœur, je ne veux point
vous le cacher, efpérant que vous n'en parlerez
à qui que ce foit, d'autant que fi on le favoit,

cela feroit tort à ma réputation , & vous feriez
blâmée de tout le monde. Sa femme lui promit
de n'en jamais parler à perfonne. Alors il lui dit :
Vous favez combien il eft facile de conduire le
lion par-tout où l'on voudra , à caufe des roues
qui font fous fes pieds : c'eft pourquoi , quiconque fera curieux d'en favoir le poids, n'a
qu'à le mettre dans un navire , & marquer par
dehors l'endroit où le navire aura enfoncé dans
la mer ; cela étant fait, on tirera le lion , & on
chargera le navire de pierres ou d'autre chofe ,
jufqu'à la marque qui en aura été faite , &
enfuite on n'aura qu'à pefer ces pierres , & l'on
connoîtra aifément la quantité d'or qu'il y a
dans le lion. Sa femme ayant bien entendu ce
moyen, lui promit de nouveau de garder le fecret. Le jour étant venu , elle fortit pour aller
faire fa prière devant le lion. Comme elle étoit
à moitié chemin , elle rencontra la femme de
l'autre orfèvre , lui fit part de tout ce que fon
mari lui avoit dit, en la priant bien fort de
n'en parler à perfonne. Elle le lui promit , mais
elle n'en fit rien ; car étant de retour en fa
maifon , elle découvrit à fon mari le moyen de
pefer le lion , & lui confeilla de l'aller dire au
roi, afin qu'il fût au vrai la quantité d'or qui
étoit entrée dans la compofition du lion. L'orfèvre , qui ne fouhaitoit que cela , fut le len-

X ij

demain au matin au palais, & ayant fait dire à ce prince qu'il avoit quelque chofe de conféquence à lui communiquer , on le fit entrer. Il lui déclara le larcin que l'orfèvre lui avoit fait , & le fecret de l'en convaincre.

Le roi remercia l'orfèvre de l'avis qu'il lui avoit donné , & lui promit d'en avoir de la reconnoiffance ; enfuite il fit venir celui qui avoit fabriqué le lion , & lui dit d'aller à un de fes palais à la campagne , où il y avoit quelque chofe qui demandoit fon miniftère. Il partit auffi-tôt ; & le même jour , le roi ayant fait conduire le lion à la mer , le fit pefer dans un vaiffeau , & l'on trouva qu'il y manquoit deux cents poids d'or. Cette friponnerie le mit fort en colère ; & auffi-tôt que l'orfèvre fut de retour , le roi , après lui avoir reproché fon crime & fon ingratitude , ordonna de l'enfermer au haut d'une tour qui n'étoit pas fort éloignée de la ville , & d'en murer la porte , afin qu'il mourût de faim , ou que fe précipitant du haut de la tour en bas , il fe tuât lui-même. Ces ordres furent exécutés fur le champ , & fa femme, qui avoit été la caufe de fon malheur , en eut un fort grand chagrin. Elle vint le lendemain au pied de la tour , pleurant à chaudes larmes, & demandant pardon à fon mari d'avoir révélé fon fecret. Mais comme il croyoit devoir mou-

rir bientôt : Femme , lui dit-il , vos gémiffe-
mens & vos larmes font préfentement fuperflus,
ils ne peuvent me fauver. Vous êtes la caufe
de ma perte , & ainfi vous êtes obligée de me
donner du fecours pour tâcher de me tirer
d'ici; retournez au plutôt à la ville , & apportez des fils de foie , que vous lierez aux pieds
de plufieurs fourmis que vous mettrez à la
muraille de cette tour , & vous leur frotterez
la tête avec du beurre , parce que , comme
elles l'aiment beaucoup , fi-tôt qu'elles en
fentiront l'odeur , elles monteront toujours en
haut , dans la croyance d'y trouver du beurre.
De cette manière , je fuis certain de pouvoir me
fauver ; c'eft pourquoi, lorfque vous aurez apporté avec la fine foie une plus groffe , vous la
lierez avec la fine , & je la tirerai à moi ; & enfuite vous joindrez à celle-ci une ficelle ; &
après avoir tiré une groffe corde , je l'attache-
rai à une poulie qui eft au haut de cette tour.
Apportez toutes ces chofes , & gardez-vous
bien d'en parler à perfonne : je pourrai , par ce
moyen , échapper à la mort qui m'eft affurée,
fi vous ne faites promptement ce que je vous dis.
Cette femme fut un peu confolée de ces paroles ; elle courut auffi-tôt à la ville , & ayant
fait provifion de tout ce que fon mari lui avoit
demandé , elle fe rendit au pieds de la tour. La

corde fut bientôt tirée en haut, & atta-
chée avec la poulie à une grosse poutre. Il
en passa un bout dans la poulie, qu'il jeta en
bas à sa femme à l'entrée de la nuit, & il lui dit
de se lier par le milieu du corps, parce que
n'ayant pas assez de force pour soutenir avec
la main le bout de la corde, afin de descendre
en bas, il couleroit tout doucement avec le
contrepoids du corps de sa femme, & que si-tôt
qu'il seroit à terre, il la feroit descendre en bas
avec le même bout de corde dont il s'étoit
lié.

Cette femme, qui ne souhaitoit rien tant
que la liberté de son mari, se lia par le milieu
du corps avec le bout de la corde, & lui donna
le moyen de sortir de sa prison. A peine fut-il
en bas, & sa femme au haut de la tour, qu'il lui
dit de lui jeter le bout de la corde avec laquelle
elle s'étoit liée, parce qu'il vouloit, ajoutoit-il,
y attacher une pièce de bois par le milieu,
afin qu'étant montée au haut de la tour, elle
se mît à cheval dessus, & descendît plus facilement. Elle lui jeta aussi-tôt le bout de la corde,
& alors cet homme sans pitié, prenant ce bout,
tira de toute sa force la corde hors de la poulie,
& ayant jeté la vue en haut, comme il étoit
tout en colère contre sa femme de l'avoir ex-
posé à un si grand danger : Indigne & coupable

femme, lui dit-il, puifque tu m'as expofé à la mort, il eft jufte que tu y fois auffi. En achevant ces mots, il jeta la corde avec le fil de foie & la ficelle dans une petite rivière qui paffoit au pied de la tour, & gagna la campagne. Il marcha toute la nuit, & étant arrivé à la pointe du jour dans un village où il n'étoit connu de perfonne, il y refta en attendant que la fortune lui fût plus favorable.

Pendant qu'il étoit dans cette efpérance, & qu'il remercioit le ciel de lui avoir procuré le moyen de fe fauver, fa femme, affligée au dernier point, pleura toute la nuit, dans la crainte de la mort qu'elle voyoit inévitable. Le jour étant venu, fes cris & fes plaintes faifant entendre qu'elle demandoit du fecours, un homme de qualité qui paffoit par-là, dit au roi que dans la tour où l'on avoit enfermé l'orfèvre, l'on y avoit mis une femme qui pleuroit continuellement. Le roi, voulant favoir qui elle étoit, ordonna qu'on la lui amenât. Quand elle fut devant lui, elle lui conta la caufe de l'accident qui lui étoit arrivé. Ce prince, admirant l'adreffe dont l'orfèvre s'étoit fervi pour fe fauver & pour punir fa femme de fon indifcrétion, ne put s'empêcher de rire; & jugeant que cette fubtilité méritoit quelque récompenfe, ou du moins quelque grace, il fit

publier par-tout fon royaume, que l'orfèvre
pouvoit fe préfenter devant lui, & qu'il lui par-
donneroit fon crime. Cet homme, ravi d'une fi
agréable nouvelle, vint fe jeter aux pieds du
roi, qui lui ayant fait conter l'hiftoire de fon
évafion, fe mit à rire plus fortement que jamais. Il lui accorda la grace qu'il avoit promife,
& lui fit venir fa femme pour les raccommoder
enfemble; enfuite il donna une penfion confidérable à l'autre orfèvre qui avoit découvert
le larcin; & après les avoir fait réconcilier, il
les renvoya chez eux pleins de joie & de fatisfaction.

L'empereur Behram ayant écouté cette hiftoire avec beaucoup de plaifir, fe fit conduire
le lendemain au quatrième palais. Lui & tous
les feigneurs de fa cour étoient habillés de la
même étoffe dont le palais étoit meublé. D'a-
bord qu'il y fut arrivé, la princeffe, qui fouhaitoit de le voir, l'alla trouver dans fon appartement; il la reçut avec bien de l'honnêteté, &
leur entretien fut fur diverfes chofes également
curieufes & agréables. Après une converfation de plus de deux heures, elle fe retira, &
l'empereur fit venir le quatrième nouvellifte,
auquel il commanda de lui raconter quelque
hiftoire tragique, dont la morale le pût édi-
fier. Cet homme, qui étoit fort favant, baiffa

les yeux par refpect, & les élevant modeftement
fur ce prince , voici celle qu'il lui dit.

QUATRIEME NOUVELLE.

QUOIQUE, dans la religion juive, dans la
mahométane & dans la nôtre, les hommes puiffent avoir plufieurs femmes, ii n'eft pas permis
aux femmes, dans aucune religion raifonnable,
d'avoir plufieurs maris. Cependant il y a un pays
aux Indes , appelé Melleami , où les femmes
peuvent avoir autant de maris qu'elles veulent. Il y en a quelquefois qui en ont dix ou
douze, qu'elles regardent comme autant d'efclaves qu'elles ont foumis par leur beauté & par
leurs charmes. Ce défordre , qui a quelque
chofe de monftrueux , & fi contraire à la bonne
politique, eft fondé fur la religion de ces
gens-là , que les autres nations traitent de barbares. Ils prétendent ne rien faire en cela que
ce qu'ont fait les dieux & les déefles qu'ils ado-
rent chez eux. Cette pluralité de maris caufe
fouvent parmi ces hommes des jaloufies & des
querelles, qui ne finiffent que par la mort des
uns ou des autres , quelquefois par celle de
tous enfemble.

Pendant que j'étois dans ce pays, on me fit

voir une fort belle dame qui avoit douze maris auxquels elle avoit donné le nom de chaque mois. Ces maris étoient de jeunes gens fort bien faits , & fort jaloux les uns des autres. Elle en eut d'abord de la joie ; & ceux-ci, jugeant que cela pourroit avoir des fuites fâcheufes, voulurent l'obliger à retrancher le nombre de fes maris. Ils lui en parlèrent plufieurs fois; mais comme elle favoit qu'un & un font deux, & qu'en amour comme en guerre deux valent mieux qu'un , elle ne pouvoit fe réfoudre à quitter les uns pour les autres. Elle fit tout fon poffible pour les faire vivre en bonne intelligence , en leur témoignant une amitié égale. Mais ils étoient trop amoureux pour fe contenter d'un cœur partagé ; ils voulurent décider leur différent par le fort des armes. Le jour étant pris pour cela , ils fe rendirent au lieu deftiné , & fe battirent fix contre fix; il y en eut fix de tués: les fix autres fe battirent trois contre trois ; il y en eut quatre de tués : les deux derniers ayant horreur de voir tant de fang répandu pour une femme , ou , pour mieux dire, pour une louve , mirent les armes bas, & fe promirent réciproquement de la quitter. En effet, ils fe tinrent parole ; & quelque adreffe dont elle fe fervît pour les rappeler , ils ne voulurent plus la voir. Elle en eut un chagrin

d'autant plus grand, que perſonne n'oſoit l'é-
pouſer, ni même devenir ſon amant, de crainte
d'éprouver un ſort ſemblable à celui de ces
malheureux qui avoient été tués pour l'amour
d'elle. Cependant les feux de la concupiſcence
qui l'embraſoient ſans ceſſe, ne lui permet-
toient point de ſe paſſer d'homme; & un jour,
étant ſeule dans ſa chambre, plus tranſportée
de ſa paſſion que jamais, un démon incube,
ſous la figure d'un beau garçon, s'apparut à
elle, & lui fit offre de ſervice. Elle l'accepta;
& toutes les nuits, il ne manquoit point de
venir coucher avec elle. Comme elle l'aimoit
paſſionnément, elle l'épouſa, & en devint groſſe.
L'enfant dont elle accoucha avoit deux cornes
au front. On me dira peut-être que les démons
étant des eſprits incorporels, n'engendrent
point. Cela eſt très-vrai; mais lorſqu'ils prennent la figure de femme, que l'on nomme ſu-
cube, ils reçoivent la ſemence de l'homme, &,
ſous la forme d'incube, ils la donnent à la
femme, & peuvent engendrer. De telles con-
jonctions naiſſent quelquefois des enfans merveilleux en force de corps & d'eſprit. La choſe
n'eſt pas difficile à croire, d'autant que les démons, ſachant très-bien le temps qui eſt le plus
propre à la génération, s'en ſervent avec
adreſſe pour faire concevoir ces malheureuſes.

De cette forte fut engendré Merlin , qui a
été estimé prophète entre les Anglois, & duquel
les histoires d'Ecosse & d'Angleterre racontent
tant de merveilles L'on tient qu'il fut conçu
d'une femme de maison illustre , & d'un démon
incube.

Jortande & Abbatius écrivent que toute la
nation des Huns vient de la conjonction des
faunes , des satyres , ou démons incubes , avec
des femmes magiciennes & enchanteresses , que
Henri, roi des Goths , avoit chassées de son armée , étant campé près des marais méot.des.

Pausanias raconte que les Candiots étoient
tellement infectés des ombres de morts , ou ,
pour mieux dire , des démons qui sortoient des
sépulcres , & venoient revoir leurs femmes ,
pour se rejoindre charnellement à elles , qu'ils
ordonnèrent qu'on bruleroit les corps des
hommes après leur mort.

Philostrate, en la vie d'Apollonius de Tya-
ner, rapporte qu'un jeune homme appelé Me-
nippus, disciple de cet Apollonius, s'en allant
un jour de Corinthe en la ville de Cenchrée,
une lamie ou démon, en forme de très-belle
femme, se présenta à lui, & le prenant par la
main, lui dit d'un air gracieux, qu'elle étoit de
nation phénicienne, & fort éprise d'amour pour
lui ; que s'il vouloit lui rendre une mutuelle

affection , ils vivroient heureufement enfemble, & qu'un bel homme comme lui, avec une
femme comme elle , auroient les plus beaux enfans du monde. Elle ajouta qu'elle avoit une
maifon magnifique au faubourg de Corinthe,
qu'elle lui montra du doigt , & qu'elle lui promettoit de lui faire entendre une mufique charmante , boire de bon vin , manger tout ce qu'il
y a de plus délicat ; & enfin lui donner tous
les plaifirs imaginables. Ménippus, charmé de
la beauté de cette femme & des efpérances
dont elle le flattoit, s'en alla fur le foir avec
elle dans cette maifon. Il y fut fi bien reçu,
qu'il continuoit tous les jours d'y aller , comme
à la jouiffance de toutes les délices. Apollonius
le confidérant un jour, & reconnoiffant, à fon
afpect & à fa contenance , ce qui fe paffoit,
comme il étoit un grand philofophe , ou plutôt un infigne magicien , il lui dit : O Ménippus, je vois bien que tu entretiens un ferpent,
& que tu en es entretenu. Voyant que Ménippus fourioit de ces paroles, il s'expliqua
plus clairement : c'eft, dit-il , que tu hantes
une femme qui n'eft point femme. Mais quoi !
penfes-tu qu'elle t'aime ? Oui , très-fort, répondit Ménippus, & je la veux époufer demain.
Eh bien , répliqua Apollonius , je me trouverai
à la fête, & je te ferai voir comme tu es trompé.

Apollonius étant donc venu au logis de ce démon où se devoient célébrer les noces, &
voyant une grande quantité de vaisselle d'or &
d'argent, toutes sortes de meubles précieux,
grand nombre de cuisiniers, diverses viandes
qui sembloient être délicatement apprêtées:
O que voilà de belles choses ! dit-il: où est ta
femme, Ménippus ? La voilà, répondit Ménippus. Apollonius se tournant vers les conviés : Vous voyez ici, leur dit-il, des jardins de
Tantale, comme parle Homère, qui n'ont rien
que l'apparence, de même que tous ces meubles
magnifiques, & ce grand nombre de vaisselle
d'or & d'argent. Il n'y a nulle matière en tout
cela; ce ne sont que des prestiges & des fan-
tômes; & cette belle épousée est une de ces
empuses qu'on appelle lamies ou marmolycies,
qui, sous prétexte d'amour, dévorent ceux
qu'elles ont attirés par leurs charmes. Ce démon, cette femme pria d'abord Apollonius de
changer de discours, & voyant qu'il n'en faisoit rien, elle invectiva contre ces philosophes;
mais lorsqu'elle vit évanouir tous ses meubles,
elle feignit de pleurer, priant Apollonius
qu'il ne l'affligeât pas d'avantage, & ne la con-
traignît point de dire qui elle étoit. Mais loin
de la satisfaire, il la pressa tellement, qu'elle
lui confessa qu'elle étoit une lamie qui avoit

trompé Ménippus par des preſtiges, pour enſuite le dévorer & le perdre. Ménippus, terri-
blement ſurpris de cette aventure, remercia
Apollonius ,de lui avoir ſauvé la vie, & n'eut
plus de pareils amours.

Phlegon Trallien rapporte qu'une fille s'é-
tant abandonnée à l'hôte de ſon père, & ſe
voyant contrainte de quitter ſes impudiques
amours, en fut ſi outrée, qu'elle en mourut
de regret, & fut enterrée publiquement. Six
jours après ſon trépas, cet hôte étant retourné
chez ſon père, elle l'alla trouver dans ſa chambre, & coucha avec lui; ils ſe firent des préſens réciproques. Une nourrice ayant aperçu
cela, le dit à ceux du logis. Tout le monde y
accourut, & la fille étant ſurpriſe avec l'hôte,
elle parla de cette ſorte à ſes parens : Vous,
père & mère, pendant que je vivois, vous m'a-
vez privée du contentement que j'aurois eu de
demeurer trois jours avec mon ami; mais vous
en pleurerez, & je m'en retourne d'où je ſuis
venue. En diſant ces mots, le corps demeura
tout étendu mort ſur la place, & fut tranſporté
à ſon ſépulcre, qu'on trouva vide, ſi ce n'eſt
qu'on y vit les préſens que ſon ami lui avoit
donnés depuis leur dernière entrevue. Sur quoi
les augures & les devins ayant été conſultés,
furent d'avis de tranſporter ce cadavre hors

de la ville, & de faire des sacrifices aux dieux, pour appaiser leur colère.

Hector Boëtius, dans son histoire d'Ecosse, outre plusieurs exemples qu'il rapporte, touchant les incubes & les sucubes, remarque que, dans la province de Marrée, une jeune fille de très-belle & d'illustre maison, qui avoit refusé de très bons partis en mariage, se laissa séduire par un démon incube, qui, sous la figure d'un beau jeune homme, la fréquentoit impudiquement; de manière qu'enfin elle devint enceinte de ses œuvres. Ses parens voulant savoir qui l'avoit débauchée, elle leur dit que c'étoit un jeune homme d'une beauté & d'un esprit admirable, qui venoit ordinairement la nuit, & même quelquefois le jour dans son cabinet, sans qu'elle sût ce qu'il devenoit après, ni où il faisoit sa retraite. Les parens n'ajoutant pas beaucoup de foi à son discours, la firent observer par une femme de chambre; si bien que le troisième jour après, étant avertis que le galant étoit avec leur fille, ils firent fermer les portes & les fenêtres de la maison, & ayant fait allumer des flambeaux, entrèrent dans le cabinet de la fille, & trouvèrent avec elle un monstre hideux & horrible, d'une stature sur-humaine. Ils en eurent tant de peur, que la plupart s'évanouïrent, & les autres s'enfuirent, excepté un prêtre renommé,

renommé , tant pour sa bonne vie qué pour sa
doctrine , lequel se prit à dire d'un ton haut :
Et verbum caro factum est. Dans le même temps
qu'il prononçoit ces mots , le démon fit des
cris effroyables ; il sortit , en emportant le
toit du cabinet, dont il brûla & consuma tous
les meubles. La fille , par ce moyen, fut déli-
vrée de ce diable, & trois jours après , elle accoucha d'un monstre qui fut étouffé & brûlé
par la sage-femme.

Je crois, seigneur, qu'en voilà assez pour
montrer que les incubes & les succubes ne sont
pas des illusions & des chimères , mais des choses réelles & effectives , dont on ne peut douter. Revenons présentement à la dame que nous
avons quittée, & disons que son démon incube
lui ayant donné le moyen de devenir princesse , voulut qu'elle lui fît des sacrifices publics. C'est la coutume en ce pays-là de sacrifier
au diable. Voici donc comme la dame fit le sien.
Elle avoit dans sa maison une grande salle , dans
laquelle on voyoit trois colonnes de terre , de
trois ou quatre pieds de haut , posées en trian-
gle, & éloignées l'une de l'autre d'environ une
toise. Elle avoit engraissé un cochon qui devoit servir de victime , & qu'elle devoit elle-
même égorger dans l'enceinte de ces colonnes.
Les principaux de la ville & les personnes les

plus riches des environs ne manquèrent pas de
se trouver à cette cérémonie. Quand elles furent toutes dans la salle, la prêtresse se mit au
milieu des trois colonnes, & commença à invo-
quer le diable, en prononçant certaines paroles
mystérieuses avec de grands hurlemens, & une
agitation effroyable de tout son corps. Divers
instrumens de musique l'accompagnoient, avec
des sons qui varioient selon la différence des
esprits qui sembloient tour-à-tour la posséder.
Enfin, lorsqu'on vint à jouer un certain air, sa-
cré parmi eux, la dame se leva, prit un cou-
teau, égorgea le cochon, & se jetant avec fureur sur la plaie de cet animal, but de son sang
tout fumant encore. Alors elle fit des cris &
des prophéties, en menaçant l'assemblée des
plus cruels châtimens de la part du démon qui
l'inspiroit, si tous les assistans ne lui donnoient
ce qu'elle demandoit : de l'or, de l'argent, des
joyaux, du riz, de la toile, tout lui étoit bon.
Elle imprimoit tant de terreur parmi ces foibles
esprits, qu'elle tiroit quelquefois jusqu'à la
valeur de trois ou quatre cents écus. Cela dura
quelque temps de cette manière ; mais un frère
qu'elle avoit, étant nouvellement arrivé de
Portugal, où il s'étoit fait chrétien, sachant la
vie abominable de sa sœur, voulut l'en retirer.
Elle étoit assez disposée à suivre son conseil,

lorfque fon démon incube en ayant eu avis,
lui fit mille reproches, & l'étrangla, lui difant
qu'elle étoit à lui, puifqu'il l'avoit époufée.
A l'égard de l'enfant, il ne lui fit rien d'abord;
il attendit qu'il fût plus grand, afin que fa
conquête en fût plus belle. Et comme quelques années enfuite il fe baignoit dans la mer,
il l'enleva à la vue de plufieurs perfonnes qui
s'y baignoient auffi. Voilà le fort malheureux
de la mère & de l'enfant, qui nous apprend
qu'il ne faut jamais avoir de commerce avec
les démons, qui n'ont pour tout objet que la
perte des perfonnes, & particulièrement de
celles qui font affez fimples pour les croire.
Faffent les dieux que l'horreur que j'en ai fe ré-
pande fur toute la terre, & que ces malins &
pernicieux efprits foient toujours renfermés
dans les enfers, à fouffrir non feulement tous
les maux qui leur font dus, mais encore tous
ceux qu'ils veulent caufer aux hommes, & qu'ils
méritent eux-mêmes.

L'empereur Behram fut fi content de toutes
ces hiftoires, qu'il ne put s'empêcher d'en féli-
citer le nouvellifte, & de lui dire qu'il n'avoit
jamais rien entendu de plus curieux. Comme il
vit que cet homme étoit très-favant & plein de
probité, il le prit à fon fervice, & lui donna
une penfion confidérable, afin qu'il pût vivre

honorablement, & affifter fa famille qui n'é-
toit pas riche. Cette générofité fut applaudie
de toute la cour: elle fait voir que les dieux
connoiffent mieux nos befoins que nous-
mêmes, &qu'il ne nous faut que ce qu'ils ju-
gent néceffaire pour notre félicité & pour leur
gloire.

L'empereur, fentant de jour en jour fes forces rétablies, alla le lendemain avec toute fa
cour au cinquième palais, qui étoit peint, en
dehors & en dedans, de rouge, de blanc & de
vert. Ce prince & tous les feigneurs qui l'accompagnoient, étoient vêtus de la même couleur; & rien n'étoit plus beau, ni plus brillant
que toute fa fuite. La princeffe, qui l'attendoit,
ayant fu fon arrivée, le fut trouver dans fon
appartement. Il la reçut d'une manière fi enjouée, qu'ils furent également charmés; lui de
la voir, parce qu'elle étoit très-belle; & elle de
l'entendre, parce qu'il avoit beaucoup d'efprit.
Cependant quoique le plaifir d'être enfemble
dût rendre leur converfation très-longue, elle
ne dura pas plus d'une heure; mais, pendant ce
temps, ils fe dirent cent chofes divertiffantes,
& toutes plus agréables les unes que les autres;
enfuite la princeffe s'étant retirée, l'empereur
fit venir le cinquième nouvellifte, auquel il ordonna de lui raconter quelque aventure ga-

lante. Cet homme, qui en favoit une fort jolie, après avoir fait une profonde révérence, parla de cette manière.

CINQUIEME NOUVELLE.

ILy avoit dans la ville de Batavie, au royaume de Bantan, une demoiselle qui n'étoit pas moins aimable par les agrémens de fa perfonne, que par la beauté de fes fentimens; elle menoit une vie fort réglée; & quoique fa fortune fût peu confidérable, on ne laiffoit pas de la voir contente. Comme elle ne fouhaitoit jamais que ce qui étoit proportionné aux efpérances que fon état lui pouvoit permettre, elle étoit heu-reufe, parce qu'elle favoit fe régler. La douceur de fon efprit répondoit à celle qu'on voyoit fur fon vifage, & il eût été fort mal-aifé que fon mérite ne lui eût pas attiré nombre d'amans, fi elle eût voulu le faire connoître. Mais fa mère, qui ne lui avoit jamais donné que des leçons de vertu, lui en infpiroit l'heureufe pratique ; & les coquettes, dont elle trouvoit la conduite infupportable, étoient pour elle un miroir qui lui apprenoit à ne pas tomber dans leurs dé-fauts. Ainfi, elle paffoit la plupart du temps à travailler auprès de fa mère, & ne recevoit

aucune viſite, par le peu de ſoin qu'elle prenoit à s'en procurer. Elle eut pourtant beau ſe
tenir cachée, le haſard la fit découvrir à un
cavalier de Bantan, qui, étant venu loger
vis-à-vis de ſa maiſon, l'aperçut un jour à
la fenêtre. Il la trouva tout aimable, & l'ayant
vue ainſi pluſieurs fois, quoiqu'elle ſe retirât
ſi-tôt qu'elle remarquoit qu'on s'attachoit à la
regarder, il ne put plus réſiſter à l'envie de la
connoître. Il y fut porté avec beaucoup plus
d'ardeur, lorſque l'ayant entendue chanter un
ſoir, il ſe ſentit entraîné vers elle par ce nouveau charme. Comme il avoit de l'eſprit, & de
cet eſprit qui ſe fait aimer par-tout, ce lui fut
aſſez pour s'introduire chez cette aimable perſonne, que le prétexte du voiſinage.

Sa mère crut que l'honnêteté demandoit
d'elle qu'elle accordât à un étranger, qui ne devoit reſter à Batavie qu'un mois ou deux, ce
qui auroit pu tirer à conféquence, ſi elle l'eût
ſouffert à un autre. Il alloit chez elle la plupart
des ſoirs, & la converſation ſe faiſant toujours
en préſence de la mère, ſans qu'il ſemblât ſou-
haiter du particulier avec ſa fille, ni l'une, ni
l'autre ne s'imagina qu'il eût d'autres vues dans
l'empreſſement qu'il leur témoignoit, que le
plaiſir de paſſer quelques heures avec moins
d'ennui qu'il n'eût fait dans ſa chambre. Il y fut

trompé lui-même, & il ne connut le fentiment qu'il avoit pour cette charmante fille, que lorfque la mère lui demanda fon avis fur un mariage qu'on lui propofoit ; elle ne lui en parla que comme le croyant affez de fes amis pour lui donner un confeil fincère. En effet, elle étoit bien éloignée de croire qu'il y dût prendre intérêt que par le feul avantage de fa fille. Il n'avoit marqué pour elle que ce qu'un homme galant fait paroître en général pour le beau fexe. Elle n'avoit que fort peu de bien à lui donner, & elle favoit que le cavalier étoit très-riche. Outre une fort belle terre dont il jouiffoit, il avoit pour plus de cent mille écus de prétentions bien fondées, & il n'étoit venu à Batavie que pour recouvrer des pièces qui lui étoient néceffaires pour en affurer l'effet. Il parut embarraffé fur le confeil qu'on lui demandoit. Il s'informa du bien de l'amant, & le trouvant médiocre, il dit qu'avec du mérite, de la jeuneffe, & de la beauté, il n'y avoit rien qu'on ne dût attendre, quand on pouvoit ne fe pas hâter de faire un choix.

Le lendemain, il pria là fille de ne lui point déguifer fi elle fentoit fon cœur porté à ce mariage. Elle ne fit point difficulté de lui avouer qu'ayant befoin de quelque établiffement pour réparer fon peu de fortune, cette feule vue l'engageoit à écouter les propofitions qui étoient

faites. Le cavalier ne lui dit rien davantage,
& paſſa encore trois jours ſans lui expliquer ſes
ſentimens ; mais enfin, voyant la choſe en état
de ſe conclure, il ne lui fut plus poſſible de
mettre des bornes à ſa paſſion. Il lui déclara
qu'il étoit éperdument amoureux d'elle, & que
ſi elle vouloit rompre avec l'amant qui ſe pré-
ſentoit, & lui accorder le temps de venir à bout
de ſon procès, il viendroit la rendre maîtreſſe
de ſa fortune, comme elle l'étoit déjà de ſon
cœur. Il parloit de bonne foi ; ainſi il ne faut
pas s'étonner s'il perſuada. La belle lui repre-
ſenta le tort qu'il auroit de lui faire perdre ce
qu'elle ne trouveroit peut-être pas aiſément, &
il lui mit l'eſprit en repos, en lui faiſant les plus
tendres proteſtations de fidélité & de conſtance.
Il l'obligea de conſentir à ſe faire peindre, pour
lui donner ſon portrait, & elle voulut bien recevoir le ſien. Il la quitta, avec promeſſe de terminer ſes affaires au plutôt, & de venir l'épouſer. Il partit avec ces ſentimens, & étant arrivé
à Bantan, il ne ſongea plus qu'à pourſuivre ſon
procès, dans lequel il s'agiſſoit de la meilleure partie de ſon bien. La violence de ſa paſſion lui fit chercher les voies les plus promptes
de ſe mettre hors d'affaire ; & ſi ſes parties
euſſent été raiſonnables, il leur eût été aiſé d'obtenir un accommodement avantageux ; mais
e crédit de quelques perſonnes d'un rang diſ-

tingué, qui prenoient leurs intérêts, leur faifant croire infaillible le gain de leur caufe, il
fallut qu'un jugement fouverain en décidât.

Le cavalier chercha de l'appui contre une fi
forte brigue, & jeta les yeux fur un homme de
la cour, qui étoit très-puiffant & très-confidéré.
C'étoit un feigneur d'une maifon fort illuftre,
& qui, ayant une fille, eût été bien aife de la
marier, fans fe dépouiller de rien. Elle avoit
plus d'efprit que de beauté, & on confeilla au
cavalier de feindre d'avoir de l'amour pour elle.
Ces apparences plurent au père ; il s'employa de
tout fon pouvoir pour le cavalier, qui, ne
croyant hafarder que des complaifances, rendoit à fa fille des foins affidus. Ils étoient favo-
rifés, & on lui donnoit les occafions les plus
commodes pour le tête-à-tête. Les procédures
avançoient toujours, & de la manière qu'on
avoit tourné les chofes, les cent mille écus lui
étoient prefque affurés. Comme il ne faifoit aucune déclaration précife, le père de la fille,
homme adroit & violent, l'ayant trouvé feul
un jour dans la chambre de la demoifelle, lui
dit que-la conduite qu'il avoit tenue avec elle
depuis quelque temps, faifoit coûrir des bruits
dans la ville, qu'i étoit temps de faire ceffer ;
qu'elle étoit d'une naiffance à ne pas fouffrir
qu'on l'expofât au foupçon d'aucune galanterie ; qu'il ne l'avoit reçu favorablement chez

lui & servi dans son affaire, que dans la pensée
qu'il épouseroit sa fille; qu'il n'avoit fait aucune
démarche qui n'eût donné lieu de croire qu'il
en avoit le dessein ; & que le service qu'il lui
rendoit, en lui faisant gagner une affaire de
la plus haute importance, méritoît bien qu'il le
reconnût par ce mariage, sur-tout lorsqu'il devoit tenir à honneur d'être son gendre.

Le cavalier, étourdi du coup, essaya de se
remettre, en demandant au père qu'il lui donnât quelques jours pour répondre à sa proposition. Il voulut bien lui en donner huit, mais à
la charge que, pendant ce temps, il songeroit
aux clauses qu'il trouveroit à propos que l'on
employât dans le contrat. Cette violence, cachée sous de beaux dehors, mit le cavalier au
désespoir. Il connut la faute qu'il avoit commise,
& il n'y avoit aucun remède. Le père, après s'ê-
tre déclaré comme il avoit fait, n'étoit point
homme à se relâcher. Il prétendoit que ce qu'il
devoit à son honneur, lui imposoit la nécessité
de ce mariage; & ce qu'il pouvoit auprès des
juges, faisoit voir au cavalier la perte de son
procès inévitable, s'il se défendoit d'épouser sa
fille, quand même on l'auroit laissé en liberté
de le faire, ce qui n'étoit pas. Toutes ces raisons l'obligèrent à céder, sans faire connoître
qu'il ne cédoit qu'à la force. Le mariage se fit,
& le procès fut jugé ensuite à son avantage. Il

eut de grands biens, mais ils n'eurent point de quoi satisfaire un cœur tout rempli d'amour. Il écrivit à la belle les cruelles circonstances de ce qui venoit de lui arriver, & il le fit d'une manière touchante, qui l'auroit persuadée de ce qu'il souffroit, si la considération de son malheur ne l'eût empêchée de s'occuper d'autre chose. Elle perdoit un amant, qui, l'ayant fait renoncer à un établissement qui lui convenoit, l'avoit réduite à ne pouvoir plus s'arracher du cœur la passion qu'il y avoit mise, & qui, l'abandonnant pour toujours, vouloit qu'il crût qu'il fût encore plus à plaindre qu'elle. L'état où elle se vit là fit emporter contre tous les hommes, & rien n'eût pu la convaincre que le cavalier ne l'eût pas trahi volontairement, s'il ne l'eût tirée d'erreur par un procédé qui n'a point d'exemple.

Un gentilhomme la vint trouver de sa part, avec une lettre, par laquelle il lui mandoit, que puisque sa mauvaise destinée ne lui avoit pas permis de s'unir à elle, il vouloit au moins lui faire voir que jamais amour n'avoit été ni plus sincère, ni plus véritable que le sien ; que pour l'indemniser de l'amant qu'elle avoit perdu, à cause de lui, il lui envoyoit deux mille pistoles, qui pourroient, en peu de temps, lui faire trouver un parti plus digne d'elle ; qu'il la conjuroit, par toute l'estime qu'elle lui avoit montrée, de ne les pas refuser, & que quelques marques qu'elle pût jamais lui demander de l'intérêt qu'il prenoit à elle, il feroit tout son bonheur de la satisfaire.

Ce qu'elle lisoit lui parut si peu croyable, qu'elle ne sut que répondre au gentilhomme, & elle se vit le lendemain compter les deux mille pistoles, sans être persuadée que ce ne fût pas une illusion. C'étoit pourtant un présent réel, & le cavalier étant riche & la demoi-selle peu accommodée, elle jugea à propos de l'accepter. Elle s'en fit un mérite auprès de lui, en lui répondant, après beaucoup de louan-ges sur sa générosité, qu'elle en feroit un usage contraire à celui qu'il lui marquoit, & que puis-qu'il la mettoit en état, par le secours qu'il vou-loit bien lui prêter, de n'avoir besoin d'aucun établissement, le malheur de ne pouvoir être à lui l'empêchoit d'être jamais à personne.

Cette assurance, qu'il n'eût osé demander, lui donna beaucoup de joie; mais en même temps elle redoubla sa passion, non pas que la belle l'autorisât à la conserver; mais plus il la connoissoit digne d'être aimée, plus celle qui étoit cause qu'il n'avoit pu être heureux, lui étoit insupportable. Il ne lui parloit jamais; & si le nom de sa femme, qu'elle portoit malgré lui, l'obligeoit d'avoir pour elle des égards

d'honnêteté, il lui étoit impoffible de lui donner des marques d'amour. Cette froideur étoit
remarquée, & faifoit beaucoup de peine à ceux
qui les fouhaitoient dans l'union. La belle en
fut avertie par le gentilhomme, & à peine eut-
elle appris cette efpèce de divorce, que jugeant bien qu'elle y avoit part, elle s'empreffa
d'y remédier. Ses premières lettres n'eurent
point d'effet ; il lui oppofoit toujours la violence qu'on lui avoit faite, & ne pouvoit concevoir qu'elle pût exiger de lui, avec juftice,
qu'il eût de l'amour pour une femme qui le rendoit le plus malheureux de tous les hommes ;
mais enfin elle lui peignit fi vivement l'obligation où il étoit de vaincre l'averfion qui lui
donnoit de l'éloignement pour elle, & lui fit fi
bien connoître que ce n'étoit qu'à ce prix
qu'elle pouvoit lui répondre d'une éternelle
amitié, qu'il réfolut de la croire. Ainfi, l'envie
de lui plaire lui fit obtenir fur fon efprit ce
que perfonne n'avoit encore pu gagner. Il commença à montrer plus de complaifance pour fa
femme, & on fut furpris de voir entre eux une
liaifon qu'on ne devoit plus attendre. La dame
même ne favoit à quoi attribuer un fi heureux
changement ; & un jour qu'elle pria fon mari
de lui en apprendre la caufe, il répondit qu'il
vouloit lui faire voir la perfonne qui avoit fait

ce miracle. Après lui avoir conté en peu de
mots son engagement avec la belle, il lui montra son portrait, & lui lut toutes les lettres qu'elle
lui avoit écrites, pour l'obliger à vivre avec
elle dans une parfaite intelligence. La dame fut
charmée de sa vertu, & lui marqua l'admiration
qu'elle lui causoit, en lui demandant son amitié,
par une lettre aussi engageante que spirituelle.
Vous jugez bien, seigneur, que la belle répondit comme elle devoit à ces avances. Il s'établit entre elles, en fort peu de temps, un agréable commerce, & la dame l'employa à mille
commissions pour elle & pour ses amies.

Une sympathie secrète, qu'augmentoit de
jour en jour la connoissance qu'elles se donnoient de leurs sentimens, les attachoit l'une
à l'autre, quoique la grande distance des lieux
les empêchât de se voir ; & après que trois années se furent passées de cette sorte, sans que
la belle eût voulu songer à se marier, quelques
partis qui se fussent présentés, une affaire assez
pressante appelant le cavalier à Batavie, la dame
voulut l'y accompagner, pour avoir la joie de
voir l'amie qu'elle s'étoit faite. Ce fut un redoublement d'estime qui ne se peut concevoir,
lorsque la pratique leur eut fait connoître l'une
à l'autre tout le mérite qui ne leur étoit qu'im-
parfaitement connu. La dame loua son mari sur

fon bon goût ; & comme l'état où elle fe trouvoit demandoit de lui beaucoup de réferve, il
fe conduifoit auprès de la belle d'une manière
obligeante, qui, fans lui marquer une paffion
blâmable, lui faifoit voir le pouvoir qu'elle
avoit toujours fur lui.

Les deux amies devinrent inféparables ; &
dans le temps que la néceffité du retour leur
faifoit fentir davantage le chagrin de fe quitter, la dame fut attaquée d'une fièvre qui
mit bientôt fa vie en péril. La belle en parut
inconfolable, & ne s'empreffa pas moins la nuit
que le jour à lui rendre tous les foins qui la
pouvoient foulager ; mais la malignité de la fièvre vainquit l'art des médecins, & on fut contraint de lui déclarer qu'elle devoit fonger à
mourir. Dans ce trifte état, ne voyant plus rien
à efpérer, elle dit à fon mari, que puifque l'obftacle qu'elle avoit mis à l'engagement qu'il
avoit avec la belle, ceffoit par fa mort, elle le
prioit de l'époufer, n'y ayant perfonne qui fût
plus digne de lui. Elle expira dans ce fentiment,
& ce ne fut pas fans coûter beaucoup de larmes à fon mari & à la belle. Ils donnèrent à leur
fincère douleur tout le temps que la bienféance
pouvoit exiger ; & l'amour, qui étoit plutôt
affoupi qu'éteint, s'étant réveillé fans peine
dans le cœur de tous les deux, ils eurent

enfin la joie de se voir unis comme ils l'avoient
souhaité. Le mariage se fit en présence de plusieurs personnes de qualité qu'on y avoit ap-
pelées. Les noces furent très-belles, & répondirent à la dignité des conviés.

Cette aventure, dit l'empereur Behram,
me paroît des plus singulières ; elle fait connoître qu'on ne peut aller contre sa destinée, & que tout ce qui semble nous en
écarter, ne sert qu'à nous y conduire avec plus
de rapidité. Il étoit juste que le ciel joignît ces
deux amans par un heureux hyménée, puisqu'ils avoient toujours eu l'un pour l'autre un
amour si tendre & si sincère. Mais les dieux ont
voulu les faire souffrir quelque temps, afin de
leur faire trouver plus de plaisir dans cette
union.

Ce prince ayant presque rétabli sa santé &
ses forces, se fit mener le lendemain au sixième
palais, qui étoit peint en dehors & en dedans
d'aurore, d'incarnat & de blanc. L'habit de ce
prince, celui des seigneurs de sa suite, & tous
les équipages étoient de la même couleur, jusqu'aux harnois des chevaux. Jamais pompe ne
fut plus belle, ni plus éclatante. La joie paroissoit sur le visage d'un chacun, & on eût dit,
à les voir, qu'ils alloient célébrer la fête & le
triomphe de tous les dieux. L'empereur ne fut

pas

pas plutôt arrivé dans son appartement, que la princesse du sixième palais le vint saluer. Leur abord fut très-agréable ; & soit que cela vînt d'un esprit de sympathie, ou du plaisir qu'ils avoient de se voir, ils ne purent s'empêcher de s'en donner des marques réciproques. Leur conversation répondit fort bien à cette première vue, & tout leur entretien fut des plus charmans. Il ne dura pas néanmoins plus d'une heure; & la princesse s'étant retirée, l'empereur fit venir le sixième nouvelliste, à qui il dit de lui raconter quelque aventure galante. Cet homme obéit aussi-tôt, & d'un air enjoué, mais respectueux, il parla de la sorte.

SIXIEME NOUVELLE.

RIEN ne doit surprendre de ce qui est causé par l'amour: il agit différemment, selon que les cœurs sont disposés, & il y a souvent de l'étoile dans les liaisons qu'il forme. Il y avoit à Pékin, ville capitale de la Chine, un jeune homme plein de mérite, & dont la naissance étoit soutenue par un bien assez considérable. Il se nommoit Polaure. Un jour, étant allé voir une dame de ses amies, il trouva chez elle une fort jolie personne, nommée Banane, dont

il fut touché. Ce n'étoit pas une beauté régulière, mais il y avoit un tel agrément fur fon
vifage & dans fes manières, qu'elle en effaçoit
de plus belles qu'elle. Il s'attacha à l'entretenir,
& fon efprit, qui lui parut doux & infinuant,
fut un nouveau charme qui entraîna fa raifon.
Elle étoit avec fa mère, dont la fageffe & l'hon-
nêté, fervoient d'affurance à Polaure des foins
qu'elle avoit donnés à l'éducation de fa fille.
Quand elles furent parties, Polaure, qui demeura feul avec la dame, lui fit mille queftions
fur tout ce qu'elle favoit de cette aimable perfonne, & il les fit d'un air empreffé, qui lui fit
connoître que la curiofité qu'il lui marquoit
étoit un commencement d'amour. Elle lui dit
en riant, qn'elle voyoit bien qu'il la trouvoit à
fon gré, & il ne lui cacha pas que fi elle avoit
effectivement autant d'eftimables qualités que
cette première vue lui en avoit fait paroître, il
feroit tout fon bonheur de s'engager avec
elle.

La dame voyant qu'il lui parloit férieufe-
ment, lui répondit de la même forte ; & après
lui avoir parlé de la demoifelle comme de la
perfonne la plus accomplie & la plus capable
de rendre un mari heureux, elle ajouta que s'il
regardoit fes avantages du côté de la fortune,
elle craignoit qu'il ne fît un mauvais choix; que

la belle dépendoit d'un père avare, qui, quoique très-riche, ne lui feroit pas de grands
avantages, & que lorſqu'il feroit mort, deux fils
qu'il avoit partageroient ſa ſucceſſion, ſans
qu'elle y eût preſque aucune part, toutes ſes
terres étant ſituées dans des provincee où la
coutume étoit fort contraire aux filles. Cet avis
ne put rien ſur l'eſprit de Polaure. Il pria la
dame de lui procurer la vue de Banane, afin
que la connoiſſant parfaitement, il pût juger
s'ils étoient nés l'un pour l'autre. La dame
eut la complaiſance qu'il lui demandoit. Elle
ſervoit une amie qui méritoit bien qu'on
l'obligeât; & après l'avis donné ſur l'avarice du
père, elle n'avoit rien à ſe reprocher. Les en-
trevues ſe firent d'abord ſans marquer aucun
deſſein. On ſe borna à d'agréables conver-
ſations, & Polaure fut payé des ſoins qu'il prenoit de chercher à plaire, par tout ce que la
bienſéance ſouffroit qu'on lui montrât de reconnoiſſance. Il demeura bientôt convaincu de
tout le mérite qu'il avoit cru reconnoître dans
Banane; & s'appliquant à étudier ſes plus ſecrets ſentimens, il n'eut pas de peine à découvrir qu'ils lui étoient favorables.

La mère, qui avoit vu naître cette paſſion
avec plaiſir, entra avec une joie extrême dans
les meſures qui étoient à prendre pour enga-

ger son mari à l'approuver. Il fut résolu qu'on lui feroit un secret de ce qui s'étoit passé chez la dame, & qu'un des amis de Polaure iroit le trouver, pour lui demander sa fille, sans faire connoître que les choses fussent déjà aussi avancées qu'elles l'étoient du côté du cœur. C'étoit un homme bizarre, & s'il eût appris que, dans une affaire de cette conséquence, on eût osé prendre quelque engagement sans lui, il auroit cru son autorité blessée, & il n'en eût pas fallu davantage pour lui faire refuser son consentement. Tout se passa comme on l'avoit arrêté, & le père trouvant le parti d'autant plus avantageux, qu'on lui témoigna qu'il seroit maître de tout, ne balança point à donner sa parole. Il reçut ensuite Polaure de la manière la plus civile & la plus satisfaisante, & le présenta à sa femme & à sa fille, comme une personne qui ne leur étoit connue que de nom. Il leur marqua le dessein où il étoit d'en faire son gendre, & leur demanda pour lui des honnêtetés, où elles étoient toutes disposées. Banane, autorisée dans sa passion, s'y abandonna sans plus garder de réserve sur ses sentimens. Le procédé généreux de Polaure, qui, pour s'attacher à elle, n'avoit aucun égard à ses intérêts, méritoit bien qu'elle lui donnât son cœur tout entier. Ils se firent les plus fortes protestations d'une tendreffe éternelle, & la mère, qui étoit charmée de leur union, ne contribua pas peu à la confirmer.

Il n'étoit plus queſtion que de ſigner les articles. On le devoit faire au premier jour, lorſqu'un fâcheux incident en fit différer la cérémonie. Le père eut avis que ſon fils aîné, qui étoit volontaire dans les troupes, avoit été tué en quelque rencontre, & ſon cadet tomba preſque en même temps dangereuſement malade. Il n'y avoit aucune apparence de parler de noces dans un temps où l'on pleuroit l'un, & où tout étoit à craindre pour l'autre. On n'oublia rien pour le ſauver; & Polaure, qui prévoyoit ſon malheur, s'il arrivoit qu'il mourût, faiſoit ſans ceſſe des vœux pour le ſuccès des remèdes; mais ils furent inutiles. La fièvre, qui n'étoit d'abord que double-tierce, ſe changea en continue; & après avoir langui un mois entier, il laiſſa ſa ſœur unique héritière. Il n'auroit pas été ſurprenant que l'on eût remis le mariage, après un temps ſuffiſant pour ſe conſoler de la double perte qu'on venoit de faire; mais Polaure, que l'on avoit d'abord regardé comme un parti fort conſidérable, ceſſoit de l'être pour une fille qui devoit avoir plus de cinquante mille livres de rente; & ſon père, qui commença à prendre des vues proportionnées à ce grand

bien, trouva à propos de le prier de se retirer.
Sa femme tâcha de faire valoir la générosité
qu'il avoit eue de sacrifier au plaisir d'entrer
dans son alliance, tous les avantages qu'il eût
pu trouver ailleurs, lorsqu'il s'étoit contenté de
ce qu'on vouloit donner à sa fille, & prétendit
qu'on le devoit reconnoître par des sentimens
qui répondissent aux siens : mais tout ce qu'elle
put dire ne fit qu'aigrir son mari ; &, malgré ses
remontrances, Polaure fut congédié. Ce ne fut
pas sans qu'il eût la joie de recevoir de la bouche même de sa maîtresse toutes les assurances
qui pouvoient adoucir son malheur. La mère,
qui en fut témoin, lui promit tout le secours qu'il pouvoit attendre d'elle ; & comme
on avoit fait à tous les deux d'expresses dé-
fenses de se plus voir, la crainte d'accroî-
tre la mauvaise humeur du père, si, par son éloignement, il ne le guérissoit pas de tous les
soupçons qu'il pouvoit avoir, le fit résoudre à
se retirer dans une terre qu'il avoit à trente
lieues de Pékin. Les adieux furent fort tendres.
Il dit à Banane, qu'il ne vouloit pas qu'elle re-
nonçât pour lui à une grande fortune ; & plus il
fut généreux, plus il la trouva constante dans
les sentimens qu'elle lui avoit fait paroître. Ils
convinrent, du consentement de la mère, qu'ils
s'écriroient fort souvent par le moyen de la

dame, leur commune amie, & rien n'étoit
plus engageant, ni plus flatteur que leurs lettres. L'abfence ne fit qu'augmenter leur paffion. Il fe paffa une année entière, pendant laquelle Polaure fit fecrètement deux ou trois
voyages à Pékin: il y voyoit fa maîtreffe un
jour chez cette amie, & s'en retournoit le lendemain.

Tandis que les chofes étoient en cet état,
plufieurs perfonnes d'un rang diftingué la recherchoient en mariage; mais, heureufement
pour elle, fon père fe trouvoit toujours embarraffé fur le choix, & le plaifir de demeurer
maître de fon bien, l'empêchoit de fe hâter de
la marier. Sa femme y contribuoit, en fe rendant
difficile, pour la conferver à Polaure, fans pourtant qu'elle pût voir comment elle pourroit faire
réuffir fes efpérances. Pendant qu'il vivoit ainfi
retiré, il vit arriver chez lui un de fes amis intimes, qu'il n'avoit point vu depuis quatre
ans. C'étoit un homme d'une maifon fort confidérable, & qui étoit mandarin de Canton. Polaure eut beaucoup de joie de le voir, & l'arrêta
chez lui le plus long-temps qu'il put, fans lui
découvrir ce qui l'avoit obligé à quitter Pékin.
Malgré toute l'amitié qui les uniffoit, il crut
devoir ce fecret à fa maîtreffe. Il ne favoit pas
comment tourneroient les chofes, & le meil-

leur parti étoit de se taire. Il vivoit dans cette
terre avec une sœur qui étoit veuve, & le repos attaché à la retraite étoit le prétexte dont
il se servoit pour y demeurer.

Le mandarin partit, & il y avoit déjà deux
mois qu'il l'avoit quitté, lorsqu'il revint le
trouver un soir, pendant que la nuit étoit fort
obscure. Polaure crut qu'il venoit encore passer huit ou dix jours avec lui, & il s'en faisoit
un grand plaisir; mais le mandarin ayant demandé à lui parler en particulier, il lui dit qu'il
l'avoit choisi comme l'homme du monde en qui
il se confioit le plus, pour laisser entre ses
mains un dépôt considérable, & qui lui étoit de
la dernière importance. Il s'agissoit d'une demoiselle qu'il avoit enlevée depuis trois jours. Il
avoit marché toujours de nuit, afin qu'on ne
pût savoir quelle route il avoir prise, & il l'a-
me oit chez lui, où elle devoit demeurer cachée auprès de sa sœur, tandis qu'il employe-
roit ses amis, pour obliger ses parens de consentir à son mariage. Polaure ayant su qu'il l'a-
voit laissée dans un carrosse, avec sûre garde,
à deux cents pas de chez lui, pria sa sœur d'aler
lui offrir tout ce qui dépendoit d'elle, & de la
conduire dans l'appartement qu'il alloit lui faire
préparer, & où l'on convint qu'on ne laisseroit
entrer que des domestiques de confiance, sans

pourtant leur dire ce qui obligeoit à ne la pas laisser voir. La dame fit ce que son frère souhaitoit, & le mandarin la mena où le carrosse étoit arrêté. Banane ne répondit autre chose au compliment de la dame, qui l'assura de ses soins dans tout ce qui pourroit la satisfaire, sinon qu'elle la prioit de la secourir contre la violence qui lui étoit faite. Elle descendit en même temps, & la suivit sans rien dire davantage.

Le mandarin fit aussi tôt partir le carrosse, & se faisant attendre par deux ou trois de ses gens aussi bien montés que lui, il vint retrouver Polaure, pour lui dire adieu, étant résolu de partir le lendemain pour quelque lieu éloigné, afin d'empêcher qu'on ne soupçonnât que ce fût chez son ami qu'il eût mis Banane. Polaure ayant demandé au mandarin si elle avoit consenti à l'enlèvement qu'il en avoit fait, il lui répondit, que quand il avoit tâché de s'en faire aimer, elle lui avoit dit qu'un premier engagement ne permettoit pas qu'elle l'écoutât; qu'il s'étoit ensuite déclaré à son père, & que sur le refus de l'un & de l'autre, on lui avoit conseillé de l'enlever, parce qu'elle avoit beaucoup de bien; que quoiqu'elle eût de grands agrémens de sa personne, il lui avouoit que les avantages qu'il trouvoit en l'épousant, étoient l'unique motif de la réfolution qu'il avoit prife; qu'il favoit bien qu'on l'alloit pourfuivre comme auteur du rapt, parce qu'un efclave qui avoit fui quand il avoit fait l'enlevement, avoit pu le remarquer; mais qu'il étoit d'une naiffance affez diftinguée pour croire que les parens, après avoir fait un peu de bruit, feroient ravis d'affoupir l'affaire; que fon alliance leur feroit honneur, & qu'un homme comme lui n'avoit pas à craindre qu'on le refufât, quand on connoîtroit le peu de fuccès qu'auroient les pourfuites; que cependant il lui laiffoit ménager l'efprit de la belle, & qu'ayant pour lui autant d'amitié qu'il en avoit, il ne doutoit pas qu'il ne vînt à bout de la convaincre que le feul parti qu'elle avoit à prendre après l'éclat d'un enlèvement, étoit d'entendre raifon de bonne grace, en déclarant, quand il en feroit befoin, qu'elle voudroit bien être fa femme; qu'il viendroit favoir dans quelques jours l'effet qu'auroient eu fes remontrances, & lui apprendre ce qu'il auroit fait de fon côté, pour mettre l'affaire en terme d'être accommodée. Polaure l'affura que fes intérêts étant les fiens, il agiroit comme pour lui-même, quoiqu'il fût fâché d'avoir à combattre un cœur qui n'étoit pas libre, parce que les premières impreffions s'effaçoient rarement.

Le mandarin partit fans vouloir revoir Banane, pour ne pas l'aigrir par fa préfence. Elle s'étoit emportée toutes les fois qu'il s'étoit montré pendant le voyage, & il fe flatta qu'il la trouveroit adoucie à fon retour. Si-tôt qu'il eut pris congé de fon ami, Polaure alla dans l'appartement de Banane. La fatigue d'un voyage fort précipité, & fait de nuit, & l'affliction où elle étoit, l'avoient obligée à fe jeter fur un lit, où la lumière ne donnoit que foiblement; & comme il venoit la confoler, à peine eut-il commencé ce qu'il avoit à lui dire, qu'elle pouffa un grand cri, & fe leva tout d'un coup avec des marques d'une furprife extraordinaire. C'étoit fa maîtreffe enlevée par fon ami. Jugez, feigneur, de ce que produifit un événement fi peu attendu. Comme le mandarin n'avoit pas dit le nom de la demoifelle à Polaure, celui-ci avoit de la peine à en croire fes yeux, & Banane, qui fe voyoit au pouvoir d'un homme qu'on avoit trompé, & qui en devoit garder du reffentiment, fe feroit perfuadée que l'enlevement auroit été fait pour lui, fi la conduite pleine de refpect qu'il avoit toujours tenue, ne l'eût empêchée de lui attribuer une violence de cette nature. Tout fut éclairci, & on ne pouvoit affez admirer ce que le hafard venoit de faire. Banane reprit un air de

gaîté, qui fit paroître le plaifir qu'elle fentoit
de fe voir en un lieu où elle étoit affurée qu'on
la laifferoit maîtreffe abfolue de fes volontés.
Elle demanda qu'on la remît chez fon père;
mais Polaure lui ayant fait voir qu'il ne le pouvoit que de concert avec fon ami, & qu'il falloit
pour cela prendre de grandes précautions, qui
feroient peut-être utiles au fuccès de leur amour,
elle lui abandonna le foin de fa deftinée, & fe
confola dans fon malheur, puifqu'il étoit adouci
par le plaifir de n'avoir à redouter aucune contrainte. Le frère & la fœur n'oublièrent rien de
ce qui pouvoit contribuer à lui donner de la
joie. Ils paffoient les jours entiers dans fa
chambre, ou bien ils la menoient à la promenade dans quelque endroit retiré; & comme il
eft rare de s'ennuyer avec ce qu'on aime, elle
trouvoit fa captivité fort agréable. Les fermens
de fidélité & de conftance furent mille fois réi-
térés; &, par un fecret preffentiment, ils ne
pouvoient s'empêcher de croire qu'ils feroient
enfin heureux.

Trois femaines s'étant paffées de la forte, le
mandarin revint un foir chez Polaure, lorfque
la nuit étoit déjà affez avancée. Il voulut encore l'entretenir en particulier, & lui dit, après
l'avoir embraffé, qu'il ne doutoit point que la
demoifelle qu'il avoit laiffée chez lui, ne lui

eût appris qui elle étoit; que sans lui nommer
son père, il lui avoit parlé la première fois de
l'enlevement qu'il avoit fait, comme d'une
affaire qu'il seroit aisé d'accommoder; mais que
ce père, homme incapable d'être gouverné,
étoit si fort aveuglé dans sa fureur, que non
seulement il promettoit sa fille à quiconque
pourroit la retirer d'entre ses mains; mais qu'il
faisoit contre lui les plus fâcheuses poursuites;
qu'ainsi, n'ayant plus aucune espérance de le fléchir, il ne pouvoit sortir d'embarras qu'en for-
çant sa fille à l'épouser; qu'il la meneroit chez
lui à Canton, où il la feroit reconnoître pour sa
femme, & qu'après le mariage il ne craignoit
point qu'on eût assez de crédit pour le faire
rompre; qu'il venoit savoir ce qu'il avoit fait
pour lui, & si ses soins avoient mis la belle dans
des dispositions qui lui fussent favorables. Polaure ne balança point sur la résolution qu'il
avoit à prendre. Il lui répondit, qu'étant incapable de manquer à l'amitié, il lui laisseroit
une entière liberté de s'assurer du cœur de cette
charmante demoiselle; mais qu'il n'avoit pu
choisir personne qui fût moins propre que lui
à lui inspirer les sentimens qu'il lui souhaitoit.
Là-dessus il lui conta l'engagement qu'ils
avoient pris l'un pour l'autre; & après lui avoir
exagéré le désespoir où la rupture de son ma-

riage l'avoit réduit , il ajouta , que s'il pouvoit
être affez heureux pour obliger l'aimable perfonne qu'il lui avoit mife entre les mains , à fe
déclarer en fa faveur , quoiqu'il en dût reffentir
toute la douleur imaginable , il facrifieroit fes
intérêts à ce qu'il devoit à tous les deux, mais
qu'il le prioit de le difpenfer de travailler lui-
même à fa perte , & de s'attirer le jufte mépris
de celle qu'il aimoit uniquement, en préférant
l'amitié à ce que l'amour exigeoit de lui.

Ce difcours fut fait d'une manière fi vive,
que le mandarin en demeura pénétré: Il comprit toute la force de la paffion de fon ami ; &
comme il n'avoit enlevé la démoifelle que par
des vues d'intérêt, fans que l'amour y eût grande
part, il auroit eu à fe reprocher une injuftice
indigne de l'amitié qu'ils s'étoient jurée , s'il
eût voulu lui ôter un bien qui devoit faire tout
le bonheur de fa vie ; d'ailleurs on ne pouvoit
adoucir le père , dont les procédures l'obligeoient à fe tenir toujours en état de n'être
point arrêté. La fille, dont il ne pouvoit efpérer
de toucher le cœur, n'étoit plus en fon pouvoir ; & quand il auroit voulu s'en reffaifir, pour
la mettre , par la force , dans la néceffité de l'é-
poufer , il n'y avoit aucune apparence que fon
ami, qui ne vivoit que pour elle , eût pu confentir à cette violence. Ainfi, prenant le parti d'être

généreux, pour conferver fa gloire, & en même temps fortir d'embarras, il céda toutes fes préten-tions à fon ami, & lui dit, d'une manière obligean-te, qu'il avoit peine à fe repentir d'un enleve-ment dont il pouvoit tirer de grands avantages, puifque, dans la fituation où étoient les chofes, il n'y avoit qu'à bien ménager l'efprit du père, pour lui faire prendre une réfolution favorable à fon amour. En même temps il le pria d'aller préparer Banane à fouffrir fa vue, afin que, l'ayant obligée à lui pardonner, il pût examiner avec eux ce qu'il feroit à propos de faire pour affurer leur bonheur. Banane, ravie de cet heu-reux changement, reçut le mandarin avec au-tant de joie & d'honnêteté qu'elle lui avoit d'abord marqué d'indignation. Il demeura deux jours dans cette maifon, & le réfultat du con-feil qu'ils tinrent enfemble, fut que Polaure iroit à Pékin, & fe prévaudroit de la difpofition où il trouveroit le père. Il fe fit mener chez lui par une perfonne qui pouvoit beaucoup fur fon efprit, & tourna fon compliment fur ce qu'é-tant toujours le même, il ne fe pouvoit qu'il n'entrât fenfiblement dans le déplaifir que lui caufoit le malheur qui lui étoit arrivé. Le père s'emporta avec fureur contre le mandarin, proteftant qu'il ne feroit jamais fatisfait qu'il ne lui eût fait couper la tête. Il ajouta, qu'il re-

reconnoiſſoit la juſtice des dieux, qui le puniſ-
ſoient de ce qu'il l'avoit trompé ſur le mariage
de ſa fille, & que s'il pouvoit la retirer des
mains du mandarin, il étoit prêt à la lui donner, & réparer par là l'injuſtice que l'ambition
lui avoit fait faire. Polaure, voulant profiter de
ce mouvement, répliqua qu'il étoit venu le
chercher exprès pour lui offrir ſes ſervices;
qu'il connoiſſoit non ſeulement le mandarin,
mais auſſi tous ceux en qui il avoit quelque
confiance; qu'il découvriroit le lieu où il avoit
mis ſa fille, & qu'ayant toujours pour elle le
même reſpect & la même paſſion, il étoit ſûr
de l'obliger à la rendre, où de l'enlever du
lieu où elle ſeroit, s'il s'obſtinoit à la vouloir
retenir. Le père le conjura de ne point perdre
de temps, & lui donna de ſi fortes aſſurances
qu'il n'avoit envie de la retrouver que pour lui
en faire un don, qu'il ne put douter qu'il ne
lui parlât ſincèrement. Il partit le lendemain, &
ayant rejoint le mandarin à une terre où il s'é-
toit retiré, il lui rendit compte de tout ce qu'il
avoit fait. Comme le père avoit ſouhaité qu'il
lui fît ſavoir l'état des choſes, il lui écrivit d'a-
bord qu'il avoit trouvé le mandarin dans une
obſtination extraordinaire, & que peut-être il
ne lui ſeroit pas ſi aiſé qu'il l'avoit cru de découvrir où il avoit mis ſa fille. Il lui manda,
quelques

quelques jours après, qu'il le voyoit un peu ébranlé, & qu'il sembloit se résoudre à lui céder ce qu'il connoissoit ne pouvoir obtenir que par la force ; mais qu'il avoit peine à croire qu'on eût un véritable dessein de consentir à un mariage qui avoit été rompu. Ces lettres furent suivies d'une négociation particulière.

Un gentilhomme envoyé par le mandarin alla trouver le père, & l'assura, de sa part, qu'il étoit prêt à lui ramener sa fille, s'il vouloit bien lui donner parole qu'il la feroit épouser à Polaure. Il lui déclara en même temps qu'il prétendoit la disputer à tout autre, & qu'il trouveroit moyen de soutenir ce qu'il avoit fait. Le mandarin étoit bien moins riche que Polaure, & le père ne trouva pas qu'il dût balancer, puisqu'on lui laissoit le choix. Il s'acquittoit de ce qu'il devoit à l'un ; & se vengeoit en quelque façon de l'autre, puisqu'il faisoit avorter son entreprise. Il donna au gentilhomme les sûretés qu'il lui demanda. On cessa toutes les poursuites, & la demoiselle fut ramenée chez son père. Elle obtint de lui qu'il consentiroit à voir le mandarin, & il fut prié du mariage, qui se fit enfin avec tout l'éclat que demandoit une si riche héritière,

L'empereur Behram ne fut pas moins satisfait de cette aventure, que de toutes les autres qu'on lui avoit dites. Il admiroit les secrets impénétrables des dieux ; il disoit que ce que l'on fait contre leur volonté ne réussit pas ordinairement, & que s'ils laissent quelquefois triompher les méchans, c'est afin que leur triomphe tourne à leur confusion, & serve d'exemple aux autres, pour ne rien faire que de juste & de raisonnable. Après avoir un peu moralisé sur ce sujet, il demanda au nouvelliste qui avoit été à la Chine, quelle étoit une certaine femme appelée Canine, dont on parle tant. Ce nom, répondit cet homme, lui convient fort bien ; car la dévotion qu'on lui porte en ce pays-là est une vraie bigoterie chez la plupart des dames de la Chine. On dit qu'elle étoit fille du roi Tzonton, qui, voulant la marier à un grand prince, aussi bien que ses deux sœurs ; elle n'y voulut jamais consentir, alléguant pour toute raison, qu'elle avoit voué au ciel une perpétuelle chasteté. Le père, indigné de ce refus, la fit enfermer dans une maison en forme de monastère, & par mépris, l'occupa à des choses viles & abjectes, lui fit porter de l'eau, du bois, & nétoyer un grand jardin qui dépendoit de ce lieu-là ; elle le fit sans murmurer, & y travailla avec assiduité ; mais le ciel, à qui elle avoit fait vœu de chasteté, & pour l'a-

mour duquel elle étoit ainſi mépriſée, ſoula-
gea ſes peines, diſent les Chinois; il fit deſcen-
dre de ſes belles voûtes ſes heureux habitans,
pour la conſoler, & envoya pluſieurs animaux
à ſon ſecours; les ſaints du ciel lui venoient
tirer de l'eau; les ſinges lui ſervoient de valets;
les oiſeaux nettoyoient, avec leurs becs, les
allées de ce jardin, & les balayoient avec leurs
aîles; les bêtes ſauvages deſcendoient d'une
montagne qui étoit proche, pour lui porter
du bois. Le roi ſon père la voyant un jour ſervie
par ces nouveaux domeſtiques, crut qu'elle
étoit ſorcière. Il réſolut de la punir par les
flammes, & fit mettre le feu dans cette maiſon.
Cette fille voyant que ce beau lieu brûloit à ſon
occaſion, ſe voulut tuer de regret avec une
longue épingle d'argent qui tenoit ſes cheveux,
& ſe la mit ſous la gorge; mais une pluie terrible qui vint ſur le champ, éteignit le feu. Alors
elle quitta ſon deſſein, ſe retira dans les montagnes, & ſe cacha dans des cavernes, où elle
continua ſa pénitence. Le ciel, qui la pro-
tégeoit, ne voulut pas laiſſer impunies la
cruauté & l'impiété de ſon père; il le frappa
de lèpre, & abandonna ſon corps aux vers,
qui, le rongeant jour & nuit, lui faiſoient ſouffrir les plus cruels tourmens. Canine en eut révéla-

tion; fa charité lui fit quitter fa folitude, pour aller fecourir fon père. Auffi-tôt qu'il la vit, il fe jeta à fes pieds, lui demanda pardon, & l'adora. Elle, fe jugeant indigne de l'adoration, y voulut réfifter; mais ne le pouvant pas faire, à caufe de la foibleffe de fon corps, un faint du ciel fe vint mettre devant elle, pour réparer la faute de fon père, & faire entendre que l'adoration ne fe faifoit qu'à lui feul. A l'heure même, elle s'en retourna dans fa caverne, & acheva d'y vivre en odeur de fainteté.

Le nouvellifte voyant que l'empereur avoit pris plaifir au récit de cette hiftoire, lui dit qu'il en favoit encore une autre qui n'étoit pas moins curieufe: fur quoi ce prince lui ayant commandé de la lui conter, il commença de cette manière.

Il y avoit dans la Chine, en la ville de Cu-chi, de la province d'Oquiam, une fort belle fille, iffue d'une illuftre race, nommée Néome. Elle avoit fait vœu de virginité; & comme fon père vouloit la contraindre à fe marier, elle prit la fuite, & fe retira dans le défert d'une petite ifle, qui eft vis-à-vis d'Ingoa, où elle vécut très-faintement, & fit un grand nombre de miracles. Les Chinois racontent entre autres celui-ci, comme le plus fignalé de tous. Ils difent

qu'un grand capitaine, nommé Campo, général de l'armée navale du roi de la Chine, allant
un jour faire la guerre pour son maître dans
un royaume voisin, vint surgir à Boym
avec toute sa flotte, en attendant un vent favorable. Lorsqu'il fut propre pour partir, il fit
mettre les voiles au vent ; mais les nautonniers
ne purent jamais lever les ancres. Etonnés de
cet obstacle, ils regardèrent dans la mer, &
virent Néome assise dessus, qui les retenoit. Le
général l'interrogea, & la pria très-humblement
de lui conseiller ce qu'il devoit faire. Elle lui répondit, que s'il vouloit triompher de ses ennemis & conquérir leur royaume, qu'il la me-
nât avec lui, parce que ceux qu'il avoit à combattre étoient de grands magiciens. Il la fit
mettre dans son navire, leva les ancres, & en
peu de jours arriva à la côte du pays ennemi.
Aussi-tôt qu'on aperçut la flotte de la Chine,
les magiciens eurent recours à leurs charmes ;
ils jetèrent de l'huile dans la mer, &, par leurs
illusions, firent paroître aux yeux des Chinois
que leurs navires étoient en feu, & brûloient.
Néome, qui étoit sans doute une excellente
magicienne, défit bientôt, par des contre-
charmes plus puissans, tout ce que ceux-là faisoient. Ainsi, voyant que leur magie étoit foible, & leurs armes inégales à celles des Chi-

nois, ils se rendirent à eux, & devinrent vaf-
faux & tributaires du roi de la Chine.

Campo, que l'histoire dit être un homme
très-judicieux & très-sage politique, entra en
quelque doute de la sainteté de Néome, & la
crut sorcière; pour s'en éclaircir, il lui demanda quelque marque de sa sainteté, afin de
le dire au roi son maître, & la pria de faire re-
verdir un bâton sec qu'il avoit à la main; elle
le prit, prononça dessus quelques paroles se-
crètes, & le rendit non seulement verdoyant,
mais encore d'une odeur très - agréable, &
le donna à ce capitaine, qui attribua les profpérités de son voyage & le bonheur de ses armes à la sainteté de Néome. Son nom a depuis
toujours été en grande vénération dans la
Chine, & particulièrement à ceux qui vont
sur mer, lesquels portent son image sur la
poupe de leurs vaisseaux, & la prient comme la
divinité qui préside aux ondes, commande à la
mer, & appaise les orages & les tempêtes.

L'empereur, satisfait de ces deux histoires,
en félicita le nouvelliste, & ensuite il ordonna
que tout fût prêt pour aller le lendemain au
septième palais, qui étoit peint de toutes sortes de couleurs les plus vives. Il partit de bon
matin avec toute sa cour, dont les habits, qui
étoient de couleurs semblables à celles du pa-

lais, faifoient une variété charmante. Dès
que ce prince y fut arrivé, la princeffe du feptième palais le vint trouver ; il la reçut à la
porte de fa chambre, & l'ayant prife par la
main, il la conduifit fur une eftrade, où il lui
donna le fopha. Après plufieurs honnêtetés de
part & d'autres, l'empereur la pria de lui raconter quelque aventure fingulière, & auffi-tôt
elle commença de la forte.

SEPTIEME NOUVELLE.

DE toutes les paffions, l'amour eft celle qui
donne lieu aux plus bizarres aventures. Je vais
en rapporter une qui confirmera cette vérité,
& qui fera connoître quels font les caprices de
l'amour. Léonice, fille de qualité, qui avoit
également de la beauté & du mérite, étoit
dans fa vingt-deuxième année, fans jamais
avoir témoigné d'empreffement pour le mariage. Comme elle avoit été jufqu'alors fans
paffion, elle s'étoit rendue fort difficile fur le
choix. Elle n'avoit point de mère ; fon père,
qui connoiffoit que beaucoup de fageffe régloit
fa conduite, la laiffoit vivre fur fa bonne foi,
& s'étoit contenté de mettre auprès d'elle,
pour la bienféance, une femme d'un âge mûr,

qui l'accompagnoit par-tout. Un jour, étant
allée chez une dame ses amies, elle y trouva un
jeune cavalier nommé Almadore, qui fut bien
aise de la connoître, parce qu'il avoit entendu
parler d'elle d'une manière fort avantageuse. Il
voulut profiter de cette occasion, afin de s'assurer par lui-même du mérite de cette aimable
personne. Il s'attacha à l'entretenir, & lui
trouva un tour d'esprit agréable, & tout rempli d'honnêteté, qui passoit encore ce qu'il en
avoit ouï dire. Cette conversation l'auto-
risa à lui rendre une visite peu de jours après.
Il eut tout sujet d'en être content, & ses manières nobles & touchantes lui ayant engagé le
cœur, les soins qu'il continua de lui rendre auroient été des plus assidus, si elle eût voulu y
consentir ; mais comme il n'étoit pas si aisé de
lui donner de l'amour, que d'en prendre en la
voyant, quelques protestations qu'il pût lui
faire, que s'il avoit le bonheur de ne lui pas
déplaire, elle pouvoit ordonner de sa destinée,
elle le pria de la voir plus rarement, afin que
sa passion ne l'aveuglât point, & que demeu-
rant toujours le maître de sa raison, comme
elle prétendoit l'être de la sienne, ils pussent
examiner, sans nulle surprise, s'ils seroient
assez le fait l'un de l'autre, pour se rendre heureux. Cette retenue ne fit que l'enflammer da-

vantage; son cœur étoit tout occupé d'elle, & n'ayant pu obtenir la liberté de la voir aussi souvent qu'il le souhaitoit, il chercha à se soulager en lui écrivant. Il avoit un talent particulier pour bien tourner un billet, & il espéra que s'il pouvoit l'engager à lui répondre, il s'assuroit en quelque façon le succès de son amour.

Léonice reçut sa lettre dans le temps qu'une jeune veuve de ses intimes amies étoit avec elle, & elle ne prétendoit que lui faire faire une honnêteté de bouche, quand son ami la pressa de lui répondre ; elle répliqua qu'elle n'écrivoit jamais, & que les lettres les plus innocentes, montrées indiscrètement, faisoient souvent faire de si méchans contes, qu'elle avoit résolu de ne s'exposer jamais à un chagrin de cette nature. La jeune veuve, qui écrivoit agréablement, prit la plume à son refus ; & quoique Léonice s'obstinât d'abord à s'y opposer, elle l'obligea enfin de souffrir qu'elle répondît pour elle. Cette tromperie ne lui devoit rien faire appréhender de fâcheux. La lettre ne pouvoit lui être imputée, puisqu'elle n'étoit pas de son écriture ; & quand Almadore auroit eu l'indiscrétion de la faire voir, loin d'en tirer aucun avantage, il n'en pouvoit attendre que la honte de s'être vanté d'une faveur qu'on ne lui auroit point faite. Quoique les termes fussent assez généraux, il y avoit une finesse d'esprit qui redoubla son amour. Il crut même y découvrir quelques sentimens qui le flattèrent, & rien ne lui avoit jamais causé tant de joie. Il ne manqua pas le lendemain d'aller voir Léonice, qui ne voulut point le détromper, & qui reçut, pour son compte, toutes les louanges qu'il lui donna sur sa manière d'écrire. Il eut grand soin de continuer ce commerce de billets. Léonice souffroit que la jeune veuve y répondît toutes les fois qu'elle se trouvoit chez elle dans le moment qu'ils lui étoient apportés, & elle trouvoit quelque prétexte pour se défendre d'écrire dans les autres temps. Almadore relisoit cent fois toutes les réponses qu'il croyoit être de cette aimable personne, & il les regardoit comme autant de gages qui lui répondoient de son bonheur.

Les choses étoient en cet état, lorsqu'il fut troublé par un rival dangereux, qui fut reçu de la belle assez favorablement. Il avoit du bien & de la naissance, & il étoit fait d'une manière à ne pas rendre des soins inutilement. Ses visites devinrent suspectes à Almadore. Il contraignit d'abord son chagrin, & le laissa ensuite éclater sur son visage, sans oser s'en plaindre à celle qui le causoit. Il ne put enfin s'empêcher d'en témoigner quelque chose à la jeune veuve, dont il s'étoit fait ami, & prit le parti de lui écrire tout ce qu'il souffroit, quand il trouvoit son rival chez sa maîtresse, dans la pensée qu'elle lui feroit lire ses lettres, & que les tendres expressions dont il se servoit seroient capables de toucher son cœur. La dame, ne voulant pas lui faire connoître la tromperie qu'on lui avoit faite, employoit la main de sa suivante pour lui répondre, & tâchoit de bonne foi à lui rendre les bons offices qu'il exigeoit d'elle. Léonice, qui ne se laissoit point préoccuper par l'amour, & qui vouloit choisir à son avantage, trouvoit fort mauvais qu'Almadore osât condamner les honnêtetés qu'elle avoit pour son rival. Les plaintes qu'il se hasarda à lui en faire lui-même, marquoient un caractère d'emportement & de jalousie, qui ne l'accommodoit pas. Elle lui dit qu'il ne pouvoit prendre une plus méchante voie pour se faire aimer, que de vouloir agir avec tyrannie, & qu'il prît garde qu'une conduite si peu raisonnable pourroit ne servir qu'à avancer les affaires de celui qu'il essayoit de détruire. Ils eurent ensemble plusieurs différens sur ce rival trop bien écouté, & la jeune veuve empêchoit souvent qu'ils ne se brouillassent avec trop d'aigreur; mais enfin, comme il ne pouvoit modérer sa jalousie, la belle se trouva si fatiguée de ses plaintes,

que jugeant qu'un homme, qui n'étant encore
que son amant vouloit l'obliger de se conformer à ses caprices, en useroit avec une auto·
rité insupportable quand il seroit son époux,
elle résolut de lui ôter toute l'espérance qu'il
avoit conçue. Elle ne songeoit à se marier que
pour être heureuse, & les reproches continuels qu'il prenoit déjà la liberté de lui faire,
lui faisoient connoître que sa conduite, toute
régulière qu'elle étoit, ne le satisferoit pas.
Ce qu'elle avoit résolu fut exécuté; & dès le
premier démêlé qu'ils eurent, elle le pria de
changer en amitié les sentimens qu'il avoit pour
elle. Elle ajouta, que sur ce pied-là elle le
verroit toujours avec plaisir, parce qu'elle
avoit pour lui une véritable estime; mais qu'a-
près la connoissance qu'il lui avoit donnée de
son caractère, il ne devoit pas attendre qu'elle
s'aimât assez peu pour vouloir passer toute sa
vie avec un homme dont l'humeur n'avoit aucun rapport à la sienne.

Almadore, surpris de ses paroles, fit tout
ce qu'il put pour adoucir Léonice; il employa
son amie, & il n'y eut point de soumission
qui ne fût mise en usage; mais tous ses efforts
furent inutiles; elle demeura inébranlable, &
il fut contraint de renoncer aux protestations
qu'il avoit eues. Il alla s'en consoler chez la

jeune veuve. Elle avoit de l'agrément & beaucoup d'efprit; & comme une paffion en guérit
fouvent une autre, infenfiblement il prit plaifir
à la voir. Il s'expliqua; il fut écouté, & le feul
obftacle qu'il trouvoit à fon bonheur, venoit
de la crainte que la dame avoit qu'il ne fût
toujours touché de Léonice. Il la voyoit encore quelquefois, & elle craignoit que ce ne
fût un feu caché fous la cendre. Il l'affura
qu'il n'alloit chez elle de temps en temps
que par une pure bienféance, & pour l'empêcher de croire que le dépit eût fuccédé à l'a-
mour, & qu'il ne fût pas entièrement dégagé.
Sur cette affurance, la jeune veuve, à qui Almadore ne déplaifoit pas, alla demander à fon
amie ce qu'elle vouloit qu'elle fît de lui, parce
qu'il l'accabloit de vifites; & la voyant rire de
cette demande, elle lui confia les fortes proteftations qu'il lui faifoit d'un attachement fincère & tendre. Léonice, répondit qu'elle n'avoit
qu'elle-même à confulter, & que fi fon caractère jaloux & bizarre ne lui faifoit point de
peine, elle pouvoit fuivre fon penchant, fans
lui caufer le moindre chagrin. Leur mariage fut
arrêté en fort peu de temps, & ils en remirent
la conclufion au retour d'un voyage de deux ou
trois mois qu'Almadore fut contraint de faire
pour une fucceffion confidérable qui lui étoit

arrivée à Surat. Ils fe promirent de s'écrire fort fouvent, & ils fe tinrent parole. La dame continua d'emprunter la main de fa fuivante, parce que ne lui ayant rien appris de la tromperie qu'on lui avoit faite touchant les réponfes qu'il croyoit avoir reçues de Léonice, elle trouva à propos de ne lui dire qu'elles étoient de fon écriture, qu'après que le mariage feroit fait.

Il y avoit trois femaines qu'Almadore étoit parti, & la jeune veuve en avoit déjà reçu plufieurs lettres, quand Léonice l'étant venu voir, lui en montra une qu'elle avoit reçue de lui le jour précédent. Ce n'étoit qu'un compliment de civilité, dont la dame ne fe feroit point inquiétée, s'il l'eût écrit à toute autre; mais il lui parut qu'à fon égard, ce foin obligeant étoit un refte d'amour, & un mouvement jaloux qui la faifit auffi-tôt, lui fit prendre le deffein d'approfondir les plus fecrets fentimeus d'Almadore. Elle eut cependant l'adreffe de déguifer fa furprife; & en affectant un air enjoué, elle demanda à la jeune veuve fi elle vouloit la charger de fa réponfe. Léonice lui dit qu'elle devoit croire, que n'ayant jamais écrit à Almadore, elle le feroit encore bien moins depuis leur rupture. Si-tôt qu'elle fut partie, la jeune veuve, qui s'étoit flattée de pofféder tout le cœur de fon amant, voulut favoir ce qui en étoit. L'occaſion étoit belle pour découvrir, avec une entière certitude, s'il l'avoit trompée, en lui jurant qu'il ne ceſſeroit jamais de l'aimer. Elle prit la plume, & lui écrivit au nom de Léonice. La lettre portoit, que les marques de ſouvenir qu'il venoit de lui donner, lui étoient fort agréables, quoiqu'elle eût lieu de ſe plaindre de ce qu'il s'étoit déterminé ſi promptement à n'être que ſon ami; qu'un cœur bien touché étoit incapable de changer de ſentiment; qu'elle l'éprouvoit par ceux qu'elle conſervoit toujours, & que ſi elle lui avoit cauſé quelques chagrins, il lui ſeroit peut-être aiſé de les réparer, ſi l'engagement qu'il avoit pris ne l'avoit pas miſe hors d'état de lui marquer tout ce qu'elle ſentoit pour lui. Elle finiſſoit en lui donnant une adreſſe particulière, afin que ſon nom ne paroiſſant pas ſur l'enveloppe, ſes lettres ne fuſſent pas en péril d'être ſurpriſes par les curieux.

Almadore donna dans le piège; & le moyen qu'il eût pu s'en garantir? Il vit la même écriture des premiers billets qu'il avoit reçus, & n'ayant point à douter que ce ne fût celle de Léonice, il s'abandonna à toute la joie que peut cauſer une choſe qu'on ſouhaite avec ardeur, & que l'on n'oſe eſpérer. Sa première paſſion ſe réveilla tout-à-coup. La précaution de vouloir éviter les curieux, fembloit l'affurer qu'on avoit un véritable deffein de renouer avec lui. Il re-lut vingt fois la lettre ; &, tout rempli d'une efpérance flatteufe, il fit réponfe fur l'heure, felon l'adreffe qu'on avoit pris foin de lui marquer. Il fe fervit de termes fi tendres, & employa des expreffions fi vives, qu'il fut aifé de connoître que c'étoit le cœur qui les fournif-foit. La jeune veuve, qui avoit pris de juftes mefures, ne manqua pas de recevoir cette lettre. Elle y remarqua, avec chagrin, que Léonice étoit toujours aimée en fecret ; & quoiqu'il lui fût fâcheux de renoncer à l'amour d'Almadore, elle réfolut de n'en être pas la dupe. La manière dont il s'expliquoit lui fit comprendre qu'il n'y avoit rien de plus dangereux que d'époufer un homme prévenu d'une forte paffion qu'un nouvel engagement n'avoit pu éteindre ; & ne fongeant plus à le conferver pour fon amant, elle voulut pouffer l'infidélité qu'il commen-çoit à lui faire, jufqu'au plus haut point où elle pouvoit la porter. Elle lui manda qu'elle étoit fort fatisfaite des affurances d'amour qu'elle recevoit de lui, & qu'elle avoit beau-coup de penchant à y répondre, mais qu'elle étoit combattue par le doute où elle étoit qu'il voulût quitter la jeune veuve pour lui redonner toute fa tendreffe. Almadore ne balança point

fur

fur le facrifice qu'on lui demandoit ; & comme pour le tenir tout à fait certain, on voulut avoir toutes les lettres que la jeune veuve lui avoit écrites, il eut l'imprudence de les envoyer. La dame qui fe donnoit cette comédie, auroit fenti vivement l'outrage qu'il lui faifoit, fi l'affurance de l'en voir puni févèrement ne l'eût confolée.

Pendant qu'elle lui écrivoit ainfi de fa main au nom de Léonice, elle fe fervoit de celle de fa fuivante pour lui écrire en fon propre nom. Ce qu'il y eut de plaifant, c'eft qu'à mefure que les lettres qu'il croyoit venir de Léonice étoient pleines de tendreffe, celles qu'il adreffoit à la jeune veuve marquoient le dégoût d'une perfonne qui les écrivoit avec contrainte. Elle fe divertiffoit à lui en faire de légers reproches, & il s'excufoit fur ce qu'un procès que lui donnoit fa nouvelle fucceffion, ne devoit pas le mettre de bonne humeur. Il accommoda le fien, & relâcha même de fes droits, par l'impatience qu'il eut de retourner auprès de Léonice. Il revint tout triomphant, ne doutant point de fa conquête. L'amour lui épargnoit les remords de fon infidélité, & il alla d'abord chez Léonice, dont il efpéroit un accueil charmant. Il fut fort furpris, quand tout au contraire il s'en vit reçu avec beaucoup de froideur. Elle

Bb

lui demanda s'il avoit vu la jeune veuve ; & fur
la réponfe qu'il lui fit, qu'il favoit trop bien
aimer pour en avoir eu la penfée, elle tomba
dans un tel étonnement , qu'elle demeura
muette. Tout ce qu'il lui dit ne fervit qu'à
augmenter cet étonnement ; elle n'y comprenoit rien ; & comme il ne s'expliquoit pas net-
tement, parce qu'il croyoit être entendu, après
les lettres qu'il croyoit avoir d'elle , l'embarras
de Léonice devenoit toujours plus grand. Elle
ne fut éclaircie de rien, à caufe de l'arrivée du
rival , qui avoit été le fujet de leur rupture. La
belle, qui devoit l'époufer dans quatre jours,
lui fit des honnêtetés fi obligeantes, qu'Almadore n'en put être le témoin. Il fortit défefpéré,
& dit feulement tout bas à Léonice, qu'elle auroit peut-être lieu de fe repentir de fa tromperie. Une menace fi brufque mit le comble à fa
furprife. Elle crut qu'en changeant d'air , il
avoit perdu l'efprit, & ne favoit à quoi attribuer un procédé qui lui paroiffoit fi extrava-
gant. Il alla chez une perfonne par qui il pouvoit apprendre en quels termes Léonice étoit
avec fon rival. On lui dit que les articles étoient
fignés, & que le mariage fe devoit faire au
premier jour. Il ne comprenoit rien à une conduite fi peu ordinaire. Léonice , dont les manières honnêtes étoient eftimées de tout le

monde, lui avoit toujours paru incapable d'un
tour pareil à celui qu'on lui jouoit; & en cherchant pourquoi elle le traitoit si indignement,
il crut que tout cela s'étoit fait pour obliger
son amant, qui, par haîne ou par caprice, pouvoit avoir exigé de son amour un traitement si
injurieux. Il ne voyoit pas pourtant quel intérêt lui avoit fait souhaiter qu'il trahît la jeune
veuve. Il n'y avoit qu'à ne point troubler leur
union, & il n'eût jamais repris de nouvelles espérances. Quoique la manière dont elle avoit
agi avec lui le touchât sensiblement, il ne put
s'imaginer qu'elle eût pris plaisir à le brouiller
avec la jeune veuve.

Le lendemain, il alla chez elle comme ne faisant que d'arriver. Les réflexions qu'elle avoit
faites l'ayant rendue maîtresse de l'émotion
qu'elle devoit avoir en le revoyant, elle le
félicita d'un air tranquille sur son raccommode-
ment, & lui dit en même temps qu'elle n'auroit jamais cru qu'il eût voulu la sacrifier à une
personne dont il n'étoit que trop sûr qu'il ne
pouvoit être aimé. Almadore, n'ayant rien à
répondre à ce reproche, garda un profond silence, & la dame lui porta le dernier coup, en
lui montrant toutes les lettres qu'il avoit écrites à Léonice & à elle-même. Il s'écria qu'il
n'y avoit jamais eu une telle trahison ; & per-

fuadé, par ce qu'il voyoit, que Léonice avoit
tout remis entre les mains de la dame, il fortit
tout en fureur, fans chercher à s'excufer. Il
connut bien qu'il lui feroit impoffible d'en venir à bout; & dans ce même moment il alla
trouver Léonice. Il fit paroître tant d'emportement, dès qu'il commença à lui parler, que
pour en pouvoir démêler la caufe, elle réfolut de l'écouter fans l'interrompre. Il lui reprocha l'artifice de fes lettres, pour tirer de
lui celles qu'elle avoit voulu qu'il lui envoyât
de la jeune veuve, & ajouta qu'en les publiant,
il la couvriroit de honte. Léonice demanda à
voir ces lettres, & les ayant lues avec beaucoup de furprife, elle l'affura qu'il n'y en avoit
aucune que la jeune veuve n'eût écrite. Elle lui
conta ce qui s'étoit fait touchant fes premiers
billets, & lui avoua qu'ayant reçu une de fes
lettres un peu après fon départ, elle l'avoit lue
à la jeune veuve, proteftant que c'étoit la feule
qu'elle eût eue de lui pendant fon voyage, &
que puifqu'elle lui avoit promis de le regarder
toujours comme fon ami, il lui faifoit une
grande injure, s'il lui croyoit l'ame affez mauvaife pour avoir contribué à la tromperie
dont il fe plaignoit; qu'elle étoit au défefpoir
qu'on eut employé fon nom pour l'abufer, &
qu'en toute occafion elle lui donneroit avec

plaifir des marques de fon eftime. Almadore, convaincu qu'il n'avoit aucun fujet de fe plain- dre d'elle, voulut entrer dans les fentimens que fes fauffes lettres avoit remis dans fon cœur, & Léonice l'arrêta, en le priant de vouloir bien s'en tenir aux termes dont ils étoient convenus, puifqu'elle étoit prête à fe marier, & que tout ce qu'il pourroit dire de fa paffion feroit inutile. Il fe voyoit dans une fâcheufe fituation. Les charmantes efpérances qu'il avoit reprifes étoient perdues pour toujours. Il n'avoit rien à attendre de la jeune veuve, à qui il avoit fait un outrage qui ne pouvoit être réparé, & il avoit lui-même beaucoup de peine à lui pardonner l'état malheureux où elle l'avoit réduit, en rallumant une flamme qu'il étoit con- traint d'éteindre encore une fois. Dans ces agi- tations, il ne trouva pas de plus sûr moyen d'ou- blier tous fes chagrins, que de fe donner entiè- rement à la gloire. Comme le roi de la Chine étoit en guerre avec les tartares, & que l'ar- mée de ce prince étoit fur le point de leur don- ner bataille, Almadore voulut être de la par- tie. Il s'y rendit, & durant le combat, il fit de fi belles actions, qu'elles lui ont attiré l'ef- time des généraux, & même de toutes les trou- pes. Le roi, fachant cela, lui a donné un emploi

& une penfion confidérable pour en foutenir la dignité.

Je vous affure, madame, dit l'empereur Behram, que cette hiftoire eft fort jolie, & que la manière donr vous me l'avez racontée eft très-agréable. Si je ne croyois pas vous être trop importun, je vous prierois de m'en dire encore une autre ; mais comme cela pourroit vous incommoder, il faut remettre la partie à une autre fois. Cependant je vous prie de me faire l'honneur de dîner avec moi. La princeffe accepta cette offre avec plaifir; & après le dîner, l'empereur fit venir le feptième nouvellifte, qui étoit naturellement éloquent, lequel lui raconta cette hiftoire.

HUITIEME NOUVELLE.

IL eft dangereux de bleffer l'amour, quand il fe pique de délicateffe ; il fe révolte à la moindre injure ; & s'il ne meurt pas entièrement du coup qu'il reçoit, il en demeure fi affoibli, qu'il ne recouvre jamais fa première force. Une fort jolie dame, demeurée veuve à vingt ans, en a fait l'expérience depuis peu aux dépens de fon repos. Elle étoit belle, & douée

de cet agrément, qui, frappant d'abord les
yeux, faifit le cœur avec une violence qu'il n'eft
pas aifé de repouffer. Beaucoup de partis fe
préfentèrent, & l'on peut dire que le mérite de
fa perfonne contribua plus à lui attirer des adorateurs, que les avantages qu'on pouvoit attendre, en l'époufant, du côté de la fortune. Ce
n'eft pas qu'elle n'eût affez de bien ; mais trois
enfans que lui avoit laiffés fon mari, étoient une
dette contractée, qui en devoit emporter une
fort grande partie; & fi elle jouiffoit d'un gros
revenu, elle ne pouvoit difpofer du fonds.
Comme elle joignoit beaucoup de raifon à une
grande fageffe, elle réfolut, pour ne leur pas
nuire, de ne point penfer à un fecond mariage;
& pour fe mettre à couvert de toute furprife,
quoiqu'elle ne fût pas d'un âge à s'accommoder
de la folitude, elle trouva moyen d'écarter
tous ceux en qui elle remarquoit de l'empreffement qui pouvoit avoir des fuites. Tout ce
qui avoit quelque apparence d'amour lui faifoit prendre de fcrupuleufes réferves; & fi elle
fouffroit des douceurs, quand elles partoient
d'une fimple honnêteté, c'étoit affez pour être
banni, que de lui en dire d'un air férieux, qui
fît connoître qu'on fentoit ce qu'on difoit.

Cette conduite mit fon cœur en fûreté, & il
feroit toujours demeuré tranquille, fi elle eût eu

la même précaution contre un jeune cavalier
dont une de ses amies lui donna la connoissance.
Il étoit bien fait, avoit de l'esprit, & ses manières étoient toutes propres à le faire recevoir agréablement par-tout. L'éloignement que
bien des raisons lui faisoient avoir pour le mariage, fut cause qu'il vit cette aimable veuve
assez indifféremment. Il avoit pour elle tous les
sentimens de complaisance qu'on doit à une jolie
personne qui a du mérite ; mais il ne faisoit aucune démarche qui fît paroître qu'il en eût le
cœur touché. Il ne cherchoit point de temps
favorable pour l'entretenir en particulier, & les
soins qu'il lui rendoit lui devenoient d'autant
moins suspects, que, n'étant point assidus, ils ne
marquoient rien qui fût dangereux pour elle:
d'ailleurs elle savoit que le cavalier dépendoit
d'un père d'une humeur fâcheuse, & qui, quoique riche, étoit si avare, qu'il le mettoit hors
d'état de faire des dépenses superflues. Ainsi, à
moins d'un parti très-avantageux, on étoit
persuadé qu'il n'eût pas souffert que son fils lui
eût choisi une belle-fille, & la connoissance que
l'on avoit de son caractère, étant pour la jeune
veuve une nouvelle raison de ne rien craindre,
elle n'entra dans aucune défiance de l'engagement où elle pouvoit tomber.

Un an se passa de cette sorte, & ce temps

ayant fervi à les convaincre l'un l'autre d'un véritable mérite, la belle veuve ne put refufer
fon eftime au cavalier, & le cavalier fe fit une
gloire d'être des amis de la belle veuve. Comme
ils vivoient fans inquiétude, ils n'approfondi-
rent rien par-delà ces fentimens ; chacun d'eux
les prit pour ce qu'il vouloit qu'ils fuffent ; &
ils feroient demeurés encore long-temps dans
l'erreur qui leur faifoit croire que ce n'étoit que
de l'amitié & de l'eftime, fi le cavalier n'eût pas
été obligé de faire un voyage de deux mois.
L'abfence leva le voile qui leur cachoit ce
qu'ils s'étoient déguifé. Huit jours furent à
peine écoulés, qu'ils reconnurent tous deux
qu'il leur manquoit quelque chofe pour être
contens. La dame fut effrayée de ce qu'elle découvrit en s'examinant ; & ce qui fit fon plus
grand chagrin, c'eft qu'elle craignit d'avoir fait
un pas que le cavalier n'eût point fait de fon
côté. Il lui écrivit trois ou quatre fois, & il lui
parut fi réfervé dans fes lettres, qu'elle fut perfuadée qu'il étoit tranquille, tandis qu'elle fouffroit de ne le plus voir. Elle en jugea fort injuftement ; il fouffroit encore plus qu'elle, &
n'avoit que trop connu qu'il l'aimoit d'amour ;
mais le refpect l'empêchoit d'expliquer fes fentimens, & il lui fembloit que le papier feroit
malçonnoître ce qu'il falloit que fes actions mar-

quaffent, quand l'occafion s'en ttouveroit favo-
table.

Cependant la dame étoit dans des agitations
continuelles. Elle fe reprochoit tous les jours,
comme une foibleffe inexcufable, de fe voir dans
des fentimens qu'elle n'avoit pu caufer ; & quoique, dans la réfolution qu'elle avoit prife de
demeurer veuve, elle ne dût fouhaiter rien
tant que de n'être point aimée, elle étoit au
défefpoir de ne l'être pas. Etrange bizarrerie
de l'amour ! Elle convenoit avec elle-même
que le cavalier l'aimant, elle auroit peine à fe
garantir de vouloir changer d'état, & ce péril
ne l'étonnoit pas affez pour l'emporter fur la
honte qu'elle fe faifoit de trouver fon cœur
fenfible, fans qu'elle eût touché le fien. Enfin le temps de leur féparation finit. Le
cavalier étant de retour, fon premier foin fut
d'aller chez elle, & l'embarras où il fe trouva,
par fes nouveaux fentimens, mêlant à fa joie un
trouble fecret, qui l'empêchoit de paroître dans
tout fon excès, la dame crut que cette joie
étoit médiocre; & foit pour lui rendre indifférence pour indifférence, foit que la crainte de
rien laiffer échapper qui fût contraire à fa gloire,
l'obligeât de s'obferver, elle le reçut avec affez
de froideur. Le cavalier, furpris de cet accueil,
ne put s'empêcher de dire, qu'après ce que le

chagrin de ne la point voir lui avoit coûté, il ne croyoit pas s'être rendu digne du changement qu'il trouvoit en elle. La dame, toute réfervée qu'elle tâchoit d'être, ne put tenir contre ce reproche; elle répondit qu'elle jugeoit d'elle comme elle devoit, & que ne fe connoiffant aucun mérite qui engageât à la regretter, quand on ne la voyoit pas, elle étoit perfuadée que l'éloignement n'avoit pas beaucoup troublé fon repos. Cela fut dit d'un air vif, qui l'invitoit à une réponfe vive, & il la fit dans des termes les plus tendres & les plus paffionnés.

La belle veuve, qui prenoit plaifir à l'écouter, ne s'apercut qu'un peu tard qu'elle lui fouffroit des expreffions qui ne convenoient qu'à un amant; elle voulut y remédier, en lui difant qu'il ne fongeoit pas qu'il lui parloit une langue qui ne devoit point lui être permife. Ces mots qu'elle prononça un peu en defordre, produifirent un effet qui développa pour l'un & pour l'autre leurs plus fecrets fentimens. Elle rougit; il s'embarraffa, & ils demeurèrent tous deux interdits, d'une manière qui leur fit connoître qu'ils étoient touchés de la même paffion. La dame fut quelques jours fans en demeurer d'accord; & fe trouvant enfin obligée d'en convenir, elle réfolut de faire agir fa raifon, pour empêcher que l'amour n'en fût le maître. Le péril qu'elle couroit ne fe pouvoit éviter que par la fuite; mais le remède étoit violent, cependant elle fit affez d'efforts fur elle-même pour prier le cavalier de ne la plus voir que rarement. Ce fut un ordre donné fans aucune envie qu'on l'exécutât. Le cavalier ne le vit que trop; auffi continua-t-il fes foins avec tout l'empreffement que donne le plus violent amour. Les plaintes qu'elle faifoit de fa réfiftance à fes volontés, n'empêchoient point qu'il ne fût toujours bien reçu; & fes vifites, quelque longues qu'elles fuffent, ne la pouvoient jamais ennuyer. Il ne fut plus queftion de lui oppofer l'interêt de fes enfans, qui ne fouffroit point qu'elle fe remariât. Elle paffa par-deffus cette confidération, & ne s'arrêta qu'au feul obftacle du père du cavalier, qui lui fembloit invincible.

Comme l'amour fe flatte toujours, il promit à la dame d'obliger fon père de confentir à leur mariage, pourvu qu'elle lui permît de l'entreprendre. En effet, il fit agir des perfonnes d'une telle autorité, que tout autre qu'un bizarre fe feroit rendu à leurs prières; mais rien ne put l'ébranler. Il traita de ridicule la propofition qui lui fut faite, & prétendit que ce feroit vouloir ruiner fon fils, que de fouffrir qu'il époufât une femme qui étoit char-gée de trois enfans.

Ce refus, que la dame avoit prévu, lui caufa de grands chagrins ; mais ils furent adoucis par le défefpoir qu'elle vit dans fon amant. Elle tâcha de le confoler, & eut tout lieu d'être fatisfaite des tendres proteftations qu'il lui fit de l'aimer jufqu'au tombeau, & d'attendre à l'époufer après la mort de fon père, s'il ne pouvoit fléchir fa mauvaife humeur. Elle répondit qu'elle ne pre-noit aucune parole de lui, parce que l'amour qu'il lui marquoit étoit une paffion trop violente pour n'avoir pas tout à craindre du temps, & que d'ailleurs il fembloit que le veuvage étoit un état qu'elle devoit préférer à la dou-ceur d'un engagement où elle trouvoit de fi grands obftacles. Cependant l'affaire ayant fait grand bruit, elle crut, pour l'interêt de fa gloire, ne devoir plus voir le cavalier que chez leur amie commune, qui avoit contribué à leur liaifon. Il eft vrai qu'elle y venoit fi fouvent, que cette referve n'eut rien de fâcheux pour lui. Il lui apprit que fon père, pour faire ceffer fon attachement, avoit deffein de le marier à une riche bourgeoife, & qu'il l'en faifoit pref-fer par tous fes amis. La dame, qui ne vouloit point nuire à fa fortune, lui confeilla de lui obéir, l'affurant que l'amitié qui avoit commencé à les unir, n'en feroit pas moins fincère, & qu'elle le verroit avec joie dans un établif- fement confidérable, tandis qu'il la laifferoit en liberté de fe donner tout entière à fes enfans.

Un procedé fi honnête & fi généreux redou- bla l'amour du cavalier. Il rompit toutes les mefures que prenoit fon père, & aima mieux renoncer à une fortune confidérable qu'il lui affuroit, que de manquer à la belle veuve. L'obftination que ce père eut à ne lui donner que fort peu de chofe pour fa dépenfe ordinaire, ne lui caufa aucun embarras. La dame empêchoit qu'il ne fouffrît de fon avarice, & lui prêtoit de l'argent, pour lui faire faire une agréable figure. Comme il avoit du mérite, & que l'on favoit qu'il auroit un jour beaucoup de bien, les plus aimables perfonnes de la pro- vince n'euffent pas été fâchées de l'attirer, & une entre autres lui marqua des fentimens fi fa- vorables en plufieurs occafions, qu'on le fit apercevoir qu'ils ne lui déplaifcient pas. Elle avoit de quoi toucher un cœur qui n'auroit pas été prévenu ; mais celui du cavalier étoit trop rempli, pour recevoir des impreffions nouvelles ; & s'il répondit civilement aux honnêtetes qu'elle avoit pour lui, ce fut fans lui témoigner plus que de l'eftime. Il perdit

fon père en ce temps-là ; &, ce qui peut-être
l'affligea plus que fa perte, la dame fut obligée
d'aller à Venife en diligence folliciter un procès,
où il s'agiffoit pour fes enfans de la plus grande
partie de leur bien. Il lui propofa de l'époufer
avant fon départ, mais elle crut qu'un mariage
fi précipité, dans un temps de deuil, feroit trop
parler le monde ; & le delai qu'elle demanda
mit le cavalier dans un déplaifir inconcevable.
Les affaires qu'il avoit de fon côté ne lui per-
mettant pas de l'accompagner, il la pria mille
fois de ne le pas oublier dans un lieu où il pre-
voyoit que fon mérite lui attireroit d'illuftres
hommages. Elle l'affura qu'il lui faifoit tort de
lui demander de la conftance, puifqu'un cœur
comme le fien étoit incapable de changer de
fentimens. Ils s'écrivirent fouvent, & elle
auroit pu remplir fes lettres des conquêtes
qu'elle dédaigna pour lui, fi elle eût pu fe faire
une gloire de ces fortes de triomphes ; mais
elle ne voulut devoir fa tendreffe qu'à fon feul
penchant, & elle eût été fâchée qu'aucun motif
de reconnoiffance l'eût portée à foutenir une
paffion qu'il lui avoit tant de fois juré ne devoir
finir qu'avec fa vie.

Cependant elle rejeta divers partis fort
confidérables, qui l'emportoient fur le cavalier.
Il eft vrai que, loin d'ôter l'éfperance à un

jeune marquis, que fes manières toutes agréables, & un air noble qui foutenoit fa beauté, lui donnèrent pour amant, elle fembla voir avec plaifir qu'il s'attachât à lui plaire. Les complaifances honnêtes qu'elle avoit pour lui, le flattèrent qu'elle agréoit fon amour ; & il en étoit d'autant plus perfuadé, qu'aucun de ceux qui avoient voulu lui rendre des foins, n'avoit été traité de la même forte. Ce qui l'obligeoit à cette diftinction, étoit le grand crédit du marquis, qui follicitoit pour elle, & qui pouvoit tout fur la plupart des juges. Ainfi, elle avoit grand interêt à le ménager ; & comme elle avoit beaucoup d'efprit, quand il lui parloit de mariage, elle favoit fi bien fe tirer d'affaire, que, fans trop s'engager, elle lui laiffoit entrevoir que le confentement qu'il lui demandoit, dépendoit du gain de fon procès. Après cela, on peut juger avec quelle ardeur il mettoit tout en ufage pour lui procurer le fuccès qu'elle attendoit.

Les affurances fincères qu'elle avoit données au cavalier devoient fi bien lui répondre de la bonté de fon cœur, quelle négligea de l'avertir de cette conquête, comme elle avoit négligé de l'informer de toutes les autres. Il en eut pourtant avis, & ce fut pour lui un coup terrible. Il feroit parti fur l'heure, pour fe tirer

du

du trouble d'efprit où il étoit, s'il n'eût été retenu par des affaires qui ne lui pouvoient permettre de s'éloigner. Le filence de la dame fur un commerce qui fembloit être délicat, étoit un outrage que le cavalier reffentoit vivement, & néanmoins il n'ofoit s'en plaindre, de crainte de bleffer la délicateffe de la dame. Il favoit qu'elle vouloit qu'on l'aimât avec eftime, & il ne pouvoit la foupçonner d'infidélité, fans témoigner qu'il l'eftimoit peu. Dans cet embarras, il s'avifa d'un expédient qu'il crut infaillible, pour lui donner lieu de s'expliquer fur la jaloufie qui le tourmentoit. Il voyoit de temps en temps la jolie perfonne qui avoit deffein de s'en faire aimer. Il commença à la voir fouvent, & ne douta point que cette affiduité, dont apparemment la dame feroit informée par leur amie, ne la portât à lui faire des reproches. Alors il étoit en droit de lui parler du marquis, fans qu'elle s'en pût fâcher, & cela devoit produire l'éclairciffement qu'il fouhaitoit. Son raifonnement ne fe trouva jufte qu'en partie. Le bruit que firent les nouveaux foins qu'il rendit, alarma l'amie commune; elle condamna le cavalier, & lui dit qu'ayant fervi à favorifer fa paffion, elle ne pouvoit fe difpenfer d'écrire à la dame l'infidélité qu'il lui faifoit. Il répondit qu'il ne man-

C c

queroit jamais à ce qu'il devoit à cette aimable
perfonne , & que fi elle trouvoit à redire à des
devoirs paffagers qu'il rendoit en fon abſ-
ſence il y avoit des moyens fûrs de la fatiſ-
faire.

L'amie écrivit, & la dame , qui jugeoit des
autres comme elle vouloit que l'on jugeât d'elle-
même, lui marqua, par fa réponſe, qu'elle croiroit
faire tort au cavalier de le foupçonner d'aimer
quelqu'un à fon préjudice , & qu'il y auroit de
la cruauté à lui envier quelques momens de
plaifir , pendant qu'il étoit éloigné d'elle. Le
cavalier vit cette réponſe , qui lui fut montrée
afin que l'honnêteté qu'avoit la dame fût pour
lui une efpèce d'obligation de rompre l'affiduité
qu'il avoit auprès de fa rivale. Elle produifit un
effet tout contraire, dont il ne fit rien paroître.
Il s'imagina que la dame ne fe repofoit ainfi fur
fa bonne foi, que dans le deffein de le porter
à l'autorifer, par fon exemple, à devenir infidèle.
Dans cette penſée , il chargea un de fes amis
intimes, que quelques affaires faifoient aller à
Veniſe, d'obſerver la dame, & d'avoir des eſ-
pions chez le marquis, afin de favoir ce qu'on
y difoit. Il n'apprit rien d'agréable. Le marquis
étoit très-affidu auprès de la dame, & perfonne
ne doutoit chez lui que le mariage ne fe dût
faire dans fort peu de temps. Le cavalier perdit

patience à ces nouvelles. Il voulut être éclairci,
à quelque prix que ce fût ; & pour en venir à
bout, il lui envoya une lettre de change de tout
l'argent qu'elle lui avoit prêté pendant que son
père étoit vivant, & lui manda qu'il souhaitoit
qu'elle fût heureuse avec le marquis ; qu'il alloit
tâcher de l'être en épousant une personne du
cœur de laquelle il étoit sûr, & qu'il lui rendroit
ses lettres à elle-même, si - tôt qu'elle seroit de
retour, afin qu'elle ne crût pas qu'il en
voulût faire aucun usage qui lui donnât du
chagrin.

Il ne douta point que si la dame étoit inno-
cente, cet emportement, qu'elle devoit prendre
pour une marque d'amour, ne l'obligeât à s'opposer à son changement, & à l'assurer qu'elle n'avoit
nul dessein pour le marquis. Elle reçut cette
lettre le même jour qu'elle gagna son procès.
Ainsi, l'on peut dire qu'elle eut dans le même
temps un très - grand chagrin & une sensible
joie. Comme elle étoit hors d'affaires, elle
n'avoit plus que les seuls ménagemens d'honnêteté à garder avec le marquis qui étoit cause
de tout le désordre ; elle auroit pu convaincre
le cavalier de l'injustice que lui faisoient ses
soupçons ; mais il lui parut si peu digne d'elle,
après la conduite qu'il tenoit, qu'elle résolut,
non seulement de ne plus songer à lui, mais

encore de le priver du plaifir d'apprendre qu'elle fentît auffi vivement qu'elle faifoit l'indignité de fon procédé. Ce fut ce qui l'obligea à lui répondre en peu de paroles, mais fans vouloir fe juftifier fur l'article du marquis, qu'elle prenoit part au choix qu'il faifoit, dont elle étoit très - contente, & qu'à l'égard de fes lettres, il en pouvoit faire ce qu'il lui plairoit, parce qu'elle ne lui avoit jamais rien écrit qui la dût mettre en inquiétude fur fon indifcrétion.

Cette réponfe acheva de faire croire au cavalier qu'il étoit trahi. Ne rien dire du marquis, c'étoit avouer qu'elle l'aimoit, & il ne put fe perfuader que fi l'infidélité qu'il lui reprochoit n'eût pas été véritable, elle lui eût fait voir qu'il l'accufoit injuftement. Un fentiment de fierté, qui fe joignit au chagrin de fe voir trompé, au moins à ce qu'il croyoit, ne le laiffa plus fonger qu'au plaifir de ne fouffrir pas qu'on dît dans la ville que la belle veuve lui eût manqué de parole. Il fe fit un point d'honneur de la prévenir, & de montrer, en fe donnant à un autre, qu'il l'avoit quittée avant qu'elle l'eût quitté. La demoifelle à qui il rendoit fes foins, méritoit affez fon attachement; elle étoit aimable & jeune, & fon choix ne pouvant être blâmé de perfonne, faifoit connoître que c'étoit lui qui renonçoit à la dame. Quelques-uns de ſes amis, qui étoient dans la même erreur touchant ſa prétendue infidélité, & à qui ſes trois enfans donnoient du dégoût pour elle, furent d'avis de ce mariage, & le contrat fut ſigné, au dédit de mille piſtoles. La joie qu'on en eut dans la famille de ſa nouvelle maîtreſſe, le fit bientôt éclater dans toute la ville. On voulut le conclure en peu de jours; mais la paſſion du cavalier, toujours violente, quoique combattue par le dépit, lui fit demander du temps. Il alla chez ſon amie, à qui il parla en homme déſeſpéré, qui ne ſe pardonnoit point l'engagement où il venoit de ſe mettre. Elle pénétra ſes ſentimens, jugeant bien que mille piſtoles ne ſeroient pas un obſtacle qui l'empêcheroit de rompre; elle manda à la dame qu'elle n'avoit qu'à lui expliquer ſes intentions, & que, malgré le contrat ſigné, elle étoit ſûre que le cavalier ſe feroit une joie de lui prouver ſon amour, en lui ſacrifiant toutes choſes. Elle ne reçut point de réponſe, & ce ſilence lui fit croire que le titre de marquis avoit ébloui la belle veuve, & que ce n'étoit pas ſans raiſon que le cavalier l'accuſoit de perfidie.

Cependant les choſes alloient tout autrement qu'elle ne penſoit. La dame eut à peine gagné ſon procès, qu'étant preſſée de nouveau par

le marquis, elle lui dit qu'elle étoit si senfi-
blement touchée de l'honneur qu'il lui vouloit
faire, que si elle pouvoit se résoudre à un second
mariage, elle le préféreroit à tout autre; mais
qu'après avoir examiné ce qu'elle devoit, &
à la mémoire de son mari, & à elle - même,
il lui paroissoit que rien n'étoit plus louable
à une veuve que de ne songer qu'à élever ses
enfans, & qu'elle croyoit qu'il avoit pour elle
assez d'estime pour vouloir bien approuver le
dessein qu'elle avoit pris de ne point changer
d'état. Le marquis combattit long - temps cette
résolution, sans la pouvoir ébranler, & il fut
contraint de la laisser retourner dans sa province.
Elle alla d'abord chez son amie, qui, apprenant
que le bien de ses affaires étoit l'unique motif
qui lui avoit fait souffrir les soins du marquis,
voulut lui parler du cavalier : mais la dame
l'arrêta en lui ouvrant son cœur; elle lui dit
que ce n'étoit pas sans de grands efforts qu'elle
avoit vaincu sa passion; mais que l'outrage
qu'il lui avoit fait, par ses injustes soupçons,
dans un temps où elle lui sacrifioit avec plaisir
une plus grande fortune que celle qu'elle
auroit pu attendre de lui, l'avoit tellement
blessée, qu'il lui étoit impossible de l'oublier;
que par - là, il l'avoit rendue à elle - même,
& qu'elle profiteroit de cet avantage pour

demeurer toujours maîtresse de sa liberté.

Elles étoient sur cette matière quand le cavalier vint les interrompre. Il fut fort surpris de voir la dame, dont il n'avoit point appris le retour, & il la trouva si belle, que tout son amour seréveilla. Une petite émotion de colère qu'elle laissa voir, rendit ses yeux plus brillans que de coutume, & il parut un incarnat sur ses joues dont il fut ébloui. Il se troubla à sa vue, & sentant la perte qu'il faisoit, il lui demanda, en tremblant, si elle étoit mariée. Elle lui répondit froidement que non, & qu'elle se rejouissoit d'être arrivée assez tôt pour être à ses noces. Le cavalier, outré de douleur, lui dit que s'il étoit inconstant, il avoit suivi l'exemple qu'elle lui avoit donné, & que son respect ne lui avoit pas permis de s'opposer à ses avantages. Alors elle voulut bien le détromper sur l'affaire du marquis, & lui fit connoître que la conduite qu'elle avoit tenue, malgré les partis qui s'étoient offerts, ne l'avoit pas rendue digne des impressions désavantageuses qu'il en avoit prises. La joie qu'il eut de sortir d'erreur, l'obligea de se jeter à ses pieds ; mais la belle veuve n'écouta pas ses remerciemens ; elle lui fit voir une fierté qui le rendit immobile, & lui déclara qu'elle ne s'étoit justifiée que pour sa gloire ; que loin d'exiger rien de son repentir,

elle verroit avec joie qu'il épousât la belle
perſonne qu'il lui avoit préférée, & qu'après
ce qu'il avoit été capable de faire, elle ne
vouloit jamais le revoir. Il fut ſi ſaiſi de ces
paroles, qu'il s'évanouit. La dame ſe retira, ſans
en paroître touchée, & l'abandonna à ſon amie,
qui, ſenſible aux plaintes qu'elle lui entendit
faire après qu'il fut revenu à lui, fit ſes efforts
pour le conſoler, en lui promettant de le ſervir
auprès de la dame. Tout ce qu'elle dit fut inutile. La belle veuve témoigna être ravie que
cette aventure lui eût fait ouvrir les yeux ſur
la foibleſſe & la ſottiſe de la plupart des hommes, & fit ſerment de n'en écouter jamais
aucun.

Cependant, malgré tout cela, le cavalier ne
ſe rebuta point. Il eſſaya de la fléchir par toutes
ſortes de voies; & n'y pouvant réuſſir, il monta
un jour juſqu'à ſa chambre, ſans avoir trouvé
perſonne qui allât l'en avertir. Elle étoit ſeule
dans ſon cabinet, & avoit les yeux attachés
ſur des papiers: c'étoient ſes lettres qu'elle re-
liſoit. Il les reconnut, & s'imagina que ce
moment étoit favorable pour appaiſer ſa colère.
Il lui dit les choſes les plus tendres; & toute
la réponſe qu'il en eut, fut quelle vouloit bien
lui avouer, qu'ayant eu pour lui une très-
forte tendreſſe, elle n'avoit pu le perdre ſans

une douleur inconcevable ; qu'elle ne haïssoit encore de lui que son crime ; mais que ce crime étoit tel, que son repentir n'en obtiendroit jamais le pardon. Il s'évanouit encore à ses pieds, & cet objet lui tira des larmes. Elle prit soin de le faire revenir, & sur ce qu'il lui reprocha la cruauté qu'elle avoit de le rappeler à la vie, que sa haîne lui rendoit insupportable, elle consentit enfin à lui pardonner, & à vouloir demeurer de ses amis, à condition qu'il acheveroit le mariage qu'il avoit signé. Il protesta qu'il n'en feroit rien ; mais elle voulut la chose si absolument, & lui en réitera l'ordre tant de fois, & par elle - même, & par son amie, en lui disant qu'il y alloit de sa gloire de ne pas donner sujet de dire qu'elle eût la foiblesse de chercher un vain triomphe, qu'elle l'obligea de se marier. Quoiqu'il ait pour sa femme toutes les honnêtetés imaginables, il ne laisse pas de regretter toujours ce qu'il a perdu. La belle veuve, qui, de son côté, a renoncé pour jamais au mariage, voit fort peu de monde ; & si l'on s'en doit rapporter aux apparences, on a lieu de croire qu'ils sont à plaindre tous deux.

Après que le nouvelliste eut achevé cette aventure, l'empereur Behram le loua fort sur sa manière de réciter. Il lui dit qu'il paroissoit

bien qu'il étoit né orateur; que son discours étoit
des plus nobles & des plus éloquens ; qu'on y
voyoit un tour d'esprit & une délicatesse charmante ; mais qu'il ne pouvoit s'empêcher de blâmer la dureté de la veuve, qui tenoit plutôt de
la férocité d'un sauvage, que du naturel doux &
tendre attaché au beau-sexe. Je sais bien, ajouta-t-il, qu'il veut être aimé sans réserve, &
que le moindre soupçon d'infidélité lui fait
beaucoup de peine; mais lorsqu'un amant s'est
justifié, on ne doit plus se plaindre de lui ; il
faut le regarder d'un œil favorable, & lui
témoigner autant d'amitié qu'on lui a marqué
de rigueur ou d'indifférence. C'est ainsi que
l'amour se conserve dans le cœur des amans,
& que leur union ne finit qu'avec la vie. J'avoue,
à ma confusion, que je n'ai pas toujours observé
cette maxime : c'est de quoi je me plains. Mais
quel est l'homme sur la terre qui n'a jamais
failli, & qui par son regret ne rende sa faute
aussi digne de pardon, qu'elle l'étoit auparavant de blâme ? L'empereur ayant encore dit
plusieurs choses agréables sur ce sujet, comme
il se vit dans une santé parfaite, il voulut régaler les plus grands seigneurs de sa cour. Il envoya inviter à souper les trois jeunes princes de
Sarendip, auxquels il étoit redevable de sa gué-
rison. Le repas fut magnifique ; & ce qui

en augmenta la beauté, fut la joie & le plaifir qu'eut toute la cour de voir l'empereur de fi belle humeur. L'après - dîner, il fit la revue des troupes de fa maifon, qui confiftoient en infanterie & en cavalerie. L'infanterie eft armée de fabres & de cangiars, avec des moufquets qui font fort légers, & la mèche dont ils fe fervent eft de coton. La cavalerie l'eft de deux manières, l'une de lances, de fabres, & de groffes maffes de fer; l'autre porte l'arc & le carquois, & ont tous des rondaches. Ces troupes, paffant en revue devant l'empereur, faifoient voir leur adreffe; les moufquetaires tiroient à un but qui étoit fur une petite hauteur; ceux qui avoient la lance, caracolloient devant l'empereur, & montroient leur favoir faire à la bien manier. A l'égard des archers, chacun tiroit fa flèche à un but, l'un après l'autre, en courant à toute bride.

Il y avoit entre autres un de ces derniers affez petit, & qui n'avoit pas grande mine. Quand fon tour vint, il ne piqua point fon cheval, & ne fe mit point en devoir de tirer fa flèche; mais en paffant devant l'empereur, il fit feulement une inclination profonde. Ce prince, indigné de cette efpèce de négligence, donna ordre fur le champ qu'on demontât cet archer, qu'on lui ôtât fes armes, & qu'on le

chaſſât honteuſement. Un des principaux officiers, qui le connoiſſoit, dit à l'empereur qu'il
ne ſavoit pas pourquoi cet homme en avoit
uſé de la ſorte; mais qu'il étoit un des meilleurs ſoldats du royaume; que ſon père avoit
été un vaillant homme, & qu'il avoit fait de
ſi belles actions, que ſa majeſté lui avoit accordé
trois payes. Cet officier l'ayant enſuite nommé
à l'empereur, ce diſcours fit que ce prince voulut qu'on le lui amenât.

On l'avoit déjà démonté, & l'empereur lui
ayant demandé pourquoi il n'avoit par tiré ſa
flèche comme les autres : Je ne ſais, lui répondit-
il, tirer mes flèches que contre les ennemis
de votre majeſté. Comme cette réponſe plut
à l'empereur, il lui dit : Allez reprendre votre
cheval, & faites voir votre adreſſe. L'archer
fit une profonde révérence, remonta ſur ſon
cheval; & après quelques caracoles, pour montrer qu'il le ſavoit bien manier, il le pouſſa à
toute bride juſqu'à une certaine diſtance au
delà du but, où il décocha ſa flèche par derrière, qu'il mit dans le milieu. Au retour, il vint
encore à paſſer devant l'empereur, & pouſſant
derechef ſon cheval avec autant de dextérité
que de vîteſſe, il tira une ſeconde flèche qui
fendit la première par le milieu. L'empereur,
ſurpris de voir tant d'adreſſe dans un homme

qui n'avoit point de mine, ne laissa pas de lui donner une veste, & de lui augmenter sa paye, en l'assurant qu'il l'avanceroit. Cela fait, ce prince se retira, & le lendemain il fit avertir toutes les princesses des autres palais de venir dîner avec lui. Elles n'y manquèrent pas ; & durant huit jours ce ne fut que fêtes galantes & que festins, dont la magnificence & les délices surpassoient celles du banquet des dieux.

Pendant tous ces divertissemens, l'amour ne fut pas oisif. Les plus grands Seigneurs de la cour offrirent leur cœur à ces belles princesses, & elles ne furent pas fâchées de se voir aimer. Il se fit des galanteries réciproques, qui produi-firent d'abord des intrigues & des jalousies en nombre. Mais comme elles m'éloigneroient trop de mon sujet, je n'en parlerai point ici. Je dirai seulement que l'empereur Behram maria les sept Princesses, & donna à chacune d'elles un des palais qu'il avoit nouvellement fait construire, avec des pensions considérables pour vivre selon leur qualité. Cette générosité fut applaudie de tout le monde, & ne fit pas moins d'honneur à ce prince, que de plaisir à toutes ces princesses ; ensuite il s'en retourna dans sa ville capitale, où il se servit fort uti-lement de ce précieux miroir contre les désordres & les malverſations qui ſe commettoient continuellement dans ſon empire. Tandis qu'il étoit ainſi occupé à faire triompher ce miroir, ſi ſalutaire aux bons, & ſi fatal aux méchans, il reçut une lettre du roi de Sarendip, dont voici le contenu.

***

'Au très-grand, très-auguſte, & très-invincible monarque l'empereur BEHRAM.

IL faut avouer, ſeigneur, que les trois princes mes enfans ſont nés ſous une étoile bien favorable, pour avoir été conduits à la cour de votre majeſté impériale. Comme elle eſt la plus belle & la plus polie du monde, je ne doute pas qu'ils n'y aient appris de bonnes maxime pour régner, qui doivent paſſer chez eux en habitude. Ils avoient beſoin d'une école auſſi ſavante pour ſe perfectionner; & les avantages qu'ils en retireront les engageront à une reconnoiſſance éternelle envers votre ſuprême majeſté. Quant à moi, je la ſupplie très - humblement de croire que je lui ſuis très - obligé des bontés qu'elle a eues pour eux, & que je m'eſtimerois fort heureux de trouver les occaſions de lui en témoigner ma gratitude plûtôt par mes ſervices que par mes paroles. En attendant que le ciel me procure ce bonheur, je lui adreſſerai continuellement mes vœux, afin que la vie de votre majeſté ſoit auſſi longue, qu'elle eſt glo-

rieufe. Cependant, seigneur, comme je me sens accablé du poids de mes années, & que j'ai besoin de mes enfans pour me soulager, je vous conjure, par cette générosité qui vous est si naturelle, de vouloir bien leur permettre de me venir trouver. J'espère que votre majesté ne me refusera pas cette faveur, & qu'elle y joindra celle de croire qu'on ne peut être plus parfaitement que je suis son très-humble & très-obeissant serviteur,

Le roi DE SARENDIP.

Quelque utiles que les trois princes de Sarendip fussent à l'empereur Behram, & quelque amitié qu'il eût pour eux, il ne put tenir contre la lettre du roi leur père. Il leur en fit la lecture, & leur dit de se préparer à partir au premier jour; que véritablement ce départ lui donnoit du chagrin, mais que la considération qu'il avoit pour le roi de Sarendip, l'obligeoit à lui accorder sa demande. Sur quoi ces princes lui répondirent qu'en quelque pays qu'ils fussent, il pouvoit compter sur eux, & qu'ils n'oublieroient jamais les obligations qu'ils lui avoient. Cela fut suivi de plusieurs honnêtetés de part & d'autre, & ensuite l'empereur ordonna qu'on leur fît un équipage magnifique. La veille de leur départ, il leur

donna à chacun un fabre garni de diamans ;
plufieurs veftes très - riches, avec de fort beaux
préfens pour le roi leur père, & une lettre qu'il
lui écrivit, dont voici les termes.

AU très - fage, très - puiffant, & très - magnanime prince, le féréniffime roi DE
SARENDIP.

VOUS me demandez les princes vos enfans ;
feigneur ; toutes les lois & toutes les raifons ima-
ginables m'obligent de vous les renvoyer. Je le fais
avec plaifir, par la confidération de leur mérite
& des fervices importans qu'ils font capables
de vous rendre ; mais en même temps je fuis
touché d'un regret très - fenfible, & qui ne fi-
nira qu'avec ma vie. Ils me l'ont confervée,
feigneur, auffi - bien que mon empire ; & par
leur fageffe & leur valeur, ils m'ont mis dans
un état non feulement tranquille, mais même glo-
rieux. Que ne feront point pour un père fi fage &
fi aimable, des princes fi bien nés & fi vertueux ?
Je prie le ciel qu'ils puiffent vous conferver long-
temps, & vous aider à rendre de jour en jour votre
royaume plus floriffant qu'il n'a jamais été. Ce font
des vœux que je ferai toujours très - ardemment.
Mais s'il arrive quelque occafion où il s'agiffe de
vous

vous bien marquer ma bonne volonté, je vous prie de compter fur moi comme fur un ami fincère, & qui vous eft entièrement acquis.

L'empereur BEHRAM.

Les princes de Sarendip étant partis avec cette lettre & tous les beaux préfens que l'empereur leur avoit donnés, continuèrent leur voyage avec une extrême joie, dans l'efpérance de revoir bientôt leur chère patrie. Ils furent efcortés par un détachement des gardes de l'empereur, & défrayés jufqu'à la dernière ville de fes frontières, où étant arrivés, ils trouvèrent un autre détachement des troupes du roi leur père, qui les efcorta jufques dans la ville capitale de Sarendip. Toute la jeune nobleffe fut à leur rencontre', & par-tout où ils paffoient, ils entendoient mille acclamations publiques qui leur marquoient la joie qu'on avoit de les revoir.

Que vous êtes heureux, aimables princes, d'être, pour ainfi dire, l'objet de l'adoration de vos peuples; c'eft l'effet glorieux de vos rares qualités, & le jufte couronnement de votre mérite. Cependant, quoique la fatiffaction que vous en avez foit très-grande, elle n'égalera jamais celle que la vue & les embraffemens de votre augufte père vont cau-

fer à votre cœur. C'eſt dans cette occaſion où
la nature ne pouvant plus diſſimuler, vous
fera ſentir ſes mouvemens les plus tendres,
en récompenſant avec plaiſir l'obéiſſance que
vous avez eue pour exécuter les ordres pater-
nels, qu'il eſt bon de s'y conformer toujours,
ſur-tout quand ils ne tendent qu'à notre bien
& à notre gloire.

En effet, lorſque les princes parurent devant
le roi, il ſe leva de ſon ſiège, les embraſſa
l'un après l'autre, & en leur donnant mille
marques de tendreſſe, il répandit des larmes
de joie de les revoir après une ſi longue abſence.
Les princes lui remirent la lettre & les préſens que l'empereur Behram lui envoyoit.
Quoiqu'ils fuſſent très-conſiderables, néanmoins la lecture qu'il fit de cette lettre le
toucha bien davantage par rapport aux louanges
de ſes enfans qu'il embraſſa encore une
fois avec des tranſports qu'on ne peut exprimer.

Après que ces princes eurent été quelque
temps avec le roi, ils ſe retirèrent chacun
dans leur appartement, où ils furent viſités
par toute la cour, qui s'empreſſa de leur venir
faire des complimens ſur leur heureux retour.
C'étoit à qui s'aquitteroit le mieux de ſon devoir, par là haute eſtime & l'extrême reſpect qu'on

avoit pour des princes d'un mérite si accompli. Le lendemain, ils rendirent compte au roi des différens climats où ils avoient été, & des aventures surprenantes qui leur étoient arrivées. Ils ne manquèrent pas de lui parler entre autres du voyage qu'ils avoient fait aux Indes pour le service de l'empereur Behram, & de celui qu'ils avoient rendu à une grande reine de ce pays-là, & du désir qu'elle avoit d'épouser le puîné des trois princes. Le roi s'étant fait éclaircir de l'âge de cette reine, de sa vertu, de son mérite, & de la beauté de son royaume, consentit à cette alliance. Quelque temps après, il fit faire un équipage magnifique pour ce prince; & la veille de son départ, il le chargea de beaux présens pour cette reine. Il y avoit une couronne d'or, enrichie de diamans, de rubis, & d'émeraudes d'une rare beauté; un manteau royal de brocard d'or, brodé de perles, dont l'agraffe étoit d'une escarboucle; un bouquet de différentes pierreries, qui faisoient une diversité de couleur & d'éclat admirable; un collier de perles rondes, couleur de belle marguerite, & presque aussi grosses que des œufs de pigeons, d'un prix inestimable; plusieurs riches fourrures de marte-zibeline, une tasse faite d'une seule émeraude, qui est peut-être l'unique qui soit au monde, douze

belles agathes, qui, d'un côté, repréſentoient
un empereur romain, & de l'autre une impé-
ratrice ; ouvrages qui étoient le chef-d'œuvre
des plus fameux ſculpteurs de chaque ſiècle;
un coq d'or, dont les yeux étoient de rubis, &
qui, par le moyen d'un reſſort, chantoït comme
un coq naturel. Il y avoit encore pluſieurs autres raretés, dont le détail feroit peut-être ennuyeux, ou du moins nous éloigneroit trop de
notre ſujet: c'eſt pourquoi je n'en parlerai pas
davantage, & je dirai que ce prince ayant pris
congé du roi, partit avec toutes ces richeſſes,
& fut accompagné par pluſieurs grands ſeigneurs, qui allèrent avec lui aux Indes. La
reine étant avertie que le prince étoit en marche pour la venir épouſer, alla avec toute ſa
cour au devant de lui juſqu'à la dernière ville
de la frontière de ſon royaume. Comme elle
avoit fait beaucoup de diligence, elle y arriva
deux jours avant lui ; & pendant ce temps,
elle donna tous les ordres néceſſaires pour lui
faire une entrée magnifique. Mais ce prince,
qui mouroit d'impatience de la voir, prévint
l'exécution de ſes ordres, & ayant commandé
aux gens de ſon équipage de venir à petites
journées, il prit la poſte avec un écuyer, un
page, & un valet de chambre. Il arriva au palais dans le temps que la reine dînoit. Il paſſa

dans la falle où elle mangeoit, & entra promptement dans la chambre de cette princeffe, afin
de n'être vu de perfonne.

Cependant quelque foin qu'il prît, il ne put
fi bien faire qu'il ne fût reconnu de quelque
grand feigneur. Cela caufa un bruit fourd, &
la reine voulant favoir ce que c'étoit, on lui
dit à l'oreille, que c'étoit le prince de Sarendip qui venoit d'arriver, & qu'il étoit entré
dans fa chambre. Cette nouvelle agréable la
furprit d'autant plus, qu'elle ne l'attendoit pas
fi-tôt. Une palpitation de cœur la prit; elle ne
put achever fon repas, & alla auffi-tôt trouver
le prince. D'abord qu'il la vit, il la falua d'un
air tendre, & lui prit la main pour la baifer;
mais en même temps cette princeffe lui préfenta
le vifage, & il lui donna un baifer, accompagné
de paroles les plus flatteufes & les plus enga-
geantes du monde. Elle y répondit comme elle
le devoit; & après un quart-d'heure de converfation, la reine jugeant que ce prince pouvoit
être fatigué de fa courfe, elle le conduifit dans
un fort bel appartement qu'elle lui avoit fait
préparer. Elle le laiffa repofer jufqu'au foir,
qu'elle le vint prendre pour fouper avec elle.
Il y alla auffi-tôt, & s'il fut furpris en entrant
dans la falle où il devoit manger de n'y voir ni
table, ni couvert, ni rien d'apprêté, il le fut

bien davantage quand il aperçut tout d'un coup
le plancher d'en haut s'entr'ouvrir , & une table
toute couverte de mets les plus exquis , qui
descendoit au son de plusieurs instrumens, qui
faisoient une harmonie charmante. Pendant le
repas , la symphonie continuoit ; & de temps
en temps elle étoit accompagnée de voix plus
douces que celles des syrênes. Le prince y prenoit beaucoup de plaisir, & ce commencement
étoit pour lui un pronostic favorable des agrémens qu'il devoit avoir avec cette auguste
reine.

Après le soupé , ce prince lui donna la main
pour la conduire dans son appartement, où
après s'être entretenu quelque temps avec elle, il
se retira dans le sien. Ses équipages arrivèrent
le troisième jour ; le lendemain il donna les présens à la reine , dont elle fut charmée, & le
jour suivant, la célébration du mariage se fit
avec toute la pompe & la magnificence imaginables. Cette cérémonie étant finie, le roi & la
reine prirent le chemin de leur ville capitale ,
qui les attendoit dans une impatience mêlée
de respect & d'amour. Toutes les troupes &
tous les citoyens se mirent sous les armes,
pour les recevoir. Par-tout où ils passoient,
c'étoient des arcs de triomphe , enrichis de
devises ingénieusement inventées à leur gloire

Les poëtes chantoient fur leur lyre cet heureux hyménée, & en pronoftiquoient la durée par la beauté de leur chant. Des fontaines de vin couloient de toutes parts, & des feux d'artifice, qui montoient jufqu'aux nues, annonçoient au ciel la joie que les peuples avoient d'un mariage fi augufte & fi conforme à leurs défirs.

Voilà ce qui fe paffa de plus confidérable en cette occafion. Revenons préfentement au roi de Sarendip & aux deux princes fes enfans, dont le mérite étoit révéré de tous les peuples, & il n'y avoit point de roi qui ne fe fît honneur de fon alliance. Parmi ceux qui la fouhaitoient le plus, le roi de Numidie, qui avoit pour fille unique une des plus aimables princeffes du monde, la fit propofer au roi de Sarendip pour le prince fon cadet. Ce roi, qui avoit beaucoup d'eftime pour lui, & qui avoit entendu parler des rares qualités de cette princeffe, accepta d'autant plus volontiers cette propofition, qu'elle étoit unique héritière des états du roi fon père, & que, venant à mourir, le prince de Sarendip monteroit fur le trône. Les chofes étoient déjà fort avancées, lorfque le prince d'Arcas, voifin du roi de Numidie, la fit demander en mariage. Cette alliance l'accommodoit fort, parce qu'étant devenu roi de Numidie, il y joignoit fes états, & devenoit par

ce moyen très-puissant. Le roi de Numidie se
trouva alors fort embarrassé sur le choix ; d'un
côté, il étoit engagé avec le roi de Sarendip,
dont véritablement il n'espéroit aucune succession pour sa fille, d'autant que ce roi avoit un
fils aîné qui devoit lui succéder à sa couronne ;
de l'autre côté, il considéroit qu'après sa mort,
sa fille seroit très-puissante, parce qu'en épousant le prince d'Arcas, elle joignoit ses états
avec les siens. Tout cela occupoit extrêmement
le roi de Numidie, & ne sachant à quoi se dé-
terminer, il mit l'affaire en délibération dans
son conseil. Les uns, considérant les avantages
de la princesse sa fille, furent d'avis de la donner au prince d'Arcas ; mais les autres furent
d'un sentiment opposé. Ils lui représentèrent
qu'un roi devoit être esclave de sa parole ; qu'il
étoit d'autant plus obligé à tenir la sienne,
qu'il avoit lui-même fait faire la proposition au
roi de Sarendip, & qu'ainsi il n'y avoit point
d'autre parti à prendre que d'achever ce
mariage. Le roi de Numidie, voyant que ce
sentiment étoit plus glorieux pour lui que celui des autres, préféra son honneur à l'intérêt
de sa fille, & dépêcha um ambassadeur au roi
de Sarendip, pour le prier de lui envoyer le
prince son fils, afin de conclure le mariage avec
la princesse sa fille.

Le prince d'Arcas, indigné de cette préfé-
rence, déclara la guerre au roi de Numidie,
fous prétexte, difoit-il, qu'il lui retenoit injuftement une ville qui lui appartenoit, & lui
en demandoit la reftitution & les jouiffances,
qui montoient à plufieurs millions; mais le roi
de Numidie, fachant que fa prétention étoit mal
fondée, n'en fit pas de cas, & réfolut de foutenir la guerre, efpérant que le ciel favoriferoit
la juftice de fa caufe.

Pendant que l'un & l'autre armoient puiffam-
ment, le prince de Sarendip, qui favoit cette
guerre, venoit à grandes journées, avec un cortège confidérable, pour conclure fon mariage
& fe mettre à la tête des troupes du roi de Numidie. Il arriva enfin ; & peu après, le mariage
fe fit avec beaucoup de plaifir de la part des
deux partis. Cette nouvelle redoubla le reffentiment du prince d'Arcas, qui auffi-tôt fe mit en
campagne pour entrer dans la Numidie. Le roi
de ce pays & le prince de Sarendip fon gendre
allèrent à fa rencontre avec une armée de cinquante mille hommes, pour le combattre.
Cette armée étoit compofée de vieilles troupes
aguerries. Celle du prince d'Arcas étoit fupé-
rieure de plus de dix mille hommes; mais elle
n'étoit que de troupes ramaffées, & nullement
propres au métier de la guerre. Les deux ar-

mées n'étoient qu'à quatre lieues l'une de l'autre, lorsque celle du roi de Numidie, qui étoit
fatiguée des grandes marches qu'elle avoit
faite, fut obligée de se reposer deux ou trois
jours. C'étoit dans un lieu fort beau & fort commode. D'un côté, il y avoit une belle rivière,
& de l'autre un bois, où le prince de Sarendip
alla se promener seul à cheval, pour rêver plus
commodément, sans être interrompu de personne. A peine eut-il fait dix pas dans ce bois,
qu'il entendit la voix d'un homme qui crioit
de toute sa force : *A l'aide !* Et aussi-tôt, s'étant
avancé du côté que le cri venoit, il en connut
bientôt la cause. C'étoit un pauvre soldat qui
étoit venu couper du bois, & qui, courant tout
hors d'haleine, & n'en pouvant presque plus,
tournoit autour d'un gros arbre, pour se
garantir d'un grand & furieux tigre qui le
poursuivoit vivement, tout prêt à se jeter sur
lui. Le prince de Sarendip, sans délibérer davantage sur le parti qu'il devoit prendre, emporté par l'ardeur de son courage & de sa charité, à la vue du péril d'un de ses soldats,
poussa son cheval de toute sa force, l'épée à la
main, vers la bête, qui, abandonnant sa première proie, vint à lui, les yeux enflammés,
la gueule béante, & le poil hérissé, avec une
espèce de rugissement effroyable, pour s'élan-

cer fur le cheval, comme elle fit, en biaifant, pour éviter le coup qu'on lui portoit; &, par la pefanteur de fon corps, elle abattit le cheval & le cavalier. Elle le tenoit même déjà par fa robe, & tâchoit de le prendre à la gorge, lorfque le prince, qui s'étoit promptement relevé, l'ayant faifi par la patte gauche, qu'elle étendoit pour l'embraffer, lui plongea l'épée pardeffous le ventre, jufques dans le foie, en même temps qu'un de fes gentilhommes qui étoit à la chaffe, étant accouru aux cris horribles que jetoient & le tigre & le foldat, acheva de tuer ce monftre, déjà renverfé du coup qu'il avoit reçu.

Après que le roi de Numidie eut fait repofer fes troupes, il alla chercher l'ennemi; & comme fes coureurs lui vinrent dire qu'on voyoit la cavalerie du prince d'Arcas paroître, il mit auffitôt fon armée en bataille; mais enfuite d'autres coureurs l'ayant affuré que ce n'étoit qu'un détachement de mille chevaux, il prit deux compagnies de fes gardes à cheval, & autant de fes compagnies royales, & alla droit à eux, en ordonnant à toute l'armée de le fuivre au petit pas. Il trouva cette cavalerie; il l'attaqua, & la pouffa fi vigoureufement, qu'elle fut obligée de s'enfuir à toute bride: il en tua quelques-uns des plus mal montés, & en prit d'autres, qui

lui dirent que le prince d'Arcas venoit pour lui
livrer bataille. Les armées se trouvèrent dans
une belle & grande plaine, où rien ne pouvoit les empêcher de combattre. Mais comme
la nuit étoit proche, il ne se fit rien de part
& d'autre. Un des généraux du roi lui con-
seilla d'attaquer la nuit l'ennemi, parce que,
disoit-il, il seroit aisé de le défaire dans la surprise & les ténèbres; mais il lui répondit tout
haut, qu'il ne vouloit point dérober la victoire,
ni rougir de son triomphe. Cette réponse, qui
marquoit son courage & sa générosité, se répandit bientôt parmi toutes les troupes, & leur
fit connoître combien il étoit assuré de la victoire.

Le prince d'Arcas, à l'exemple du roi de
Numidie, demeura toute la nuit sous les armes, espérant de commencer le combat dès
que le jour paroîtroit ; mais le lendemain,
voyant la bonne contenance des Numidiens
& le bel ordre de leur bataille, il changea de
sentiment; & quoiqu'il fût supérieur, comme
nous avons dit, de plus de dix mille hommes,
il n'osa les attaquer. Ce fut donc les Numidiens
qui commencèrent le combat. L'aîle droite
des Arcaciens fut d'abord enfoncée, & alloit
se renverser sur la seconde ligne, si le prince
d'Arcas ne fût venu à son secours ; il la rallia

auffi-tôt , & combattit quelque temps avec
fermeté. Mais cette réfiftance ne fit qu'augmenter l'ardeur des Numidiens, qui, à coups de
fabre, percèrent la première & la feconde ligne;
qui furent obligées de s'enfuir, après avoir laiffé
fur la place plus de deux mille morts des leurs,
& autant de prifonniers. Leur aîle gauche com-
battoit toujours ; mais voyant le malheur de
leur droite , ils perdirent courage : ils eurent
le même fort que la gauche, & ce ne fut par-tout
qu'une déroute générale. Les Numidiens ne s'a-
musèrent point au pillage ; ils pourfuivirent
leurs ennemis , toujours en les battant &
tuant. Le prince d'Arcas , dans la mêlée, fut
bleffé de deux coups de fabre que lui donna le
prince de Sarendip , & l'auroit peut être tué,
s'il n'avoit trouvé fa sûreté dans fa fuite. Les
Arcaciens perdirent plus de dix mille hommes ,
fans compter les prifonniers , & tout leur bagage, avec la caiffe militaire, qui fut partagée
entre tous les foldats. Le roi , voulant profiter
de fa victoire, enleva cinq ou fix places, &
mit tout le pays des environs à contribution.
Le prince d'Arcas fe voyant , par ce moyen,
hors d'état de foutenir la guerre contre des
forces fi fupérieures aux fiennes , demanda la
paix. On la lui accorda, à condition qu'il payeroit tous les ans un tribut d'un million au roi

de Numidie. Cela étant arrêté ainfi, on lui rendit fes places, après en avoir rafé toutes les
fortifications. Voilà de quelle manière fe termina cette guerre, qui nous fait connoître
que les injuftices ne plaifent point au ciel, &
quelles retournent fouvent à la confufion de
ceux qui les font.

Pendant que le roi de Numidie jouira glorieufement des douceurs de la paix, & le prince
fon gendre de celles de fon mariage, il faut
revenir au roi de Sarendip, & au prince fon
aîné. Comme l'un & l'autre s'étoient attiré
l'eftime de tout le monde, chacun recher-
choit leur amitié. Les princes leurs voifins, & même ceux qui étoient les plus éloignés
leur envoyèrent des ambaffadeurs pour faire
des alliances, ou pour renouveller les anciennes. On avoit une fi grande confiance en eux,
que les rois les plus puiffans les prenoient fouvent pour arbitres de leurs differens. Par ce
moyen ils évitoient des guerres terribles, &
confervoient le bien & le fang de leurs fujets ;
c'eft ce qui fut caufe que deux grandes princeffes qui étoient fur le point d'avoir la guerre
entre elles pour des limites qui féparoient
leurs états, vinrent trouver le roi de Sarendip,
pour le prier de vouloir bien être le juge de
leur different. C'etoient deux heroïnes d'une

beauté charmante, & plus capables de donner
de l'amour que d'en prendre. Cependant il
arriva tout le contraire, car elles n'eurent pas
plutôt vu le prince de Sarendip, qu'elles en
devinrent éprifes, & oubliant le fujet de leur
different, elles ne fongèrent plus qu'à toucher
le cœur de ce prince. Ces deux princeffes étoient
d'un caractère fort opofé; l'une avoit l'efprit
enjoué, & l'autre ferieux. Quand ce prince
étoit de belle humeur, il rendoit vifite à celle
qui avoit de l'enjouement, & lorfqu'il avoit
quelque chagrin, il cherchoit dans la converfation de l'autre de quoi fe confoler. Ces deux
dames devinrent jaloufes l'une de l'autre. Chacune vouloit poffeder feule le cœur de ce
prince, ce qui les porta à des querelles d'éclat
qui firent grand bruit à la cour. Ce prince
effaya, mais en vain, de les accommoder, ou
du moins de les obliger à vivre civilement enfemble, fi elles ne pouvoient être dans une parfaite intelligence. Enfin, rebuté de leurs em-
portemens, il fe fit un plaifir d'aller tous les
jours à la chaffe, & les laiffa fe quereller tant
qu'elles voulurent.

Un jour ce prince s'étant éloigné de tous
ceux de fa fuite, il fe fentit preffé de la foif, &
mit pied à terre au bord d'une fontaine, pour
boire. Il n'avoit point de taffe, & fe trouvoit

fort embarraffé, lorfqu'une jeune bergère, qui l'avoit obfervé de loin, quitta fon troupeau, & lui en vint préfenter une de la meilleure grace du monde. Le prince regarda cette bergère avec attention, & ayant remarqué fur fon vifage tous les agrémens que la nature peut donner fans le fecours de l'art, il lui demanda fon nom. Elle lui répondit qu'elle s'appeloit Céline, & qu'elle étoit fille d'un fermier qui demeuroit à une maifon prochaine. Ce prince lui propofa de venir à la cour; mais elle lui répondit avec une ingénuité qui le charma, qu'il falloit le demander à fon père, à qui elle étoit obligée d'obéir dans tout ce qu'il lui commandoit. Ce prince lui repartit qu'elle l'allât donc chercher; ce qu'elle fit à l'inftant. Le prince s'étant fait connoître à ce payfan, lui commanda de le venir trouver le lendemain à fon lever avec fa fille, & l'affura qu'il feroit la fortune de l'un & de l'autre. Ce bon homme n'y manqua point; & comme Céline ne pouvoit fe réfoudre à quitter fon père, ce prince lui donna un emploi confidérable dans le palais. Il ne croyoit d'abord rencontrer aucune réfiftance dans l'efprit de la bergère; mais quand il eut connu fa vertu, il fe fit un fcrupule de lui faire violence, & la crut digne de porter une couronne.

Les

Les deux princeſſes, qui ne ſavoient pas cette nouvelle inclination, continuoient leur jalouſie avec plus de violence que jamais; enfin, ne pouvant plus ſe ſouffrir, elles voulurent décider, par le ſort des armes, qui ſeroit la victorieuſe. Elles ſe battirent, & ſe bleſsèrent ſi dangereuſement, qu'elles moururent peu de jours après. C'eſt ainſi que leur jalouſie, & le différent de leurs limites furent terminés. Les uns plaignoient leur deſtinée, & les autres les traitoient de folles, & s'en moquoient. Cependant le roi & le prince ſon fils en furent très-fâchés; ils leur firent faire des funérailles avec toute la pompe & la cérémonie qui étoient dues à leur naiſſance & à leur dignité.

Durant toutes ces choſes, le prince de Sarendip ne laiſſoit pas de rendre tous les jours viſite à Céline. Plus il la voyoit, plus il la trouvoit belle, & découvroit en elle de nouvelles perfections. Elle étoit d'une douceur charmante, & avoit beaucoup d'eſprit & de jugement. Il en fit le portrait au roi, & lui témoigna le deſſein qu'il avoit de l'épouſer.

Comme ce prince ne l'avoit point encore vue, il la fit venir; & après s'être entretenu quelque temps avec elle, il vit que tout ce que le prince ſon fils lui en avoit dit d'avantageux, étoit au deſſous de ce qu'il en voyoit.

E e

Il ne s'oppofa point à ce mariage, & confeilla même à fon fils de le faire, en difant que cette fille étoit un chef-d'œuvre & un miracle de la nature. Ce prince, ravi de l'approbation du roi, ne tarda guère à époufer Céline. Le mariage fe fit dans le temple de Minerve, pour marquer la fageffe de cette fille par rapport à celle de la déeffe. Les rois & les plus grands feigneurs du royaume y affiftèrent. Les noces durèrent plus de huit jours, & jamais princeffe ne fut moins décontenancée, & ne foutint mieux fon rang que celle-ci.

A quelque temps de là, on reçut nouvelle à la cour, que l'empereur Behram étoit mort, & qu'en confidération de l'amitié & de la haute eftime qu'il avoit pour le roi de Sarendip, il lui avoit donné, par fon teftament, une belle & grande province, qui étoit à la bienféance, & contiguë aux états de ce prince. Il fut fort touché de cette perte; mais comme il favoit que tous les hommes font mortels, il tâcha de s'en confoler, fuivant cette maxime, qu'aux maux fans remède il n'y faut plus fonger. Cependant il envoya un ambaffadeur au prince de Méros, qui étoit l'héritier de l'empereur, pour lui témoigner le regret fenfible qu'il avoit de la mort de ce prince, & pour le prier en même temps de trouver bon qu'il envoyât prendre

poffeffion de la province que l'empereur lui
avoit donnée. Mais au lieu de lui accorder fa
demande, il la traita de ridicule, & dit que
l'empereur n'avoit pu démembrer fon empire
fans le confentement des états, & au préjudice
de fon héritier. Cette réponfe, qui étoit elle-
même ridicule, & qui montroit l'injuftice de
celui qui la faifoit, obligea le roi de rappeler
fon ambaffadeur, & de déclarer la guerre au
prince de Méros. Dans ce deffein, il leva des
troupes, & en acheta de fes voifins, dont il fit
une armée de trente mille hommes de pied &
de dix mille chevaux. Il en donna le commandement au prince de Sarendip, qui partit avec
de bons généraux & de braves foldats. Le
prince de Méros vint à fa rencontre avec une
armée de plus de foixante mille hommes, dans
la réfolution de le combattre & de le vaincre.
Comme le prince de Sarendip avoit fait une
longue marche, & que fes troupes étoient fa-
tiguées, il s'arrêta à fix lieues de celles des ennemis, pour donner le loifir aux fiennes de fe
repofer. Il ferma fon camp de foffés & de palif-
fades ; car il avoit réfolu d'y laiffer tout le bagage & l'attirail, avec les foldats inutiles, &
de mener le refte contre l'ennemi, fans autre
équipage que leurs armes. Il partit donc fur la
feconde veille de la nuit, pour aller combattre

au point du jour le prince de Méros, qui, fur ces nouvelles, avoit rangé fes troupes en bataille. Le prince de Sarendip marchoit auſſi en bataille rangée ; car les armées n'étoient alors éloignées que de deux lieues. Lorſqu'il fut arrivé à des montagnes d'où il pouvoit obſerver aiſément toute l'armée ennemie, il fit halte ; & dans ce temps il arriva une grande éclipſe de lune, qui fut cauſe qu'on fit des ſacrifices, non feulement à cet aſtre, mais encore à la terre & au foleil, dont la conjonction a coutume de produire cet effet. Un aſtrologue ayant été conſulté ſur cette éclipſe, dit qu'en ce mois on donneroit bataille, & que les entrailles des bêtes immolées promettoient au prince de Sarendip un heureux événement.

Cette nouvelle donna beaucoup de joie à ce prince ; il fit aſſembler tous ſes généraux, & mit en délibération s'il donneroit ſur l'heure la bataille, comme quelqu'un le lui conſeilloit, ou s'il camperoit en cet endroit, ſelon l'avis de quelques autres ; car il étoit à propos de reconnoître le champ de bataille, & l'ordonnance des ennemis, & voir s'il n'y avoit point de lieu fuſpect ou inacceſſible, & des chauſſe-trappes cachées, ou quelque foſſé couvert. Ce dernier avis ayant été ſuivi comme le meilleur, l'armée campa ſur le champ de bataille, au même

ordre qu'elle étoit, & cependant le prince de
Sarendip prit quelques troupes, & alla faire le
tour de la plaine où fe devoit donner le combat. Lorfqu'il fut de retour, il affembla une feconde fois fes généraux, & leur dit qu'ils n'a-
voient pas befoin de harangue , parce que la
gloire étoit un affez puiffant aiguillon pour les
porter à faire leur devoir ; qu'ils repréfentaffent
feulement à leurs gens , que du fuccès de cette
bataille dépendoit leur honneur & celui de
leur patrie ; qu'il n'en diroit pas davantage à
de fi braves hommes , mais qu'ils priffent garde
d'obferver l'ordre & le filence , & fur-tout qu'ils
fuffent attentifs à recevoir le commandement ,
& prompts à l'exécuter ; qu'ils devoient favoir
qu'on perdoit les batailles par le peu de foin
& la négligence , comme on les gagnoit par les
vertus contraires. Après de tels difcours, ayant
animé fes chefs, & étant animé par eux, il leur
ordonna de repofer & de repaître.

Le prince de Méros, qui n'avoit pas bien
fortifié fon camp, demeura toute la nuit fous
les armes, de crainte de quelque furprife,
attendu que les foldats n'avoient pas beaucoup
de confiance en lui, ni en fes généraux, & que
le danger où ils fe voyoient leur donnoit quelque frayeur. Dès que le jour parut, le prince
de Sarendip alla droit à l'ennemi. Il fit atta-

quer fon aîle gauche, qui plia d'abord; mais d'autres troupes s'approchant, rétablirent le combat, & firent revenir les autres à la charge. Dans ce temps, celles du prince de Sarendip eurent du deffous, tant par la multitude des ennemis, que parce que leurs chevaux étoient mieux couverts pour la défenfe. Cependant, malgré tout cela, les troupes du prince de Sarendip foutinrent vivement le choc, & firent fi bien, qu'ils les chafsèrent du champ de bataille. Alors le prince de Méros, qui avoit des chariots armés de faux, les fit lâcher, pour mettre en défordre la cavalerie du prince de Sarendip : mais ce fut inutilement ; car ce prince ayant mis à la tête de cette cavalerie des dardeurs pour la couvrir, les perçoient à coups de traits ; & faififfant les rênes des chevaux, tiroient à bas ceux qui y étoient montés. Une partie fe fauva entre les bataillons, qui s'ouvrirent pour leur faire place. Comme le prince vit que Méros ébranloit toute fa bataille, il commanda de charger le cavalerie de ce prince, qui venoit inveftir fon aîle droite ; & confidérant qu'il avoit fait jour aux premières troupes qui couvroient l'ordre de fa bataille, il tourna tout court par cette ouverture, & forma un corps en pointe, tant de fa cavalerie que de fon infanterie ; il courut avec de grands cris à

l'endroit où le prince de Méros étoit en perfonne. Le combat fut d'abord opiniâtre ; mais
à la fin, ce prince ne pouvant plus foutenir le
choc de la cavalerie, ni celui de l'infanterie,
s'enfuit le premier, & enfuite fes gardes, qu'on
pourfuivoit l'épée dans les reins. La déroute fut
grande; car Arfanez, l'un des généraux du
prince de Sarendip, ayant battu ceux qui vouloient inveftir l'aîle droite, les obligea à fuivre
l'exemple du prince de Méros, & de s'enfuir à
toute bride. Enfin ce ne fut par-tout qu'une
défaite générale, excepté trois bataillons &
cinq efcadrons, qui, étant plus près de leur retraite, fe dérobèrent à la vue des vainqueurs,
fans pouvoir être chargés. Cette bataille coûta
plus de vingt mille hommes des meilleures troupes du prince de Méros, fans compter tout le
bagage, qui fut pillé, & la caiffe militaire
partagée entre les foldats. Comme on avoit
trouvé, en pourfuivant ce prince, fon cafque,
fa cuiraffe & fon bouclier, on crut d'abord qu'il
étoit mort; mais peu-après on fut le contraire,
& qu'il ne s'étoit défait de toutes ces chofes
que pour fuir avec plus de vîteffe.

Le prince de Sarendip fe fignala dans cette
bataille avec toute la valeur d'un brave foldat,
& toute la conduite d'un grand capitaine : on le
voyoit partout pourvoir, fans confufion, à

toutes les attaques ; tantôt foutenir ceux qui
plioient, par des renforts tirés des corps moins
engagés dans la bataille, & tantôt mener les
autres au combat avec un ordre & une intré-
pidité admirables. C'eft ainfi qu'un véritable
général doit agir ; de courir çà & là, d'être préfent à tout ce qui fe paffe dans une occafion fi
tumultueufe, fi pleine de périls, & dont les
fuites font ou fi funeftes ou fi glorieufes, par
la perte ou par le gain de la victoire.

Le prince de Sarendip, voulant profiter de
celle qu'il venoit de remporter, entra comme
un foudre dans les états du prince de Méros ;
il s'empara de la province qu'on retenoit au
roi fon père, & même de plufieurs villes qui
étoient au prince de Méros. Celui-ci, voyant
une fi grande rapidité de conquêtes, & craignant qu'elles n'augmentaffent, demanda la
paix. On la lui accorda, à condition que les
villes qu'on lui avoit prifes refteroient au roi
de Sarendip pour les frais de la guerre. Cela
ayant été arrêté de part & d'autre, le prince de
Sarendip donna le gouvernement général de
la province qui appartenoit au roi fon père,
au brave Arfanez, qui s'étoit fi fort diftingué
à la bataille. Il établit des gouverneurs, & d'autres officiers à chaque ville qui en dépendoit,
auffi bien qu'à celles qui n'en étoient pas, &

qui reſtoient au roi pour les frais de la guerre.
Il mit de bonnes garniſons par-tout, & enſuite
il s'en retourna à Sarendip, où il fut reçu parfaitement bien du roi & de tous les peuples,
qui le regardoient comme un héros. Cependant, quoiqu'il en eût beaucoup de joie, elle
n'égala point celle qu'il reſſentit à la vue de la
princeſſe ſon épouſe. Comme il l'aimoit paſſionnément, il en étoit aimé de même; & ce retour, que l'un & l'autre avoient ſouhaité avec
empreſſement, ne ſervit qu'à augmenter leur
amour. C'eſt ce que produit ordinairement l'abſence, qui redouble ſouvent l'ardeur de ceux
qui aiment. En effet, on ne vit jamais plus
de tendreſſe de la part du prince & de la princeſſe. Elle devint groſſe, & accoucha heureu-
ſement à ſon terme d'un beau garçon, dont le
roi & tous les peuples eurent une extrême joie.
Ils firent pluſieurs ſacrifices aux dieux, pour les
remercier d'un préſent ſi agréable, & pour les
prier de faire naître en ce jeune prince les vertus & le mérite de ſon père & de ſon grand-
père. Ces peuples avoient raiſon de leur faire
cette demande; car ils vivoient ſous la domination la plus douce & la plus heureuſe qui fut
jamais.

Pendant que chacun ſe réjouiſſoit ainſi
& faiſoit des vœux pour la conſervation de

cet augufte enfant, le prince fon père en témoignoit fa reconnoiffance par des feftins &
des fpectacles qu'il donnoit au peuple. Un
jour, voulant varier ces plaifirs, il lui arriva
une aventure la plus extraordinaire du monde,
qui mérite bien d'avoir ici fa place. Comme il
étoit à la chaffe, & qu'il s'étoit écarté de ceux
de fa fuite, il ouït l'effroyable rugiffement d'un
lion qui fembloit néanmoins plutôt fe plaindre de quelque grand mal qu'il fouffroit, que de
fuivre fa proie pour la dévorer. Le prince,
qui, par un mouvement de fa générofité naturelle, alloit toujours droit au péril, s'enfonça
auffi-tôt dans le bois prochain, & courant
en toute diligence vers l'endroit où il entendoit le rugiffement, il vit qu'un horrible
ferpent d'une prodigieufe grandeur, ayant en-
tortillé les jambes & le corps d'un lion, l'a-
voit mis hors d'état de fe défendre, & lui dar-
doit à grands coups redoublés fa langue, pour
le tuer de fon venin. Il fut touché du danger du
lion; fans fonger qu'en le délivrant, il lui laiffoit la liberté de fe jeter fur lui, il donna de fon
épée fi à propos fur le ferpent, qu'il le tua; &,
fans bleffer le lion, il coupa les liens dont il
étoit embarraffé. Alors ce pauvre animal fe
voyant libre, & reconnoiffant l'auteur de fa
liberté, lui en vint rendre graces de la manière

la plus expreffive, & la plus foumife qu'il put,
en le flattant, & en lui lêchant les pieds ; &
depuis ce temps là, s'attachant à lui comme à
un généreux défenfeur auquel il devoit la vie,
il ne voulut jamais l'abandonner, & le fuivoit
par-tout comme un chien fidèle à fon maître,
fans offenfer perfonne. Ce lion alloit toujours
avec lui à la chaffe, & il ne manquoit pas de le
pourvoir abondamment de venaifon ; mais ce
qu'il y a de plus admirable, eft qu'un jour ce
prince étant entré avec le lion dans la chambre
du prince fon fils, & cet animal voyant que fon
maître careffoit & baifoit cet enfant, voulut
auffi le careffer, en lêchant les pieds de fon
berceau, & fe coucha deffous, comme pour lui
fervir de garde. Le prince, en s'en allant, l'appela, & venant à lui, il tourna la tête vers l'enfant, en remuant la queue, témoignant par-là
la joie qu'il avoit de le voir. Etrange inftruc-
tion de la nature, qui fait honte aux hommes,
en leur donnant, ainfi qu'elle a fait plus d'une
fois, des lions pour maîtres, qui leur appren-
nent ce que la raifon a tant de peine à leur perfuader, à favoir que l'ingratitude, fi commune
entre les hommes, effaçant en eux le plus beau
caractère de l'humanité, les met au-deffous des
animaux les plus farouches, à qui le charme
d'un bienfait reçu fait perdre la férocité à l'é-

gard de leurs bienfaiteurs, & même souvent de ceux qui leur appartiennent, comme nous venons de le voir.

La cour & le peuple jouissoient d'un bonheur infini, lorsqu'il fut, peu de temps après, traversé par un malheur qui les accabla d'affliction. Le roi tomba dangereusement malade, & son mal étoit du nombre de ceux dont on ne peut aisément savoir la cause. Diverses personnes le traitoient suivant qu'ils croyoient connoître sa maladie. Quand on en use ainsi, on est souvent en danger d'avancer les jours du malade, au lieu que si le véritable médecin ne peut guérir ce qui est incurable, il se sert de toute la sagesse de son art pour donner du soulagement, & ne fait rien qui précipite le progrès d'un mal dont le moment de la maturité est le dernier de la vie de la personne qui souffre. Enfin celui du roi fut si grand, que quelque remède qu'on lui donnât pour rétablir sa santé, il fut impossible de le guérir. Le prince son fils en avoit un sensible chagrin ; il étoit continuellement auprès de lui, pour le conjurer de prendre les choses que l'on croyoit nécessaires pour le rétablissement de sa santé, ou pour l'empêcher de prendre celles que l'on appréhendoit qui ne l'altérassent encore davantage. La nature de son mal lui faisant tout

craindre, il voulut faire fon teftament, quoiqu'il ne fût pas encore affez en péril pour y fonger ; mais il aima mieux mettre ordre à fes
affaires avant qu'on jugeât qu'il en fût temps,
que de rifquer à mourir fans cette confolation.
Il fit donc fon teftament & plufieurs legs aux
officiers de fa maifon & aux pauvres. Depuis
ce temps-là, fon mal augmenta jufqu'à la mort,
fans néanmoins altérer fon jugement, ni changer en aucune forte la fermeté qu'il avoit fait
paroître toute fa vie. Se voyant à l'extrémité ,
voici les dernières paroles qu'il dit au prince :
Vous voyez, mon fils , l'état où je fuis ; profitez-en ,
& fouvenez-vous éternellement de ce que vous devez
aux dieux & à votre religion ; ne vous en éloi-
gnez jamais ; votre devoir & votre intérêt vous y
obligent également. Celui-là n'eft pas homme, ou
n'en mérite pas le nom , qui refufe ou qui néglige de
donner fon cœur aux dieux qui le comblent tous les
jours de leurs biens , & qui, avec la même équité
qu'ils puniffent les méchans , récompenfent les bons.
Prenez-y garde, mon fils ; c'eft la chofe du monde
la plus importante, & qui doit faire l'unique objet
de vos défirs. Enfin connoiffez le fang dont vous
fortez , mais n'en abufez jamais. Chériffez ma mé-
moire, & les fentimens que j'ai pour vous en mou-
rant. Adieu, mon fils ; adieu, encore une fois ; je
vous fouhaite toutes fortes de profpérités.

Pendant que le roi parloit de la forte, les yeux du prince fon fils étoient baignés de larmes, & fon cœur, pénétré de douleur, ne pouffoit que des fanglots. Tous les affiftans étoient auffi en pleurs, & regrettoient la perte d'un fi bon roi, fi jufte, & fi généreux. Tandis que chacun étoit ainfi accablé de trifteffe, le roi tomba dans l'agonie, qui ne dura pas plus d'une heure, & mourut âgé de foixante-dix-neuf ans, regretté généralement de tout le monde. Le prince fut auffi-tôt proclamé roi, & deux jours après il fit inhumer le corps de fon père dans le tombeau des rois fes ancêtres, avec toute la pompe & la cérémonie que demandoit fon rang, & la vénération que demandoit fa mémoire. On dit que le jour que le roi décéda, on entendit fur fon palais le chant de plufieurs oifeaux qui faifoient, par la beauté de leur ramage, une efpèce de concert mélodieux, comme un figne de joie qu'on devoit avoir de ce que ce prince étoit délivré de fes maux, & mis au rang des dieux.

La nouvelle de cette mort s'étant répandue de toutes parts, le nouveau roi reçut des complimens de condoléance de tous les princes fes voifins, & même des plus éloignés. Parmi ceux-ci; le roi de Tanjaor fe diftingua par une lettre qu'il lui écrivit, dont voici les termes.

Au très - sage, très aujuste & très - magnanime
prince le roi de SARENDIP.

C'EST avec la dernière douleur que j'ai appris la
mort du roi votre père. Nous avons toujours été
liés d'une amitié très-étroite, qui s'augmentoit
encore tous les jours en moi par l'estime que j'avois
pour sa sagesse & pour sa vertu. La réputation
que ses belles qualités lui ont acquises dans tout
l'univers doit servir à vous consoler. Je voudrois y
contribuer de ma part, & pour vous le témoigner
par des effets sensibles, je vous fais offre de la
princesse ma fille, dont la jeunesse, la beauté, &
la belle éducation ne peuvent manquer de vous
plaire. Je crois que vous l'accepterez avec plaisir, &
je souhaite que pendant une longue vie vous passiez
avec elle des jours-filés d'or & de soie. J'en aurai
une extrême joie, & je vous montrerai dans
toutes les occasions qu'il y a un cœur de père dans
votre ancien ami.

le roi de TANJAOR.

Le roi de Sarendip reçut cette lettre avec beaucoup de plaifir, non feulement par la confidération qu'il avoit pour le roi de Tanjaor, mais encore parce que la princeffe qui étoit d'un grand mérite, fe trouvoit feule heritière de fon père, & qu'ainfi il pouvoit prétendre, en l'époufant, de pofféder un jour les états du roi de Tanjaor, & en les joignant aux fiens, devenir un très-puiffant roi. Ces divers motifs le portèrent à accepter volontiers les offres de ce prince, & à lui faire réponfe avec cette politeffe & cette courtoifie qui lui étoient fi naturelles.

Au très-fage, très-excellent, & très-puiffant prince le roi DE TANJAO R.

Votre lettre m'a donné une confolation qui m'a été fort douce après la perte que j'ai faite du meilleur père du monde. Je regretterai toujours fa perfonne, & je chérirai éternellement fa mémoire. Je me propofe, comme une marque de mon estime & de mon respect, d'imiter fa fageffe dans la conduite de fon royaume & de fa famille, & j'éfpère d'y reuffir d'autant mieux que la princeffe votre fille, que vous m'offrez d'une manière fi obligeante,

a

a tout le bon efprit & la prudence néceffaires pour m'aider de fes confeils. Je vous demande cette belle princeffe avec tout l'empreffement poffible. Je fens pour elle un amour qui ne fe peut exprimer, & dans l'impatience que j'ai de la poffêder, je vais partir dans ce moment pour l'aller attendre fur les frontières. Je vous prie de n'apporter aucun rétardement à mon bonheur, & de croire que vous ne pouvez avoir un gendre qui aime plus la princeffe, & qui vous foit plus fincèrement ami que.

Le roi DE SARENDIP.

Ce prince donna cette lettre à un des plus grands feigneurs de fa cour, pour la porter au roi de Tanjaor en qualité d'ambaffadeur extraordinaire. Il partit auffi-tôt avec plufieurs perfonnes de qualité qui l'accompagnèrent dans ce voyage, qui fut très-heureux: leur entrée dans la ville da Tanjaor fut très-belle & très-magnifique. Leurs chars & leurs chevaux étoient ferrés d'argent, & leurs harnois garnis de pierreries. Le roi fit mettre toute fa maifon fous les armes pour leur faire plus d'honneur, & les reçut fur un trône le plus fuperbe du monde. Après que l'ambaffadeur lui eut fait fon compliment, qu'on trouva très-beau, il lui remit la lettre dont il étoit chargé. Ce prince

F f

s'en étant fait faire la lecture témoigna à l'ambassadeur qu'il faisoit beaucoup de cas de l'alliance du roi de Sarendip, & qu'il lui accordoit avec plaisir sa demande. En achevant ces mots, il lui présenta la princesse sa fille, qui étoit debout sur la dernière marche du trône. L'ambassadeur lui fit une profonde révérence, & lui dit que le roi son maître ayant été informé des charmes de sa personne & de ceux de son esprit, l'avoit envoyé pour la demander en mariage, & pour l'épouser en son nom. La princesse répondit à ce compliment avec beaucoup de sagesse & de modestie ; après quoi l'ambassadeur se retira, & le lendemain la première cérémonie du mariage se fit en présence du roi & de toute la Cour. Quelques jours après la princesse partit avec un équipage de reine. Elle étoit accompagnée non-seulement de l'ambassadeur & de tous les seigneurs qui étoient venus avec lui, mais encore de plusieurs personnes de qualité de la cour du roi son père, & de plus de cinq cents chevaux de troupes réglées, qui redoubloient la pompe & la magnificence de son cortège. Comme cette princesse étoit très-aimable & fort aimée de tout le monde, par-tout où elle passoit, chacun lui venoit rendre ses hommages, & adressoit ses vœux & ses prières aux

dieux pour l'accomplissement & le bonheur de
son mariage. Enfin, après un voyage de plus
d'un mois, étant arrivée sur les frontières de
Sarendip, le roi fut à sa rencontre à une lieue
de la ville où il l'attendoit. D'abord qu'elle le
vit, elle mit pied à terre pour le saluer; ce
prince en fit de même, & voyant qu'elle se
mettoit à genoux pour lui mieux marquer
sa soumission, il lui prit aussi-tôt la main pour
la relever, & la lui voulut baiser; mais elle
la retira doucement, en lui présentant le
visage avec un air tendre & respectueux. Après
quelques honnêtetés de la part du roi & de la
sienne, elle monta dans le char de ce prince,
& se mit à sa gauche. Ils arrivèrent ainsi à la
prochaine ville d'où le roi étoit parti, & le
lendemain il y confirma son mariage par une
nouvelle cérémonie, avec toute la pompe &
l'éclat imaginables. La cour resta quatre ou
cinq jours dans cet endroit; & ensuite ce
prince congédia les troupes du roi de Tanjaor
qui avoient escorté la reine, après leur avoir
fait plusieurs présens. Il se mit en marche
pour se rendre à sa ville capitale, qui lui avoit
préparé la plus belle réception du monde.
La nouvelle reine y entra dans un char de
triomphe, dont les roues étoient d'argent,
lequel étoit tiré par six éléphans blancs, qui

portoient chacun une tour ou il y avoit des
joueurs d'inftrumens & des voix qui chantoient
des chanfons à la gloire du roi & de la reine.
Toutes les rues étoient remplies de peuple qui
crioit vive le roi; des fontaines de vin couloient de toutes parts, & chacun témoignoit
la joie qu'il avoit de cet heureux mariage.

Quand cette princeffe fut arrivée au palais,
le roi la conduifit par la main dans fon appartement, qui étoit magnifique. La chambre où
elle coucha n'étoit ni trop grande ni trop petite;
les murailles étoient en dedans revêtues de pierres
fines, dans lefquelles étoient entaillées plufieurs
fleurs; les portières étoient de drap d'or, &
quelques - unes de velours rouge cramoifi,
couvertes d'une broderie d'or & de groffes
perles. Le lit n'etoit pas moins riche; les que-
nouilles étoient de pur argent à longuë cane-
lures, au deffus defquelles, au lieu de pommes
ou d'aigrettes, paroiffoient quatre lions de criftal de roche; les pantes étoient de drap d'or
vert, le plus riche qui fe travaille en Afie,
fans aucune frange, mais en leur place
pendoient certains créneaux ou campanes faites
de groffes perles orientales; l'ouvrage en étoit
excellent & d'un très - grand prix. La couverture étoit de foie, & la courtepointe d'un
riche drap d'or; les couffins & les oreillers

étoient de même étoffe. Enfin ce lit étoit
d'une beauté & d'une richeffe infinies. Le pavé
de cette royale chambre étoit couvert de tapis
d'or & de foie; le fopha où le roi s'affit étoit
de bois de calambou, que les portugais appellent d'Aquila, & que les Japonois achètent
quarante écus la livre, à caufe de fa rareté,
& de l'excellence de fon odeur, qui égale du
moins celle de l'ambre. Ce fiège eft haut de
terre d'environ un pied & demi, & couvert
de même tapis, fur lequel étoient des carreaux
de drap d'or; au-deffus de ce fiège étoit un
dais de même bois, parfemé de lames d'or,
enrichi de pierreries, & porté par quatre piliers
couverts & ornés de même. Du milieu du
plancher de cette chambre pendoit un riche
luftre de moyenne grandeur & de forme
ronde, le milieu duquel étoit d'un beau criftal;
les autres parties étoient d'argent doré, couvertes de diamans, de rubis, d'émeraudes & de
topazes, dont la diverfité de couleurs rendoit
un agréable éclat; au coin de cette chambre,
fur une table d'argent maffif, paroiffoit un petit
baffin à laver les mains, qui étoit de pur or, enrichi d'un grand nombre de turquoifes, de rubis
& de faphirs, avec une aiguière de même; contre la muraille, on voyoit deux belles armoires
faites d'ivoire & de corail, dont les portes

étoient de criftal, qui faifoient voir au travers
de leur tranfparent plufieurs livres richement
couverts, avec lefquels le roi fe divertiffoit
quelquefois à lire ; au-deffus d'une de ces armoires il y avoit une caffette, dans laquelle un
tréforier mettoit tous les mercredis trois bour-
fes, l'une pleine de monnoie d'or, & les deux
autres de monnoie d'argent, dont le roi faifoit
des aumônes aux pauvres, & des gratifications
aux efclaves qui le fervoient.

Quand la reine fut dans cette chambre, l'autre reine y arriva ; elles s'embrafsèrent d'abord
avec beaucoup d'honnêteté ; elles fe dirent
plufieurs chofes obligeantes, & ont toujours
vécu enfemble dans une fincère amitié, fans
jamais avoir eu la moindre jaloufie.

Le roi étoit fort content de cette bonne intelligence, qui eft très-rare entre les femmes
qui veulent toujours poffeder feules le cœur de
leur mari. Ce prince, pour les maintenir dans
cette union, ne témoignoit pas plus de tendreffe à l'une qu'à l'autre, & avoit pour toutes
les deux des égards & des complaifances admirables. Cette conduite engagea quelques fou-
verains à lui offrir encore leurs filles en mariage.
Quoiqu'il fût en droit d'en prendre autant qu'il
eût voulu, parce que la pluralité des femmes
eft permife dans toutes les religions du monde,

excepté dans la chrétienne, néanmoins il n'en voulut pas davantage, & se tînt avec plaisir aux deux qu'il avoit épousées.

Pendant que ce prince jouissoit agréablement des douceurs qu'il trouvoit en la conversation de ces deux reines, il arriva une histoire fort plaisante à un de ses écuyers nommé Engéram, dont je ne puis me dispenser de faire mention ici. C'étoit un gentilhomme babylonien, né avec tous les avantages qu'il faut avoir pour réussir auprès des femmes. Tout plaisoit dans sa personne, & il avoit un esprit insinuant, qui lui donnoit l'art de faire croire tout ce qu'il vouloit persuader. Il ne disoit rien qui ne fût accompagné d'un enjouement merveilleux, & cet enjouement étant fin & délicat, il étoit difficile de s'ennuyer avec lui. Il joignoit à cela une grande complaisance, qui le rendoit toujours prêt à faire toutes sortes de parties. Ainsi, on le souhaitoit par-tout, & il étoit peu de jolies dames qui ne le trouvassent d'un agréable commerce. Comme il en étoit reçu favorablement, il passoit pour homme à bonnes fortunes; &, à juger de lui par les apparences, ce n'étoit pas toujours inutilement qu'il soupiroit. Parmi tant de bonnes qualités, il ne laissoit pas d'avoir un fort grand défaut. Son cœur étoit naturellement sensible aux charmes de la beauté,

mais fa conftance ne fe trouvoit point à l'épreuve
des faveurs, & il étoit extrêmement dangereux de s'écarter avec lui du chemin étroit de
la fageffe. Si le relâchement lui plaifoit d'abord,
il étoit bientôt fuivi du dégoût, & ce dégoût
ne manquoit jamais de produire la rupture.
Cependant la galanterie étant fa paffion domi-
nante, il s'abandonna à fon penchant avec fi
peu de réferve, que quoiqu'il fe fentît incapable d'un attachement d'un peu de durée, il ne
pouvoit s'empêcher d'entrer dans des commen-
cemens de paffion avec tout ce qu'il voyoit de
belles perfonnes ; & comme, felon le plus ou
le moins d'obftacles qu'il trouvoit à être écouté
d'une manière qui le fatisfît, l'engagement qu'il
prenoit étoit plus fort ou plus foible, il fe mettoit quelquefois dans des embarras fi grands,
par les déclarations que fon amour l'obligeoit
à faire, que ce n'étoit pas fans peine qu'il
obtenoit des intéreffés qu'on lui voulût bien
rendre fa parole. Tant qu'il voyoit celle dont
il fe fentoit touché, il lui étoit impoffible de
s'en détacher, pourvu qu'elle affectât d'être indifférente ; & dans l'envie de lui faire dire qu'elle
le croyoit digne d'être aimé, fi les affurances
du plus rendre amour ne la pouvoient obliger
à lui laiffer voir que fon cœur avoit reçu les
impreffions qu'il avoit tâché d'y faire, il ne

faisoit point difficulté de parler de mariage : c'étoit là la fin de sa passion. Il demeuroit alors deux jours sans la voir, & sa raison, dont il reprenoit l'usage, lui représentant les suites fâcheuses d'une liaison qui ne finissoit que par la mort, il en étoit tellement épouvanté, qu'il n'y avoit point d'amour qui tînt contre les chagrins qu'il s'en figuroit inséparables. Ce genre de vie, qu'il menoit depuis cinq ou six ans, ayant fait connoître tout son caractère, on ne le regardoit plus que comme un homme simplement galant, & dont les plus fortes protestations ne devoient avoir rien de solide. On ne laissoit pas de le recevoir avec plaisir dans tous les lieux où il les faisoit, quoiqu'on fût persuadé qu'il les oublioit si-tôt qu'il les avoit faites ; & après plusieurs intrigues, dont il s'étoit toujours tiré à son avantage, il s'embarqua enfin si avant, qu'il perdit la tramontane, & fut sur le point de faire naufrage.

Un ami qu'il étoit allé voir à la campagne, lui proposa d'aller passer quelques jours chez une dame d'un fort grand mérite, qui n'étoit éloignée de lui que de trois ou quatre lieues, & qu'il vouloit lui faire connoître. Cette dame méritoit bien, par son esprit & par ses manières, qu'on l'allât chercher encore plus loin. Son honnêteté gagnoit le cœur de tous ceux qui la

voyoient ; & ce qui fut un grand charme pour
Engéram, elle avoit une fille tout aimable,
& dont la beauté étoit auffi vive que touchante. La partie fe fit : ils allèrent chez la
dame, & ils en furent reçus de la manière du
monde la plus obligeante. Engéram ne manqua pas d'être frappé d'abord des agrémens de
la fille ; il lui conta des douceurs, & il le fit,
dès le lendemain, avec de fi grandes marques
d'une véritable paffion, que la dame, qui s'en
aperçut, demanda à fon ami quel homme c'é-
toit, & s'il n'avoit point d'engagement qui dût
empêcher qu'on ne l'écoutât. Cet ami lui répondit qu'il avoit beaucoup de bien, & que,
du côté de la fortune, fa fille auroit peine à
rencontrer mieux ; mais que s'il étoit facile à
une jolie perfonne de lui donner de l'amour,
les réflexions l'en guériffoient, dès qu'on lui
laiffoit le temps de fe reconnoître, & que fi
elle vouloit l'engager d'une manière à le mettre
hors d'état de s'en dédire, il falloit qu'en fe
montrant prefque toujours à fes yeux, elle fît
agir tout ce qu'elle avoit de charmes, comme
fans aucune envie de lui en faire fentir le pouvoir ; que rien ne le piquoit tant qu'une indifférence qui n'eût ni rudeffe, ni mépris, & que
fur-tout on devoit preffer l'effet des affurances
qu'il pourroit donner, fans fouffrir qu'il s'éloi-

gnât, étant certain que s'il ceſſoit une fois de voir, il ne tiendroit rien de ce qu'il avoit promis.

La belle ayant reçu ces inſtruction, par la bouche de ſa mère, trouva beaucoup de facilité à s'en ſervir. Elle étoit naturellement indifférente, & ſa raiſon lui avoit appris, auſſi bien qu'à Engéram, que le mariage étoit un engagement terrible. Elle ne s'y réſolvoit que parce qu'elle n'avoit point aſſez de bien pour vivre toujours dans l'indépendance. Les amours ſembloient répandus ſur ſon viſage, & ſon application à n'oublier rien de ce qui pouvoit en augmenter le brillant, donna tant d'amour à cet amant, que ſon cœur ſe montroit dans ſes regards; mais plus il s'abandonnoit à ſa paſſion, plus la belle étoit réſervée dans ſes manières. Une fierté digne d'elle rehauſſoit l'éclat de ſa beauté, & l'adreſſe qu'elle avoit à détourner le diſcours, lorſqu'il le faiſoit tomber ſur les ſentimens qu'elle étoit capable d'inſpirer aux plus inſenſibles, lui faiſoit chercher avec plus d'ardeur les occaſions de l'aſſurer qu'il n'avoit jamais rien vu de ſi charmant qu'elle. Elle écoutoit tout cela comme n'y faiſant nulle attention. Au contraire, elle ſembloit plutôt rejeter les choſes flatteuſes qu'il lui diſoit, que prendre plaiſir à les entendre. Cependant, à force de la

voir, & de la trouver peu fusceptible des impreffions qu'il avoit fait prendre à quantité
d'autres, il en devint amoureux fi éperdument,
que les déclarations qu'il lui faifoit ne l'ayant
pu obliger à laiffer voir un cœur fenfible, il ne
fut plus maître de fa paffion. Ainfi entraîné par
fa violence, & ne pouvant réfifter à l'impé-
tuofité de fes défirs, il lui demanda fi elle pourroit fe réfoudre à l'époufer. La belle, engagée à
lui donner une réponfe précife, lui dit d'un
grand férieux, mais accompagné d'un air honnête, que quand fa mère auroit fait un choix
pour elle, elle favoit que rien ne la pouvoit difpenfer de fe conformer à fes volontés. Il eut
beau preffer, pour apprendre d'elle fi fon cœur
ne fouffriroit point de l'obéiffance où il la
voyoit prête, il ne put rien obtenir de plus, &
fut contraint de s'adreffer à la mère, qui, pour
l'enflammer encore davantage, lui demanda
quelques jours pour fonger aux moyens de retirer la parole qu'elle fuppofa avoir donnée en
quelque façon à un gentilhomme qui s'étoit déclaré depuis long-temps.

La menace d'un rival fut un motif fort pref-
fant pour porter Engéram à ne garder plus aucun pouvoir fur lui-même. Non feulement il
pria la dame de lui épargner le défefpoir où il
tomberoit, fi fon bonheur étoit incertain ; mais

il força fon ami d'agir auprès d'elle, pour l'engager à entrer dans fon parti, préférablement à
ce qu'il pouvoit avoir de rivaux. La dame, qui
arrivoit par-là à fes fins, feignoit de fe laiffer
arracher comme par force le confentement
qu'on lui demandoit, à condition qu'on feroit
le mariage fans aucun retardement, afin que,
quand le gentilhomme viendroit, il n'eût à
faire que des plaintes inutiles, fur lefquelles
elle trouveroit moyen de le fatisfaire. Engéram
fe montra charmé de ce prétendu triomphe, &
ce fut alors qu'on prit foin, plus que jamais,
de le garder à vue, de peur qu'ils ne fît fes réflexions accoutumées, fi on l'abandonnoit à
lui-même. La mère & la fille ne le quittoient
prefque point pendant tout le jour, & fon
ami, qu'on faifoit coucher dans la même chambre, paffoit une partie de la nuit à l'entretenir
des beautés de fa maîtreffe. Le contrat fut bientôt fait, & étant figné des parties intéreffées,
Engéram fe flatta d'avoir le plaifir de faire dire
à la belle que fon amour la touchoit; mais elle
affecta toujours la même réferve, & tout ce
qu'il obtint, ce fut que l'obéiffance qu'il lui
voyoit rendre aux volontés de fa mère, fuffifoit
pour lui répondre de l'attachement qu'elle auroit à fon devoir, quand elle feroit fa femme.
Le jour fut choifi pour le mariage, & la nuit qui

précéda ce grand jour, Engéram ne put s'empêcher de pousser quelques soupirs, dont son
ami ne lui voulut point demander la cause.
Malgré tout l'empire que son amour avoit pris
sur lui, il ne put bannir de sa pensée le dur esclavage où il étoit près de s'assujettir. Cependant il avoit été trop loin pour être en état de
reculer. Le nouveau brillant qu'il remarqua dans
la belle, qui s'étoit parée à son avantage, le fit
aller au temple avec une fermeté qu'il ne croyoit
pas pouvoir démentir. Il ne put pourtant la soutenir jusqu'au bout. Tout ce qu'il y a de fâcheux
& d'incommode dans le mariage s'offrit à ses
yeux tout à la fois. Il en frémit, changea de
couleur, & se laissant aller sur un siège, il eut
une véritable défaillance. Il ouvroit les yeux de
temps en temps, & les refermoit presque aussi-
tôt ; de sorte qu'ayant été plus d'une heure sans
revenir tout-à-fait à lui, on fut obligé de le porter
chez la dame ; où le frisson l'ayant pris, il eut
une fièvre violente. Il se mit au lit, & quelques
remèdes que l'on employât, il y demeura plus
de trois semaines. Lorsqu'il se vit assez bien
pour n'avoir plus que des forces à reprendre,
il pria la dame de lui vouloir accorder une audience particulière en présence de son ami. Ce
fut pour lui avouer que son mal n'étoit venu
que des frayeurs que le mariage lui avoit cau-

fées, & que connoiffant qu'il n'y pouvoit être heureux, ni rendre fa fille heureufe, il lui offroit tous les avantages qu'elle pourroit fouhaiter, pour le laiffer à lui-même; quoiqu'il fe défendît d'accepter l'honneur qu'on lui vouloit faire, en la lui donnant pour femme, il l'aimoit toujours avec tant de force, que ce lui feroit un véritable fupplice, s'il la voyoit entre les bras d'un rival, & que fi elle fe fentoit capable de renoncer, comme lui, à fe marier jamais, il étoit prêt à lui donner une terre de dix mille écus, fe contentant du feul plaifir d'être fon plus véritable ami. L'offre parut fort avantageufe à la demoifelle, qui, n'ayant point de tentation pour un mari, n'eut aucune répugnance à accepter la condition. On rendit nul le contrat de mariage, & l'on en fit un de donation dans toutes les formes. Engéram fut ravi d'avoir dans la belle une amie pleine d'efprit, & dont la fageffe étoit connue de tout le monde; & la belle, fi réfervée fur l'amour, n'a point fait difficulté de s'expliquer avec lui fur l'amitié.

Cette aventure nous fait connoître que fi l'amour & l'intérêt n'aveugloient point la plupart de ceux qu'on voit tous les jours donner fi facilement dans le mariage, il en eft peu que cet engagement n'étonnât, & qui, en consultant leur raison, n'en regardassent les suites avec la même frayeur qu'elles ont causée à cet amant. Cependant elles furent, durant quelques jours, le sujet des plaisanteries de la cour : on en rioit de bon cœur , & le roi dit agréablement, que ce gentilhomme avoit mieux su conserver sa liberté , qu'assurer son bien & son bonheur. Pour moi, ajoutoit ce prince , je suis fort content de mes engagemens; ils sont selon mon cœur , & je serois très-fâché de ne les avoir point faits. La satisfaction qu'il en avoit s'augmenta encore quelque temps après, quand il vit que les deux reines étoient accouchées heureusement de deux beaux princes ; ce qui causa beaucoup de joie à tous les peuples. Il y eut à ce sujet plusieurs fêtes publiques , pour marquer au roi la haute estime & la profonde vénération qu'on avoit pour son auguste sang. Tous ses sujets , charmés des éminentes vertus de cet incomparable monarque, lui ont élevé des statues ornées de trophées & d'inscriptions magnifiques , afin d'immortaliser sa gloire & leur amour ; ils ont même institué des prières & des sacrifices continuels pour la conservation de ce grand prince , qui fait leur félicité & l'admiration des étrangers. En effet , ils ont eu raison d'en user de la sorte ; car jamais roi n'a mieux gouverné ses peuples. La douceur, la

justice

juſtice & la charité ſont des qualités inſépara-
bles de ſa perſonne. Je ne parle point de ſa prudence dans ſes deſſeins , ni de ſa promptitude
dans l'exécution, non plus que de ſa valeur
dans les combats , & de ſa modeſtie dans la
victoire ; mais je dirai qu'il mérite tous les
honneurs & les triomphes des plus fameux héros , & qu'après ſa mort , il doit être mis ,
comme ſon père , au rang des dieux.

AMAZONTE,

OU

LA FEMME INGÉNIEUSE

A REGAGNER LE CŒUR DE SON MARI.

L'AMOUR eſt une paſſion violente, qui n'é-
coute point les conſeils de la raiſon ; mais quelque rapide que ſoit ce torrent , il n'eſt pas toujours impoſſible de l'arrêter, pourvu que l'on
s'y conduiſe avec délicateſſe : c'eſt ce qu'on
verra dans l'hiſtoire que je vais rapporter. Il y
avoit à Jéruſalem un gentilhomme fort accompli, ſoit pour ſon eſprit, ſoit pour ſa perſonne ,
qui ſe nommoit Raphane. Après avoir paſſé

plusieurs années agréablement dans le commerce des dames, sans aucun attachement remarquable, il donna enfin tous ses soins à une jeune demoiselle nommée Amazonte. Elle étoit belle, fort riche, & d'une naissance assez distinguée; mais ce qui faisoit son principal caractère, c'est qu'elle avoit l'esprit bien fait, & une douceur charmante, qui lui attiroit l'estime de tous ceux qui la voyoient. Avec un mérite si essentiel, on peut juger qu'elle ne manquoit pas d'amans. Ainsi, il s'agissoit, pour Raphane, de lui plaire assez, afin de l'emporter sur ses rivaux. Comme il savoit qu'elle aimoit les fleurs, il lui envoya un bouquet, avec ces vers:

Allez, aimables fleurs, allez vers Célimène,
    Où votre heureux destin vous mène,
    Destin trop charmant & trop doux,
    Dont les dieux vont être jaloux.
    Allez parer son sein d'albâtre
    Que j'adore & que j'idolâtre:
    Depéchez, courez promptement,
    Ne perdez pas un seul moment,
Pour être, en arrivant, jeunes, fraîches & belles;
    Car Célimène vous veut telles:
De vos douces odeurs respectez sa beauté,
    Assurez-la de ma fidélité,
    Et lui consacrez votre vie;

Quoi qu'elle soit bien courte, elle va faire envie ;
Et puis, en attendant un glorieux trépas
  Auprès de ses divins appas,
Dites-lui quelquefois que j'en attends un autre,
  Hélas ! moins heureux que le vôtre ;
  Car elle veut, par ses rigueurs,
Que, loin de ses beaux yeux, je meure misérable,
  Lorsque, sur sa gorge adorable,
On vous verra mourir avec mille douceurs.

Amazonte reçut ce bouquet & ces vers avec beaucoup de plaisir. Raphane en fut ravi; il redoubla ses assiduités auprès d'elle. Les témoignages continuels qu'il lui donnoit de l'amour le plus soumis & le plus sincère, lui acquirent dans son cœur le rang glorieux qu'il cherchoit à y tenir. Il eut pourtant à combattre l'obstacle fâcheux de quelques parens qui proposoient pour Amazonte divers partis, dont elle eût pu tirer des avantages plus grands du côté de la fortune; mais rien ne rebuta cet amant, & continuant toujours à aimer avec une ardeur qui ne se démentoit point, sa persévérance lui fit enfin obtenir le consentement qu'on lui avoit long-temps refusé. Le mariage se fit, & il fut suivi de tout le bonheur que peut causer l'union la plus parfaite. La tendresse d'Amazonte, & sa complaisance à s'accommoder entièrement à l'hu-

meur de son mari, le rendirent attentif à faire
de son côté tout ce qu'il croyoit lui devoir être
agréable, & il sembloit qu'ils combattissent ensemble à qui pourroit se donner de plus fortes
marques de l'échange mutuel qui s'étoit fait de
leurs cœurs.

Cependant comme avec le temps on s'ac-
coutume au bonheur, & que l'habitude d'en
jouir le rend moins sensible, Raphane commença à prendre goût à la conversation d'une
assez jolie personne qui avoit pour lui un charme
particulier. C'étoit celui de la voix, qu'elle
accompagnoit admirablement du théorbe. Le
hasard seul lui en ayant donné la connoissance,
il lui rendit quelques visites, d'abord d'une
manière qui ne marquoit rien par delà l'amu-
sement; mais à force de la voir & de l'entendre chanter, il sentit son cœur touché pour
elle; & sans songer à quoi cet engagement
le meneroit, il ne put s'empêcher de lui parler
une langue qui lui fit connoître ce qu'elle
pouvoit sur lui. La demoiselle ne fut point
fâchée d'avoir fait cette conquête, & s'attacha d'autant plus à se l'assurer, que sa mère,
qui avoit fort peu de bien, & qui régloit sa
conduite, lui fit comprendre que Raphane étant
fort riche, elles en pourroient tirer d'utiles
secours si elle venoit à bout de s'en faire aime

,véritablement. Cet amant, enflammé par les complaifances qu'on avoit pour lui, s'abandonna fans reflexion à fa paffion naiffante ; & comme il eft impoffible de ne pas rêver quand on a quelque chofe dans le cœur, fa femme, qui trouva quelque changement dans fes manières, fe plaignit à lui du relâchement de fon amour. Il lui protefta qu'il avoit toujours pour elle & le même cœur & les mêmes fentimens. Ce fut affez pour lui remettre l'efprit dans fa première tranquillité, & elle ne la perdit que quand la nouvelle paffion de Raphane eut fait affez de bruit dans le monde, pour ne lui plus laiffer ignorer qu'il avoit une maîtreffe. Le coup lui fut très fenfible ; mais comme il eft dangereux d'aigrir un mari en s'oppofant avec trop d'empire & d'une manière trop impétueufe à des fentimens qui flattent le cœur, elle lui parla de l'injuftice de ceux qui condamnoient fa conduite, comme fi elle eût été véritablement perfuadée que toutes les vifites qu'il rendoit étoient innocentes, & qu'elles n'avoient pour vue que le plaifir d'entendre une belle voix.

Raphane, ravi de la voir fans jaloufie, lui avoua qu'il ne croyoit pas qu'on lui dût défendre d'aller quelquefois chez une perfonne qui avoit beaucoup de talens pour la mufique,

qu'il avoit toujours aimée paſſionnément ;
& qu'il y avoit ſi peu de myſtère dans
l'attachement qu'on ſembloit lui reprocher,
qu'il n'auroit point de peine à le rompre, ſi
elle vouloit l'exiger de lui. Sa femme lui
répondit que ne cherchant qu'à le voir heureux, elle n'avoit rien à lui preſcrire ; qu'elle
le croyoit trop raiſonnable pour vouloir permettre qu'on lui dérobât ſon cœur, & qu'il
connoiſſoit mieux que perſonne ce que ſa
tendreſſe méritoit de lui. Cette matière ne
fut pas pouſſée plus loin. Amazonte ſe contenta de s'être miſe en droit de parler, & employa, pendant quelque temps, les manières
les plus tendres & les plus douces pour ramener
ſon mari à elle ; mais ayant connu que ſon
engagement augmentoit, & que ſes viſites
chez la demoiſelle étoient plus fréquentes &
plus longues, elle crut lui devoir ouvrir ſon
cœur d'une manière un peu ſérieuſe. Elle l'aſſura
que ſon intérêt ne l'obligeoit à aucune plainte,
& que ſi tout le monde vouloit juger de ſes
ſentimens auſſi favorablement qu'elle faiſoit,
elle verroit, ſans en murmurer, qu'il ſe fût fait
un amuſement qui lui faiſait paſſer agréablement quelques heures inutiles ; mais elle le pria
en même temps de conſidérer l'injure qu'on lui
faiſoit, lorſqu'on l'accuſoit d'un engagement

injuste, & qu'il devoit, pour lui-même, cesser de donner occasion à des bruits qui ne lui pouvoient être que défavantageux.

Quoique cette remontrance fût aussi juste qu'honnête, Raphane s'en sentit blessé, & la souffrant impatiemment, il interrompit sa femme, pour lui dire qu'il n'avoit qu'elle seule à satisfaire, sans qu'il dût s'inquiéter de ceux qui condamnoient sa conduite, & qu'il croyoit qu'elle avoit tout lieu de s'en louer, puisqu'il ne la contraignoit en aucunes choses, & qu'il l'aimoit toujours avec une très-grande tendresse, dont il ne pouvoit lui donner de meilleures marques qu'en la laissant en pouvoir de faire telle dépense qu'elle souhaiteroit, comme il le trouvoit fort juste, ayant eu beaucoup de bien d'elle en l'épousant. Cela fut dit un peu aigrement, & Amazonte, qui étoit fort douce, comprit qu'il lui seroit inutile de combattre alors plus fortement une passion qu'elle voyoit dans sa violence. Ainsi, elle résolut de fermer les yeux sur l'aveuglement où il étoit, & de tâcher de rappeler toute sa tendresse par un redoublement de marques d'amour & de complaisance. Dans ce dessein, elle sut si bien se modérer, qu'il ne lui échappa aucune chose qui donnât la moindre marque de ce que les égaremens de son mari lui faisoient souffrir.

Elle l'excufoit quand fes amies vouloient qu'elle fe plaignît, & trouvoit qu'on avoit tort de blâmer le choix qu'il avoit fait d'une amie.

Un procédé fi touchant troubloit le bonheur de Raphane, qui, fe reprochant fon injuftice, ne jouiffoit pas tranquillement de l'entière liberté qu'elle lui laiffoit de voir la perfonne qui avoit touché fon cœur. La jaloufie lui ôta bientôt après le peu de repos qu'il effayoit de fe confer-ver. Lorfqu'il avoit commencé de lui rendre fes foins, il l'avoit trouvée prefque fans meubles, & tout d'un coup il lui vit une belle tapifferie, un grand miroir, un beau fopha, & enfin tout ce qui pouvoit fervir à rendre propre un appar-tement. Il demanda d'où cela venoit, & la de-moifelle répondit qu'un inconnu avoit fait don-ner le tout à fa mère, & qu'il y avoit beaucoup d'apparence que c'étoit un préfent qu'il avoit voulu lui faire d'une manière galante. Le cha-grin qu'il marqua à l'une & à l'autre, leur fit connoître qu'il n'avoit aucune part à cette ga-lanterie; & fur ce qu'il prit fon férieux, la mère lui dit que la perfonne qui avoit envoyé ces meubles, les avoit fait laiffer fans rien dire; que, dans l'embarras de leurs affaires, fa fille ne fe trouvoit poit en état de refufer ces for-tes de chofes, à moins qu'il ne voulût lui don-ner moyen de s'en paffer; ce qu'il pouvoit faire,

vu les grands biens qu'il avoit, sans s'incommoder aucunement. Cette déclaration lui ferma la
bouche. On fit de nouveaux présens, & ce fut
encore un nouveau sujet de jalousie. Le même
inconnu conduisit la chose avec la mère, qui
n'en put avoir d'autres éclaircissemens, sinon
qu'il avoit un ordre exprès de se taire, & que
le temps lui découvriroit ce qu'elle vouloit savoir. Cette réponse lui donna sujet de croire
qu'un amant caché vouloit gagner le cœur de
sa fille par ces libéralités, avant qu'il se décla-
rât ouvertement, & la demoiselle, qui croyoit
la même chose; s'applaudissoit en secret de ce
prétendu triomphe. Il arriva une aventure qui
les confirma dans cette pensée.

Raphane les ayant menées peu de temps
après à une maison des environs de Jérusalem,
qu'elles l'avoient prié de leur faire voir, à
leur retour de la promenade qu'elles firent dans
le jardin de cette maison, elles trouvèrent dans
un salon magnifique une collation servie d'une
manière fort propre. Elles ne doutèrent point
qu'elles ne la dussent aux ordres de Raphane;
mais le chagrin, qui l'empêcha de manger, leur
ayant fait voir qu'elles se trompoient, on demanda à celui qui avoit le soin de cette maison,
d'où pouvoit venir la fête, & l'on devina, par
sa réponse, qu'elle avoit été ordonnée par celui-

là même qui avoit fait les préfens. Raphane fit
de longues plaintes à la demoifelle de l'infulte
qu'elle fouffroit qu'on lui fît , & menaça de
rompre avec elle , fi on lui faifoit plus long-
temps myftère d'une intrigue qu'il voyoit bien
qu'on fe plaifoit à entretenir. Elle lui jura cent
fois qu'elle n'en favoit que ce qu'il favoit lui-
même , étant auffi furprife que lui de tout ce
qu'elle voyoit. Comme il jugea bien qu'il ne
feroit pas poffible de fe déguifer toujours, il
réfifta à la jaloufie dont il étoit tourmenté , &
obferva jufqu'aux moindres chofes qui pouvoient contribuer à lui faire découvrir le rival
qui fe cachoit. Ses inquiétudes furent violentes , & il les fentit augmenter beaucoup un
foir, qu'ayant foupé chez la demoifelle , un
concert de violons & de hautbois vint la divertir fous fes fenêtres. Le concert fut accompagné d'un air qu'on chanta, fort rempli de paffion ; ce qui mit Raphane dans un nouveau
trouble, qui le fit fortir tout en colère , proteftant qu'il fe guériroit de fa paffion. Là demoi-
elle, après avoir tâché inutilement de l'appai-
fer, craignit d'autant moins fon changement,
qu'elle étoit perfuadée que l'amant qui ne fe déclaroit point , ne cherchoit qu'à l'éloigner, afin
de prendre fa place. Cependant Raphane, qui
avoit l'efprit entièrement occupé de fon aven-

ture, fut extrêmement furpris, lorfqu'il reçut
un billet, par lequel une femme lui faifoit favoir que tout ce qu'il imputoit à un rival,
avoit été fait pour lui; que l'on avoit fait meu-
bler exprès un appartement, afin qu'il eût le
plaifir de fe voir dans un lieu propre; que la
fête dont il s'étoit plaint n'avoit nul rapport à
la demoifelle, & que la chanfon qui l'avoit
rendu jaloux, lui marquoit les fentimens qu'une
dame avoit pour lui; que cette dame méritoit
peut-être bien fon entier attachement, qui ne
feroit jamais tort à ce qu'il devoit d'ailleurs,
par une obligation indifpenfable, & qu'il ne devoit point prétendre qu'elle fe réfolût à fe déclarer, tant qu'on le verroit dans l'engagement
qu'il avoit pris.

Raphane ayant relu plufieurs fois la lettre,
fit cent queftions à celui qui en étoit le porteur, & n'en ayant pu tirer autre chofe, finon
qu'on attendoit fa réponfe, il fe fentit entraîné,
par un mouvement fecret, à fuivre cette aventure. Il promit, pour première marque de reconnoiffance, de n'aller plus que de temps en
temps chez la demoifelle, & feulement pour
jouir du plaifir de voir fes efpérances trompées,
lorfque les foins qu'elle croyoit lui être rendus
par un amant inconnu, cefferoient entièrement. La correfpondance fe forma par lettres,

d'une manière très-vive. Il y avoit un tour d'es+
prit délicat dans toutes celles que l'on appor-
toit à Raphane ; & comme on lui déclaroit
qu'on n'aspiroit avec lui qu'à une liaison étroite
de cœur , qui n'auroit jamais de suite qu'on
pût condamner , on ne faisoit point difficulté de
l'assurer d'une tendresse éternelle, & de s'expliquer sur cette assurance dans les termes les
plus forts : mais la dame s'obstinoit à demeurer
invisible, & il sembloit lui suffire qu'elle lui ap-
prît qu'il étoit aimé. Elle lui demandoit quelquefois si la demoiselle recevoit encore des soins
de son amant inconnu. Il en parloit lui-même à
la demoiselle , qui tantôt lui répondoit qu'elle
avoit renoncé à ce commerce , pour lui ôter
tout sujet de jalousie, & qui lui disoit une autre
fois qu'elle conduisoit les choses avec le mystère
qui lui convenoit , & qu'il ne tenoit qu'à elle
qu'elles n'éclatassent.

Raphane, qui voyoit de l'artifice dans cette
diversité de réponses, & qui se persuada que
les visites qu'il continuoit à lui rendre, empêchoient la dame inconnue de se découvrir,
rompit entièrement cette intrigue , & ne chercha plus qu'à mériter qu'on le voulût éclaircir
sur sa nouvelle conquête. Il pressa pourtant inutilement pour l'obtenir. La dame lui répondit,
que bien qu'elle fût ravie de le voir tiré d'un

engagement qui lui faifoit honte, elle ne pouvoit fe réfoudre qu'avec peine à lui déclarer
qui elle étoit ; qu'elle fe croyoit néanmoins
affez bien faite, pour ne pas craindre de bleffer
fes yeux ; mais que ne cherchant que l'union de
l'efprit, des raifons particulières & importantes
pour elle, l'obligeoient à fe cacher encore quelque temps. Pendant qu'elle s'obftinoit à laiffer
Raphane dans l'inquiétude, le jour de la naiffance de celui-ci étant arrivé ; il reçut de la
dame un bouquet, dont la richeffe égaloit la
galanterie & le bon goût. Toutes les chofes
qu'elle avoit faites pour lui, lui donnant lieu de
penfer qu'elles venoient d'une femme d'un rang
diftingué, & qui étoit en état de faire de la dépenfe, il forma différentes conjectures, & ne
fachant à laquelle s'arrêter, il confulta un de
fes-amis fur l'embarras où il fe trouvoit. Il lui
expliqua fon aventure dans toutes les circonftances, lui montra les lettres qu'il avoit reçues,
& lui nomma plufieurs dames fur qui fes foupçons étoient tombés. Son ami, qui étoit fage,
rêva long-temps fur la chofe, & après lui avoir
dit que toutes les femmes que la paffion entraîne,
n'en font point affez maîtreffes pour fe pofféder, autant que faifoit celle qui avoit commencé à lui donner des marques de la fienne,
dans le temps même qu'elle le voyoit dans un

autre attachement, fans lui avoir demandé aucun facrifice pour le prix du cœur qu'il vouloit lui donner, il conclut qu'il falloit abfolument que ce fût fa propre femme qui jouât ce
perfonnage. Il lui fit examiner qu'étant d'une
humeur fort douce, pleine de fageffe, & l'ayant
toujours aimé fort tendrement, malgré l'infidélité qu'il lui avoit faite, & dont elle avoit ceffé
de lui parler, dès qu'elle avoit reconnu que
fes remontrances l'aigriffoient, il n'y avoit
qu'elle feule qui pût être capable d'envoyer
des meubles pour rendre propre un appartement
où il paffoit la plupart des jours.

Raphane trouva les réflexions de fon ami
très-juftes. Il s'en fentit frappé tout-à-coup, &
rappelant plufieurs chofes qui étoient entièrement du caractère de fa femme dans le véritable amour qu'elle avoit pour lui, il ne chercha
plus ailleurs la dame qui ne vouloit point fe
faire connoître. Dès ce jour-là même, il alla lui
dire qu'il vouloit lui faire un fort beau préfent,
& lui ayant montré le riche bouquet qu'on lui
avoit envoyé le jour de la fête de fa naiffance,
il la vit affez déconcertée pour demeurer convaincu que ce beau bouquet venoit d'elle. Il
l'embraffa avec toute la tendreffe que méritoit
une femme qui s'étoit uniquement appliquée à
ne le point perdre de vue dans fes égaremens,

& après qu'il l'eut affurée cent fois qu'il n'aime-
roit jamais qu'elle, elle demeura d'accord de
l'innocent artifice dont elle s'étoit fervie pour
amortir fon injuste paffion, ce qu'elle étoit réfolue de continuer fans lui faire aucun reproche,
tant qu'il feroit demeuré dans le malheureux
entêtement dont fa patience l'avoit retiré.

L'exemple d'Amazonte doit fervir d'inftruc-
tion aux femmes qui fouhaitent de regagner
l'amour de leur mari ; car comme l'on ne prend
point de lièvres au bruit du tambour, ni des
mouches avec du vinaigre, on ne ramène point
un cœur avec des plaintes, des murmures, &
des éclats continuels. Ce procédé n'eft en ufage
que parmi les femmes du commun, qui n'ont
point affez d'efprit ni d'agrément pour fe faire
aimer. Peu de chofe fait naître l'amour, & peu
de chofe le fait perdre. Ce dieu ne veut point
être contraint, il eft libre, les duretés ne font
pas de fon goût, & ce n'eft qu'avec des manières nobles & délitates qu'on peut fe le rendre favorable. Circé, la reine de Sparte, celle
d'Egypte, & tant d'autres ne fe feroient pas
fait aimer, fi elles n'avoient fuivi cette maxime.
Que la douceur a de charmes ! Ceux qui la pra-
tiquent ne s'en repentent jamais ; & s'ils font
des conquêtes, cette même douceur les con-

ferve, & a le pouvoir de ramener les efprits
que l'inconftance a écartés de leur devoir.

*Fin des voyages & aventures des trois princes
de Sarendip.*

Défauts constatés sur le document original

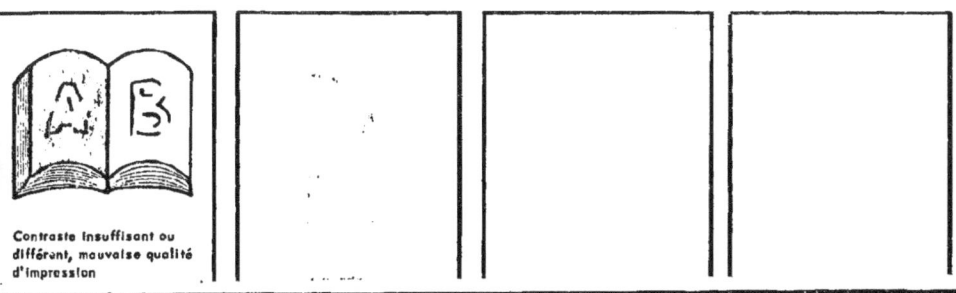

Contraste insuffisant ou
différent, mauvaise qualité
d'impression

www.ingramcontent.com/pod-product-compliance
Lightning Source LLC
Chambersburg PA
CBHW061326050726
47504CB00013B/327